ちくま文庫

生き残る判断 生き残れない行動

災害・テロ・事故、
極限状況下で心と体に何が起こるのか

アマンダ・リプリー
岡 真知子 訳

筑摩書房

Japanese translation rights arranged with Harmony Books,
an imprint of the Crown Publishing Group,
a division of Penguin Random House LLC
through Japan UNI Agency, Inc., Tokyo.

目次

生き残る判断　生き残れない行動

序文

「人生は融けた金属のごとくなって」

一九一七年十二月六日の晴れわたった風のない朝、フランス船籍の貨物船モンブラン号は、カナダ南東部ノヴァスコシア州のハリファックス港からゆっくりと船出していった。当時、ハリファックスは大英帝国のなかでも非常に活気あふれる港であった。ヨーロッパでは戦争が続いていて、ハリファックス港はせわしなく行き交う船や兵士や武器でひしめき合っていた。モンブラン号はその日、TNT火薬［トリニトロトルエン、強力な爆薬］を含む二千二百トンを超える爆薬を積んでフランスへ向かっていたが、港の狭い水路を通り抜けているとき、大型のベルギー船籍イモ号が、モンブラン号の船首に激突した。

衝突自体は壊滅的なものではなかった。事実、イモ号は航行を続けた。だがモンブラン号の乗組員は、彼らの船が海に浮かんでいる時限爆弾であることを知っていた。乗組員たちはしばらくの間、火を消そうと試みた。しかしやがて先を争って救命ボートに乗り込むと、岸に向かって漕いでいった。ほんの束の間、モンブラン号は港に漂《ただよ》っていた。が、桟橋をかすり、着火する。その異様な光景を見物しようと、子供たちが集まってきた。

史上最悪の災害の多くは、規模も小さく目立たない形で始まる。一つの事故がもう一つの事故につながり、あげくに文明世界で断層が割れ目を広げるのだ。衝突の約二十分後にモンブラン号は爆発し、黒い雨、鉄、火、風がハリファックス市を徹底的に打ちのめした。未曾有《みぞう》の大爆発で爆風は百キロほども離れた建物の窓を粉々にした。ガラスが目に入って千人近くが失明した。次いで爆発によって引き起こされた大津波で岸が水浸しになった。それから火がじわじわと市全体に広がりはじめた。港では、火と煙の黒い柱が空に浮かぶ白いきのこ雲に変わった。生き残った人たちは、当時敵国だったドイツのツェッペリン飛行船が空に浮かんでいるのを目撃したのだと確信して、くずおれた。

爆発が起こったとき、英国国教会の司祭にして学者でもあるサミュエル・ヘンリー・プリンスは、たまたま港の近くのレストランで朝食をとっていた。すぐさま救助に駆けつけ、自分の教会を治療優先順位を決めるトリアージ・ステーションとして開放した。不思議な偶然だが、これはプリンスにとってこの五年間で二度目の災害だった。一九一二年にも地元で起きた大惨事に対応していたのだ。豪華巡航客船タイタニック号がハリファックスの沖合八百キロの海に沈没し、プリンスは厳寒の海で水葬を執り行なっている。

プリンスは、ほかの人たちがあえて考えようともしないことに驚嘆する類《たぐい》の人間だった。爆発が起こった恐ろしい日に、彼は目にしたものに胆《きも》をつぶした。男女を問わず、道ばたで

壊滅的な打撃を受けたカナダ南東部ノヴァスコシア州ハリファックス港。世界有数の活気に満ちた港だったが、1917年12月6日、爆薬を積んだ船が爆発、1,963人が死亡した。写真提供：米陸軍通信隊

行なわれている荒っぽい手術にさほど辛《つら》そうにもせずに耐えているのを目撃したのだ。片目を失明した若い兵士はどのようにして一日中働くことができるのか？　なかには幻覚を起こしている者もいる。なぜ親は病院で——とりわけ遺体保管所で——自分の子供を見分けられないのだろう？　こまごまとしたことがプリンスの頭から離れなかった。爆発が起こった朝、いの一番に救援所を設けたのは、なぜよりによって俳優たちの一団だったのだろう？

その夜、大事件の締めくくりとして、猛吹雪《もうふぶき》がハリファックスを襲った。大災害がさざ波のように広がる頃には、千九百六十三人が死亡していた。爆発後に撮影された無声フィルム映像では、ハリファックスはまるで核兵器に攻撃されたように見えた。家々もターミナル駅も教会も、雪におおわれた地面に積み木の木片さながらになぎ倒されている。橇《そり》が死体とともにうずたかく積まれている。「ここには戦争、地震、火災、洪水、飢饉《ききん》、暴風の恐怖が結びついたもの——人災史上初めて結びついたもの——が、恐ろしい一つの集合体となって見いだされた」と、プリンスは書き記している。後年、原子爆弾を開発していた科学者たちは、このような爆発がいかにして陸地や海に伝わっていくのかを検証するためにハリ

ファックスでの爆発を研究することになった。

ハリファックスの再建に協力したあと、プリンスは社会学を勉強するためニューヨーク市へ移った。コロンビア大学で博士論文を書くにあたって、彼はハリファックスでの爆発を分析した。一九二〇年に発表された「大災害と社会の変化」は、災害時における人間行動の最初の体系的な分析である。そのなかで、「人生は融けた金属のごとくなって」と、彼は書いた。「古い習慣はもろくも消え失せ、不安定な状態に支配される」

プリンスの論文が読む者を大いに引きつけるのは、彼が楽観的な物の見方をしているからである。暗い強迫観念に取り憑《つ》かれているものの、災害を好機とみなしているのだ。「ありがたいことに、ある日、最後の大変動で終わってしまう一連の変化」ではない、と彼は述べている。プリンスは聖職者であるが、明らかに産業にも興味を持っていた。身の毛がよだつほどの爆発も、結局は、「ハリファックスを吹き飛ばして二十世紀に引き入れ」、よりよい状態に向かう多くの変化をむりやり引き起こしたのである。彼の博士論文は、聖アウグスティヌスの言葉の引用で始まる。「この恐ろしい大災害は、終わりではなく始まりである。歴史はかくのごとく終わるのではない。大災害は歴史の新しい章を開くのである」

プリンスの死後、災害時の人間行動はあまり研究されなくなった。その後、冷戦が始まり、核攻撃を受ければ大衆はどのような反応を示すかが不安視されるようになると、ふたたびさかんに研究されだした。しかし共産主義体制が崩壊した後《のち》には、再度沈滞した――二〇〇一年九月十一日にテロリストの攻撃を受けるまでは。プリンスは、人々が目をそらしたくなることを予期していたようだ。「ハリファックスに関するこの拙文は、出発点になるものとして提供している」と、プリンスは書いている。それを終わりにしないでほしいと願っているのだ。「多くの大災害を最大限忠実に検証して初めて、知識が科学的なものになる」。今世紀もこれから先、研究材料には事欠かないはずだ。

たいていの人は、飛行機事故や火災や地震に遭遇したらどうなるのだろうと想像したことがある。何をするのか、何をしそこなうのか、心臓が早鐘《はやがね》を打てばどう感じるのか、最後の瞬間にはだれに電話をかけるのか、窓側の席に座っているビジネスマンの手を思わずつかまざるをえないはめになるのかどうか、見当はついている。率直に認める類の恐怖もあれば、絶対に話題にはしない恐怖もある。わたしたちはその時々の不安に応じて異なったシナリオを書き込む未完成の文を思い描いている。もし……なら、わたしはどうするだろう、と。

1917年、サミュエル・プリンス師は、ハリファックスで負傷者に治療を施せるよう教会を開放した。後に、災害時の人間行動に関する本格的な最初の論文を書いた。写真提供：アラン・ラフマン・コレクション

わたしたちがよく聞き憶《おぼ》えている話について、一考してもらいたい。「災害」という言葉を

口にすれば、わたしたちの多くは、パニック、ヒステリックな群集、皆が自分の安全のみを図るといった無情な行為、プロの救助者たちの献身的な活動に感化されてやっと中断する無軌道な破壊などを思い浮かべる。だが、プリンスの時代から今日までのどの事例を見ても、こうしたシナリオが偽りであることがわかる。現実はさらにもっと興味深く――希望に満ちている。

プリンスがハリファックスで見いだしたのは、災害時の人間の反応や行動が、予想とはまったく異なる場合もあるということだった。だがそれを知るのは不可能ではない。単にわたしたちがしかるべきところに目を向けていないだけなのである。

知ってもらいたいと生存者が望んでいること

本書は思いがけなく世に出ることになった。二〇〇四年に、記者として9・11三周年記念の「タイム」誌の取材をしていたわたしは、テロ攻撃の生存者のうちの何人かを調査することにした。生き延びた人たちはどのような日々を過ごしているのだろうと思ったのだ。遺族の多くとは違って、生存者たちはたいてい他人との交際を避けて暮らしていた。とても運がよかったと感じて――あるいはうしろめたく思うか、傷ついて――いたので、あまり騒ぎ立てたくなかったのだ。だが何万人もの生存者がそこにはいた。ある朝、超高層ビルのオフィスへ働きに行き、そこから脱出しようと何時間も奮闘した人々がいた。彼らの人生に何が起こったのか聞きたいとわたしは思った。

そこで、最初にできた最大の生存者支援団体の一つである「世界貿易センター生存者ネットワーク」に連絡をとった。するとその定例集会にオブザーバーとして参加するように勧められた。集会は、喧騒《けんそう》に満ちたタイムズスクエアの上にある、蛍光灯がともされたオフィスで行なわれた。ある夕方、上昇するエレベーターの中で、わたしは悲しみに満ちた意見交換がなされるのを覚悟していた。9・11以降、数多くの談話を聞いていたのだ。どの未亡人にも、消防士にも、犠牲者にも、語るべき無二の悲劇があったので、彼らがインタビューで答えてくれた内容を、わたしは今でもほぼ完璧にそらんじることができるほどだ。ニューヨークの苦しみは底なしのように思えた。

だがこの集会は、わたしの予想を裏切った。出席していた人々には目的があった。次のテロリストの攻撃の前に、人々に伝えたい思いがあって、部屋には緊迫感が漂っていた。生存者たちはそれぞれ、住んでいる地域も、職業も、民族も異なっていたが、非常によく似た驚くべきことを言った。彼らはあの日の朝、とても多くのことを学んだと言い、なぜだれもテロの可能性に備えて準備をしていなかったのだろうと思っていた。ある男性は、超高層ビルから脱出するのはどういう気持ちなのかを人々に教えるために、巡回講演を始めようという提案までした。「わたしたちが最初にそれに答えました」と一人の女性が言った。教会やオフィスでの講演会を企画するための参加申し込み表が回覧された。

観察していると、ここにいる人たちは、大半の人が目にしたことのない人間の状態の一部を目撃したのだということに気づいた。わたしたちは自分の身に恐ろしいことが起こるのではないかと心配しているが、それが実際はどのように感じられるものなのかよくわからない。彼らは何を学んだのだろう。

そこでわたしはほかの災害の生存者の体験談も調査しはじめた。重なり合う部分は驚くほど多かった。海難事故、航空機墜落事故、洪水を体験した人たちは皆、不思議な変貌をとげているように思えた。思いがけないほど立派な行動をとる面もあれば、ずいぶんひどい行動をする面もあり、その理由を知りたいと思った。これほど多くの予期せぬ行動をとらせる脳に何が起こっているのか？　難破すると見知らぬ人のために命を賭けるのは、文化的に条件づけられていることなのだろうか？　非常時に身動きできなくなるのは進化の過程に組み込まれていることなのだろうか？　答えを求めて、わたしは世界各地に赴いた。火災時の行動の研究では長い歴史をもつイギリスへ、心的外傷心理学者やテロ対策専門家に会うためにイスラエルへ、そして航空機墜落事故や火災のシミュレーションに参加し、脳機能に関する軍事研究を調査するためにアメリカに戻った。

災害についての本を書くというと、覗《のぞ》き見主義とか暗いなどと取られるかもしれない。確かにそう感じたときもある。だが実のところ、わたしがこのテーマに魅了されたのは、希望を与えてくれたからである。十分な時間をかけて数々の惨事を調べ、解決の足掛かりを探しはじめる。わたしは大災害を未然に防ぐのはとうてい無理だと承知していたので、災害に備え、被害を最小限に食い止める努力をするほうが理にかなっていると思った。わたしたちは煙探知器を取り付け、保険に入り、「非常用持出袋」を用意するべきである。だがそれでも、すっかり安心できるわけではない。

生存者の話に耳を傾けたところ、わたしたちは台詞《せりふ》をまったく知らずに劇の本稽古をしていたようなものだと気づいた。政府は備えをしておくように警告したが、その理由は伝えられていない。ハリケーン「カトリーナ」後のニューオーリンズでは、国土安全保障会議への取材よりも、市井の人たちから学んだことのほうが多かった。消防署や脳研究所では、災害に襲われる前に災害時における自分の行動パターンを把握していれば、わずかながらも生き残れる見込みが高くなるかもしれないということを学んだ。少なくとも、想像の中から未知のものを消し去ることで、隠されていた自分自身が現われてくるだろう。

学んだことはいつでもすぐに利用できるものだとは決して思っていない。災害が発生するといつも現場に赴くが、哀悼の意の表明や非難の応酬には間に合っても、震動や火災そのものには間に合わないからである。だがある意味で、わたしはまちがっていた。生理学的見地からすれば、日常生活にはちょっとした災害訓練をする機会がしょっちゅうあるのだ。皮肉なことに、災害についての本を書いたあとは、書く前に比べて心配することが少ない。不安に対する自分自身の偏《かたよ》った方程式を理解している今は、これまでよりずっと適切にリスクを判断できる。航空機墜落事故を何十例も研究した結果、以前よりリラックスして飛行機に乗っている。そして夕方のニュースで〝オレンジ警報［重大な脅威のレベル］、警戒せよ、大いに警戒せよ〟という警報を何度目にしても、すでに最悪のシナリオを見てきたので、多少なりとも穏やかな気持ちでいることができる。たいていの場合、現実は悪夢ほどひどくないと判明するのだから。

救助犬の問題

災害についての話は、以前から恐怖や迷信で粉飾が施されてきた。〝disaster（災害）〟という語は、ラテン語の〝dis（away）〟と〝astrum（stars）〟に由来し、「星回りが悪い（ill-starred)」と翻訳することができる。二〇〇五年にハリケーン「カトリーナ」の襲来を受けたあと、ニューオーリンズの市長レイ・ネーギンはこう言った。イラク侵略のせいで神は「アメリカに激怒している」し、「自分のことがきちんとできない」黒人にも激怒しているのは明らかだ、と。こういった台詞はあまり聞いたことがないものかもしれないが、ネーギンの衝動――混沌とした状態に意味を注入したいという衝動――は理解できた。理由を探ることは災害からの回復の第一歩なのだ。

だが話が重要な副次的問題を見逃すこともある。さまざまな本や公式の報告書では、「カトリーナ」の悲劇は、当然のことながら、政治家や貧困や欠陥のある土木工事のせいだとされた。しかし別の議論がなされるべきだった――非難するのではなく、理解するために。嵐の前に、嵐の最中に、嵐のあとに、一般の人々は何をしたのか？　それはなぜか？　もっとうまくできたことは何だろうか？

今日、災害は神と政府が引き起こしたものだと考えられがちである。一般の人々は、その方程式のなかに犠牲者として登場するだけであるが、それは残念なことだ。なぜなら災害現場では、どんなときでも、一般市民がもっとも重要だからである。

一九九二年に、ガス漏れによって引き起こされた一連の下水道爆発が、メキシコ第二の都市グアダラハラを切り裂いた。すさまじい爆発が地下から起こり、その地域を次々に破壊していった。午前十時半に始まった、少なくとも九カ所の爆発が地面を切り開いて長さ一・六キロ以上のぎざぎざの深い溝ができた。死者は約三百人。おおよそ五千棟の家屋が徹底的に破壊され、メキシコ軍の出動が要請された。カリフォルニアから救助者たちが救援に駆けつけ、捜索救助犬の出動が命じられた。

しかし、だれよりも先に、一般市民が現場でお互いに助け合っていた。彼ら、つまりごく普通の人々は、信じられないようなことをした。自動車用ジャッキで生存者から瓦礫《がれき》を取り除いた。人々が閉じ込められているところでは、庭のホースを使って隙間に空気を吹き込んだ。実際、ほとんどの災害現場と同様に、救助者の大多数が一般市民だった。最初の二時間が経過すると、生きて瓦礫から出てくる人はごくわずかになった。捜索救助犬は、爆発から二十六時間もたたないとやってこなかった。

普通の市民が自分たちがいかに重要な存在であるかに気づくのは、災害に襲われたあとのことである。たとえば、きわめて重大な航空機事故でも生き残ることが可能だと知っていただろうか？　この点に関しては、統計を見れば明白である。一九八三年から二〇〇〇年の間に起こった重大な事故に巻き込まれた乗客のうち、五十六パーセントが生き残った（「重大な」というのは、国家運輸安全委員会の定義によると、火災、重傷、そしてかなりの航空機の損傷を含む事故である）。その上、生存できるか否かは乗客の行動にかかっていることが多い。これは航空機産業では長きにわたってよく知られた事実だ。だがたいていの一般人には航空機墜落事故に巻き込まれないとわからないことだ。

9・11以来、合衆国政府は、国土安全保障という名目で州や都市に二百三十億ドル以上を交付している。だがその交付金は、理にかなった方法で一般市民の力を借りて米国の安全を守ることにはほとんど使われていない。国家がテロ攻撃に備えてのオレンジ警報を出しているときに――ただ怖がらせるだけでなく――どうすべきかを人々に伝えたらどうだろう？ ワイオミング州キャスパー（人口五万六百三十二人）の消防士は全員、なぜ千八百ドルものHAZMATスーツ［危険物処理用防護服］を支給されるのだろう？ わたしたちはだれしも実際に直面している危険の統計的なランクも知らなければ、危険に対処するための気の利いた創造的なプランも持っていないというのに。

アメリカ全土で、わたしたちはプロの救助者に鋼《はがね》のよろいを着せた。その代わり、そういった勇敢な男女に非常に大きな期待を寄せている。自分たちしかいないことに気づくのは、何もかもが正常ではなくなったときだ。その上、災害が大きければ大きいほど、自分たちだけでいる時間が長くなる。どんなに消防服が立派でも、消防隊員がどこにでもすぐ駆けつけてくれるわけではないのだ。

二〇〇五年七月七日、テロリストがロンドンのバスや地下鉄を攻撃し、五十二人が死亡した。その後の調査で、ロンドンの広範囲にわたる監視カメラ網が役に立ったと大いに賞賛された。だがその科学技術が、電車に乗っていた一般市民にはいかに無用であったかということはあまり知られていない。テロ攻撃時の対応に関する公式の報告書によって、一つの「何よりも重要な、欠かすべからざる教訓」がわかった。つまり、緊急事態計画は、一般市民ではなく、職員の非常時の必要性を満たすようになっていたのである。その日、乗客たちは、爆発があったことを電車の運転手に知らせる手段もなかった。脱出するのも困難だった。電車のドアは乗客が開けられるようにつくられてはいなかった。あげくの果てに、乗客たちは負傷者の手当てをするための救急箱を見つけることさえできなかった。救急用品は、車内ではなく、地下鉄の管理者のオフィスにしまってあることがわかったのだ。

運など当てにならない

次に本書が取り上げる主要な問題を提示しよう。今日、わたしたちは臆面もなくリスクを軽々しく見て、ハリケーンの通り道に都市の高層ビルを建設したり、地層のずれが見られる断層線上に住宅を建てたりしている。そのような場所に住んでいることが主な原因で、災害がより頻発するようになり、費用もかかるようになった。だがさらに立派なビルを建てたり航空機をつくったりしているので、生存者はどんどん減ってゆくことになる。

なぜこんなふうになったのだろう？　多くを学べば学ぶほど、ますますわたしたちの生存行動――しかも不適切な行動――には進化によって説明がつくものがどれだけあるのだろうかと思うようになった。なにしろ、わたしたちは、捕食者を逃れるために進化したのであって、空に四百メートルもそびえる建物から脱出するために進化したのではない。科学技術は本当に人間の生存のメカニズムをしのいだのだろうか？

だが進化には二種類ある。遺伝的なものと文化的なものである。どちらも人間の行動を方向づけるが、文化的な進化の速度のほうがずっと速くなっている。現在、訓練などによって「新たな本能」を作り出す方法がいくつもあり、どうすれば行動がよりよいものになるのか、あるいはより不適切なものになってしまうのかを学ぶことができる。また言語を伝えていくように、現代のリスクにどう対処するかについての伝統的な方法を伝えることもできる。

そこで次のような疑問が出てくる。なぜわたしたちは文化を通して生き残るための技術をもっとうまく浸透させてこなかったのだろう？　「国際化」はあまりにも頻繁に盗用されて、本来の意味を失ってしまっている言葉の一つである。対立する観念をも含む、非常に多くのものを包含する言葉であることもその要因だ。過去二世紀の間に、わたしたちの家族や地域社会との結びつきははるかに弱くなった。同時に、以前より個人同士や科学技術に依存するようになった。矛盾するようだが、わたしたちは相互依存して孤立しているのである。

アメリカ人の八十パーセント以上が、現在、都市かその近郊に住んでいて、食糧、水、電気、輸送手段、薬を手に入れるために、むやみに広がった公共や民間のネットワークに頼っている。自ら生産しているものは皆無に近い。だからある集団が災害に襲われたら、かつてないほどほかの集団も影響を受ける。だが人々の相互依存の度合いが大きくなったのと同様に、地域住民や伝統からの分離の度合いも大きくなった。これは進化の歴史からの断絶である。人類や進化上の祖先は、過去数百万年間ほとんど、親族からなる小集団で生活してきた。わたしたちは世代から世代へと、遺伝子を――そして知恵を――伝えて進化してきた。しかし、今日、かつては脅威からわたしたちを守ってくれていた社会的な結びつきのようなものは軽視されている。その代わりに、時々しか役に立たない新しい科学技術を用いているのである。

一九六〇年五月に、観測史上最大の地震がチリの沖合で起こり、千人が亡くなった。幸いなことに、ハワイの自動警報装置が作動し、島が襲われる十時間前に津波警報が出された。科学技術が予定どおりに機能したのだ。だが警報を聞いたほとんどの人が避難しなかったということが判明した。その騒音がどういう意味なのかよくわからなかったのである。そのあとの情報に注意せよ、という合図だと思った人もいた。科学技術はあったが、それを活用する慣習がなかったのである。その日はハワイで合計六十一人が死亡した。

極度の緊張状態の下《もと》で人々がとる行動について、その理由を一つだけ突き止めるのはむずかしい。それを扱う章では、実際の災害に備えていくつかの仮説を検証する。その過程で、わたしは一つの壮大な物語をつくり上げたいという衝動に負けまいと努めてきた。だがそんな複雑な状況にあっても、シンプルな真実が明らかになってくる。災害の生存者に会えば会うほど、問題の解決策は必ずしも複雑ではないという確信がますます強まった。解決策は技術的というよりむしろ社会的なもので、なかには旧式のものもあった。しかし、わたしたちは自分自身を守る前に、まずは災害時に脳がどのように働くのかを理解する必要がある。

先に進む前に、欧米人の大多数が災害で死亡しているのではないことを確認しておくのが賢明だろう。欧米人は、外側からの暴力ではなく、内側から冒《おか》される病気で死亡する。アルツハイマー病で死亡する人の数は、火災で死亡する人の数よりずっと多い。たとえいかに劇的にこの世を去るとしても、災害に巻き込まれてはいない場合がほとんどだろう。溺《でき》死《し》するよりも食中毒で死ぬ可能性のほうが高いのである。

しかしながら、災害に影響されることは十分にありうる。二〇〇六年八月に「タイム」誌が千人のアメリカ人に行なった世論調査では、対象者の約半数が、個人的に災害を体験したり、公共の場での緊急事態を体験したことがあると答えている。二〇〇六年に「タイム」誌のためにサウスカロライナ大学の「危険および脆《ぜい》弱《じやく》性《せい》研究所」が算定した推定値によると、実際に、アメリカ人の約九十一パーセントは、地震、火山、トルネード、野火、ハリケーン、洪水、強風による損傷、およびテロの危険性が、中位から高位の地域に住んでいるという。

そもそも、「災害」という言葉は、生命や財産の大きな損失を引き起こす突然の災難すべてを指しているものだ。本書では、厳密に言うと災害とは呼べないような災難、たとえば自動車事故や銃乱射事件などに話がそれることがある。だが、二つの理由で、これら日常の悲劇的な出来事も含めて考慮したい。まず第一に、人間は、巡航船に乗っているときもホンダに乗っているときも同じように行動するものであること。奇妙に思われるかもしれないが、わたしたちが地震の際にどう行動するかを、強盗に銃を突きつけられたときの行動を研究することで知ることができるし、その逆もまた可なのである。自動車事故や銃乱射事件は、航空機墜落事故と同様、現代の災難であり、わたしたちはそれらに対処して生き残るよう進化してはいない。

災害を広い意味で定義するもう一つの理由は、小さな事故や事件の積み重ねが、大規模な災害に匹敵するからである。累積すると、自動車事故で死亡する人の数は、合衆国では毎年四万人である。本書の読者はだれしも自動車事故で亡くなった人を知っているはずである。銃弾によって、さらに三万人のアメリカ人が毎年死亡している。国民全体に認知されているわけではないが、被害者亡きあと波紋のように広がっていく残された友人や遺族にとっては、銃撃はまさに災害のように感じられる。だから、あまりにも多くの人が死亡するあらゆる種類の事故も含めて、「災害」を広義に定義しているのである。

最後にもう一つ補足説明をしておきたい。災害は予測できるが、災害に遭って助かるかどうかは予測できない。逃げおおせられるプランを約束することなどだれにもできない。生死がそれほど単純なものなら、この本はとっくに書き上がっているだろう。とはいえ、意識的に災害の存在を無視して生きるべきだと言っているのではない。ジャーナリストであり作家でもあるハンター・S・トンプソンはこう言っている。「神に頼りなさい、だが暗礁を避けて船を漕いでいきなさい」と。

わたしたちは持って生まれた性格を知るべきである。日常生活ではあらわになってはこないが、危機的状況下では支配的になってくる性質で、人格の核となるものである。「技術者が自分の設計しているもののことを知りたければ、それに強いストレスを与えてみればいい」と、米軍で二十年あまり人間行動を研究してきたピーター・ハンコックは述べている。「それは人間についても同じである。わたしたちの本来の脳機能について知りたければ、ストレス下で脳がどう働くかをみることがとても有意義である」。わたしたちはさほど苦労することなく、強いストレスの下で、自分の脳をより速く、おそらくもっと賢く働かせるようにすることができる。わたしたちは自分で思っている以上に自らの運命を支配できるのだ。ただそのためには自身を過小評価するのはやめなければならない。

知識はすでにある。実験室やライフル射撃場には、極度の緊張を強いられると、人間の体や心に何が起こるか知っている人々がいる。脳の恐怖反応を研究している科学者は、ストレスを受けると脳のどの部分が活性化するかを知っている。軍の研究者は、危機に陥《おちい》ったときどういう人がつぶれてしまい、どういう人が生き延びていくのか予測しようという手の込んだ実験を行なった。警察官、兵士、カーレーサー、ヘリコプターのパイロットは、最悪のときにとるであろう突飛な行動を予測して訓練する。危機の最中にそうした教えを受けても遅すぎることを知っているのである。

そして災害を生き延びた人たちがいる。犠牲者の声を伝える証人だ。現場にいて、犠牲者たちの隣りで、彼らが目撃したものを見ていたのだ。後に生存者は、とても多くの人たちが亡くなったのになぜ自分は生きているんだろうと考えて、人生の一時期を過ごす。彼らは皆、運がよかった。だが運など当てにならないものだ。わたしが会った生存者のほとんど全員は次のように言っている。自分たちが知っていればよかったと思うことがあるし、ほかの人に知ってもらいたいこともある、と。

あいにくこれらの良識ある人たちが、お互いに話をすることはめったにない。航空機の安全に関する専門家が、神経科学者と情報交換することはない。特殊部隊の指導教官は、ハリケーンの被災者たちと多くの時間を過ごしたりはしない。さらにこういった人たちが、知っていることを一般の人々と共有する機会などまずない。だから彼らの知恵は、人間の体験のブラックボックスのようなもののなかにしまわれたままになっている。

本書はそのブラックボックスの中に入り込んで、そこにとどまる。本書は災害復興についての本ではない。災害の最中に――警察や消防士たちが到着する前に、レインコートを着た記者たちがやってくる前に、惨事に対する何らかの見方が押しつけられる前に――何が起こるのかについて述べた本である。これは、わたしたち全員が危険を脱して安全な地点に到達するためにたどらなければならない、生存への行程についての本である。

生存への行程

いかなる種類の災害においても、わたしたちは似かよった地点からスタートし、三つの段階をたどる。第一段階を「否認」と呼ぶことにしよう。極端に悲惨な場合を除いて、人間は驚くほど独創的かつ頑迷な否認を示す傾向がある。この否認は、立ち遅れという形をとることもあり、9・11で一部の人たちに見られたように、それは致命的となる。だが、否認がそれほど危険だとしたら、なぜわたしたちはそうするのだろう？　否認にはほかにどんな役割があるのだろう?

どれくらい立ち遅れるのかは、主にわたしたちがリスクをどう算定するかによる。わたしたちがリスクについて分析するとき、事実よりも、漠然とした不安感がもとになる。それについては第二章において、ニューオーリンズでハリケーン「カトリーナ」がやってくるのを待っている男性の話を通して詳しく述べることにする。

いったん否認段階の最初のショックを通り抜けたら、生存への行程の第二段階である「思考」に移ってゆく。何か異常事態が発生しているとわかっているのだが、それをどうしたらいいのかわからない。どのように決断を下すべきだろう? 最初に理解しておくべきことは、何一つとして正常ではないということだ。わたしたちは平時とは異なった考え方や受け取り方をする。特別な能力を持つこともあるが、無力を実感するだけだ。第三章では、カクテルパーティで人質に取られた外交官の話を通して、恐怖の構造を探究する。「恐怖が身のためになる場合もある」と、ギリシャの悲劇詩人アイスキュロスは述べている。「心を抑制して、恐怖を用心深く見守らなければならない」。だが災害時に体が与えてくれるあらゆる能力のうち、恐怖によって少なくとも一つは奪われる——排尿がコントロールできなくなる場合もあれば、目が見えなくなる場合もあるのだ。

わたしたちは皆、基本的な恐怖反応を共有している。それなのになぜ燃えているビルから逃げ出す人もいれば、そうでない人もいるのだろう? 第四章では、生き残るための特効薬である立ち直る力、すなわち回復力を究明する。持っているのはだれなのか? 性は関係するのだろうか？　性格や人種はどうだろう？　しかしながら単独で災害を経験する人はほとんどいない。そこで第五章では集団思考、思考する際に及ぼす群集の影響について述べる。いかにうまくグループが機能するかは、グループの中にどういう人がいるかによっておおかた決まる。だれと住んでいるか、だれと一緒に働いているかが重要である。

最後に、生存への行程の第三段階に到達する。決定的な瞬間である。わたしたちは危険な状況にあることを受け入れ、選択肢について思考した。今度は行動を起こすのである。まず例外から話を始めるつもりだ。第六章では、パニックについて述べる。パニックは、災害時のさまざまな行動のなかでもっとも誤解されているものである。パニックを引き起こすのは何か？　パニックに陥ったらどういう気分になるのか？

災害時には、ほぼ全員とまではいかないにしても比較的多くの人が、パニック状態とは正反対に目も耳も心も閉ざしてしまいがちである。そういう人たちは動作が鈍くなり、感覚が完全に失われているように見える。だがその麻痺状態は生存戦略になりうる。第七章は、ヴァージニア工科大学の身の毛もよだつような銃乱射事件について述べる。そのアメリカ史上もっともおぞましい事件が、何も行動しなかった幸運な学生の目を通して語られる。

次に、行動しないこととは反対のケースについて考える。第八章は、英雄を探究していく。見知らぬ人を救うために凍った川の中に飛び込む男に対して、いったいどんな進化論的な説明ができるのだろうか？

最後に、もっと重要なことを考える。どうすれば自分自身がよりうまく生き残ることができるのか？　わたしたちの脳の現実の動きに即して、一般市民に生き残るための訓練を施してきた画期的な人たちに会う——町じゅうの人に津波から逃れることを教えた人たちや、大企業の従業員に超高層ビルから逃れることを教えた人たちである。

時間の経過とともにたどる三つの段階——否認、思考、そして決定的瞬間——が本書の骨格を成している。もちろん、現実がいつも線状の弧をたどるとはかぎらない。生存への道は、進路を正しくとろうと奮闘しているときに、環状のジェットコースターのようになったり、二つに折り重なったり、後方に反り返ったりすることもある。だからそれぞれの段階で、しばしばほかの段階を目にすることに気づくだろう。残念ながら、こういった状況下には、シナリオなど一つもない。とはいえ、災害を生き延びる人はだれしも、たいていこれらの三つの主要な段階のそれぞれを、少なくとも一度は突き進む——あるいは突き進まされる——のである。

ブラックボックスへの旅で、世界貿易センターの吹き抜けや、バルト海の沈没しかけている船や、事故防止担当専門家が乗客についての考え方を根本から変えることとなった炎上している飛行機へお連れする。目的は、二つのシンプルな質問に答えることである。災害の最中にわたしたちに何が起こるのか？　なぜほかの人たちよりもはるかに適切な行動をとる人がいるのか？　災害時に人間がとる反応や行動は、思いのほか複雑で古くから形成されてきたものである。だが適応性もあるのだ。

第一部　否認

第一章　立ち遅れ

北タワーでのぐずついた行動

一九九三年二月二十六日に、テロリストたちが初めて世界貿易センターを攻撃したとき、エリア・ゼデーニョはスバロのピザを持って急行エレベーターに乗っていた。新入りの臨時雇いの男性にフードコートを案内し、デスクへ戻る途中だったのだ。爆弾が爆発したとき、大きなボンという音が聞こえ、エレベーターが停止して降下しはじめた。やがてエレベーターは止まり、ゼデーニョとほかの五人は閉じ込められた。煙が下からじわじわと渦巻き状に入り込んできた。二人の男性が必死でドアを開こうとし、一人の女性がひざまずいて祈りをささげはじめたため、ゼデーニョは不安になった。そのうち一人の男性が、身をかがめて顔を覆うよう、落ち着いて皆に指示した。全員が言われたとおりにした。

ゼデーニョは浅いゆっくりした呼吸を続けるよう神経を集中した。だが、落ち着こうとすればするほど、心臓の鼓動が激しくなるように思えた。そうこうするうち、隣りのエレベーターから、男の悲鳴が聞こえてきた。「焼け死んじゃうよ！」。男はわめきながら金属の箱をがんがんたたいていた。だがまもなく男の声は聞こえなくなった。「『次はわたしたちの番だ』と思ったのを覚えているわ」とゼデーニョは言う。彼女は、六人がエレベーターの中で死んでいるところをあとで救助隊員に発見される場面を想像した。そして、ドアに突進して自分でドアをたたこうと思った。だが彼女の代わりに、臨時雇いの男性がたたきはじめた。彼は大声で叫びながらたたいていた。そこでゼデーニョは彼を静かにさせる役を引き受けた。「ロバート、落ち着いてちょうだい。とんでもなく煙を吸い込んでしまうわよ」。するとロバートは咳き込みながら床に戻った。

その頃、ゼデーニョは、どういうわけか急に安らかな気持ちでいっぱいになった。「どうなるかが気にならなくなって、万事うまくいくだろうと思ったの」と、彼女は回想する。「呼吸が楽になったわ。あれこれ考えることもなくなった。突然、わたしはそこに存在しなくなったの。ただ見ているだけだった。ほかの人たちがエレベーターの中に横たわっているのが見えたわ。音は遠のき、わたしはただ浮遊していた。何の感情も抱《いだ》いていなかったわ」

エレベーターに閉じ込められて三十分ほどたったとき、一人の消防士が何とかドアを切り開き、引っ張り出してくれた。エレベーターの箱は、ロビー階に戻っていたことがわかった。エレベーターはずっとそこに止まっていたのだ。ゼデーニョには引っ張り出してくれた消防士の顔が見えなかった。煙があまりにも濃く立ち込めていたのだ。彼女は指示されたとおりにロープをつかみ、それをたどってロビーを通り抜けて外に出た。そしてロビーの暗さや外のがらんとした様子に唖然とした。自分の身に降りかかった大災害をうまく切り抜けたら、何もかもが正常で、活気にあふれ、光り輝いているだろうと思っていたのだ。そこがそんなにも違って見えるとは想像すらしていなかった。

地階では、五百キログラムの爆発物を満載したトラックが、五階分の深さの漏斗孔《ろうとこう》を残していた。死者は六人。ビル全体からの避難としてはアメリカ史上最大規模［当時］のものとなり、予想どおりにいったものは何一つなかった。煙は渦を巻いて階段を這《は》い上った。停電になり、緊急通信装置が役に立たず、階段が真っ暗になった。人々は異常なほどのろのろと動いた。爆発から十時間たっても、まだオフィスから避難していない人たちを消防士は発見していた。

その爆破事件のあと、世界貿易センターに暗闇で光るテープや予備の発電機が取り付けられた。どちらも八年後に人命救助に役立った。だがいまだに根本的な疑問に完全に答えられた人はいない。なぜ人々はそんなにぐずぐずしていたのか？　そしてそのことは、超高層ビル――とりわけ世界貿易センタービル――に対してわたしたちが抱くもろもろの思い込みとどうかかわっていたのか？　一九九三年のその爆破事件は、テロリズムに関する話として語られるようになった。当然のことながら、八年後の同じビルへの攻撃もそうなった。だがそれらはまた、人間が災害を体験する際の第一段階である、のろい行動や現実否認の実話でもあった。

数日後に、ゼデーニョは隣りのビルですぐに仕事に戻った。一カ月後に、北タワーの七十三階で彼女のオフィスは再開され、仕事で以前と同じエレベーターに乗りはじめた。ところが何カ月かたつうちに、口から煤《すす》の味がするようになった。タワーを出ていくことも考えたけれど、絶対にそうしなければという確信が持てなかった。「自分がこう言ったのを覚えているわ。『こんなことは二度と起こらないわ』と。するとだれかが言ったの。『ひどい災難は二度降りかかることはない』って」

「心配するな。それはきみの想像だよ!」

ゼデーニョは背が低く、丸いメガネをかけ、笑うとジャズトランペット奏者ディジー・ガレスピーばりの頬になることがよくある。彼女は十一歳のとき、家族とともにキューバからアメリカにやってきた。両親は、ゼデーニョが幼い頃から、フィデル・カストロから逃れようとひそかに計画していた。一九七〇年代の初めに、ようやく出国の許可がおりると、一家はニュージャージー州ウェストニューヨークに移り住んだ。そこだと、どこからでも、日に当たってきらきら輝いている建設されたばかりの世界貿易センターのタワーを娘が眺められたのだ。

ゼデーニョは十九歳になって初めて世界貿易センターを訪れた。ニューヨーク州&ニュージャージー州港湾公社の秘書の仕事を志願してやってきたのだ。港湾公社が何をしているのか——そこが貿易センタービルを所有していることさえ——知らなかったが、志願書を書くよう女友だちに説得された。二回目の面接を受けたとき、母親も世界貿易センターまで一緒にやってきた。ゼデーニョはその場で採用が決まり、昼休みに下層階のプラザまで走っていって母親に告げた。そして、ニュージャージーまで帰る方法を知らなかった母親に「これからどうする?」と尋ねた。「ここに座っておまえを待ってるよ」と、母親は答えた。その日の夕方、二人は電車に乗って一緒に家に帰ったのだった。

やがてゼデーニョは昇進して財務部門に配属された。彼女のオフィスは定期的に避難訓練を実施していたが、廊下に集まっておしゃべりをするだけのものだった。一九九〇年の停電の際には、同僚と一緒にタワーの階段を歩いて降りた。そういうことがあって、ホームレスの人たちが階下の階段の吹き抜けをトイレ代わりに使っていることを知った。「わたしたちは笑い声を上げたり、しゃべったりしていたわ」と彼女は回想している。ゼデーニョはしゃべるとき、子供が何かとんでもないことを話しているみたいに、尻上がりに言う。「そもそもあれはお遊びだったんです!」

どこにいてもゼデーニョは目撃者になりうる。何事もその場で見ているかのように詳しく思い起こすことができるのだ。少女の頃にキューバを出ていったときの様子を尋ねると、一九七一年四月のその日のことを話してくれる。母親に髪をとかしてもらっていると、オートバイの音が聞こえた。「オートバイを持っている人は町で一人しかいなかったけど、その人のオートバイのようには聞こえなかったわ」と彼女は言う。不意に、その音が家の前で止まった。一人の兵士がノックもせずに玄関に入ってきて、彼女たちに出ていくよう命令した。ゼデーニョにはこれがよい知らせだとわかった。ついに一家でアメリカへ行く許可が得られたんだ、と。十五分後に、一家はキューバの我が家に永遠の別れを告げた。出国の旅の間はびくびくしていたが、うまく目的地にたどり着けた。マイアミに着いたとき、ゼデーニョは目にしたものの名前をことごとく大声で叫びながらスーパーマーケットの通路を走った。

二〇〇一年九月には、タワーで働きはじめて二十一年以上たっていた。四十一歳のゼデーニョは、北タワーの七十三階で五人の部下を使っていた。彼女のグループは港湾公社の技術者の監督にあたっていた。9・11には、ゼデーニョは午前八時をちょっとまわった頃に仕事に取りかかった。個室に入り、ボイスメールのメッセージに耳を傾けた。一時間後に、いつものように朝食をとろうとカフェテリアへ上がっていくつもりだった。

貿易センタービルは、七つのビルの集合体のような感じではなかった。むしろ一つの町のようだった。毎日、五万人がそこに働きにきて、さらに二十万人が通り過ぎていった。下層階のプラザには、ロワーマンハッタンで最大のショッピングモールがあった。「何を買うにもビルの外に出ていく必要などなかったわ」と、ゼデーニョは言っている。その複合建築には百三基のエレベーターがあり、独自の郵便番号（１００４８）まで持っていた。爆撃の脅威や小さな火災は、珍しいことではなかった。通りの反対側の消防分署から、貿易センタービルに一日八回の出動があることもあった。ゼデーニョはエレベーターの中で消防士の姿を見るのに慣れた。数日たってから、ビルのどこかで煙が出ていたということを耳にしたりするのだが、そこは彼女がいるところからフットボール場二つ分くらい離れていることもあった。

午前八時四十六分に、時速七百八十四キロで飛行していたアメリカン航空ボーイング767が、オフィスの十一階上《うえ》でビルに衝突した。飛行機がビルにぶつかったとき、その影響は小さなものではなかった。たちまち四つの階が跡形もなく消えた。デスクでとどろき渡る爆発音を聞き、ゼデーニョはビルが今にも倒れそうに、急に南に傾くのを感じた。それまでそんなことは一度も起こらなかった。一九九三年もそうはならなかった。今回、彼女はデスクをつかみ、しっかりつかまって両足を床から持ち上げた。「実は天井が落ちて、ビルが崩れ落ちるんじゃないかと思ったの」と彼女は回想している。同時に金切り声で叫んだ。「何が起こっているの?」と。

かつてはタワーが建っていた空き地の向かいにあるデリカテッセンでその話をしながら、なぜすぐに階段のほうに逃げなかったのだろうと、ゼデーニョは不思議に思っている。なにしろ、以前にもそういう体験をしていたのだから。だが実際のところ彼女が必死で望んでいたのは、だれかがこう言い返してくれることだった。「何も起こっちゃいないさ、大丈夫だよ! 心配するな。それはきみの想像だよ!」と。衝撃の瞬間に、ゼデーニョは現実離れした特殊なゾーンに入っていった。日常生活のルールは一時的に適用不能になった。彼女の体も心もすっかり変化した。生存への行程にそって一連の段階を曲がりくねって進んでいった。最初はすべてを疑ってかかり、次に必死に思考を重ね、最後に行動を起こした。ここではその三つとも目《ま》の当たりにすることになるが、何よりも、ゼデーニョの場合は否認についての逸話が中心になる。

ゼデーニョは、世界貿易センタービルからの脱出の瞬間を、色あせたものになるほど何度も思い出した。彼女は現在、世界中からやってくる観光客にグラウンド・ゼロ見学ツアーの案内をしている。しかしいまだに解明できない謎《なぞ》があり、おかしな行動をとったことが腑《ふ》に落ちない。何よりも、あの日はずっと、起こっている事実を受け入れるのがなぜあんなに遅かったのか不思議でならない。

ゼデーニョによると、飛行機がビルに衝突したあと、そこにとどまること以外は何もしたくなかったという。彼女と同様、わたしもこの反応に戸惑いを覚えた。原初の生存本能が働けば、彼女は出口へ向かう衝動に駆られるのではないのだろうか？　ゼデーニョは異常なのだろうか、とわたしは思った。そこでもっと詳しく知ろうと、国立消防訓練学校へ赴いた。学校はメリーランド州にあり、かつてのカトリック系大学の、なだらかに起伏している敷地に建っていた。そこの指導者は、火事の際に人間がとりうる行動のほぼすべての形態を目撃してきた経験豊かな消防士たちだった。わたしは、オハイオ州コロンバスで三十三年間消防士を務めたジャック・ローリーという男性に会った。ゼデーニョのことを話すと、そういった奇妙に無関心な態度は頻繁に目にしたと彼は言った。実際に、ある特殊な火事を彼は土曜の夜の定期的な儀式だとみなすようになった。ローリーが所属していた消防署は、とあるバーへ急行したことがある。店に入っていくと、煙が見えた。だが客はバーに座ってゆったりとビールを飲んでいる。彼は言う。「わたしたちはこう切り出したものです。『ここで火事があったようだが』」。避難しようという気にならないのかと、客たちに尋ねたところ、「連中は言うんです。『いや、わたしたちは大丈夫だよ』と」

カナダの国立研究協議会のギレーヌ・プルーは、一九九三年と二〇〇一年の両年に、世界貿易センターでの行動を広範囲にわたって分析した数少ない研究者の一人だ。彼女が目撃したものは、ゼデーニョの記憶と合致する。「火災時における実際の人間の行動は、〝パニック〟になるという筋書きとは、いくぶん異なっている。一様に見られるのは、のろい反応である」と、雑誌「火災予防工学」に掲載された二〇〇二年の論文に彼女は書いた。「人々は火事の間、よく無関心な態度をとり、知らないふりをしたり、なかなか反応しなかったりした」

二〇〇六年五月十九日付けの「ウォールストリート・ジャーナル」紙のコラムに、マシュー・カミンスキーは、パリからニューヨークまでの最近のフライトについて書いている。パリを出発して三時間たち、映画『ファーヘッド』を途中まで見たときに、カミンスキーは大きなドシンという音を聞き、機体が揺れて進路からはずれるのを感じた。「機長は何のアナウンスもしなかった。客室乗務員に何か質問した乗客もいなかった」と彼は書いている。だが、と旅慣れたカミンスキーは続けて、「どうにも不安を覚えて仕方がなかった」

約一時間後に、パイロットは飛行機がカナダのニューファンドランド・ラブラドール州セントジョンズに緊急着陸することをアナウンスした。飛行機のエンジン四基のうちの一基が故障したようなのだ。飛行機が滑走路に近づいたとき、眼下の駐機場に消防自動車や救急車が見えた。フランス人の客室乗務員の英語は、早口で聞き取りにくかった。彼女は甲高《かんだか》い声で、乗客に「ブレース、ブレース〔衝突の衝撃に備える体勢、ブレース・ポジションのこと〕！」と指示した。この極度の緊張の瞬間、乗客の約半数は何をしただろう？　パニックに陥ったり、泣いたり、神に祈りをささげたりしただろうか？　いや。彼らはげらげら笑っていたのだ。

飛行機は、結局のところ、無事に着陸した。カミンスキーは、同乗者たちの嫌みたっぷりの反応に驚かされた。

笑い――あるいは沈黙――は、立ち遅れと同様に、典型的な否認の徴候である。ゼデーニョだけではなかった。九百人近くの世界貿易センターの生存者にインタビューして引き出した結果、平均すると生存者は階下へ向かうまでに六分待っていたという、二〇〇五年の国立標準技術研究所（NIST）の調査報告がなされている（平均値は、亡くなった人たちが調査に応じることができていたら、もっと高くなっていただろう）。なかには四十五分間も待った人がいた。人々はさまざまなことに気をとられていた。身体障害者や肥満体の同僚に手を貸していた人もいる。南タワーでは、多くの人々がそこにとどまれという致命的な指示に従った。なにしろ屋内にとどまるというのは、超高層ビルでの火災の一般的な慣習なのだ。だが実はそれは即座に注意を払うべき脅威だった。最終的には、ほとんどの人が煙を見て、ジェット燃料のにおいを嗅《か》ぎ、だれかが脱出するよう命令しているのを聞いた。そのときでも、多くの人が肉親や友人に電話をかけた。NISTによると、約千人がコンピュータを終了させるのに時間をさいたらしい。「ビルはぐらぐら揺れ動き、何もかもが揺れはじめた」と、北タワーの六十階台にいた人はNISTの調査で話した。「何かが異常だということはわかった」。その次にどう言うか注目してもらいたい。「わたしはデスクまで走り、二、三本、電話をかけた。連れ合いに連絡をとろうと、五回ほど電話した。もっと情報を得ようと、姉たちにも電話をかけた」

なぜわたしたちは避難を先延ばしするのだろうか？　否認の段階では、現実を認めようとせず不信の念を抱いている。我が身の不運を受け入れるのにしばらく時間がかかる。ローリーはそれをこう表現している。「火事に遭うのは他人だけ」と。わたしたちはすべてが平穏無事だと信じがちなのだ。なぜなら、これまでほとんどいつもそうだったからである。心理学者はこの傾向を「正常性バイアス」と呼んでいる。人間の脳は、パターンを確認することによって働く。現在何が起こっているかを理解するために、未来を予測するために、過去からの情報を利用する。この戦略はたいていの場合うまくいく。しかし脳に存在していないパターンに出くわす場合も避けられない。言い換えれば、わたしたちは例外を認識するのは遅い。しかもピア・プレッシャー［仲間集団からの社会的圧力］の要因もある。だれだって不吉な前兆を経験することがあるが、たいていは事なきを得るものだ。だからわたしたちは控えめな反応をすると、過剰反応を受けて周囲を混乱させるリスクがある。違った行動をすると、過剰反応を受けて周囲を混乱させるリスクがあるという過ちを犯す。

だがぐずぐずしている間にいたずらに時間を無駄にしているわけではない。考える時間があれば、災害時に人々は、避難所や水に関する情報を求める。脳には適切な判断をするために必要なパターンが不足している。だからよりよいデータを求めて知恵を働かせる。制服を着た男にどう言われようと、いかに警報が甲高く鳴り響こうと、わたしたちはお互いに確認し合う。この〝右往左往の〟儀式は、思考という第二段階の一部なのである。だれとどのように右往左往するかが、生存のチャンスに劇的に影響を及ぼす。今のところは、右往左往は、終えるまでにうんざりするほど長い時間がかかる場合もある有益なプロセスだと言うのが公平であろう。

「ビルから出ろ！」

幸運なことに、ゼデーニョの同僚の一人は、ただちに否認段階を通り抜けた。彼はゼデーニョに大声で叫んだのだ。「ビルから出ろ！」と。後に詳しく説明するような理由で、彼の脳はより速く働いたのだ。もし彼に出ていけと言われなかったら、どうしていただろう、とゼデーニョは今でも考える。実際は、もう少し避難を先延ばしする手段を見つけていた。まず第一に、財布を取ろうとした。それから個室内をぐるぐる歩き回りはじめた。「わたしは持っていく物を捜していたの。まるで夢遊病者のようだったわ」。ゼデーニョは読みかけのミステリー小説を取り上げた。それからもっと持っていく物を捜した。私物をまとめるこうしたプロセスは、生死にかかわる状況のなかでよく見られる。何が起きているのかわからない事態に遭遇すると、できるだけ多くの物資を所持して備えたいのだ。そして「正常性バイアス」で見られるように、日常の習慣に安らぎをおぼえるのである（攻撃後の千四百四十四人の生存者に調査したところ、四十パーセントが脱出する前に私物をまとめたと答えている)。ようやくゼデーニョは階段の吹き抜けに向かった。プロセスの最後の段階である行動を起こしたわけである。だがその旅は始まったばかりで、「災害時の思考」の段階を堂々巡りすることになった。信じられない思いにとらわれたり、あれこれ考えたりして、何度も階段を降りる足が止まった。「わたし自身、少しも急いでいなかったわ」とゼデーニョは述べている。「物音やら、ビルが揺れている様子からすると、急いで降りていくべきだったので、不思議だった。でもわたしは、まるでその物音を頭のなかにしまい込んだようだったの」

NISTの調査結果によると、世界貿易センターから脱出したと推定される一万五千四百十人が各階を降りるのに平均して約一分かかっている。一分というのは長い時間に思えないかもしれないが、高層ビルの設計や建築にあたった人たちにはショッキングな数字だった。標準的な工学基準から予測していた二倍の時間がかかったのである——しかもビルには定員の半数以下の人間しかいなかった。百十階建てのビルで、各階ごとに一分かかるというのは、あまりにものろすぎる。

9・11で亡くなった人たちのほとんどは、選択の余地がなかった。飛行機が衝突したゾーンの上階にいたので、出口を見つけるのは不可能だった。吹き抜け階段にたどり着き利用できる時間があった数千人のうち、百三十五人ほどを除いた全員が何とか脱出できた、というNISTの報告がある。だが世界貿易センターからの避難でもっとも重要な発見は、起こらなかったことは何かという点である。攻撃は、ニューヨーク市の市長選挙と同じ日に行なわ

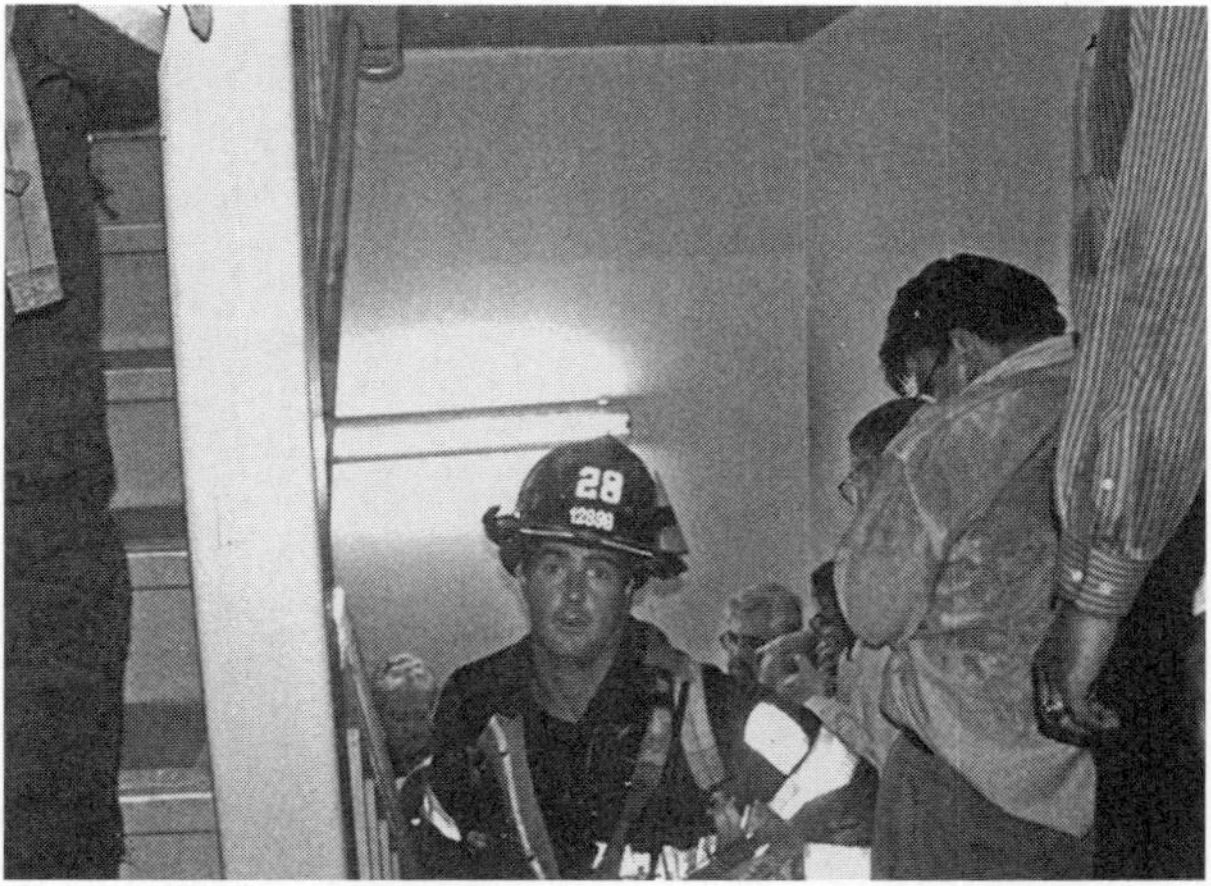

生存への行程の第一段階は「否認」で、推測することに貴重な時間を費やす。「9.11」に、世界貿易センターにいた人々が階段を降りるのに、安全担当技術者が予測していた2倍の時間がかかった。生き残った消防士マイク・キーオは、北タワーの階段の吹き抜けにいた。写真提供：ジョン・ラブリオーラ／AP通信

れた。多くの人々が投票所に立ち寄り、仕事に行くのがいつもより遅くなった。始業日だったため、子供たちを学校に連れていった人たちもいた。一方、ニューヨーク証券取引所は午前九時半まで開かないので、商社にはまだ従業員が全員そろっていなかった。しかも観光客が訪れる世界貿易センターの展望デッキも、午前九時半まで開いていなかった。

9・11の攻撃によって引き起こされた火災は、アメリカ史上最悪のもので、二千六百六十六人が死亡した。もしその日の朝、ビルが人でいっぱいだったとしたら、のろのろした避難のせい

で死傷者の数は五倍以上になっていただろう。想像しがたい死者の数だ。なにしろ、今回の惨事だけでもアメリカにとっては前例のない悲劇なのだから。9・11の避難の速度に基づいてNISTが控えめに見積もったところによると、もし攻撃が別の時間に行なわれていたら、少なくとも一万四千人が亡くなっていたという。そうなると、いらいらするほどのろい避難が、果てしない公開討論会の主題になっていただろう。

　最初の超高層ビルが一八八五年にシカゴに建てられて以来、こうした人間工学の記念碑的建造物は、人間が実際にどう行動するかということをあまり考慮せずに設計されてきた。超高層ビルで働いている人たちは定期的な正規の避難訓練を受けるよう義務づけられてはいない。そういう訓練をすれば、脱出に要する時間が激減するはずであるが、訓練をするとき、たいていの人がそれを時間の無駄とみなす。実際に危機に直面しても、自分たちの頭がうまく働くと過大評価している。警報が鳴ると、仕事が中断されて迷惑だとは思っても、いつの日か、それがいかに役立って感謝することになるか必ずしも理解しているわけではないのだ。

　グラウンド・ゼロの見学ツアーを催しているとき、ゼデーニョがもっともよく尋ねられることは、階段の吹き抜けで人々はどういう行動をとったのか？　人々はパニックに陥っていたか？　というものである。次のような答えを聞くとはだれも予想していない。「だれもがとても落ち着いていました。すごく落ち着いていたんです」と、ゼデーニョは観光客たちに話す。一人だけヒステリックになっていた女性がいた――階段で過呼吸になって叫び声を上げていたのだ。ゼデーニョはこの女性を好意的にみなして「その女性が何を目撃したのか、わたしにはわかりません」と話す。女性はひたいに血が付いている男性と一緒に歩いていた。その男性は何度も繰り返していた。「ぼくたちは運がよかったんだ、ぼくたちは運がよかったんだ」と。ゼデーニョもほかの人たちも、狭い階段で脇へ寄って二人を先に行かせてあげた。

実際に災害に直面すると、群集は概してとても物静かで従順になる。もちろん、9・11に階段にいた人たちはだれも、タワーが崩壊するとは思っていなかった。もしそのことを知っていたら、彼らがどんな行動をとったかは、知るよしもない。だが明らかにもっと悲惨な状況においてさえ、群集はいわれのないパニックに陥ることはない。たいてい、人々は一貫して整然としていて——親切である。普段よりもずっと親切になる。体重が百三十五キロを超えているゼデーニョの同僚の一人は、車椅子に乗っていた。彼は一九九三年にも二〇〇一年にも、六十九階で働いていた。どちらのときも、彼の同僚は車椅子の男を抱えて延々と階段を降りていったのである。

最初の三十階を降りていく間に、ゼデーニョが耳にした爆発音は飛行機がタワーに衝突した音だと知った。するとただちに何が起こったのかを自分に説明するためにストーリーをつくり上げた。言い換えると、筋の通った説明をするために彼女の脳はさまざまなパターンのデータベースに到達した。「わたしはこう思ったの。『可哀相なパイロット。心臓発作か脳卒中を起こしたにちがいないわ』と」。ゼデーニョはその日、何度もその話を修正し、そのたびに攻撃の重大性を過小評価した。

四十四階で、だれかがゼデーニョや彼女の近くにいた人たちに、階段を移るように言った。だれがそう言ったのか定かではないが、その階段の下が火事になっていると言っていたのを覚えている。だから彼らは皆、列をなしてスカイロビーに入り、別の階段の入口で列をつくった。ゼデーニョはスカイロビーの窓のほうを向いて立っていた。最初の飛行機が衝突してから十七分ほど経過していた。

突然、もう一つの爆発がタワーを揺さぶった。ゼデーニョが顔を上げると、火の玉と黒い煙が見えた。「なぜか、その爆発音は覚えていないんです」と彼女は言う。災害に遭った多くの人と同様に、彼女の記憶や感覚は、ある重要な時点でスイッチが入ったり切れたりした。だがだれかが大声でこう叫んでいたのはちゃんと覚えている。「窓から逃げろ!」。ゼデーニョは向きを変え、ビルの中心に向かって走った。

そのときまで、ゼデーニョはたいてい落ち着いていて物静かだった。だが爆発から逃げていたとき、新たな感覚を味わった。急に怒りが込み上げてきたのだ。だれに腹を立てていたのか、とわたしは尋ねた。爆発を起こした張本人だと答えるだろうと思っていたのだ。だが彼女はゆっくりと慎重にこう答える。「何て……わたしは……愚かだったのだろう、一九九三年にあんなことが起こったあとでも、またこのビルの中にいるなんて。もっと分別があってしかるべきだった」。ゼデーニョは自分自身に対して激怒していたのだ。逃げていたとき、状況がはっきり認識できた瞬間を経験した——明らかに何の役にも立たないことではあるが。「わたしは絶えず自分自身に言い聞かせていました。『わたしはビルの四十四階にいる。自分はどこへ行こうとしているのだろう？　わたしはまだ高いところにいる。どこにも行けない！』と」

そうこうするうちに、すべてがまた急に変化した。一団となった人々は逃げるのをやめ、怒りが消え去り、たちまちさきほどの落ち着きが戻ってきた。「ひとり残らず皆くるりと向きを変え、まるで何事もなかったかのように、階段に向かってまっすぐに戻っていった」とゼデーニョは言う。彼女は笑いながらこの話をする。それがおかしな話に聞こえることを知っているのだ。災害の犠牲者たちはしばしば、恐怖に満ちた現状認識と機械的な服従の間を揺れ動く。ゼデーニョが述べているように、被災者たちは驚くほど従順なのである。

わたしたちはロボットのようだった。「外で何が起こったと思う？」ということに関して何の意見も述べられなかった。何が起こっているのか見ようと、窓際へ走っていく者もいなかった。だれかを押す人もいなかった。我先に階段に入っていこうとする者もいなかった。だれもが一団となってひたすらまっすぐに戻り、整然と狭い通路を通って次々に階段に入っていった。

わたしはゼデーニョに尋ねる。この二回目の爆発音を何だと思ったのか、と。あのとき、その音についてはまったく何も考えなかった、と彼女は答える。「わたしに関して言えば、本当に、そんなことは一切起こらなかったようだった。それを忘れたというのでもないの。まさに何も起こらなかったみたいだったの。一切何も」。心理学者はこれを「解離」と呼んでいる。その言葉がもっともよく使われるのは、子供たちが身体的虐待や性的虐待から心理的に距離を置くのを描写する際である。だが生死にかかわる状況においても、こうしたことが起こるのだ。それは対処機制〔環境のストレスに対して、能動的に対処・克服しようとする適応機制〕——ある意味では、効果的な否認の極端な形——である。ゼデーニョはこう述べている。「わたしには爆発音にこだわる余裕はなかった。わたしのやるべきことは、ただ一歩一歩進んでいくことだけだった」だが、そのあとすぐ、ゼデーニョは階段の吹き抜けにいるだれかが、もう一機がタワーに衝突したと言うのを聞いた。その情報は自作のパイロットの心臓発作説と矛盾した。そこで彼女は即座に新しいストーリーをつくり上げた。これもまた一つの巧妙な対処手段だった。「わたしは言った。『なんてバカな人たちなの！　競争していたんだわ！　そしてあげくにわたしたちのビルに衝突したんだ。人間がこんなにも愚かだなんて信じられない』と」

ゆっくりと階段を降りて何階分か下ったのちに、もっと心をかき乱すようなある情報を耳にした。背後の男性が、一機が衝突した約十五分後にもう一機が衝突したという話をしたのだ。彼女はまるでその男性が何か新しい驚くべきことを言ったかのように、振り返った。そして彼に言うのと同様に自分自身にも、「意図的にやったんだわ！」と吐いた。男は彼女を見返して「そうだ」と答えた。彼女が注意深く組み立てた話も、この情報を取り入れることはできなかった。だからゼデーニョは、自分でできるもっとも現実的なことをした。つまり、それを無視したのだ。「まるでそんなことは起こらなかったかのように、わたしはそれを頭から追いやったの」とゼデーニョは言っている。否認は驚くほど機敏な働きをするのだ。

二十階くらいで、ゼデーニョは階段を上ってきた多くの消防士たちとすれ違いはじめた。またしても、寛大でありたいという群集の本能が現われた。「消防士たちは疲れているようだと思ったのを覚えているわ。水の入ったボトルを持っていて彼らにあげることができたらいいのにと思ったの」と彼女は言う。避難者たちは脇へ寄って消防士たちにさらなるスペースを与えようとしたが、消防士たちは避難者たちに階段を降り続けるよう促した。立ち止まらないで、立ち止まらないで、と。

ゼデーニョはその日に階段を降りていて聞こえてきたある音声を鮮明に覚えている。消防士とおぼしき二人の男性が下から上がってきていた。それぞれの階で、彼らは立ち止まって大声を張り上げた。「だれか助けを必要とする人は？　ここにだれかいますか？」。二人の姿を見る数分前に、その声が上に漂ってきているのが聞こえた。やがて二人は彼女のそばを通り過ぎた。彼らの声が頭上で聞こえるようになり、次第にもっと遠く離れたところへ移っていった。二人の男がどうなったのか、彼女は知らない。「二人の声がずっとわたしの耳に残っていたわ。今でも彼らの声が聞こえるの。その声は長い間、絶えずわたしに付きまとっていたわ」

恐怖ほど効果的に脳に焼きつくものはほかにない。生死にかかわる出来事のこまごまとしたことが、意識のなかの傷跡のように、死ぬまでずっと記憶にとどまる。そして体を衰弱させる原因になることがある。健康を回復するには何年もの治療が必要だ。だが、たいていの災害時にとる行動と同様、役に立つこともある。そこに存在することで、わたしたちがふたたび同じ状況に陥らないように守ってくれるのだ。

赤い服の女性

個室を出てから一時間ほどして、ようやくゼデーニョは世界貿易センタービルのロビーの明かりの中に出た。嬉しさがどっと込み上げてきた。ついに地上に降り立ったのだ。あたりを見回すと、消防士やビルから脱出してきたほかの人たちがスローモーションで動いているのが見えた。極端な状況においてはよく見られる時間の歪みだった。それから外を見て息を呑《の》んだ。

一九九三年の爆破のあとでエレベーターから出てきたときのように、普段の生活がせわしなく坦々と続いているところが目に入るだろうと予想していた。次の文は、災難は自分のすぐそばでしか起きていないという強い思い込みについて、ゼデーニョが述べているものである。このような思い込みを、心理学者は「求心性の錯覚」と呼んでいる。

心的外傷《トラウマ》を負っているとき、これは局地的な問題にすぎない、と頭では思っている。自分の小さな世界での出来事で、外の世界では何事も起こっていないと。外界の何もかもが悲惨な状況だと言える余裕などない。七十三階で耳にした物音は、これはひどい、とわたしに告げていたはずだ。ビルの揺れは、これはひどい、とわたしに告げていたはずだ。四十四階にいたときの爆発もそうだ。ひどい。下のほうの階段で嗅いだ瓦礫のにおいもそうだ。ひどい。だがどの瞬間にも、わたしはそれをここの小さな自分の世界のものに限ってしまった。それ以外には何も存在していないのだ。

しかし9・11に、世界貿易センターのロビーの窓から外を眺めたとき、ゼデーニョはもはや信じまいとすることはできなくなった。玄関に向かって歩きながら、次に何が起こるのかに細心の注意を払い、プラザで身動きもせずに横たわっている死体を凝視した。以下は人間の心がとてつもない危機をいかに処理するかについて述べたものである。

わたしの足は動きが鈍くなっていた。というのも、自分が目にしているのは瓦礫だけではないことに気づきはじめたからだ。わたしの頭はこう言っている。「おかしな色だ」。それが最初に思ったことだった。それから口に出して言いはじめる。「おかしな形だ」。何度も何度も頭のなかで言う。「おかしな形だ」。まるでその情報を閉め出そうとしているかのようだった。わたしの目は理解することを拒んだ。そんな余裕はなかった。だからわたしは、「いや、そんなはずはない」と思うような状態だった。やがて、おかしな色やおかしな形を目にしたことの意味するところがついにわかったとき、そのとき、わたしが目にしているのは死体だと気づいたのだ。凍りついたのは、そのときだった。

「凍りつくこと」は、災害時の人間の反応のなかでも、逃げることと同じくらいよく見られる現象である。だがそれはまた非常に興味深い複雑な反応でもある。何世紀もの間、何千人もの人々にとって、それは確実な死を意味してきた。しかし、ゼデーニョには、個人的な救済者がいた。

凍りついたちょうどそのとき、一人の女性――見知らぬ人――がゼデーニョのそばに現われ、腕を組んできた。その女性は言った。「わたしたちはここから出ていくのよ」と。ゼデーニョはうつむいて女性の腕を見た。自分とよく似た、その女性の浅黒い肌の色や、シャツブラウスの赤いそでを、ゼデーニョはいまだに記憶している。そしてそのとき、ゼデーニョはまったく何も見えなくなった。「煙のせいだったの?」とわたしはゼデーニョに尋ねる。「いえ、いえ、そうじゃないわ。あそこには煙はなかった。でも、まったく何も見えなかったの」

その瞬間、ゼデーニョは一時的に目が見えなくなった。今、この注目すべき出来事を説明するとき、彼女は淡々と述べる。そうなったとき怖くはなかったと言う。ただ感覚が麻痺していただけだったと。ゼデーニョは聴覚を頼りにした――そしてその赤いそでの女性が、彼女を戸口のほうへ引っ張りはじめた。二人で歩いているとき、女性はずっとしゃべっていた。彼女が言った言葉を、ゼデーニョはひと言も思い出せない。「変ですよね、彼女が言ったことをすべて頭から追い出してしまうなんて。でも彼女はずっとしゃべり続けていて、黙るってことがまったくなかったわ」と、ゼデーニョは笑いながら言う。「すごく変だったわ!

一度も口を閉ざさなかったなんて」。だが二人で外に出たとき、彼女がこう言うのをゼデーニョはちゃんと聞いていた。「ほら、うまくいったでしょ」。それに応えて、「ええ、わたしたち、外に出られたわね」と言ったのを、ゼデーニョは覚えている。ところが、実をいうと、彼女はまだ何も見えていなかった。その女性の顔もまったく目に入っていなかったのだ。

そのとき、ゼデーニョは新たな物音を耳にした。重々しい轟音で、すぐそばだった。午前九時五十九分。そのとき、彼女はこう思った。「また飛行機だわ」。三つの考えが矢継ぎ早に頭をよぎった。「飛行機、戦争、ビルの崩壊」そう考えて絶叫した――口に出したのか、頭のなかだったのか、どちらだったのかは覚えていない――「中へ！」。ちょうどまた必要になったときに、彼女の視覚が戻ってきた。今度は否認はまったくなかった。振り向くと、右手にボーダーズ・ブックストアがあるファイヴ・ワールド・トレード・センター［世界貿易センターにある九階建てのオフィスビル］の回転ドアが見えた。そのドアを駆け抜けた。赤いその女性をふたたび見ることはなかった。

「ただ一つ覚えているのは、その物音がわたしの背後でだんだん大きくなってきたことだわ。そして強い風を感じたの。風がものすごい勢いでわたしを通り抜けていくのを感じたとき、こう思ったのを覚えているわ。『この風より速く走れないだろう。手遅れだ。そんなには速く走れない』と」。もう一つのタワー――南タワー――が地面に突っ込んだ機関車さながらに崩れ落ちたとき、その勢いで彼女は打ち倒された。

ビルの倒壊のすさまじい衝撃音の直後は、まったく何の物音もしなかった。ゼデーニョは、その無音の空虚さのせいか、自分は死んでいるにちがいないと思ったのを記憶している。まだ生きていると気づいたとたん、息ができないことがわかった。南タワーから出た濃い灰色の物質が、鼻にも口にも耳にも入り込んでいたのだ。片手を口に突っ込んでその物質を取り除くと、そこへもっと多くが入り込んだ。「ずっと息をつこうとしていたけど、できなかったわ。ああ、ほんとに悲惨な状況だった」と彼女は言っている。

山のように積もった灰で窒息しそうになっていたこのとき、四十四階で感じていた怒りがふたたび込み上げてきた。今度は、怒り以上のもの、激怒だった。そしてその矛先は、彼女自身ではなく神に向いていた。

わたしはこう考えていました。「外に出ていたのに！　もう少しでうまくいくところだったのに！　なぜ脱出できなかったのだろう？」。結局、こういう災難に遭ってしまうなんて！　わたしは本当に理解できなかった。そしてこの怒りは、この抑えきれないほど激しい怒りはこう声を上げた。「どうしてもう一度チャンスをくれないの！　わたしは一九九三年にあそこにいた。今はここにいる。もう少しで外に出られるところだったの。なのにまだここにいるわ！　ああ！　神よ！」

粉塵がおさまりはじめた。ゼデーニョは口の中の灰色の物質をすっかり出すことができた。そして壁にもたれてメガネを磨き、鼻をかもうとした。粉塵のために視界は悪かったが、邪魔にならないようにどいてくれと自分に言っている声は聞こえた。それは消防士で、壁を突き破って避難者たちを外に出そうとしていたのだった。ゼデーニョは動いたものの、何かの残骸につまずき、ほかのだれかの上に倒れた。それは警察官だということがわかった。彼は目が焼けるようだと悲鳴を上げていた。にもかかわらず、彼女にこう言っていた。「心配しないで、心配しないで！　わたしたちはここから出ていくんだ」。ゼデーニョには彼の両手が震えているのが見えた。だが彼の顔は一度も見なかった。

その頃には、彼女の怒りもふたたび消えていた。とても穏やかな気持ちになっていた。怪我をしていたとはいえ、そこに警察官がいたことが助けになったのだ。やがて声が聞こえた。「出口を見つけたぞ。みんな、手をつないで」。彼らは言われたとおりにした。ボーダーズ・ブックストアに入り、ヴィージーとチャーチ・ストリートの角に面したドアを通って外に出た。本はまだ本棚に収まっていることに、ゼデーニョは気づいた。「何があったのかということがすっかり抜け落ちてしまっていたわ。消え去ってしまったの！　もう何も感じなかった。まるで白昼夢にふけっているようだった」

ゼデーニョは長い道のりを旅した。七十三階から地上に降りてくるまでに、何が起こったかについての少なくとも三つの異なった説明を考え出したが、そのすべてを捨てざるをえなかった。すべての意味を理解しようという脳の働きとともに、激しい怒りが込み上げたり消え去ったりした。誤った希望を抱いて注意がそれ、動きがのろくなったのも、気持ちを落ち着かせることで動き続けることができたのも、否認の働きである。

四・五キロのプランター

一九九三年の爆破事件の前は、世界貿易センターの防火安全計画は簡単なものだった。それぞれのテナント会社が防火管理者の役割を務める有志者を選んだ。それから有志者は、火災の際に何をすべきかを知るための訓練を受けたとされている。五十人の従業員につき約一名の有志の防火管理者がいたということになる。あとで判明したことだが、一九九三年の爆破事件の後に防火管理者全員を対象にしたＮＩＳＴの調査によると、大多数は以前の警報や訓練において、一度も自分のフロアやビルから離れたことがなかった。その結果、脱出のための〝訓練を受けている〟のは防火管理者だけという事実にもかかわらず、彼らのほとんどが階段に慣れていなかった。実際のところ、彼らが受けた訓練は、廊下に集まり指示を待つということだけだったのだ。だがどんな指示も出されはしなかった。ボーイング７６７に比べれば、爆弾の威力は弱かったが、タワーの電気や通信装置は使用できなくなった。

その後、一九九三年に防火管理者を務めた者たちは、訓練の杜撰《ずさん》さについて不満をもらしていることを知らなかった。吹き抜け階段の三分の二は、移動用の通路を曲がりくねって進まなければならなくなった。消防士が上階に到達するまでに数時間がかかることを、だれも教えてくれなかった。だから防火管理者たちは待ちに待った。なかには階段を降りるまでに四時間も待った者もいた。その調査結果の作成者たちは、論理的にこう結論づけている。「訓練は防火安全チームのメンバーだけに限るべきではない。事件が起きたとき、防火管理者の多くは持ち場にいさえしなかった……高層建築で火災が起きても無事でいたいなら、建物の居住者全員がある程度の訓練や教育を受ける必要がある」。有志の防火管理者や消防士に頼るだけでは不十分だった。人々は自力で脱出できることが必要だったのだ。

一九九三年の爆破事件以降、さまざまな変更を施す必要があることが明らかになった。港湾公社は改善のために一億ドル以上を費やした。だがその金がどこへいったかに注目してもらいたい。世界貿易センターの複合建築は、車が接近しすぎるのを防ぐため四・五キロもの重さのプランターに取り巻かれたのだ。約二百台のカメラが取り付けられ、トラック運転手は、荷物の積み降ろし用プラットホームに入る途中で写真を撮られた。犬は爆発物のにおいを嗅いだ。港湾公社は、消防士たちがビルの中に上がっていかなければならないときに、消防署の無線の電圧を上げるのに役立つ中継装置も取り付けた。

しかし世界貿易センターの新しい構想は、一般の人々にとっては役に立たなかった。アラン・ライスは、世界貿易センターを管理している港湾公社の世界貿易部の部長であるが、9・11委員会での証言で、それをこのように述べている。「一九九三年以降、避難手順は変わらなかったが、訓練や設備は確かに変わった」。階段の幅を広げたらどうかという安全担当技師の提案は却下された。その分だけオフィス・スペースとして貸せなくなり、大損するというのだ。防火訓練は一年に二度行なわれたが、世界貿易センターの防火訓練の規定は、全員に部屋の真ん中に集まってもらい、指示を受けるために非常用の電話を取り上げるというものだった。従業員たちは通常、吹き抜け階段には行かないし、ましてや階段を降りることなどなかった。

情報と責任は、特定の少数の人——建物の防火安全管理者、港湾公社警察、そしてその他の最初に対応する人たち《ファースト・レスポンダー》——だけの領域にとどまった。一般の人々の役割は、指示を待つことだけだった。

あいにく四・五キロのプランターは9・11には役に立たなかった。中継装置も同様だった。うまく作動せず、その朝の大混乱のなかで、消防士たちはそれが壊れていると判断した。一方、一九九三年以後に階段に取り付けられた暗闇で光る比較的安価なテープについては、そのおかげで避難がずいぶん容易になった、と生存者たちは報告している。だが何千人もの人々は、階段がどこにあるのかさえ知らなかった。それまで吹き抜け階段に入ったことがある人は、生存者の半数以下にすぎなかった、とＮＩＳＴの報告書には記載されている。コロンビア大学でなされた初期の調査結果によると、9・11以降にインタビューを受けた世界貿易センターの労働者四百四十五人中、ビルに三つの吹き抜け階段があることを知っていたのは四十五パーセントしかいなかったという。「非常時への備えができていないことにショックを受けました。人々は階段を降りて逃げることを考えてはいなかった。各階で避難路を捜していたんです」と、コロンビア大学教授であり、主任調査官でもあるロビン・ガーションは述べている。「多くの人は、最後にどこに行き着くか知らなかったので、階段に入っていくのをためらったと言っていました」

低層階では移動用の通路へたどり着く方法を知らない人がほとんどだった。ガーションの調査結果によると、屋上に通じるドアが施錠されていると知っていたのは半数だけだったそうだ。「9・11委員会報告書」は、人々の死亡理由を次のように結論づけている。「南タワーに航空機が衝突したとき、上層階にいた人々は、見通しのきく下りの通路を捜さずに、階段を上って時間をむだにした。少なくとも最初のうちは、吹き抜け階段Aは通行できたのだが」

一九九三年以降も、防火管理者制度は事実上存続していた。ゼデーニョは9・11当時、防火管理者だった。実際、その日の朝、その階で防火安全チームのメンバーであったのは、ゼデーニョだけだった。ほかの皆はまだ仕事にきていなかった。世界貿易センターのそれぞれの階は、一エーカー［約四千平方メートル］ほどの広さだということを心に留めておいてもらいたい。ゼデーニョの役割は「捜索者」だった。階段に入る前に女性のトイレに人がいないか捜すことになっていたのだ。実際には、どこをも、だれをも捜さなかった。タワーが崩壊した数カ月後まで、自分が防火管理者だったということすら思い出さなかったのだ。

9・11に、防火管理者は一般の人々とたいして違わない知識しか持っていなかったことが判明する。コロンビア大学の調査対象者のうち、九十四パーセントが訓練の一環として建物から出た経験はなかった。自力で避難するだけの知識を持っていると答えたのは、五十パーセントにすぎない。

9・11に北タワーを出たあと、ゼデーニョは目を負傷した警察官と一緒に北へ歩いていった。途中で、二人は救急車に乗せられた。ゼデーニョはブルックリンのウッドハル病院へ運ばれ、酸素吸入と着替えをした。それから家に帰ろうと、電車の駅を次から次へとさまよった。午後七時頃、やっとニュージャージーへ——両親のもとへたどり着いた。両親はバルコニーで、八時間前からずっと娘がいるタワーが崩壊するのを眺めていたのだった。

三年間、ゼデーニョは何度もわたしと会って辛い体験を微細にわたって再現してくれた。それは彼女にとって楽しいものではなかったはずだ。だがそうしたのは、自分の体験を何か価値あるものにしたかったからである。ゼデーニョはかつてメールでこう書いてきた。「人々に理解してもらうことで、わたしが生き残った理由を再確認しているのです」と。

今日、ゼデーニョはまだ港湾公社で働いている。彼女のオフィスは現在、ニュージャージー州ニューアークの、十八階建てのビルの十一階にある。彼女はまた、二千人余りの会員がいる、「世界貿易センター生存者ネットワーク」の運営を手伝っている。9・11の二年後に、ゼデーニョはニューアーク生まれの三歳の男の子を養子にし、エライアスと名づけた。ふたたび自分の身に何かが起こることも考えて、ゼデーニョは妹と一緒に子供の世話をしている。

ゼデーニョと長期間にわたって話をして、わたしは否認の二重性を正しく認識するようになった。煙や炎を目の当たりにしても、否認がとても強烈なものであることに驚いた。しかし、後に学ぶ災害時の反応の大部分と同様に、否認もまた命を救うことがあるのだ。もしゼデーニョが9・11にいきなりすべての現実に向き合わざるをえなかったとしたら、安全な場所への長くうんざりするような旅をすることができなかったかもしれない。否認は彼女の脳に視覚の妨げとなるものをつくりだし、見る必要があるものだけを見させたのだ。

　だが否認について知れば知るほど、その境界を見きわめるのがよりむずかしくなった。否認はどこで始まりどこで終わるのか？　否認が9・11の朝のゼデーニョの反応を形成したのか？　あるいはずっと以前、一九九三年に彼女がエレベーターの中に閉じ込められ、二度とそういった事件は起こらないだろうと思ったあとでそれは影響を及ぼしはじめたのだろうか？　否認はもっとも油断のならない恐怖反応である。それは思いもよらないところに潜んでいる。知れば知るほど、災害のずっと前や平穏無事な日々においてさえ、否認はつねに重要なかかわりを持っているのだという思いが強くなった。

第二章　リスク

ニューオーリンズにおける賭け

一九六五年九月九日、ハリケーン「ベッツィ」は時速二百キロにおよぶ風を伴ってルイジアナ州に襲来した。ニューオーリンズ東部で、ミーアー・パトリック・ターナーとその家族は、これまでと同様のことをした。つまり、四人の子供たちと妻と初老の父親は、各部屋が一列に並んだ細長い家で力を合わせて嵐を乗り切ったのだ。しかし今回、カテゴリー3の強烈なハリケーンは、ポンチャトレーン湖の堤防を決壊させ、通りには水が音を立てて流れだしていた。水位が三十センチぐらいずつ徐々に上がってきたとき、床下からニャオというかすかな鳴き声が聞こえてくるのに子供たちは気づいた。猫は家の床下の狭い空間に入り込んでいた。時間がたつにつれて、その鳴き声は大きくなった。水が引くまでには何日もかかるだろう。猫は溺《おぼ》れ死ぬか飢え死にするか、どちらかになることは明らかだった。そうなると、猫が死んでいくときの声を聞かなければならなくなる。

そんなことになったら困る。ターナーは子供たちに腹這《はらば》いになって耳を床にあて猫の正確な位置を突き止めるように言った。腹這いになって這い回ったあと、猫は洗濯機の下にいると子供たちは判断した。そこでターナーは洗濯機をキッチンに移動させ、のこぎりを取りだした。それから、まさに漫画のキャラクターのように、木の床を円形に挽《ひ》き切った。すると猫は穴から無事に跳びだしてきた。

ターナーは第二次世界大戦の復員軍人で、連邦住宅局でそこそこ責任のある仕事についていた。彼の人生は、今や家族中心になっていた。家族に囲まれて過ごすのが好きで、一家団《だん》欒《らん》のための儀式に一生懸命になった。日曜ごとに、ローストビーフにマッシュポテトやサヤインゲンを添えた夕食をたっぷりと料理した。祝祭日となれば、たいして重要でない日でも、家を装飾品で飾りたてた。聖パトリックの日には、家じゅうに小妖精を配した。ヴァレンタイン・デーには、ボール紙の小さなハートを木につるした。近所ではリトル・ホリデー・ハウスとして有名で、人々は家を見るために車でそばを通ったものだった。クリスマスはグランド・フィナーレだった。クリスマス・イヴには、ターナーは親類全員のためにパーティを催した。百人近くが家に詰めかけた。いとこたちはサンフランシスコやバーミングハムから飛行機でやってきた。毎年、どんなに暖かい年でも、ターナーはずっしりした大きな赤い服を着て、サンタクロースの役を務めた。それを四十八年間やってきたのだ。「父はとてもハンサムだったわ」と彼の末娘シーラ・ウィリアムズは回想している。「頭は白髪でふさふさしていたの」

だがターナーは頑固でもあった。年をとるにつれて、ますます依怙地《いこじ》になっていった。「父はつねに正しかったの」とウィリアムズは言う。「厳格なカトリック教徒だったわ。カトリック以外のほかの宗教は存在していなかったの。それに、そう、〔ジョージ・W〕ブッシュ大統領の悪口なんて絶対に言わないでちょうだい。大統領からきたクリスマスカードをキッチンの窓にスコッチテープで留めていたんだから」

時にはターナーの確信に満ちた態度が恐怖心を覆い隠すこともあった。たとえば、彼は病院をひどく嫌った。「父はアーチー・バンカー〔頑固で保守的なブルーカラー〕だったわ。ひどい患者だったの」とウィリアムズは言う。ターナーは医者に対して根深い不信感を抱いていて、医者はメディケア〔主に六十五歳以上の高齢者を対象にした政府の医療保険制度〕の払い戻しのために自分を利用しているのだと確信していた。第二次世界大戦での経験についてはあまり話さなかったが、夜になればその記憶が彼に忍び寄っていた。週に何度か悪夢にうなされ、目を覚まして泣いていたものだった。彼はまた死ぬことを恐れていた、とウィリアムズは言う。「父が怯《おび》えていたのを知っているんです」

二〇〇五年八月に、ハリケーン「カトリーナ」がニューオーリンズに接近しはじめたとき、もう成人していたターナーの子供たちは、それが非常に危険なものだとわかった。上陸の三日前の金曜日までには、子供たちは否認の段階を通り越して思考の段階へと進んでいて、ミシシッピ州のモーテルに電話をかけて部屋を捜しはじめた。そのとき、ウィリアムズは当時一人暮らしをしていた父親に電話をかけた。「父がわたしたちを困らせはじめたのはそのときなんです」と彼女は言う。

「待とう」とターナーは言った。「まだ早すぎるよ」

土曜日には、ニューオーリンズ市長レイ・ネーギンは住民に避難勧告を出していた。「皆さん、これは訓練ではありません。本当に起きていることです」と彼は記者会見で言った。ネーギンの母音を引き延ばすものうげな口調にも、緊迫した響きが感じられた。「家を板で囲ってください。必ず十分な薬を持ち、車にはガソリンを十分に入れてください。このハリケーンは別格です。ニューオーリンズを目指してきているのですから」

ウィリアムズはまた父親に電話をかけた。彼は決心したと答えた。とどまるつもりだ、と。「こういう嵐はいつだってパスカグーラ〔ミシシッピ州南東端のミシシッピ湾岸の市〕へ進路を変えるんだ」。そう彼はウィリアムズに言った。彼女は父親に文句を言ったが、父親は笑って、「おまえは大げさに考えているんだ」と応じた。

日曜の朝、ハリケーンの上陸まで二十四時間足らずになったとき、ネーギンは前例のない強制避難命令を出した。「わたしたちは、長年恐れていた嵐に直面しようとしています。非常に深刻な事態です」。彼はテレビでそう言った。「わたしは強く訴えたい。全市民が真っ先に選択すべきなのは、この市を出ていくことです」

普段の日と同じように、ターナーはミサに出かけた。来ている人はあまり多くなかった。ミサのあと、どうするつもりかと司祭に尋ねられて、とどまるつもりだと答えた。「家族にうるさく言われて苛立《いらだ》っているんですが、わたしはここにいるつもりです」。周囲は皆、思考や決断の段階に進んでいるのに、ターナーはいつまでも否認の段階にとどまっていた。不死身だと思っていたわけではない。死についてはしばしば考えていた。とりわけ兄弟姉妹たちが亡くなりはじめてからはそうだった。そう、ターナーがハリケーン「カトリーナ」を否認するのは、ほかにもっと怯えていることがあるからだった。

ウィリアムズと彼女の兄は、近所の家で嵐を乗り切ることに決めた。その家は頑丈な造りで、周囲には遠くまで木が一本もなかった。そこにいれば、父親がニューオーリンズから避難しなくてもすむはずだった。ウィリアムズはその家に来て夜を一緒に過ごしてくれるよう父親に頼んだ。が、彼はそうしようとせず、逆に娘に自分の家に来るよう誘った。彼の家はポンチャトレーン湖から二ブロック離れている平屋である。だが娘は断った。「何かを強く感じたんです」と彼女は言う。ウィリアムズは父親に最後のお願いをした。「わたしはこう言ったんです。『お父さん、ハリケーン〈ベッツィ〉を覚えているかどうか知らないけど、屋根裏には人のひっかいた跡が見つかったのよ。脱出できなかったから。お父さんがとどまるというのであれば、お願いだから工具類を屋根裏へ持って上がってね』と」

この時点になると、ターナーは子供たちや彼らの懇願にひどく苛立つようになっていた。すでにテレビで天気予報を見るのをやめていた。「父はハリケーンの名前すら知らなかったのだと思うわ」とウィリアムズは言う。父親が受話器をはずしてしまったのはその頃だった。

ニューオーリンズの人口の約八十パーセントが、嵐がやってくる前に脱出した――それ以前のニューオーリンズや全米の避難状況と比べると大成功だった。大多数の人々が、否認や思考の段階を通り抜けて行動を起こした。だが残りの二十パーセントはどうなったのか？　おおかたのメディアの報道で一致しているのは、人々があまりにも貧しくて町を出ていけなかったというものだった。確かに裕福であればあるほど、避難する方法や行き先についての選択肢も多くなる。国勢調査局によると、「カトリーナ」に襲われたとき、ニューオーリンズの世帯の約二十一パーセントが車を持っていなかった。

だが貧困でニューオーリンズで起こったことの説明をつけることはできない。「ナイト・リッダー・ニュースペーパーズ」紙が四百八十六人の「カトリーナ」の犠牲者を分析したところ、人口の割合から考えると、彼らは貧しいわけでも黒人でもなかった。テキサス農工大学「危険減少・復旧センター」の所長であるマイケル・リンデルは避難の例を数多く調査し、人々のとった行動は単純に説明できるものではないと述べている。「避難時のあらゆる行動とその背景にある要因に注目すると、収入が要因になっているのは、わずか五～十パーセントにすぎない」と彼は言う。「人々がとった行動の違いの本当の要因になっているのは、彼らの信念である」

なぜパトリック・ターナーは立ち去ろうとしなかったのだろうか？　ターナーは古いシボレーを持っていたし、車で町から出ていった家族もたくさんいた。ニューオーリンズではたいていの人が市の大部分が海面下にあることを知っている。二〇〇二年七月に、「ニューオーリンズ・タイムズ・ピカユーン」紙が、回避不可能なことをテーマに五部からなる連載記事を掲載した。「もし、という問題ではなく、いつ、という問題である」と、ジョン・マッケイドとマーク・シュリーフスタインという二人の記者は、多くの市民の命を奪ったハリケーンに関する記事の中で書いた。「過去にも起きたし、再び起きるだろう」。二人は、何千人もが死亡することになった、もろい堤防構造と洪水について述べていた。

振り返って洞察を加えるのなら、どんな災害の筋書きもたやすく組み立てることができる。あらゆる掲示がドミノのように積み上げてあるのを見るようなもので、注意を払ってさえいればいいのだ。だがハリケーン「カトリーナ」に関しては、これは当てはまらない。異例の大失策だったのだ。驚くべきことは何もなかった。「これは彗星が地球にぶつかるという話ではない」と、マイアミの国際ハリケーン研究センター所長スティーヴン・レザーマンは言っている。「ここはハリケーンの通り道なのだから」。レザーマンは三十年間、ハリケーンを研究してきた。二〇〇二年に論文を書き、ルイジアナ州は嵐を防ぐことができる自然の多くを失ってしまったので、ニューオーリンズは事実上被害を受けやすい状態になっている、と警告した。わたしは彼とハリケーン上陸のほんの数日後に話をした。何万人もの住民がまだニューオーリンズのスーパードームにとどめられていたときだ。彼は残念そうにこう述べた。「繰り返しコンピュータでシミュレーションして、こういうことが起こるのはわかっていました。ただ、実際に起きてしまうと、犠牲になるのは本物の人間なのです」。そして静かに言った。「事態は深刻です。心苦しくてなりません」

実はわたしたちはリスクの度合いを文字どおり一日に何百回も測っている。たいていはうまく測っており、無意識のうちにしていることも多い。予測しやすい災難に対しては、この計算をするところから、実際に災害時思考の第一段階が始まる。わたしたちは災害が起こる前にリスクの規模を査定しはじめるものなのだ。今、この瞬間もそうしている。たとえば、どこに住むべきか、どんな保険に入ればいいのかなどを判断しているのもそうだ。ちょうどわたしたちがあらゆる種類の日常的なリスクを処理しているのと同じである。バイクのヘルメットをかぶるべきか否か。シートベルトを着用すべきか、タバコを吸うべきか、真夜中まで子供たちが外出するのを許すべきか、否か。

わたしはこういった日常の判断をどうすべきか分析するために、いつもリスクにつきまとわれている男性、ナシーム・ニコラス・タレブに電話をかけた。タレブはニューヨークやロンドンでトレーダーとして二十年間過ごしており、ほかの人の盲点をついて金を稼いでいた。ほかのトレーダーたちは短期間での大きな儲《もう》けを期待してずいぶんと大きなリスクを負っていたが、タレブは大きな儲けは得られない代わりに大損することもない投資をした。四方八方に分散して投資し、損失を防いだのだ。「わたしは一度も自滅したことはありません。これからだってそうです」。彼はよくそう口にする。

ある秋の日、タレブとわたしはワシントンD.C.でお茶を飲んだ。タレブは禿頭で灰色のあごひげを生やしている。ヘッジファンドに大金を所有している上に、今は著述家［著書に『ブラック・スワン　不確実性とリスクの本質』（望月衛訳　ダイヤモンド社　二〇〇九年刊）等がある」にして教授でもある。同時に多くのことをするのが好きで、とても早口なので話についていくのがむずかしいこともある。その日の午後、彼はペンタゴンからやってきた。ペンタゴンで役人たちに、不確実性についての彼の理論の概要を説明したのだ。タレブは自称平和主義者なので、ペンタゴンは彼にそぐわない場所のはずだった。とはいえペンタゴンが黙認できるような平和主義者――つまり、おとなしいタイプの平和主義者なのだ。「わたしは理性に基づいて行動する平和活動家なのです」と、彼は断っている。

タレブはレバノンで育った。レバノンは予測不能の戦争被害に苦しめられている国である。

ハリケーン「カトリーナ」がメキシコ湾岸に壊滅的な打撃を与えた2日後に撮影されたルイジアナ州スーパードームの眺め。写真提供：航空写真要員ジェレミー・L・グリシャムによる米海軍所有の写真

現代においては、人類は戦争を統御できないという結論を彼は下している。「戦争がどれくらい長びくのか、最終的にどうなるのか、わたしたちにはまったく予測できないのです」。リスクはあまりにも複雑すぎて、わたしたちの能力では測れない。昔は、戦争にもっとうまく対処できた。「原始的な環境では、だれかに脅されれば、そいつを殺しにいけばいい」と、

素っ気ない早口で彼は言う。「そうすればたいていはうまくいく」。そのような環境を彼は「月並みの国」と呼んでいる。一度に多くの人を殺すのがむずかしく、原因と結果がより密接に結びついているところである。〝ホモサピエンス〟は何十万年もの間、「月並みの国」で生きてきた。ものごとを予測する必要はめったになかった。なぜなら概して生活は今よりシンプルで、起こりうる出来事の範囲も今より狭かったからである。

だが今日、わたしたちはタレブが「果ての国」と称するところに住んでいる。そこは「他に類を見ず、偶発的にして目に見えず予測不可能な暴虐」の支配下にある。科学技術が進歩して、人類は数分で地球を猛爆撃できる武器をつくりだした。一個人が歴史の流れを変えることもできる。人々は毎日、さしたる体力も使うことなく殺し合っている。そして同時に、わたしたちは以前より相互に依存するようになった。一つの大陸で起こることは、今や別の大陸にも大きな影響を及ぼす。当時、第一次世界大戦はたいしたことにはならないだろうと思われていた、とタレブは指摘する。ベトナム戦争もそうだった。ところが実際は、二十世紀や二十一世紀を特徴づけるのは、不測の事態を招く戦争だ。イラクにおけるアメリカの戦争は、合衆国を精力的に攻撃するテロリストたちを増やすべく開戦したものでは当然なかった。だが、米国政府情報部が二〇〇六年四月に結論づけたように、結果的にはそういうことが起きた。

「果ての国」では、リスクはしばしば直観に反する。古いやり方では役に立たないのだ。たとえば、まさにターナーのように、ルイジアナ州の高齢者たちは一九六五年のハリケーン

「ベッツィ」を生き延びた。一九六九年に襲来したカテゴリー5の嵐、ハリケーン「カミール」も生き延びた。ターナーは両方の嵐を難なく乗り切った。だから「カトリーナ」のために立ち去らなければならない理由などなかった。彼は否認のなかに身を潜めたのだった。

後に、経験豊かなルイジアナ州の住民たちは半ば正しかったことが判明した。「カトリーナ」は「カミール」ほど勢力が強くなかったのだ。「カミール」以降、人間が地球環境を破壊していなければ、何の問題もなかっただろう。「月並みの国」では、生き残っていたはずだ。

しかし「カミール」以降、急速な開発が嵐による高潮を防ぐ自然の防壁になっていた湿地帯の多くを破壊してしまった。言い換えれば、力の障壁が消失してしまったのである。人類は文字どおり地球の形を変えてきた。しかも、科学技術のおかげで、これまでの歴史のなかでもありえなかったほど急速に。こうした事実はマスメディアでたびたび報道された。だが「カミール」の実体験は、いかなる警告よりも強力だった。

ハリケーン「カトリーナ」の犠牲者たちは、人口の割合からいって、貧しい人たちではなく高齢者だったことが後に判明した。「ナイト・リッダー・ニュースペーパーズ」紙の分析によると、死者の四分の三は六十歳以上で、半数は七十五歳を超えていた。ハリケーン「カミール」が襲来したとき、彼らは中年だった。「『カトリーナ』のときに一九六九年よりも多くの死者が出たのは、『カミール』のせいだと思う」と、米国立ハリケーンセンターの所長マックス・メイフィールドは述べている。「経験が必ずしも良い教師になるわけではないのだ」

ハリケーン「カトリーナ」のあと、六百八十人のニューオーリンズの住民を対象にした世論調査で、なぜ嵐の前に避難しなかったのかという質問がなされた。回答はさまざまだった。実際に移動手段がなかったという回答は五十パーセントを少し超えた。だがそれは最大の理由ではなかった。それほどひどい嵐だとは思わなかった、という回答がもっとも多く、六十四パーセントにのぼったのだ。実際、「ヘンリー・J・カイザー・ファミリー財団」や「ワシントン・ポスト」紙のために行なわれた調査結果によれば、避難しなかった人たちの半数は、本当にそうしたいと思えば立ち去る手段を見つけることができた、と振り返っている。つまり、重要なのは移動手段よりも動機づけだったのだ。

野球のバットと十字架

八月二十九日、月曜日の午前七時にハリケーン「カトリーナ」は時速二百二十四キロ「風速約六十二メートル」におよぶ暴風を伴ってルイジアナ州に上陸した。午前九時に、ターナーの子供たちはふたたび父親に電話した。それ以前に、嵐が窓の外で荒々しい音を立てているとき、彼は受話器を元に戻していた。

ターナーは電話に出て「ほんとに強い風だ」と息子に言った。電気は止まっていた。しかも彼は裏庭の大木のことを心配していた。やがてこれまで口にしなかったことを言った。

「どうやらわしはまちがっていたようだな」

2005年のハリケーン「カトリーナ」を目前にして、年配者は避難にひどく消極的だった――ひとつには公式の警告よりも実体験を重んじたからで、それまでも多くの嵐を生き延びてきていたのだ。写真は、沿岸警備隊の救助水泳員が生存者をヘリコプターに乗せているところ。
写真提供：米国沿岸警備隊

息子は父親にそこにとどまっているように言った。できるだけ早く車で迎えに行くから、と。「父は健康状態は上々だったんです。ペースメーカーも入れていないし、手術をしたこともないし、どこも悪いところはありませんでした」とウィリアムズは言う。「道路が通行できるようになったら、父を迎えに行けると思ってたんです」。子供たちは電話を切った。

だがそうこうするうちに洪水が押し寄せて、六カ所で堤防が決壊し、通りが水浸しになった。やがてポンチャトレーン湖にかかる全長八キロの橋が全壊し、ターナーは子供たちから遮断された。そしてついに電話が永久につながらなくなった。

ターナーが住んでいる地域は、ニューオーリンズの多くの地域と同様、すり鉢状の土地にあった。湖から水が流れ込んできて、彼の平屋に一・五メートルほど水が上がってきた。所持品はすべて——写真、サンタの衣裳、三年前に亡くなった妻の思い出の品のすべて——どれもこれも沈みかけていた。ターナーは梯子段《はしごだん》を引き降ろし、屋根裏へ上がっていった。一ガロンの水、バケツ、ロウソクを二本持って。

電話は九日間つながらず、道路も通行できないままだった。ターナーの子供たちは、ウィリアムズ以外全員が家を失った。彼らは必死に父親のところへ行こうとしたが、不可能だった。ようやく電話が通じるようになると、ウィリアムズは死に物狂いになってラジオ局に電話をかけた。だれか、どなたか、わたしの父親の安否を確かめにいってください、と懇願したのだ。三時間後に、救助隊員からの電話を受けた。父親はいつもベッド脇に置いていた野球のバットと十字架を持ったまま、屋根裏で発見されていた。享年八十五。どうやら心臓発作で亡くなったようだった。死亡時刻は不明だった。

初期の大混乱の日々、救助隊員たちは水中にある遺体を優先するよう命令を受けていた。ターナーの遺体は水中にはなかったので、運び出すのは二週間後になった。嵐の約一カ月後に、ウィリアムズは父の家に行った。サンタの衣裳が父親の寝室のクロゼットのいつもの場所に掛けてあった。それはほかのあらゆるものとともに濡れていたが、彼女の兄はそれを家の外につるそうと決めた。車で通り過ぎる人たちに、ここがリトル・ホリデー・ハウスだったと思い出してもらうためだった。「わたしたちはみんなにサンタの衣裳を見てもらいたかったんです」とウィリアムズは言っている。「よくわからないけど、通りかかったとき、サンタクロースか何かになってた父を知っている人たちは、もしかすると思い出してくれるかもしれないから」

嵐のあとの混乱のなかで、当局はターナーの遺体を見失った。五カ月間、家族は彼を見つけようとした。遺体保管所の係官たちが、何度もウィリアムズに電話をしてきて、男性の遺体の特徴を述べた。しかしどれも父親ではなかった。「わたしは何度も繰り返し言ったんです。『父は入れ墨なんかしてません！』と」。ターナーの遺体がふたたび見つかり、家族に引き渡されたのは、死亡して五カ月後だった。

「カトリーナ」から一年半がたち、話を聞いたときには、ウィリアムズは父親が許しがたくなっていた。「すごく腹が立つんです」と彼女は言った。「父は死ななくてすんだんです。一生懸命世話をしてあげたのに、あんなバカなことをして」。ターナーの死以来、彼女の家族は親密だとはとてもいえない、とウィリアムズは言う。ふたたび心が通じ合うようになるのだろうか、とも思っている。ウィリアムズが本書のインタビューに応じることに同意したのは、一つの意思決定でまったく状況が変わってしまう場合もあることを、知ってもらいたいからだという。

ターナーは利口な男だった。長い人生においてたくさんの知恵を蓄積してきて、「カトリーナ」がやってきたときは、かなり複雑な諸条件の駆け引きをした。彼の娘をとおしてターナーを知るようになるにつれて、わたしは彼の意思決定についてもっと知りたくなった。なぜ今回は彼のリスク算定が役に立たなかったのか――長年にわたってとてもうまくいっていたのに？　わたしたちは自身のリスク方程式でこの種の死角を予測できるのだろうか？　そしてもしそうなら、その死角を克服できないだろうか？

リスクの科学

わたしたちはどのようにして死ぬ可能性がもっとも高いだろうか？　考えていただきたい。自分の特性を考えれば、実際に何が原因で死ぬ可能性がいちばん高いと考えられるだろう？　もちろん、年齢、遺伝的特徴、ライフスタイル、住んでいる場所、そしてその他数多くの要因によって可能性の高い死因は異なる。だが総体的には、合衆国における主な死因は次の三つである。

1. 心臓病
2. 癌
3. 脳卒中

これらもっとも可能性のある死因を、ほかの何よりも心配しているかどうか、自問していただきたい。これらのリスクを積極的に避けるべく最大限の努力をしていますか？　一日を二十分間の黙想でスタートしていますか？　一日に最低三十分は運動をしていますか？　海で泳ぐとき、怖いのはサメに咬《か》まれることより日焼けのほうですか？

人間の脳は、起きる可能性がある出来事などを気に病む前に、非常に多くのことを心配している。死を引き起こす可能性がもっとも高いものを防ごうと躍起になっていると、殺人よりも転ぶことを心配してしまう。夜のニュースでは、心臓発作による悲惨な死が連続特集として取り上げられている。それにわたしたちは警察よりもセラピストに多くの金を使うかもしれない（自殺する可能性は、殺される可能性の二倍なのだ）。まるで死そのものよりも死に瀕することを恐れているかのようだ。わたしたちが不安に思っているのは、死よりもむしろ死に方なのだ。

不思議なことだが、人がリスクにどう対処しているかわかりはじめたのは、ごく最近のことである。何世紀もの間、哲学者や、とりわけ経済学者は、人間は理性的な生き物だと考えてきた――個人的にはそうでない場合もあるが、概して理性的だと。リスクを算定するには、何かが起こる確率に、それが起こった場合の結果を掛ければいいのだと考えられていた。

それは事実とはまったく異なると指摘した二人の心理学者がいた。一九七〇年代と一九八〇年代に、ダニエル・カーネマンとエイモス・トヴァスキーは、人間の意思決定に関する画期的な一連の論文を発表した。二人によると、人間は選択をする際に「発見的方法《ヒューリスティクス》」と呼ばれる感情的な近道に頼るのだという。確信が持てない場合ほど、近道の数が増える。そして近道は、非常に役に立つ一方で、たくさんの予測可能なまちがいに導く。たとえば、ある調査によると、カリフォルニアの地震が引き起こす非常に危険な洪水のほうが、北米のほかの地域で単独で発生する同じ規模の洪水よりも、起こる可能性が高いと大多数が判断した。カリフォルニアの地震という概念が、実際に単独で洪水が起こる確率よりも大きな反応を喚起したのだ――だからそちらのほうにより高い可能性があると思われたのだ。

実際のところは、地震以外の原因で洪水が起こる可能性のほうがずっと高い。だがそういった例年起きている洪水――毎年、人々が亡くなっている類のもの――は連続してあふれだすような感情の近道を引き起こさない。なぜかさほど恐ろしくないのだ。こういう反応は理性的とは言えない。

当初、カーネマンとトヴァスキーは悲観論者というレッテルをはられた。たいていのアメリカ人が科学技術に魅了されている時代に、人間は実は理性的ではないと結論づけたからである。二人は人間の脳の欠陥を誇張しているとして非難をあびた。人類は月の表面を歩いたという事実を持ち出す批評家も一人や二人ではなかった。月面を歩くほどの進化を遂げた種が、どうして理性の欠如に悩まされたりするだろうか？　というのだ。だが二人の努力はリスクの研究を永久に変えることになった。トヴァスキーの死から六年後の二〇〇二年に、カーネマンは二人の研究成果が評価されてノーベル経済学賞を受賞したのである。

今日では、意思決定を研究しているほとんどの人々が、人間は理性的でないということに同意している。「わたしたちはリスク測定者のようにあれこれやらない――計算をしたり、可能性を増やしたりしない。そういうのが誤りであることは証明されてきた」と、ポール・

スロヴィックは述べている。彼はオレゴン大学の心理学教授であり、世界的な評価を得ているリスク研究の権威である。計算の代わりに、人間は二つの異なったシステムに頼るのだ。すなわち直観と分析である。直観システムは、無意識で、すばやく、感情的で、経験やイメージによって大きく揺れ動く。一方、分析システムは脳の本能的な衝動に対して、自己を現実に適応させるように働きかけ、論理的で、慎重で、現実的である。

一つのシステムがもう一つのシステムより優先される場合もあり、それは状況次第である。たとえば、次の問題について考えていただきたい。

コーヒーとドーナツは合計で一ドル十セントである。コーヒーはドーナツより一ドル高い。ドーナツの値段はいくらか?

最初に出した答えが十セントなら、答えているのはあなたの直観システムだ。それから考え直して正しい答え(五セント)に到達したら、それはあなたの分析システムが直観を支配下に置いたのである。

ここで注目すべきは直観システムの手際の良さだ! 直観システムは光速で作動するので、たとえ質問が喉元目がけて突進してこようとしているピューマであっても、あなたの命を救ったかもしれない——少なくとも一瞬、ピューマの注意をそらしてはいただろう。だが直観システムは答えをまちがえることもある。そしてここにこそ真実がある。つまりリスクを判断するとなると、皆がまちがいを犯すのだ。わたしたちのリスクの公式は、とりわけ災害のことになると、まず理にかなっているとは思えない。

リスク=確率×結果

いや、リスクの算定を単純な公式に変えることができるとすれば、こちらのほうになるかもしれない。

リスク=確率×結果×不安あるいは楽観

不安。科学者が使う一つの呼称がこんなにぴったりとそれが表わしている感情に合うことはめったにない。不安を要するに人間らしい感情と考えてもらいたい。不安は進化に伴う恐れ、希望、教訓、偏見、一つの謎めいた未知の要因に覆い隠されている歪みなどのすべてを意味しているのだ。

リスク専門家と不安について話したあと、わたしは不安をそれ以外の多くの大きな要因の総体として思い描きはじめた。不安は独自の方程式を持っていた。方程式のそれぞれの要因は、状況によって不安の感情を高めたり弱めたりする。その不完全さを理解するためには、不安をそれぞれの部分に分解することが重要だと思われた。だから、研究の成果を公式の形に落とし込むことを専門家にお詫びして、不安の方程式はこうなるのではないかと思うものを提示する。

不安＝制御不能＋馴染《なじ》みのなさ＋想像できること＋苦痛＋破壊の規模＋不公平さ

たぶん右記の要因のなかのいくつかに、あなたを怖がらせる可能性がもっとも高いものがあるだろう。なぜわたしたちが航空機墜落事故を心臓病や車の衝突事故よりもずっと恐れるのかは、不安の方程式で説明がつく。まず第一に、飛行機は（車とは違って）わたしたち個人では制御できない。これは不安の要因の最初のものと一致する。二番目に、飛行機は人類にはまだまだ馴染みのないものである。高度六千メートルの上空でくつろげないのは、人類の進化の歴史のなかでそのような高所にいるのはほんの一瞬だけだからだろう。だから不安の度合いがさらに上がる。その上、映画やニュース・メディアで航空機墜落の派手《はで》な映像を流せば、事故はたやすく想像できる。飛行機では、苦痛が長引く可能性もある。少なくとも、事前の警告などまったくないに等しい車の衝突事故に比べるとそうである。急に高度が下がったのを感じると、それが何の前兆なのかと考えない人がいるだろうか？　死を予期してから実際に死ぬまでの間に数分あるかもしれない。墜落すれば、死者は一人にとどまらず、数多くの犠牲者が出ることにもなり、不安の方程式に従えば戦慄はいっそう大きくなるだろう（規模が重要な要因であることは、なぜ五十人が死亡するバスの事故のほうが、同じ日に個別に百人が死亡する車の事故よりも悲しみが大きいかを考えるとわかりやすい)。航空機墜落事故はまたひどく不公平でもある。たとえば、事故が民間のジェット旅客機を武器に変えるテロリストたちが起こしたものであれば明らかに不公平である。

テロリストたちは不安というものを理解している。一般市民への予測できない攻撃は、不安を引き起こすきわめて効率的な方法である。しかも不安は世間の関心をかき立てるのに適した方法である。実際のところは、過去五十年間に国際的なテロで死亡したアメリカ人の数は、食物アレルギーで死亡した人の数よりも少ない。だがテロはもともと心理戦なのだ。

9・11のあと、アメリカ人の多くは、飛行機の代わりに車で移動しようと決心した。車のほうが安全だと感じられたのだ。さらに空港での、突発的に設定された新しいセキュリティチェックのわずらわしさを考えれば、車のほうが楽なことは確かだった。9・11以後の数カ月間に、攻撃以前の同じ時期に比べると、飛行機の乗客数は約十七パーセント減少した。一方、政府の概算によると、車の走行距離は約五パーセント増えた。

だが常識を覆《くつがえ》す恐ろしいことが起こった。9・11以降の二年間に、飛行機の代わりに車で移動していたために、二千三百二人がよけいに亡くなったと考えられるのだ。これはコーネル大学の三人の教授が二〇〇六年に行なったアメリカの自動車事故についての調査結果である。調査は9・11以前の数年と以後の数年の、自動車事故による死者の総数を比較している。事故の増加の理由になりうるほかの事柄――たとえば悪天候など――も考慮に入れた。そうしたことをすべて鑑《かんが》みて、自動車事故による〝通常の〟死者数に加えて二千三百二人が亡くなっていることがわかった。その二千三百二人は、もし9・11がなければ、おそらく生きていただろうと思われる人たちである。9・11のあまり知られていない二次的な犠牲者であり、不確かな時代に適応できなかった犠牲者である。「テロによる最大の損失は、攻撃そのものよりもむしろ攻撃に対する大衆の反応にあるのかもしれない」と、調査には記されている。

実際のところ、9・11以降であれ、車の運転が飛行機よりもはなはだしく危険であることに変わりはなかったわけだ。「アメリカン・サイエンティスト」誌に掲載された二〇〇三年の分析によると、一九九二年から二〇〇一年にかけて主要な民間の国内線飛行機で死ぬ可能性は、おおよそ一億分の八だった。それに比べて車で平均的なフライト区間と同じ距離を走れば、約六十五倍もの危険を伴うのである。

恐怖のヒエラルキー

ニュージャージー州にある製造会社の共同経営者、ジャスティン・クラビンは臆病な人物ではない。バイクに乗っていたし、競技ラグビーをしていたし、消火活動にもあたってきた。二〇〇五年には、アメリカズカップのボブスレーチームに入るための適性テストまで受けた。つまり、自ら進んで重力のみで制御するファイバーグラスの橇に乗って、時速百四十キロにもおよぶスピードで、氷で覆われた急勾配のコースを疾走したのだ。だが9・11のあと、飛行機で移動するのはやめようと決心した。クラビンはニュージャージー州から、ハドソン川の向こう側でツイン・タワーが崩壊するのを眺めていた。そして所属している消防団の団員と一緒に、要請に応じてグラウンド・ゼロへ駆けつけた。そこだけ見れば十分だった。「わたしだって飛行機に乗りたいですよ」と彼は言う。「そのほうがずっと楽ですからね」。だが飛行機の旅は危険を冒すに値しないと確信している。「飛行機にはいろいろと危険な要因が組み合わさっているでしょう――閉所恐怖症、高所にいる恐怖、制御できないことへの恐怖などが」。そういった要因をあれこれ考えると、彼にとって統計などほとんど意味をなさない。「たとえ死亡する可能性が千五百万分の一であっても、一人は死ぬわけでしょう。わたしのような人間は、それが自分に起こらないわけがないと思ってしまうんです」

二〇〇一年十月に、クラビンと彼のガールフレンドは、予定していたフロリダへの旅行に飛行機ではなく車で行った。彼のピックアップトラックで千六百キロあまり走った。帰る途中、車で走った長い一日の終わりに、サウスカロライナに立ち寄った。クラビンがトラックを駐車場に入れたとき、パンという大きな音が聞こえた。車輪とステアリングコラム［舵取り柱］を結ぶタイロッド［前輪連接棒］が折れたのだ。前のタイヤは二つとも内側に向き合い、除雪用のスキーのようになっていた。トラックを運転して三十センチ進むことすらできなかった。内向きになったタイヤを見つめながら、クラビンは自分自身をあざ笑いはじめた。安全を願ってこうして飛行機に乗らずに車を運転してきたのだ。だがもしもほんの二、三分前、ハイウェイを走行中にタイロッドが折れていたら、時速百三十キロで走っているトラックを制御することはできなかっただろう。「わたしたちが死んでいたことはまちがいない」と彼は言う。

あやうく命を落としそうになったあと、クラビンは何か極端なことをしてみようと決心した。そこで飛行機の操縦レッスンを受けてみた。飛行機のメカニズムが理解できれば、乗っていてもっと安心していられるかもしれないと思ったのだ。セスナ機（民間のジェット機よりはるかに危険である）に乗って上空へと飛び上がると、驚いたことに気分は上々だった。怖くなどなかったのだ！

なぜクラビンは怖がらなかったのだろう？ 飛行機が怖いからといって車を運転する人たちは、実は身体的な安全を求めているわけではないのだ、とトム・バンは説明する。バンはかつて民間の航空会社のパイロットをしていて、現在は飛行機を怖がる人たちのカウンセリングをしている。「彼らが求めているのは感情的な安全なのです」

セスナ機で、クラビンは制御が可能であるという感触を得た。不安要素は急速に消え去った。だが民間のジェット機を制御できるわけではない。だから相変わらず恐怖感をぬぐえないでいた。9・11以降、五年以上にわたってわたしたちは話をしてきたが、クラビンはまだ旅客機に足を踏み入れてはいない。

「危険な物には個性があります」と、リスク研究専門家のポール・スロヴィックは言う。「ちょっと人間に似ています」。一九八〇年代の中頃に、スロヴィックはネヴァダ州のユッカ山に核廃棄物収納所を建設することの潜在的な影響について研究していた。人々が抱いている懸念について聞けば聞くほど、「核」という語がついていれば、どんなものでも人々が不安を覚える――実際の危険がどのようなものかには関係なく――ことを深く認識するようになった。同じことが化学物質についても言える。「化学物質」という言葉を耳にすれば、何が頭に浮かぶかと尋ねると、飛び抜けて多い答えは、「危険な」である――あるいはその類義語で、「有毒の」、「有害な」、「毒物」、「非常に危険な」、「癌」などである。一般的に七十五パーセントの人々は、次のような意見に同意するだろう。「わたしは日常生活で、化学物質や化学製品に触れないよう極力努力しています」

頻繁に起こる災害には、少しも恐れられないものがある。たとえば火災では毎年必ず、それ以外の多くの災害を合計したよりも多数のアメリカ人が死亡している。現時点で、火災についてわたしたちが知らないことはごくわずかしかない。いつどこで起こるのか知っているだけでなく、防ぎ方さえも知っている。死を招くような火災はほとんど十二月と一月に人家で起こっており、原因は放火かタバコの火である。死者がもっとも多い時間帯は真夜中から午前五時にかけてだ。米国防火協会によると、二〇〇五年には三千六百七十五人のアメリカ人が火事で亡くなったという。もし全家庭にスプリンクラーと電池切れになっていない煙探知器があれば、おそらくその数は少なくとも三分の一に減るだろう。

雷も正しく認識されていないもう一つの脅威である。合衆国のように豊かな工業国においては、もっとも危険な自然災害かもしれない。地球には毎秒、約百の落雷があり、こうした稲妻でほかの天候の災害によるよりも多くの人が亡くなっている年も多い。だが雷は大多数の人々があまり心配しないものである。

皮肉なことに、最大規模の破壊力を持つ災害は、通常、意外性という点では最小なのである。たとえばハリケーンは、毎年同じ場所で同じ時期に発生している。にもかかわらずわたしたちは毎年その破壊力にショックを受けているのだ。次に出される公式の緊急事態宣言までの間に、来るべき嵐の季節に備えて建設し、再建を施し、資金を増やしたりする。二〇一〇年には、アメリカ人の約七十パーセントが沿岸から百六十キロ以内――ハリケーン、洪水、熱帯暴風雨が例年の儀式のようになっているところ――に住んでいると考えられる。フロリダの住人は、とりわけ危険な地域にいる。だがフロリダだけではない。テキサスもカリフォルニアも合衆国の危険な州の上位に入る（もっとも危険性が低いのは、ヴァーモント、デラウェア、そしてロードアイランドだ。信じられないほど退屈なところである）。

さてここでもう一度パトリック・ターナーのことを考えてみよう。彼はハリケーン「カトリーナ」が来襲する前に、手段がありながら避難するのを拒否した。ターナーは病院や医者のこととなると、しかるべき不安感を抱いた。だがハリケーンに対して彼はそんな気持ちにならなかった。なぜか？　一つには、わたしたちのほとんどが、自然の脅威を人間が引き起こした脅威ほど恐れていないからである。ハリケーンによる破壊被害のほとんどはもともとは人間がつくりだしたもの（沿岸地帯の人口過密、欠陥のある堤防、枯渇した湿地帯のせい）であるが、直接の原因となる脅威（風と雨）は自然のものである。不安の方程式を考えると、次のことが理解できる。核廃棄物や化学廃棄物は天候よりもずっと馴染みがない。その上、莫大な数の死傷者を出し苦痛をもたらす可能性を持っている。危険なものに個性があるとすれば、さしずめ核廃棄物は街角に立って悪態をついているだらしない身なりの男だろう。その男がいかに無害であっても、だれも彼に近づきたいとは思わない。一方、ハリケーンは、動作がのろく、とぼとぼ歩き、どこから見ても無害に見えたと、あとで近所の人たちが言うようなタイプである。

ターナーについては、ほかにも理解しておかなければならないことがある。「カトリーナ」の前の年に、彼は子供たちの懇願に屈した。ハリケーン「アイヴァン」のために避難したのである。だがその体験は心的外傷《トラウマ》を残すようなものだった。市や州の役人たちのお粗末な計画のせいもあって、交通渋滞がひどかった。ニューオーリンズからバトンルージュまでの、通常八十分から九十分の行程が、十時間から十二時間もかかったのである。ターナーは人や物でぎっしりの車で、もう一人の娘とはるばるテキサス州オースティンまで行き、もう二度とこんなことはするまいと心に誓ったのだった。実際の体験はいかなる公式の警告よりも説得力がある。避難することの明白なリスクのほうが、とどまることの観念的なリスクよりも強烈に感じられたのだ。

ターナーはささやかな儀式を楽しむ生活を送っていた。毎朝、午前八時にミサに行った。火曜日には兄弟たちとゴルフをした。土曜日には、娘のウィリアムズが家の掃除にやってきた。そして毎週日曜日には、娘のウィリアムズに連れられて共同墓地へ妻の墓参りに行った。日曜日の墓参りを欠かすことは絶対になかった。ターナーは習慣を変えるのが好きではなかった。だから「カトリーナ」が来襲する前に、避難したくない、月曜の朝にはミサに行きたいから、と娘に話したのだ。

9・11にボーイング767がビルに激突したあと、ゼデーニョが現実を信じたくなくて頭のなかに霧がかかったような状態になっていたのを覚えているだろうか？ そういった信じたくないという気持ちは、人間の脳の働きによって自然にもたらされるもので、役に立つことも多く、危機に陥るかなり前に起こる。ある種の脅威に直面したある種の人たちには、その霧は先が見通せないほど深い。「父の頭のなかでは、それが正常化されなかったんです」とウィリアムズは述べている。

年配者は避難するのが好きではない。一九七九年に起きた、ペンシルヴェニア州のスリーマイル島原子力発電所の事故のあと、退職後の人々や七十歳以上の人たちはもっとも避難に消極的だった――どれだけ原子炉の近くにいても関係なかった。一つには、たとえ避難する術《すべ》を持っていても、一般的に言われているように、年老いた人は変化を好まないからである。ターナーは三十年以上、自分の家に住んでいた。彼の昔の細長い家と同様頑丈な造りで、数多くのハリケーンを耐え抜いてきた。それならなぜ今回、耐えられないことがあろうか？

ターナーの家は確かに生き延びたということがわかった。百五十センチほど水に浸かったが、壁や屋根はしっかりもちこたえていた。ハリケーンが奪い去ったのはその持ち主だったのだ。

自信過剰

天候のように古くからある危険については、人はしばしば自分の能力を過大評価するものだ。たとえば一九九九年のハリケーン「フロイド」で亡くなった五十二人のうち、七十パーセントが溺死だった。そしてそのほとんどが、洪水で動けなくなった車の中で溺れた。同じことはハリケーンのときに繰り返し起こっている。人々は水の中で車を走らせることができると過信している。やめるようにと当局が強く警告を発しているにもかかわらず（これには当然個人差がある。ピッツバーグ大学の調査によれば、女性よりも男性のほうが洪水の中を車で移動しようとする可能性がはるかに高い——従って、男性のほうが女性よりもその過程で死ぬ確率も高い、ということが明らかになった。危険を冒しやすい個人の特徴については第四章で詳しく述べる）。

「カトリーナ」から一年もたたないうちに、ハーバード大学公衆衛生学大学院の研究チームが、危険の多いハリケーン・ゾーンに住んでいる八つの州の二千二十九人にインタビューした。政府から大型のハリケーンが来る前に避難しなければならないと言われたらどうしますか、という質問をしたのだ。信じがたいことに、ニューオーリンズのスーパードームの映像がまだ夜のニュースで流れているというのに、四分の一が立ち去るつもりはないときっぱり答えた。そしてさらに九パーセントはどうするかよくわからないと答えた。つまりインタビューを受けた三分の一が、大きな嵐の前に避難しないかもしれないと認めたことになるのだ。

さらにいっそう驚くべきことは、彼らの論拠である。調査対象者の六十八パーセントが答えた一番多い理由は、自分たちの家は嵐に耐えられるくらい頑丈に造られていると思うから、というものだった。トレーラー式の移動住宅を所有している人たちは、避難するなどとは言いそうになかった。深い森でポリエステル製のテントにくるまってキャンプしている人のように、この上なくお粗末な住みかでも保護されているという錯覚を抱くようだ。そして前述した「カトリーナ」に関するデータで示されたように、収入で行動を予測することはできなかった。実際、自宅で嵐を乗り切ると答える可能性がもっとも高いグループは、住宅所有者（三十九パーセント）、白人（四十一パーセント）、長期の居住者（四十五パーセント）だった。

平時においてさえ、人は傲慢になるようだ。ドライバーの約九十パーセントが、自分は平均的なドライバーより安全だと思っている。またたいていの人は、離婚したり、心臓病になったり、解雇されたりする可能性は、ほかの人より少ないと思っている。ベビーブーム世代の四分の三は、同年齢の人より若く見えると思っている。人は自分が健康で優秀だと思い込む傾向があるのだ。心理学ではこれを「レイク・ウォビゴン効果」——米国のユーモア作家ギャリソン・キーラーが創作したミネソタ州の架空の町にちなんでいる——と呼んでいる。キーラーはそこを「女性は強く、男性はハンサムで、子供たちはすべて平均以上である」町として描いた。

レイク・ウォビゴン効果は歪んだものかもしれないが、困難に立ち向かう助けにはなる。将来苦しみを味わうことがないと思えば、恐ろしい出来事にもよりたやすく対処できるものだ。9・11の直後に千人のアメリカ人を対象にした調査で、自分自身が一年以内にテロリストの攻撃を受けて負傷する可能性は二十一パーセントだと思っていることが判明した。あまりにも高すぎる可能性だ。しかしながら自分以外のアメリカ人が負傷する可能性はそれよりはるかに高い四十八パーセントだと思っていたのだ。

ハリケーンについて言えば、深刻な事態になる前に行動を起こさなければならないので、とくにたいへんだ。空が青く晴れ渡っているときに避難しなければならないのだ。不安の方程式［84ページ］に立ち戻って考えても、激しい嵐のことなど想像もしがたい状況だ。はっきりした手掛かりがなければ、否認は生じやすい。しかし沿岸都市が大規模になるほど、人々はより早く避難する必要がある。ところが早く町を脱出できるようにインフラが整備されているわけではないので、十時間から二十時間の交通渋滞もふつうになりつつある――だから人々は、実際に嵐が来る四十八時間から七十二時間も前の晴れた日に避難するのをますます渋るのだ。

ちなみに、専門家も同じような心理的傾向に陥りやすい。ささいなきっかけで、わたしたちが用心深くなりやすい雰囲気が生み出される。人間のリスク方程式を研究するにあたってはおそらく究極の実験室である株式取引所が、とりわけ面白い例を提示してくれる。五年前、経営学大学院教授デーヴィッド・ハーシュライファーとタイラー・シャムウェイは、天候が株式取引にどのような影響を及ぼすのかに興味を持った。そこで一九八二年から一九九七年までの世界二十六都市の天候データを集めた。そしてそれぞれの都市の毎日の株式リターンを比較した。見いだされた内容は注目に値する。日照は毎日の株式リターンと強い関連があった――ほかの要因では説明がつかなかった。午前中に太陽が照っていれば、株価は上昇する傾向があったのである。

リスク分析家は、このような微妙な感情の判断を「情動」——あるいは、スロヴィックが言っているように「感情のかすかなささやき」——と呼んでいる。スロヴィックは情動を非常に重視しているのだ。情動には「すばらしいものと恐ろしいもの」が同居している。なぜすばらしいかというと、はるか昔には、こういう潜在意識的な情緒に基づく意思決定はとても理にかなっていたはずだからだ。その日、その年をどう乗り切るかが生活の中心になっている小規模な地域社会では、天候は安全のすぐれた指標だった。だが複雑な金融市場や——あるいは人が密集した沿岸都市では——情動は壊れた羅針盤のような働きしかしない。

もちろん、必要以上に不安を抱くことは、何も心配しないのと同じくらい問題があるのは言うまでもない。「カトリーナ」から一カ月もしないうちに、ほぼ同じ地域を襲ったハリケーン「リタ」は、精神に深い啓発的な共鳴を呼び起こした。当初は、最悪のシナリオがたやすく想像できたのだ。避難勧告が出されたのは百二十五万人だけなのに、避難した人は二百五十万人にのぼった。念入りに計画されたはずの避難が、たちまち集団のフラストレーションを引き起こした。百六十キロにおよぶ交通渋滞で、ヒューストン近辺のフリーウェイの通行は妨げられた。米国運輸省のスポークスマン、マイク・コックスは、「カトリーナ」にこれほど怯えていたテキサス人の人数を予測するのは不可能だった、と記者たちに話した。「一万五千人の役人に、心理学者はだれ一人としていませんからね」。彼は大問題を都合よく要約してそう言ったのだった。

不安を感じない男

もうお手上げだ、人間なんて理性のかけらもなく、どうしようもない存在だと結論づけたい気にもなる。だが不安というものはそう簡単に追い払えるものではない。不安を抱いて動揺するあまり、安全でも生産的でもない生活に追いやられる場合もある。しかしまた、災害時にとる数々の反射的行動と同様に、不安は人間の頭の中に刻み込まれた長年の知恵として役立つ場合もあるのだ。

神経科医アントニオ・ダマシオは、アイオワ大学医学部で一九七〇年代に不可解な患者に出会った。ダマシオは身元保護のためその患者をエリオットという仮名で呼んでいる。彼は脳に腫瘍《しゅよう》ができるまでは、成功したビジネスマンであり、父親であり、夫であった。腫瘍は、見つかったとき小さなオレンジくらいの大きさだったが、手術でうまく切除された。だからエリオットは病気が治ったように見えた。以前とまったく同じように、話すことも、動き回ることも、さまざまなことを思い出すこともできた。ＩＱテストを受けると、上位の得点を獲得した。

しかしエリオットは合理主義の化身となっていた。ダマシオの表現を借りると、彼は〝わかる〟のだが、〝感じる〟ことがなかったのだ。ついにリスクを鋭く洞察できる人間が現われたのだろうか？　そうではなかった。多くの面でふつうだと思われたエリオットだが、ダマシオは彼と話をすればするほど、何かが欠けていることを強く実感するようになった。エリオットはそれまでの人生について、歴史家が遠い昔の悲劇を描写しているかのように伝えた。彼の話に耳を傾けていると、ダマシオはエリオットよりも自分自身が狼狽《ろうばい》していることに気づいた。しかもエリオットの生活はめちゃめちゃで世間的な役目を果たすことができないようだった。意思決定をするのが困難で、どうでもいいような細かいことにこだわる傾向があった。一日の計画が立てられず、一週間の計画などはとうてい無理だった。仕事を馘《くび》になり、やがて離婚した。危ないからと友人が警告してくれていたうさんくさい投機的事業に金をつぎ込んで全財産を失った。

ダマシオがエリオットの脳を調べると、腫瘍のせいで左右の前頭葉が——とくに右側の前頭葉が——損傷を受けていたことがわかった。ほかはどこも異常がなかった。そのあと前頭葉前部に損傷があるほかの十二人の患者も、エリオットと似ていることがわかった。どの患者も同じように意思決定がなかなかできず、感情の起伏が見られなかったのである。

ダマシオはより多くを学ぶにつれて、いわゆる理性的でない感情というものへの正しい理解を深めた。感情や感覚は理性の邪魔になるものではなく、それらは統合されていた。「理性は、われわれが考え、そう願っているほど純粋なものではないかもしれない」と彼は書いている。「せいぜい、感情によってしかるべき方向が指し示され、意思決定をする適切な場所に連れていかれ、その場でわれわれが論理という道具をうまく利用する程度にすぎないのかもしれない」

感情を要因として含めれば、人間のリスク方程式は実際より精度の高いものにはなるが、感情を低くなることはない。ダマシオの研究成果から、リスクをより適切に判断するには、感情を排除するのではなく――それを脇へ追いやりたいと願うのではなく――活用すべきだと、わたしは確信した。不安は、うまく利用すれば、わたしたちの命を救ってくれることもあるのだ。

まずあなた自身のマスクをしっかりつけよ

デニス・ミレティは、ハリケーンや地震などの脅威の際に、人々にどのように警告したらいいのかを三十年あまり研究してきている。どうすればいいかはわかっている、と彼は言う。それが問題なのではない。人々――とくに役人たち――に彼の忠告を聞き入れさせることが問題なのだ。

現在、ミレティはカリフォルニア州の砂漠に住んでいる。長年にわたって教えてきたボールダー市のコロラド大学は退職したが、耳を傾けてくれる人にはいまだに不満をもらしている。「この偉大な、高度な教育が施されている豊かな国に十分な警報システムがないときている」とミレティは言う。「われわれは運に任せてちゃいけない。それ以上のことができるはずだ。半世紀にわたって警告について学んできたというのに、それを生かしてはいない」

多くの災害研究家と同様、ミレティはずっと失望しどおしだ。幸いにも、彼にはユーモアのセンスがある。挑発的なことを言っても、不自然に白くまっすぐな歯を見せて、吠《ほ》えるような大声で笑うのだ。講演を頼まれることもよくあるが、アロハシャツを着て登場することもしばしばだ。それから大々的な非難の矢を放ち、行動を呼びかける。そんなこんなで、災害研究という小さな、ときには退屈な世界で、ミレティは崇拝者のグループのようなものを持っている。

二〇〇六年七月に、ボールダー市のコロラド大学で催された年に一度の災害サミットで、ミレティは「リスクに通じた行動」と題したパネルのところに姿を現わした。講堂は四百四十人の災害専門家で満員だった。最後に話をしたミレティは、パワーポイントを使わずにプレゼンテーションをした唯一の講演者だった。彼は立ち上がると、大仰《おおぎよう》になり立てはじめた。「どこまで洪水の水が上がってくるか、地面がどれだけ激しく揺れるかをわれわれが知らせる前に、どれほどの人が屋根を必死にたたくことになるだろうか？　われわれに警告を出させるために何人の市民が死ななければならないのか？」。彼の声は叫び声に近かった。「政治家をその気にさせることができなくても、とにかく警告を発しなさい」。聴衆は熱狂した。

愛煙家として、ミレティは国が一部のリスクを深刻に受け止めている、と指摘したがる。「空港でいくつ禁煙の標識を見かけるか知っているかね？　自然災害に対しては同じようにしないことに決めているんだ」と彼は言った。「なぜ『ここはカリフォルニアの津波頻発地帯（沿岸）です』とかいう標識は掲げないんだ？　ほかの災害に対してそうしないんだったら、空港から禁煙の標識を取りはずしてもらいたいものだね」

後日、ボールダー川の近くでハンバーガーを頬張りながら、ミレティはその他の反例についてもまくし立てた。「火事のときにエレベーターに乗るべきではないとだれもが知っていることはご存じでしょう？　どうしてそうなったんですか？　ハワイでは、地震を感じたら、高台へ行くのが今や文化の一部になっている。サンタ・モニカでもそうあるべきだ。津波警報システムを変える必要があるのです」。ワークショップのほとんどの参加者同様、ミレティもハリケーン「カトリーナ」——起こらずにすんだはずの大災害——を悲しんでいた。若手出席者と違い、ミレティはふたたび悲嘆にくれることになるだろうと確信していた。「われわれはどこで大災害が起こるかちゃんと——ちゃんと——知っているんだ」と彼は笑顔で言う。「だがみんなリスクをあまり認めない。可能性は低くても重大な影響を及ぼすことになる出来事をすっかり軽視するんだ。誰もが言う、この飛行機で、このバスで、今回は、起こらないだろう、と」

つまるところ人は、そばに計算器があるというのに、リスクを測るのに使っているのはいまだに進化の過程で機能してきた古い計算尺なのだ。もはやカロリーを蓄える必要などないのに、いまだにチョコレートケーキを食べているようなものだ。だがケーキの量を減らすこともできるようになるし、リスクをより適切に判断できるようになることも可能である。

ではわたしたちは現実から目をそむけたがる最悪の本能をどうやって抑制すればいいのか？　何よりもまず、警告を出す側が、敬意を持ってわたしたちを遇すべきである。警告が単に何をすべきかではなく、なぜそうすべきなのかを説明している例がめったにないのは驚くべきことである。いったんこの問題に気づけば、いたるところでそういう例を見かけるだろう。実際のところ、人々が危険度を測りまちがえるのは、第一に、わたしたちを守る任務についている人たちの、わたしたちに対する不信感が広く浸透しているからだとわたしは思う。彼らは「果ての国」のわたしたちの護衛者であるのに、わたしたちときちんと向き合っていないことがしばしばなのだ。

たとえば、酸素マスクが飛行機の天井から落ちてきたら、どうやってそれをつけるかを客室乗務員が説明するのを聞いたことがあるだろう。「ほかの人たちを手伝う前に、ご自分のマスクをしっかりつけてください」と、警告される。だが客室乗務員はなぜそうすべきかを伝えない。急速に気圧が低下している場合にそういうことを言われるのを、想像してもらいたい。意識を失うまでに十秒から十五秒しかないだろう。つまり、そういうことなのだ。そのときはじめて、自分の子供を手助けする以前に、なぜ自分のマスクをつけるべきなのかわかるかもしれない。まず自分のマスクをつけないと、「これ、何の役に立つの？」などと言う暇もなく、親子ともども意識を失うことになるだろう。たちまち警告が煩雑な法律用語のようではなく、常識的な意味合いを帯びて聞こえてくる。そうなれば動機づけになる。

一九九〇年代の終わり頃に、合衆国政府は、飛行機から避難した四百五十七人の乗客に対してきわめて貴重な調査を大々的に行なった。半数以上が、飛行前の安全についての説明をすべて見ていたわけではない、以前に目にしたことがあったから、と答えた。説明のほとんどを見ていた人たちのうち、五十パーセントが緊急事態になったとき役に立ったと答えた。振り返ってみれば、出口への経路や、脱出スライドの使い方、翼上の出口を通って脱出したあとの翼からの降り方などをもっと説明してほしかったそうだ。聞いたものよりさらに真に迫った実用的な警告を望んでいた。

　飛行機の墜落事故では、機内持込み手荷物が大きな問題となる。乗客のうち約半数が避難するとき機内持込み手荷物を持っていこうとする。客室乗務員にすべてを置いていくよう指示されていてもなおそうするのだ（これは世界貿易センターでエリア・ゼデーニョが見せたような、私物をまとめる行動である。彼女はそのとき、オフィスを出る前に、ミステリー小説も含めてさまざまな物を持っていかなければという気になった）。後に、航空機墜落事故の生存者たちは、それらの機内持込み手荷物が、すばやく安全に脱出するのに大きな障害になったと報告している。暗闇の中を手探りで進んでいくとき荷物につまずき、避難用の脱出スライドを勢いよく滑り降りているときには荷物が凶器と化した。しかし、この問題の解決策は、意外にもシンプルなものかもしれない。英国での最近の研究で、客室乗務員が乗客に「手荷物をすべて置いていってください」と言う代わりに、なぜそうすべきかを乗客に伝えたらどうかという提案があった。単に「手荷物を持っていけば命を落としますよ」と言ったらどうだろうかと。

　このように墜落事故の生存者たちがどうすべきか伝えているというのに、なぜ航空会社はもっと適切な警告をしないのだろう？　一つには、航空会社はビジネスをしているからである。墜落についてあまりにも生々しく話して顧客を怯えさせたくないと思っているのだ。抽象的で記憶に残らない言い方をしたほうがいいのである。だがもう一つ、さらにたちの悪い理由がある。航空会社の社員たちは、たいていの分野の専門家と同様、ふつうの人々をあまり信頼していないのだ。「警察官もそうだが、航空会社の社員たちは一般市民をワンランク下に見ている」。そう言っているのはダン・ジョンソンで、数社の航空会社で三十年以上、さまざまな立場で仕事をしてきた心理学研究者である。航空機についての会議で、彼は専門家たちに人間行動が事故の要因になっていることを正しく認識してもらうのにいまだに苦労している。「彼らはどちらかというとハードウェアや訓練マニュアルの話をしたがり――わたしが同じように重要だとみなしている生身《なまみ》の人間の行動については心配しない」。もし最悪の事態が起これば、この不信感のせいで一般の乗客はさらに厳しい状況下に置かれることになる。「パイロットや客室乗務員は、乗客が動揺するのを恐れて、緊急事態を告知するのをためらうことがよくある」とジョンソンは言う。「だから乗客は何も知らされずに座席についたままだ。事故が発生しても、何が起きているのかだれにもわからない」

最近、ワシントンD.C.の地下鉄に乗ったとき、テープに録音されたこのようなアナウンスを耳にした。「火事の場合は、落ち着いて指示をよく聞いてください」。それだけだった。だがそのアナウンスのせいで、何百人もの会話や思考が中断された。そのメッセージは何を意味しているのだろう？　地下鉄の職員は、わたしを信頼していないということだ。火事の場合に、わたしがヒステリックになり指示を無視したりすると思っているのだ。

このアナウンスの作成者が何をしなかったかについて考えてもらいたい。彼らは、ワシントンの地下鉄で毎年、何件の火災が起こっているかを知らせるまたとない機会があったのだ。そうすればわたしの注意を引いただろう。また火事の場合には、たいていは地下鉄の車両内にとどまっていたほうがいいのはなぜかを説明する機会でもあった（線路のレールで感電死するかもしれないし、トンネルは何カ所かが狭すぎて電車が来るとうまく通り抜けられないから、と)。だが代わりに、ただパニックにならないようにと言っただけだった。ああ、ご親切にどうも。わたしはパニックになるはずだったのだ!

効果的な警報システムの基本的な構成要素は信頼である。しかし現在、政府と市民双方の間に信頼関係などないに等しい。政府は市民を信頼していないし、逆もまたしかりである。このことはわたしたちの選んだ生き方の意図せざる結果の一部である。「われわれの社会的かつ民主的な制度は、多くの点で賞賛に値するのだが、不信を生み出す」と、スロヴィックは二〇〇〇年に出版された著書『リスクの認識』[The Perception of Risk] のなかで書いた。言論の自由がある資本主義社会には、推奨すべきことがたくさんある。だが市民が権力者に圧倒的な信頼を置いている社会ではない。この不信のせいで政府は、もっとも重要な役目の一つ、市民の弱点を補うことがより困難になっている。

信頼の欠如を乗り越えるには、何らかの工夫が必要だ。だがそれは可能なことである。脳に催眠術をかけるにはイメージを利用するのがいちばん簡単だ。ジャーナリストや広告主の間では周知のことだが、エピソードはつねに統計にまさる。だから富くじの広告は、思いがけず大金を得た喜びにひたっている個人の当選者を大々的に取り上げる。「百万ドルもの大金を獲得して、レーモン・ヴァレンシアは父の日を祝っている!」カリフォルニア州の富くじの広告にはそう書いてある。カリフォルニア州ラ・プエンテ出身の四人の子持ちであるレーモン・ヴァレンシアを前にすると、当選確率など色あせて見える。

普通、人間は二元的な思考をする。たとえば何かが起こるのだろうか、起こらないのだろうか。それは自分に影響を及ぼすのだろうか、及ぼさないのだろうか、などと。だから転倒による死の可能性は十万分の六だと聞けば、「わたしの身には起こらない」と決めつけて、そのリスクを棚上げしてしまう。実際には合衆国の不慮の死のなかで転倒は（車の衝突事故と中毒に次いで）三番目に多い死因であっても。これにはグラント・シールの話をすればはるかに説得力があるだろう。三歳の男の子グラントは、二〇〇七年二月に自宅で遊んでいて転倒し、花瓶にぶつかって怪我をした。そのときの怪我がもとで、よちよち歩きの幼児は死亡した。あるいはパトリック・ゼゾースキーの話はどうだろう。十九歳のパトリックは、自宅付近を歩いていてグラントと同じく二月に転倒して頭を打った。彼の場合は、その場で死を宣告された。こういった死は、比較的よく起こるという事実があるにもかかわらず、ニュース記事ではたいていいつも「変わった事故」だと評される。

人は自分の身によいことが起こると想像すると、可能性にかかわらず、より危険を冒すようになる傾向がある。人間の脳のイメージング研究によると、賭博師や麻薬常用者の脳では「腹側線条体《ふくそくせんじょうたい》」と呼ばれる部分がひどく活発に動いているらしい。この領域では、金を勝ち取れるだろうと期待するだけで、「側坐《そくざ》核《かく》」と呼ばれるものが活性化する。この部分が活性化すると、さらなる危険を冒す傾向がある。だから、カジノでは勝つことを期待させるだけでいいのだ——たとえ実際は勝った経験など一度もなくても。それでなぜカジノが客に安価な料理、無料ドリンク、ボーナスポイント、サプライズ賞品などのささやかな見返りを提供するのか説明がつくだろう。そういった見返りへの期待で、「側坐核」は活性化し、それがさらに危険を冒すことにつながっていくのである。

脳の別の部分は、負けることを想像すると活性化する。「島前部《とうぜんぶ》」は、悪いこと――たとえば災害など――が起こるリスクを予測すると、活動が活発になる。この領域も狼狽するようなイメージを予想することで活性化を示すのだ。だから保険の広告が恐ろしいイメージを通して「島前部」を活性化させ、危険を回避しようとする行動（すなわち保険に入ること）をあおるのも理にかなっているのである。

災害に備えさせるには人々を怖がらせる必要があるということではない。創意に富むやり方もうまく作用する。ヴァージニア州オールド・タウン・アレクサンドリアでは、改築した大きな工場の壁に線を刻み込み、前回の洪水でポトマック川の水位がどこまで上がったかを示した。工場の隣りの〈スターバックス〉では、壁に一枚の写真をはり、洪水でカフェが水に浸かり、黄色いレインコートを着た男がカヌーを漕いで通り過ぎるところを見せている。日常生活のなかでも記憶にとどめさせる、創造的な方法があるのだ。

要するに重要なのは、あまり怖すぎる警告で人々を打ちのめさないことだ。エリック・ホールドマンは、ワシントン州でキング郡緊急時管理事務所を十一年間運営している。彼が発見したのは、人々の注意を引くことと、注意を喚起できずに無駄だと思わせてしまうことの間には、微妙な境界線があるということだった。二〇〇五年、ワシントン州のある組織が、シアトル断層で大地震が起きたらどうなるかについての重要な報告書を提出した。断層は震度七・四の地震を引き起こす可能性があった。だが報告書の作成者は、故意にそれほど恐ろしくない仮説（震度六・七の地震で、約千六百六十人が死亡するだろう）を提示した。そのほうがきっと人々の注意を引くだろうと思ったのだ。ホールドマンはこう言っている。「時には、最悪の事態があまりにもひどいので、それに備えてもらうのがむずかしいこともある。そうなると人々はただあきらめて両手を上げるだけなのだ」

しかしながら筋の通った具体的なアドバイスを与えられたら、人々はきちんと受け入れることができる。オーストラリアの東に位置するヴァヌアツ共和国、ペンテコスト島の僻地の住民は近代的な設備を利用する機会がない。だが週に一度、テレビを見るようになった。衛星放送用パラボラアンテナ、ビデオカセットレコーダー、テレビを積んだトラックが町にやってくると、だれもが楽しもうとしてそのまわりに集まる。パプアニューギニアで一九九八年に起きた地震のあと、テレビを載せたトラックは津波から避難する方法についてのユネスコのビデオを見せた。一九九九年、島民はビデオと同じように地面が揺れるのを感じ、高台へ向かって逃げた。三十分後には、巨大な波が町を水浸しにした。だが死亡したのは住民五百人のうち三人だけだった。

しかし残念ながら世界の国々では、発展途上国においてさえも、役人が好むのはシンプルな方法よりも複雑な仕かけである。沿岸の国、バングラデシュでは、一九七〇年のサイクロンで三十万人が死亡したあと、政府は複雑な警報システムを考案した。異なった十の警報レベルのうちのどれかを示す旗を掲げるボランティアが訓練された。だが地方の村民を対象にした二〇〇三年の調査で、多くの人が手旗信号を無視していることがわかった。「第一信号から第十信号までの災害信号があることは知ってるよ」と、ムハンマド・ヌラル・イスラムは、ロンドン大学に本拠を置くベンフィールド・ハザード研究センターのチームに語った。「だけど信号の意味は知らない」。しかし彼は、個人的に独自の生存システムをちゃんと持っている。「空が薄暗くなって、ハチが群れをなして動きまわり、牛に落ち着きがなくなって、風が南から吹くようになれば、どんな災害がやってきてもすべて予測できるんだ」

子供でさえも、基本的な情報を信頼していれば、凝った警報システムよりも役に立つことがある。イギリスの小学生ティリー・スミスが、二〇〇四年にタイで両親や妹と休暇を過ごしていたとき、突然潮がさっと引いた。観光客は砂の上でぴちぴち跳ねる魚を指差した。水平線上では、海水が奇妙に泡立ちはじめ、船が上下に揺れた。十歳のスミスは、ちょうど二週間前に地理の授業で津波について学んだばかりだった。ハワイの津波のビデオを見ていたので、その前兆をすべて知っていた。「ママ、あたしたち、今すぐビーチを離れなきゃならないわ。津波がくるんじゃないかと思うの」と彼女は言った。両親は人々に立ち去るように注意しはじめた。それから一家は滞在していたJ・W・マリオット・ホテルへ駆け上がり、従業員に警戒を呼びかけた。そのため従業員は浜辺に残っていた人たちを避難させた。結局、そこは死者や重傷者が一人も出なかったプーケットの数少ない浜辺の一つになった。

最高の警告は最高の広告に似ている。首尾一貫しており、わかりやすく、具体的で、頻繁に繰り返され、個人向けで、正確で、ターゲットがはっきりしている。そういったものと米国国土安全保障省の色分けされた警報システムとを比べてみると、後者は確かにわかりやすく、何度も繰り返される。だがそれ以外では、ターゲットがはっきりしていない。警報システムは首尾一貫しておらず、具体性に欠け、個人に向けたものでなく、防災の専門家ミレティは言う。「あんなのは警報システムじゃないよ」と、防災の専門家ミレティは言う。「警報システムの最初の十パーセントの役割しか果たしていない。あれはリスク分類システムだよ。こう言っているのと同じさ、『今日の洪水の危険性はオレンジだ』と」。警報は人々に何をすべきかを伝える必要がある。テロへのオレンジ警報に応えてどういう行動をとるべきかよくわからないので、色コードでは納得がいかない――乾杯の挨拶《あいさつ》をしようとグラスをカチンと合わせたものの、そこに黙って突っ立っているようなものだ。

金融上のリスクに関する警告についてはどうだろうか。数字に強いトレーダー、タレブは新聞を読んだりテレビのニュースを見たりするのを拒否している。売買を短く伝える放送で脳に刺激を与えたくないのだ。同じように、スロヴィックは短期の投資を避ける。そして幅広く投資してから手を引く。似たようなことが、災害のリスクに関する警告についても言える。テレビのニュース番組を見ても得られるものはほとんどない。サメに咬まれた話は、脳にとってもっと起こり易いリスクに注意を集中する妨げになるだろう（毎年、世界中でサメに殺される人間は平均六人である。人間は二千六百万匹から七千三百万匹のサメを殺している。これは人間が負けている戦いではないのだ）。

「ニュースになっていたら、そのことについては心配しないように、とわたしは人々に言っ

2004年12月、タイのカオラックを跡形もなく破壊した津波が押し寄せる2分前。急に潮が引いたのは津波の前兆であると気づかず、観光客たちは海の奇妙な動きを見つめていた。写真提供：シャルル・ド・ピエール

タイのラヤ島でも、津波の第一波が来襲する前に潮が引いた。写真は、しばらくして巨大な波が猛スピードで内陸へ進んだときに撮影されたもの。
写真提供：ジョン・ラッセル

ている。『ニュース』のほかならぬ定義は、『ほとんど起こらないこと』である」と、安全対策専門家のブルース・シュナイアーは書いている。「心配しはじめるべきときは、それがニュースにならなくなったとき――車の衝突事故、家庭内暴力など――頻繁に起こるのでもはやニュースにならなくなったときである」

またテレビで繰り返し見た災害の映像には、とくにダメージを受けることがある。9・11後の調査で、大人も子供も報道を見る時間が長ければ長いほど、大きなストレスを体験することが示されている。概して、テレビを見ると心配しなくていいことも心配になるのだ。文字を読んでいるときは、脳はメディアの誇大報道をよりうまく濾過してくれる。言葉は映像ほど感情を刺激しないから、テレビを見るよりも新聞を読むほうがずっと健全なことなのである。

人が感情の赴くままに動くのは、十分なデータが得られないときである。はるか昔は、いつもそういう状態で、毎日、つねに感情に頼る必要があった。「本や統計調査以前の時代にどれが毒キノコかを知る必要があれば、噂《うわさ》や伝聞で判断するのが適切な戦略である」と、ゲルド・ギゲレンツァーは言っている。彼はベルリンのマックス・プランク研究所の適応行動および認知センター所長である。しかしデータは――今では、過去のどの時代より多く手に入る――ほかの何よりもむき出しの感情を補完するのに役立つ。

『リスクメーターではかるリスク!――アスベスト、水銀、…の危険度』（丸善　二〇〇五年刊）の共著者であるデーヴィッド・ローペイクは、自分の本能を完全に抑制することはしない。感情の助けを借りて意思決定をするのだ。「われわれはいつも感情を利用しようとしている。事実をすべて知ることは決してないのだから、空白部分を埋めるような感じで感情を利用しなければならない」とローペイクは言っている。「だが、これが課題なのだが、それは危険なことでもある。もしリスクをどう感じるかに身をまかせ、事実に直面してもそのまま突き進んでいけば、死に至ることもある」。だからローペイクは自分の感情が既知の事実と対立するときはつねに思いとどまろうとする。たとえば、感情的にはバイクのヘルメットをかぶるのに抵抗がある。ヘルメットをかぶっていると、「どじでまぬけ」に見えると強く感じているのである。だがとにかく無理にでもかぶろうとする。自分の感情がデータと対立していることを知っているので、感情のほうを抑えるのだ。ちょうど彼がチョコレートケーキを食べたいという気持ちを（たいていは）抑えるのと同じように。

津波の10日後に撮影されたインドネシアのバンダ・アチェ沿岸のこの写真は、災害の規模がけたはずれに大きかったことを示している。写真提供：チュ・ユンコン、合同代表取材／AP通信

今度、何かどきりとするようなことを耳にすれば、データを調べていただきたい。絶対的な数字——あるいはまったく何の数字もないこと——には疑いを抱くべきである。たとえば、初めて親になった人たちには現在、乳幼児突然死症候群（S

IDS）についてあふれんばかりの注意がなされる。一歳未満の乳児の原因不明の死を乳幼児突然死症候群という。子供の命がかかっていて、すぐにでも予防策（たとえば乳児を仰向けに寝かせること）がとれることを考えれば、それらの警告も理解できる。だが初めて親になった人たちに病院で手渡される警告入りの怖いパンフレットがリスクを客観的にとらえているのであれば、そのほうがはるかに好ましいだろう。たとえば、警告に次のような表現を付け加えることもできるはずだ。「SIDSはいまだによく解明されていない。だがその発症率は史上最低を記録している。それは、一部にはあなたがたのような両親がこのパンフレットに記載されている基本的な予防措置を講じているからである。このような症候群で亡くなるのは、千人の乳児につき一人未満である（先天性欠損症や出生時の体重不足で死ぬ幼児の数はこの四倍である）。だから真夜中に七回も起きて乳児が呼吸しているかどうか確かめる必要はなく、記載した単純な決まりに従うだけでよい――そして眠ることに集中してください。そのほうが百パーセント近い確率ではるかによい親になることでしょう」

言うまでもなく、人々はリスクをきちんと理解している場合でも、リスクが小さいほうを選択するとは限らない。ハザード（危険）に関するわが国の第一人者の一人であるミレティは、北米一の地震断層の一つに住んでいる。そうすることは賢明なのかどうか、わたしは彼に尋ねる。「いや、道理にはかなってないよ」と、彼は答える。だがカリフォルニアの住民の八十六パーセントと違って、ミレティは地震保険に入っている。また数日分の生活必需品も持っている。そして持ち家に全額を注ぎ込まず、銀行に貯金をしてあるので、必要になれば現金を手にすることができる。彼は否認の泥沼に入ってはいないのだ。情報を与えられた上で賭けをしている。ある日きっと起こるだろうと思っている、とてつもなく大きい地震が発生するまで、彼はどうにかカリフォルニア州パームスプリングスに住むつもりである。

第二部　思考

第三章　恐怖

人質の体と心

コロンビアの首都ボゴタにあるドミニカ共和国の大使館は、通常の大使館エリアの外側に建つ、大きいけれど多少みすぼらしい建物だった。米国大使ディエゴ・アセンシオと彼の運転手、四人のボディガードがそこへ車で行くには、少なくとも三十分はかかる。しかしドミニカ共和国の大使が自国の独立記念日を祝っていて、慣例として、各国の外交官は他国のパーティにはすべて出席することになっていた。しかも、カクテルパーティで貴重な情報を得るのはアセンシオの仕事である。ちょっとした噂や、広まっている憶測、価値があると判明するかもしれない意地悪な陰口などを自国に伝える機会が必ずあったのだ。

四十八歳のアセンシオは、後に自身が述べるように、「快適なオフィスの控えめの照明に慣れて」いた。彼はニュージャージー州の労働者階級が多く住むニューアークで、スペイン系移民の息子として成長した。人間的魅力と勤勉さと流暢《りゅうちょう》なスペイン語によって、何とかトンネルをくぐり抜けて外交という上層階級の世界に入ったのだった。ワシントンD.C.のジョージタウン大学外交大学院を卒業後、コロンビアへ行くまでに、メキシコ、パナマ、ブラジル、ベネズエラの大使館で勤務した。国務省では、扱いにくい問題に関しても臆することなく自分の意見を述べる、社交的でいつもパイプをふかしている人物として知られていた。また卑猥な冗談を好み、当時の新聞記事によると、「卑猥であればあるほどよい」ようだった。一九八〇年二月二十七日のパーティの日までには、駐コロンビア米国大使を二年半務めている。

アセンシオは短時間で切り上げる予定で正午頃にパーティ会場にさっそうと入っていった。主催者に挨拶し、何人かの友人に声をかけ、それからランチに間に合うようにスマートに出て行くつもりだった。すでに六十人ほどが到着していた。このような会合ではつねにそうであるように、互いに楽しそうに冗談を言い合いながらも計算高くなっていた。アセンシオは会場を一巡しはじめた。イスラエル、ソヴィエト連邦、エジプト、スイスの大使たち、そしてローマ教皇代理ともキスや握手を交わし、カナッペをつまんだ。ベネズエラの大使に、地元の肉牛産業に影響を及ぼす提案について議論しようと脇に引き寄せられたとき、アセンシオはそろそろ立ち去るときだと感じた。静かに別れの挨拶をしながら、戸口のほうへそっと進みはじめる。

ちょうどそのとき、きちんとした身なりの二組の男女が、アセンシオの装甲したクライスラー・インペリアル・リムジンや彼のボディガードのそばを通り過ぎて、玄関から入ってきた。二組の男女は、このようなパーティには珍しく深刻そうな表情を浮かべていたが、特別な注意を引かなかった。必ず何人かのプロの押しかけ客が出席するのがコロンビアでの外交行事の伝統だったのだ。

だが四人の若い訪問者は、過激な国家主義の反逆者グループ、M-19のメンバーで、外交官を人質に取ろうとしてやってきたのだった。部屋の前に一列に並んでジャケットの前を開け、ベルトからピストルを引き抜くと、天井目がけて銃を発射しはじめた。漆喰《しっくい》が床に落ちると、最初は静まりかえった。やがて二、三人の女性が悲鳴を上げはじめ、男性は叫び声を上げた。アセンシオはかなりでっぷりした体格だったが、躊躇《ちゅうちょ》しなかった。すばやく床に身を伏せ、ソファと壁の間を這っていった。ほかの人たちはまったく何もせず、まわりで世界が崩壊するのを黙って見ていた。

発砲が続いていたとき、アセンシオは床から顔を上げた。するとホスト役のドミニカ共和国の大使が金切り声を上げながら部屋から逃げていくのが見えた――彼の妻が怒鳴り返しながらあとを追いかけ、「マロール、男らしくしなさいよ!」と叫び、夫の向きを変えて中に引き返させた。そうこうするうちに、通りの向こうでさりげなくサッカーボールを蹴っていた別の十二人の若者が大使館に駆け込み、スポーツバッグから散弾銃やカービン銃やピストルを取り出し、ドアの外のアセンシオのボディガードを目がけて発砲した。

ガードマンたちは撃ち返したが、相手の数のほうが著しくまさっていた。十六人のテロリストたちがバリケードを築いて大使館の中に立てこもったとき、悲鳴や罵《ののし》り声や銃声などの入り混じった不協和音が大きく響きわたった。銃弾がアセンシオの上方の高い窓を粉々に砕き、彼の頭上にガラスの雨を浴びせた。背後の壁に銃弾が音を立ててぶつかるのも聞こえた。テロリストたちは五十人以上を捕虜にした――史上最大の外交官人質事件の一つだった。

それ以前の二カ月間に、ラテンアメリカだけでも十二件の大使館占拠事件があった。まさにそのときも、イランの闘士がテヘランの米国大使館を占拠していた。アセンシオは外交官人質事件についての記事を読んだことがあったし、彼自身も最近、コロンビアのゲリラ兵にとらわれた平和部隊の将校を解放する交渉にかかわっていた。これまでの知識を前提として考えると、自分の場合がうまくいく当てはなかった。「生き延びる可能性など絶対にないという気がしていました」と彼は回想する。「どう見ても死んでいたんです」

生存への行程の第二段階は「思考」である。さまざまな選択肢について思いめぐらすとき、恐怖はわたしたちの脳の働き方を変える。元米国大使ディエゴ・アセンシオは、コロンビアのボゴタで人質に取られていた。そのとき時間の流れが速く感じられたり遅く感じられたりしたことや、かつて読んだノーマン・メイラーの小説について考えていたことを記憶している。写真提供：© ワシントンポスト紙。写真撮影はハリー・ナルチャヤン

恐怖の生理学

死に直面するとどういう感じがするのだろう？　足元で地面が崩れると、脳内では何が起こるのか？　生存への行程のいたるところで恐怖によってわたしたちの反応が導き出される。だが思考の段階の始まりには、恐怖の影響について考えてみよう。人間がいったん直面している危険を理解すると、概して恐怖感はピークに達するからである。そのあとに続く思考は、恐怖のプリズムを通してなされる。災害時に人々がとる行動は、恐怖が体や心に及ぼす影響を理解するまで説明がつかないのである。

人間の恐怖に対する反応は、ほかの動物の場合とよく似ている。だから科学者は、たとえば罪悪感や恥辱などより恐怖をよく理解している。「恐怖はとても基本的なものである」と、脳の専門家ジョセフ・ルドゥーは述べている。「恐怖を引き起こす鍵となる環境上の誘因や、恐怖に対処するのに役立つ巧みに形成された反応がある。これらのものは、途方もなく長い進化の年月を通じてずっと存在していた」

恐怖の最初の法則は、それが原始的なものであるということだ。恐ろしい状況に陥ると、わたしたちの髪が逆立つという事実を考えていただきたい。何の目的があってそうなるのだろう？　そう、何の役にも立たない――わたしたち人間にとっては。だが、鳥が羽根を誇示したり、魚がひれを拡大させたりすること――こういったことはすべてそれらの生き物の生存を助ける――と関係があるだろうと科学者は信じている。歴史の長い流れから見て、恐怖はとてもよく人間の役に立ってきたし、多少の例外はあるものの、現在でも役立っている。

恐怖がどのようにアセンシオの体の中を移動していったかについて述べよう。まず、九十デシベルかそれ以上の予期せぬ物音を聞くと、人間は本能的に恐怖をおぼえる。ライフルの銃声は約百二十から百五十五デシベルである。アセンシオの耳がバーンという銃声を感知するとすぐ、何の音かわからず、怖がっていることにも気づかないうちに、合図が聴神経を通って脳に伝わった。その合図が脳幹に達すると、ニューロン［神経単位］がその情報を扁桃体に伝える。扁桃体は古くからあるアーモンド形の神経核のかたまりで、脳の側頭葉《そくとうよう》の奥深くにある。側頭葉は人間の恐怖の巡回路の中心になっているのである。刺激に反応して、扁桃体は彼の全身に段階的な一連の変化を引き起こした。彼からの意識的な意思決定は何一つなされることなく、瞬時に、アセンシオは生存モードに変わった。

もしアセンシオが大部分の人のように反応していたら、彼の血液中の化学物質は通常よりたやすく血液が凝固できるように実際に変化していただろう。同時に、彼の血管は怪我をしてもさほど出血しないように収縮していたはずだ。血圧は急に上がり、心拍数は急激に増えていた。そして多量のホルモン――とくにコルチゾールやアドレナリン――が体内の組織で急増し、粗大運動筋肉［大きな運動を担当する上腕や大腿などの筋肉］に一種の超人的な活力を与えた（ホルモンはとても強力なので、生死にかかわる状況のあと、多くの人が口の中に奇妙な化学薬品のような味がしたと報告している）。

だが次なる恐怖の法則がある。恐怖が人間に能力を与えてくれることもあれば、能力を奪ってしまうこともあるというものである。攻撃を受けている国のように、人体には限られた資源しかない。脳は何を優先し、何を無視すべきかを決定しなければならない。筋肉は張りつめて準備を整える。体は独自の天然の鎮痛剤をつくりだす。だが周囲の状況を判断したり理解する能力は低下する。コルチゾールは複雑な思考を扱う脳の一部を妨げる。突然、問題を解決するのが困難になるのだ。たとえば救命胴衣の着け方とかシートベルトのはずし方など簡単なことまでわからなくなる。すべての感覚が大きく変わる。第一章で見てきたように、世界貿易センターでのエリア・ゼデーニョのごとく、一時的に目が見えなくなる人々さえいる。

すべての外交官がアセンシオのように身を伏せて隠れたわけではなかった。激しい銃撃戦が続いていたとき、コスタリカの総領事は飲み物をしっかり握ったまま部屋をうろつき、襲撃者の一人に床に引き倒された。ボゴタに三週間前に到着したばかりの別の大使は、テロリストたちが入ってきたときに、階段に立ったまま動けなくなった。頭上からガラスが雨のように降りそそいでも、彼女は動かなかった。ついに一人の襲撃者が彼女に向かって繰り返し叫んだ。「伏せろ！　撃たれるぞ！」。それを聞いて、大使はどさっと倒れてうずくまった。

扁桃体は二つの方法で危険について知る。すでに一番目の方法については述べた。それを神経科学者ルドゥーは「低位の道」と呼んでいる。アセンシオの耳は合図をじかに扁桃体に送り、交感神経系の反応を引き起こした。「低位の道」は、「迅速だがおおざっぱな処理体系」だと、ルドゥーはその優れた自著『エモーショナル・ブレイン——情動の脳科学』（東

京大学出版会　二〇〇三年刊）のなかで書いている。だが銃声は皮質に伝わる合図もまた送っていた。皮質というのは、アセンシオのより高度な脳の機能にかかわった灰白質《かいはくしつ》の外層である。皮質はその音を銃声と認め、もっと微妙な差異をつけたメッセージを扁桃体に送る。これが「高位の道」である。起こったことをより正確に伝えるが、速度は「低位の道」より遅い。

脅威に反応する時間が長くなればなるほど、脳のより精巧な能力を開拓することが可能になる。状況のなかで脅威をとらえ、選択肢について考え、理知的に行動することができる。だがこれらのより高度な機能は、扁桃体の原始的な反応よりもつねに速度が遅く力も弱い。リスクについて言えることは、恐怖についても言える。感情は理性に勝るのだ。「感情が脳の能力を独占する」と、ルドゥーは言っている。「それには理由がある。飢えた獣に直面したときに、注意力を弱めたくないからである」

アセンシオの場合は、激しい銃撃戦の最中に、呼吸を乱さないように努めた。脳は考えるのに十分な時間があった。ひどく劇的な状況だったので、お決まりの否認の第一段階をすっかり飛び越えて、思考の段階へと移っていった。ソファの陰には、共に考えをめぐらせる相手は一人もいなかった。だから彼はこのような危機の際にたいていの人がすることをした。つまり自分自身と会話をしたのだ。それは彼が予測していたようにはいかなかった。床にしゃがんでまず最初に、彼が感じていることと、そういうときに感じるだろうと思っていたことを意識的に比較した。「わたしは自分の体温を計ろうとしていました」と彼はわたしに語った。驚いたことに、目の前に彼の人生が突然浮かんできたりはしなかった。その代わり、ノーマン・メイラーの小説『裸者と死者』［邦訳多数］で、砲火を浴びている男たちが排泄《はいせつ》を抑えるのに難儀していたことをふと思い出した。そして、狂乱のさなかに、ありがたいことに、その問題が自分には起こらなかったことに気づいた。彼の脳は記憶を探ってこの状況に対処するシナリオを求め、関連したデータをうまく引き出した。だがそれは不正確であることがわかったのだ。実をいうと、内心ひそかに「メイラーはまちがっていた」と考えた。

理論的には、メイラーは正しかった。極度に圧迫された状況の下では、体は消化や唾液《だえき》分泌、ときには膀胱《ぼうこう》や括約筋のような、肝要ではないいくつかの機能を放棄する。合衆国のある都市（わたしはそこの消防署長に所在地を明かさないと約束した）の一人の消防士は、所属の消防署に出動要請がかかるたびに、パンツを汚してしまうことが十年間も続いた。ほかの消防士たちはいまだにその嫌な臭いを記憶している。ついにこの不運な男は心臓発作に襲われ、職業を変えた。第二次世界大戦に参戦した米兵たちへの調査では、十パーセントから二十パーセントがパンツに排便したことを認めている。実際の割合はおそらくはるかに高いだろう。というのも、失禁は、たいていの兵士が認めたがらないことだからである。だが、アセンシオが気づいたように、それがだれにでも起こるとはかぎらない。

しかしながら、アセンシオはもう一つの典型的な恐怖反応は体験した。時間の速度の低下である。「時間と空間が完全に支離滅裂になった」と、彼は後に書いている。「わたしのまわりの動きが、最初はスピードを上げているように思えたのに、今度はスローモーションになった。現場はグロテスクな動きをする、混乱した悪夢さながらの幻影のようだった。目にするものすべては歪んでいるように思えた。どの人も、どの物も、違って見えた」

アセンシオがソファの陰に体を丸めていたとき、銃撃戦がエスカレートした。銃弾が人質を取っていた女性の頭をかすめた。だがその女性は顔に血を流しながら、射撃を続けた。緑色のスウェットスーツ姿で玄関の近くに立っていた十七歳の高校生ゲリラ闘士は、頭に銃弾を受けて突然床に崩れた。アセンシオは、血にまみれた少年の頭を見つめていると、不思議なことに自分が超然としている気がした。「非現実的だったんです」と彼は言う。「そこにその若い男がいて、わたしのすぐ前で死んでいたというのに、なぜか超現実的に思えただけでした」

「解離」と呼ばれる、この奇妙な超然とした感覚は、とらえがたいように思える。危険な発砲事件にかかわった百十五人の警察官を対象にした調査で、九十パーセントがある種の解離症状――感覚の麻痺から知覚脱失や記憶障害にいたるまで――になったと報告した。もっとも極端な場合には、解離は体外離脱という形をとることもある。そのときは、まるで上方から自分自身を眺めているかのような感じだと言う。まったく同じような現象が、てんかん、鬱病《うつびょう》、偏頭痛、統合失調症の患者によっても報告されている。このことから、そういった感覚はおそらく、大量のデータを統合する脳の能力の崩壊と関係があるだろうということがわかる（少なくとも一つの症例では、科学者が患者の脳の一部を電子装置で刺激することによって体外離脱体験を引き起こすことさえできた）。極端な離脱は、脳の最後の防衛線のようで、性的児童虐待の犠牲者たちの間でとくによく見られる。「それは生き延びるための一つの手段だ」と、イスラエルの心理学者ハノック・イェルシャルミは言う。彼は心的外傷を持つ多くの犠牲者を研究の対象にしてきた。「人々はこう言うんです。『体は奪われても、魂は奪われていない』と」。あらゆる防衛機制と同様に、離脱にも犠牲が伴う。一連の研究で、危機の間の離脱が極端であるほど、生き延びる人の回復は困難になるということが判明している。

もっとも激しい銃撃戦は少なくとも三十分間は続いた、とアセンシオは思っている。だが今日にいたるまで、どれくらい続いたのか、実は彼にもよくわからない。「わたしにとっては果てしなく続いているように思えました」と、彼は言う。発砲が散発的になると、周辺のあちこちで負傷者のうめき声が聞こえた。心の中の対話（心理学者はそれを「セルフトーク」と呼んでいる）を続けながら、できることなら自尊心を失わないような振舞いをしようと心に決めた。「ばったり倒れて『もうだめだ』とつぶやいたあとは、妻や子供たち、友人や外務職員局の同僚のところへ戻れる可能性はまったくないだろうと思っていました」。そう決心したことで、アセンシオは少し気分が楽になった。

生死にかかわる状況に置かれると、人は子供のことを思ったり、危機が終わったあと他人からどう思われるだろうと考えたりすることがよくある。荒れ狂う海で苦しい呼吸をしたり、炎上している飛行機から脱出しようと手さぐりで進んでいるとき、頭のなかで家族の声が聞こえる。ときにはその声が嘲笑だったりもする。一九七九年のイラン米大使館人質事件について書かれた本、『ホメイニ師の賓客』（早川書房　二〇〇七年刊）のなかで、著者マーク・ボウデンは、絶望的な救助活動をしているさなかに一人の海兵隊少佐のヘリコプターがきりもみしながら炎に包まれたときの、彼自身との会話を描写している。次の一節は、このような憶測がいかに人を動かすかということを示している。「パイロットはエンジンを止め、もうすぐ自分は死ぬのだと確信して、しばらく座っていた。やがてどういうわけか、フィアンセの父親――パイロットである未来の義理の息子に以前からさほどよい印象を持っていないように思えた男――の姿が頭に浮かんだ。義父は、家族が食事をしている最中に、哀れなまぬけの死体が、ヘリコプターの座席でクリスマスの七面鳥のごとく丸焼けになっているのが発見された、と言った。そしてその恐ろしいイメージが彼に意欲を起こさせた。自分の死体が焼きすぎた七面鳥のようになって発見されるなんてゴメンだ。少なくとも逃げる努力をしなければ」。彼は窓から脱出し、やけどを負いながらもヘリコプターの残骸から逃げたのだった。

コロンビアでは、ようやく銃撃が完全にやんだ。ゲリラのリーダーはアセンシオや残りの人質を一堂に集めた。リーダーはメガネをかけたまじめな顔つきの若者で、自身を「司令官ウノ」と名乗った。そしてグループの目標を列挙した。彼らは三百十一人のM－19の囚人の解放、五千万ドルの現金、コロンビア政府が行なった残虐行為に対する責任の公表を求めていた。この非現実的な要求に耳を傾けていたとき、アセンシオは死が近づいていることを確信していた。どういうわけか、そう悟ると、不思議なことに恐ろしくなくなった。ふたたび怖くなったのは数日後で、もしかすると本当に生き延びることができるかもしれないという気がしたときだった。

想像上の航空機墜落

ストレスを受けて感覚を失うと、どういう気分になるのかを想像するために、わたしはオクラホマ州オクラホマ市にある連邦航空局の訓練学校を訪れた。研究棟の背後の離着陸場には、台上に引き上げられたジェット機の一部分があった。ある日の午後、三十人の客室乗務員指導者と一緒に実物大模型飛行機に乗り込んだ。機内は普通の飛行機とそっくりに見え、客室乗務員は乗客のふりをして冗談を言った。「カクテルを持ってきてくださらない？　この座席のために大金を払ったのよ！」。だがいったん煙が客室に入り込みはじめると、だれもが静かになった。

ほとんどの人と同様に、わたしもこんなに速く煙が充満するとは思っていなかった。煙は天井から床まで広がり、まるで目の前に黒いカーテンがかかっているかのようだった。煙に毒性はなかったが、期待どおりの効果が得られた。たいていの人は火災になるとどれほど目が見えにくくなるか、そしてその結果、いかに脳の働きが悪くなるか、見当もつかない。ここではほとんど危険を伴わない模擬体験をすることになった。

二十秒もしないうちに、見えるのは床のピンライトだけになった。避難しようと席から立ち上がっていると、ドンという大きな音がした。ベテランの客室乗務員のだれかが頭上の荷物収納棚に頭をぶつけたのだ。わずかなストレスを受けただけでも、脳の働きは早くも鈍くなった。身をかがめ、前にいる人にしっかりつかまり、列をなして出口の脱出スライドのほうに向かっていたときには、同僚の励ましを受けなければならない客室乗務員も数人いた。やがて明るいところに出ると、わたしたちの気分も晴れやかになった。客室乗務員たちは、同僚が一人ずつ脱出スライドを滑って地面に降り立つと、拍手喝采した。

次に、わたしたちは水難救助のために屋内プールに向かった。乗客とまったく同じように普通の服を着たままプールに飛び込んだ——水の中に入ると、救命胴衣をふくらませるためにひもをぐいと引っ張った（実際の墜落事故では、乗客はいつも指示を無視して、まだ機上にいるあいだに救命胴衣をふくらませる——そういった状況のストレスを考えると、無理もないまちがいではある。だがふくらんだ救命胴衣は、大きすぎて扱いにくく、機内の貴重な空間をふさぎ、歩いたり見たりするのを困難にする）。最初の演習は、天井からつり下げられたかごに乗って〝ヘリコプター〟で救助されるものだった。またしても大きな拍手喝采が起こった。

だがそのあとは救命いかだの演習で、巨大な黄色いいかだに乗り込むだけでも辛い体験だった。お互いの体を持ち上げていかだに乗せなければならなかったのだ。その大騒ぎのなかで、一人の客室乗務員が目のまわりにあざをつくり、残りの模擬演習に参加できなくなった。いかだに乗り込むと、吐瀉物《としやぶつ》（化学薬品で加工処理されたいかだのプラスティックから漂ってきた）の強烈な臭いが迫真性を高めた。次にいかだの扱いにくい防水シートを頭上に広げて、すさまじい音を立ててわたしたちの上に落ちてくる、凍りつくように冷たい〝波〟（連邦航空局の訓練者が情け容赦なくホースで水を流してくれたおかげだった）を防ぐシェルターを作らなければならなかった。薄暗い明かりのなかで、女性の客室乗務員が救助用具のところから大きな低い声でさまざまな指示を叫び、残りの者はいかだの水をかい出し、防水シートをしっかりつかんでいた。

不安定なプラスティックのシェルターに絶え間なく水が打ち寄せる状態では、聞くことも考えることもむずかしかった。約三十秒ごとに、氷のように冷たい水しぶきが漏れてくると、仲間の生存者たちは悲鳴を上げた。そのとき、かつてある軍事研究家から言われたことを思い出した。極寒や酷暑では、人間の行動の質は急速に低下し、その影響は、幾何級数的に増大する傾向があるというものだ。湿って悪臭のする密集状態のなかにほんの五分座っていただけで、急に激しい疲れを感じた。わたしは夕食に間に合うようにそこから出られることがわかっていた。生命の危険には少しもさらされていないとわかっていて、恐れを感じてはいなかった。だがそれでも驚くほど消耗している気がした。わたしの脳は、自分で意識しているよりも激しく活動していたにちがいない。そのとき、実際の災害に遭っておとなしくあきらめるのも、さほどありえないことでもないように思われた。

ウサギの穴へ

生死にかかわる状況においては、人は何らかの能力を得る代わりにほかの能力を失う。アセンシオは突然、非常にはっきりと目が見えるようになったことに気づいた（実際、テロリストたちに包囲されたあとの数カ月間は、視力がそれまでよりよくなったままで、一時的にメガネの度数を下げてもらうことになった)。一方、多くの調査によると、大多数は視野狭窄《きょうさく》になっている。視野が七十パーセントほど狭くなるので、場合によっては、鍵穴から覗いているようにに思えることもあり、周囲で起こっていることを見失ってしまう。たいていの人はまた一種の聴覚狭窄に陥る。不思議なことにある音が消え、ほかの音が実際よりも大きくなるのだ。

ストレス・ホルモンは、幻覚誘発薬に似ている。ある種の現実の変化を体験しなければ、人が幻覚のようなものを体験することはほぼ皆無である。警察官による一般市民への発砲を調査した結果、九十四パーセントの警察官が少なくとも一つの知覚の歪みを体験していた。犯罪学者デーヴィッド・クリンガーが事件にかかわった警察官に面接してわかったことである。だが前もって知覚の歪みが起きるとどうなるかわかっていた警察官はごくわずかだ。だからそうした知覚の歪みに一部の警察官は注意をそらされ、戸惑いすら覚えたのだった。

もっとも興味深い知覚の歪みの一つは、警察官による発砲があった事例の半数以上で報告されたのだが、時間の奇妙なスローダウンである。時間の歪みはよく起こることなので、科学者は「タキサイキア」と名づけている。「頭のなかの速度」を表わすギリシャ語に由来した名前だ。車を運転する人は、追突した前の車のバンパーステッカーを覚えている。強奪の被害者は、強盗の銃の薬室の数を覚えている。銃撃戦を体験した警察官の以下の記憶はどうだろう。彼は警察心理学者アレクシス・アートウォールにこう語っている。「わたしはあたりを見わたして、突然起こった騒乱に注意を引きつけられた。そしてビール缶がゆっくりわたしの顔のそばを飛んでいくのが見えて戸惑いを覚えた。さらにもっと戸惑いを覚えたのは、缶の底に〝連邦〟という文字が書かれていたことだった。それらはわたしの隣りにいた警察官が発砲した薬莢《やっきょう》であることがわかった」

恐怖を感じた瞬間に時間がスローダウンするように思えるのはなぜだろう？　脳内では何が起こっているのだろう？　それが何であれ、わたしたちの命を救うのだろうか？　デーヴィッド・イーグルマンは小学三年生のとき、兄と一緒に近所の建設中の家に探検に行った。そこで遊んではいけないと父親からはっきりと言われていたが、木材のジャングルジムの誘惑には勝てなかった。屋根を這っていたとき、イーグルマンは足場を失い、四メートルほど下の地面に向かって落ちていくのがわかった。

だがその落下は、彼が予想していた感じとはまったく違っていた。「問題なのは、落ちていくのに延々と時間がかかったことだ」と、イーグルマンは回想している。宙に浮いていたとき、怖がりもせずに、どうすべきか答えを見つけだそうと、自分の脳がとても活発に働いていることに彼は気がついた。冷静そのものだった。「生涯の三分の二が過ぎた今となっても、このときに考えていたことを次々に詳しく思い出せるのです」。アセンシオと同様に、彼もシナリオを求めて頭のなかのデータベースをくまなく捜した。だがあまり役立つようなものは見つけられなかった。まず最初に屋根の端をつかもうかと考えたが、もう手遅れだと気がついた。次に、眼下の赤いレンガがだんだん近づいてくるのを見ていたとき、ふと『不思議の国のアリス』を思い出した。「アリスがウサギの穴に落ちていくときもこんな感じだったにちがいないと考えていました」と彼は言う。真っ逆さまに地面に落ちて血まみれになったときに初めて、彼は恐怖を覚えた。急いで立ち上がり、隣りの家へ走っていった。

イーグルマンは長じて神経科学者になった。今日、彼はヒューストンのベイラー医科大学に勤務しており、当時のスローモーションの落下を再現しようと多くの時間を費やしている。「どのように脳が時間を提示するのか解明しようとしているのです」と彼は言う。わたしたちは考えもしていないが、通常の状況でも、脳はすでに時間を「支配」しているのだ。脳を時計店に見たててみるとする。触覚、視覚、聴覚のすべては別々の構造を使って機能している時計だ。データはわずかに異なった時間に入ってくるので、二つの時計がまったく同じテンポ（速さ）で時を刻むわけではない。だが混乱しないように、脳がすべてを同時に進行させるのだ。では脳はどのようにしてそうするのか？　そしてまた、さまざまな事がスローモーションで動いているように思えるときに、脳はどのように異なった動きをしているのだろう？

本当の答えは解明されていない。そこで二〇〇六年に、当時テキサス大学に勤務していたイーグルマンは、かなり風変わりな実験を通してその答えを見つけだすことにした。人をひどく怖がらせて、時間のスローモーションを体験させる計画を立てたのである。目的は、実際に物がゆっくり動いているように見えるのか――あるいは後の記憶のなかでそういうふうに思えただけなのかを判断することだった。「わたしたちは幻覚の研究を通じて視覚を研究しています。幻覚というのは、視覚系統が物を見誤るときに起こるのです」と彼は言う。「わたしは一時的な知覚の歪みで同じことをしようとしているのです」

八カ月後、イーグルマンは勤務先の大学の人体実験委員会から研究の承諾を得た（「まったく奇跡的なことだった」と、彼は言っている）。そしてある晴れた春の日に、二十三人の学生ボランティアをダラスの高さ四十五メートルの塔のてっぺんに連れていった。外は風が吹きすさんでいたが、イーグルマンの目的のためにはかえってよかった。それぞれの被験者を一人ずつハーネスに縛りつけ、塔からぶら下げて、それからそれぞれの学生を――後ろ向きに――空中に落とした。後ろ向きに落ちることが重要だと、イーグルマンは思っていた。それが恐怖を感じる最大の要因だからである。学生たちは地面に向かってまっすぐに落下し、時速百十キロのスピードに達したあと、下のネットに無事にぶつかる。イーグルマンは自分自身でその仕掛けを試してみた。それは屋根から落ちるのとそっくりだった！「ものすごく怖いんです。その後は別人になったような気がしました。フーッ！　まったく」、彼は言う。「つかむものが何もないというのは生存本能にことごとく反するんです」

こうして恐怖反応を引き起こすことができたので、時間の歪みを測る必要があった。そこで特殊な時計を用意した。その表示面は、常態では人間の目にとまらない速さで数字を瞬間的に表示した。落下するとき、学生たちは時計を見て数字を読み取ろうとした。もしその数字を読み取ることができれば、わたしたち人間は極度のストレス下で、異常な力が発揮できると考えてもいいのではないか、とイーグルマンは推論した。脳の働きで通常より目がよく見えるようになり、時間が実際にゆっくり動いているという感覚が生み出されるのだ、と。

結果は惨めなものだった。「映画『マトリックス』の救世主ネオのようにはいかない」とイーグルマンは言う。ボランティアは皆、スローモーションで動いているように確かに感じた。「だれもが人生でもっとも長い三秒だったと報告している」と、イーグルマン。だがだれ一人として数字を読み取ることはできなかった。これは時間の歪みが主としてわたしたちの記憶のなかに存在しているということだ、とイーグルマンは考える。「一般に時間はスローダウンしているわけではない。恐怖に満ちた状況のなかでは、人は脳のほかの部分、たとえば扁桃体などを働かせ、記憶を蓄積しているにすぎない。そして記憶は通常より強烈に刻み込まれるので、より長く時間がかかったかのように思えるのだ」。言い換えると、心的外傷はわたしたちの脳に強烈な印象をもたらすので、振り返ってみると、それがスローモーションで起こったように感じられるのである。

イーグルマンは自由落下［重力の作用だけによる落下］の実験を今後も行なおうと計画中である。解明されていない謎のなかでは、時間がスローダウンしたと報告する者もいれば、スピードアップしたと感じる者もいるのはなぜかに関心を抱いている（アセンシオの場合はそれぞれの感覚を別々に味わったということを思い出していただきたい）。イーグルマンはまた、極度のストレスを受けて聴覚が変化する過程にも頭を悩ませている。警察官による発砲についての調査で、多くの警察官は、音が弱くなるか、まったく聞こえなくなったと答えている。これが問題になることもある――たとえば発砲にかかわった警察官に銃を発射した記憶がまったくない場合である。しかしそれが都合のいいこともある。まさに集中しなければならないというときに、脳は気を散らすような音を遮断してくれるのである。

最大の疑問は、こうした反射的な脳の働きを意識的に引き起こしたり、止めたりできるのかということである。可能だとすれば、わたしたちにはどんなことができるだろうか？　しかるべきときにどの能力を高め、どの能力を抑えるべきかを判断すべく、脳を鈍い器械ではなく精密な器械に鍛え上げることができるだろう。つまり、普段の生活でやっていることを、どんなときにでも――人間が生き延びられるようにはまだ進化をとげていない、ごく最近の危機に際してでも――できるようになるのだ。

拳銃の名人ができるまで

ジム・シリーロは拳銃の名人だった。警官や戦闘指導者の間では、伝説の人物であった。彼はニューヨーク市警の警官ＯＢで、伝説によれば、火薬の発明以来のいかなる警官やカウボーイやマフィアの親玉よりも多くの銃撃戦を経験しているということだ。わたしは本書の執筆にあたって二〇〇六年十月にシリーロと話をした。彼は惜しみなく時間をさいて知恵を授けてくれ、本ができたらサインして送ってほしいと言ってくれた。九カ月後、シリーロはニューヨーク州北部地方の自宅付近で車の衝突事故で亡くなった。享年七十六。長い人生の突然で悲劇的な最期だった。わたしは彼にインタビューする機会が得られたことに感謝しているが、もう二度と話を聞けないことを残念に思っている。

話をしてみると、シリーロが自分自身を伝説だなどと思っていないことは明らかだった。何回くらい銃撃戦に参加したことがあるのかについては、返答を拒んだ。もっとも印刷された二桁の数字が存在しているのだが。「わたしは回数について話すのが嫌いでね」と彼は言った。「その人に何か問題があるにちがいないと思われるようになるからね」。実をいうと、彼は自分をちょっと臆病だと思っていると言い、「警察で献血をしたことさえないんだ」と告白した。「注射針を突き刺されたくなかったもので」

シリーロは一九五四年にニューヨーク市警に入ったとき、だれかを撃つ必要などないことを願っていた。十年間は小火器の指導教官として働いていたので、当初の希望どおりになっていた。何千回も銃を発射していたが、生身の人間を目がけて撃ったことは一度もなかった。やがて一九六〇年代の終わり頃に、街角の雑貨店を狙《ねら》った凶暴な強盗事件が頻発してニューヨーク市は動揺した。警察は店内で死刑執行風に射殺されている店主を発見した。殺された店主の腕には強制収容所の番号が彫られていた。「あの気の毒な男は、殺されるために店に来たのかね？」。何十年もたっているというのに、シリーロはまだ腹を立てていた。

何らかの手を打つ必要に迫られて、警視総監ハワード・リアリーは新しい特殊部隊「張り込み班」を立ち上げた。市警はシリーロはじめ指導教官たちに志願するよう要請した。リスクを考えて、シリーロを含むほとんど全員が断った。だが任務は名誉なものであるし、屋内にいるので暖かくて雨にも濡れないと相棒から強く勧められて、シリーロは張り込み班に入ったのだった。

最初の見張りの任務について二時間で、シリーロはまちがいを犯したことに気づいた。彼は相棒と一緒にクイーンズの大きな乳製品販売店で寝ずの番をしていた。そこは何度も同じ強盗に襲われていた店だった。警官たちは店長室の上の狭いスペースに入り込み、広告やクーポン券を使って身を隠した。案の定、四人の男が神経をとがらせた様子で入ってきた。その連中が強盗をはたらこうとしているのがシリーロにも見てとれた。何かしなければならないことはわかっていた。だが恐怖のあまり激しく動揺していることに気がついた。「腕がもげ落ちていくような、自分が川の流れのごとくすべり落ちていくような気がして、錯乱するんじゃないかと感じた」と彼は語った。「射撃がうまいことはわかっていたが、撃ち返されたらどうなるのかは、わたしにもわからなかった」。しかし同時に、シリーロは自分の反応を恥ずかしくも思っていた。だから三人の強盗が銃を取りだし、レジ係と店長の頭に向けたとき、彼は自分に鞭打《むちう》ってクーポン券をはりつけた壁の上方にぱっと立ち上がった。

そのとき、防弾チョッキのパーツがはずれ、音を立てて床に落ちた。強盗たちは振り向くと、銃を彼に向けた。次に起こったことは奇跡にほかならなかった、とシリーロは語っている。これまでの訓練が物を言ったのだ。射撃場にいるときのように、銃の照準がぴったり合った。照準装置の前部の鋸歯状《きょしじょう》の刻み目の数をかぞえることができるほどだった。すべてがスローモーションで動きだした。だが狙いを定めたとき、強盗の一人が何か淡い色のものを振っているのが見えた。彼の顕在意識はこう反応した。「わたしは自分に言っている。『ああ、やつは降参するつもりなのか？　あれはハンカチだろうか？』と」。突然、銃声が聞こえ、彼自身が手にしている銃身から光を放っている砲火が見えた。「潜在意識がわたしの命を救ってくれたのです」。彼はリボルバーが手の中で何度もはねるのを感じていた。そして顕在意識はこう言っていた。「いったいだれがわたしの銃を撃っているんだ?」

　銃の煙が消えたとき、強盗のうちの三人が逃走したことに気づいた（その直後に二人が逮捕され、銃弾で負った傷の手当てを要求した）。四人目の男はシリーロが放った銃弾で死亡し、レジ係の背後に横たわっていた。降伏の白旗かもしれないと思ったものは、実際はニッケル被膜のリボルバーで、強盗の手の中にあった。その男は何とか一発銃弾を放っていて、それはシリーロがいたすぐ前のプランターズ・ピーナッツの缶に食い込んでいるのが発見された。

　後になって、シリーロは混戦の間、すぐそばに立っていた同僚が彼の頭から十五センチほど離れたところで散弾銃を発射していたことを知った。シリーロには彼の姿が目に入らなかったし、銃声もほとんど聞こえていなかった。二人で七発の銃弾を放っていたのだが、シリーロには耳鳴りの残響もなかった！　彼の脳が銃声を抑圧しただけでなく、身体的に何ら影響を受けなくてもすむよう、どういうわけか耳を完全にふさいでしまったようだった。

　恐怖が体を駆け巡っていたにもかかわらず、なぜシリーロはこれほどそつなく行動できたのだろう?　指導教官として、彼はとても真剣に訓練に取り組んでいた。銃を片手で、両手で、考えうるあらゆる姿勢で持てるよう、潜在意識に筋肉の記憶を刻んでいたのだ。そうすれば発砲するときがきても、考えなくてもいい。

　さらに見張りの仕事を経験するうちに、シリーロは潜在意識への理解を深めていった。邪魔をしなければ、潜在意識は最高の働きをするということに気がついた。言い換えれば、大切な精神力を弱くするさまざまな思いで気が散るのを避けるために、意識を排除する必要があったのだ。そこで彼は自信喪失を招くような意識的な考えを頭から閉めだし、前向きのイメージだけを描いて自分の訓練を始めた。銃撃戦を五回体験したあと、シリーロは言った。「すっかり呑み込めたよ。慣れてきて、不安を感じたりもしなかった」。見張りの任務についているとき、恐怖を覚えて弱腰になったりせずに、なんだか浮き浮きした気分になった。「時には、やつらが入ってくればいいのにと思うほどだった」

シリーロはほかの警察官にも前向きのイメージを思い描く訓練をさせはじめた。「急に引金を引いたりすれば、的をはずすだろう」と言う代わりに、こう言うのだ。「引金にスムーズに力を加える間、照準に焦点をあてていれば、すぐにうまく撃てるようになるよ」と。現役を引退したあと、シリーロは全米を旅して、警察官たちに意識下で技能を生かすことを教えて回った。「あなたの潜在意識はこの世でもっとも魅力的な道具だ」と彼は言った。「意識的には決してできないことがいろいろとできるのだから」

生存ゾーン

人体が最初に示す防衛力は生まれつき備わっているものである。扁桃体によって生存のための本能的な動きが引き起こされるもので、それを変えるのはむずかしい。だが人間にはもう一つの優れた防衛力がある。わたしたちは経験から学ぶことができるのである。警察官、兵士、宇宙飛行士たちの訓練にあたる専門家たちの間で、経験ほど重視されているものはほかにない。「実際の脅威は準備の段階ほど重要ではない」と、警察心理学者アートウォールと彼女の共著者ローレン・W・クリステンセンは、著書『破壊的な力の衝突』［Deadly Force Encounters］のなかで書いている。「準備をすればするほど、制御できるという気持ちが強くなり、恐怖を覚えることが少なくなる」

あらゆる脅威に備えて一般の人々を訓練するより、特定の範囲の起こりうる脅威に備えてプロを訓練するほうがたやすいのは言うまでもない。だが準備をすればするほど制御できるようになるというのは事実である。恐怖は克服できるのだ。だから一般市民でも何らかの準備をすれば、それが役に立つ。実際の災害に備えてその準備が完璧であろうとなかろうと、準備をしていれば自信がつくので不安は軽減され、より適切な行動をとるようになるだろう。「銃撃戦に直面した警察官は、強盗にあったり、車の衝突事故や飛行機の墜落事故に直面した人たちと実際は同じプロセスをたどるのです」とアートウォールはわたしに語った。「その人の反応の仕方は、遺伝子と何らかの関係があるでしょうが、人生経験の総体——基本的には受けてきた訓練——とも関係があります」

世界貿易センターで、階段の場所を知っていた人々は、怪我をしたり長期の健康上の問題を抱えることになる傾向が少なかった。それは一つには、極度のストレス下で行動をするのに必要な訓練を受けていたからである。そして後になって、自分の力量に安心感を得ることができた。警察官や消防士についても同じことがあてはまる。必要な技能を身につけていれば、生き延びる可能性がより高くなるばかりか、危機のあと、心理的にも良好な状態でやっていける。一度わが身を救うことができたのだから、もう一度そうできる、と思うのだ。

危険を伴わないストレスに身をさらしていくうちに、次第にストレスを感じなくなるのは直感的にわかる。スポーツ選手が最高の実績を上げる「ゾーン」を持っているように、普通の人々もそれを持っている。次の章で触れるが、各人のゾーンは形が少しずつ異なっている。だがどの人のゾーンも鐘形《しょうけい》曲線に似ている。ストレスを感じたら、最初はより適応力のある行動をとる。だがストレスが過剰になると、次第によい結果が生じなくなってくる。臨界の変曲点を超えると、すっかりおかしくなりはじめる。

これを最初に解明したのは、スポーツ心理学者などだ。その後、一九八〇年代に、ミズーリ州セントルイスの警察学校指導教官、ブルース・シッドルは、スポーツ心理学者の研究成果を取り入れて、実戦で応用しはじめた。彼は、心拍数が毎分百十五回から百四十五回のあいだに、人は最高の動きをすることを発見した（休んでいるときの心拍数はふつう約七十五回である）。この範囲だと、人々はすばやく反応し、視覚も良好で、複雑な運動技能（たとえば車の運転）もうまく使いこなす傾向がある。

だが約百四十五回を超すと、機能が低下しはじめる。血液が心臓のほうに集中するせいか喉頭《こうとう》の複雑な運動制御も機能を停止して、声が震えだし、顔が青ざめ、手の動きがぎこちなくなる。視覚、聴覚、距離感覚も衰えはじめる。ストレスが強まると、人々はふつう心的外傷を受けたあとに何らかの記憶喪失を経験する。

イスラエルのブラックホーク・ヘリコプターの若きパイロットは、最初の任務でこの教訓を学んだと語ってくれた。このパイロットは（イスラエル軍は、ジャーナリストに兵士の姓や名の使用許可を与えていない）、緊急事態に応じるために午前五時に目を覚ました。アドレナリンが出てベッドから飛び起きた。エリート集団での六カ月の集中訓練を終えたばかりだった彼は、ヘリコプターのほうへ向かった。要請はとくに危険なものではなかったが、今回の任務は訓練ではなく現実のものなので、彼ではあまり役に立たないことがわかっていた。ヘリコプターに乗ると、頭をはっきりさせることができないように思えた。「ぼくは席についてあたりを見回した。しかるべき操作を始めたが、ものすごくゆっくりだった。二段階遅れていた」と彼は言う。彼の体は、世界貿易センターから避難していた人たちとまさに同じように、スローモーションで動いていた。ある時点で、無線の一つのスイッチを切る代わりに、誤ってエンジンの点火装置の一つを止めてしまった。ストレス・ホルモンを過剰に摂取したのだ。幸いなことに、彼より経験を積んだ副操縦士が同乗していて、任務は事故もなく完了した。

しかし熟練のパイロットでも頭脳がからっぽになるような経験をすることがある。ローレンス・ゴンサレスは、著書『緊急時サバイバル読本——生き延びる人間と死ぬ人間の科学』（アスペクト　二〇〇四年刊）の中で、第二次世界大戦中に陸軍のパイロットであった父親の言葉を引用して、航空母艦からジェット戦闘機を飛ばそうとしているとき、頭脳に何が起こるかを説明している。いわく、「駐機場を横切って飛行機まで歩いていくとき、ＩＱの半分を失う」

人それぞれが異なっていることは当然だ。遂行能力も個人によってさまざまだろう。だが生死にかかわる状況においては、訓練を受けていない人々の心拍数は、たちまち毎分二百回まで上がる――手の打ちようがないほどの最高レベルである。そこで、訓練と経験を通して生存ゾーンを広げることが秘訣になる。ちょっとした準備――たとえば、予想しなかった事態になる前に出口の場所を確認しておくこと――でも、大いに役に立つことがあるのだ。「人々に選択肢を、どうすべきかわからないときに頼れるような何かを与えれば、そのささやかな助けが大きなものになります。そこに差が生じるのです」と、二〇〇四年までNASAの人的要因の専門家だったエフィミア・モーフューは言っている。

視野狭窄

時には解決策が驚くほど簡単なことがある。一九七〇年代に、航空機のパイロットはコックピットでの視野狭窄が深刻な問題であることに気づきはじめた。ストレスを感じれば感じるほど、目が見えなくなるのだ。しかも問題は視覚だけにとどまらなかった。ストレスが増えると、ほかのものをすべて排除してしまうほどに、心理的に一つのデータに取り憑かれる傾向があった。

一九七二年十二月二十九日の夜、ニューヨーク市から飛んできたイースタン航空のジェット機がマイアミ国際空港へ最終的な着陸準備を始めた。フライトは順調で、マイアミの天候は晴れ、視界も良好だった。着陸は申し分なくできるはずだった。飛行機には百六十三人の乗客が乗っていて、ほとんどは休暇からの帰りか休暇を過ごしにきたかだった。

だがパイロットが着陸装置を下げようとしたとき、装置が十分に下がっていることを示す緑色のライトがつかなかった。午後十一時三十四分、三十年以上の経験を持つ機長はマイアミの管制塔に緑色のライトをつけるまで旋回しなければならないことを説明した。飛行機は高度六百メートルまで上昇し、空港の上空を大きくUターンしはじめた。

次の八分間、乗務員たちは何が問題なのかを突き止めようとした。なぜライトがつかないのだろう？ 機長は二人の乗務員に装置が下がっているか視覚によって確認するよう命じたが、二人は暗闇の中で何も見ることができなかった。副操縦士は点検しようと前輪のライトを引っ張り出したが、それを元に戻すのに苦労した。その間ずっと、機長は助言を与えたり、命令を出したりしていた。コックピットにいる乗務員全員が、その緑色のライトをつけることに注意を集中していた。

十一時四十分に、〇・五秒の警報音がコックピットで鳴った。それは飛行機が高度からはずれたことを示すものだった。コックピットのボイスレコーダーからの転写録は、その警報についてだれも何も言わなかったことを示している。まるで彼らがそれをまったく耳にしなかったかのようだった。乗務員たちはライトがつかないことの考えられる理由をあれこれ推測し続けていた。だがそれから、二分後に、副操縦士が別の問題に気づいた。

「あれ、高度がおかしなことになっている」。彼は言った。

「何だって？」と機長。

副操縦士は言い直した。「当機はまだ高度六百メートルを保っていますよね？」

やがて機長が言った。「おい、何が起こっているんだ?」

別の警報音がビーという音を立てはじめ、今度はもっとしつこく鳴り響いた。二秒後に、飛行機は空港から三十キロ離れたエヴァグレーズ湿地帯に墜落した。

捜査官によると、飛行機は正常に操縦できる状態だった——ただ着陸装置表示器の白熱電球が切れていたのだ。乗務員たちがライトに気をとられていた間に、飛行機は地上に向かって急降下した。じめじめした湿地帯に急角度で突っ込んだとき、衝撃で機体はばらばらになった。残骸は、長さ四百八十メートル、幅百メートルの区域に散らばった。総数百一名が死亡。

一九七〇年代の墜落やその他の驚くほどよく似ている事故を調査して、航空学研究家は、このような近視眼的行動——すなわち、航空機産業界で「職務の過剰集中」として知られていること——を避けるためにパイロットを訓練する必要があるということを確信した。「ストレス下では、そういうことはだれにでも起こる」と、連邦航空局でパイロットの訓練にあたっているロジャーズ・V・ショー二世は言っている。「十分な訓練をしなければ、一つのことだけに注意を向けて、全体的なことを忘れてしまうのだ」

今日、ショーはパイロットたちに、一つの問題に固執する傾向をなくすために、事前対策をとって何度も何度も計器板を注意深く見るような訓練をしている。また、乗務員の一人は必ず飛行機の操縦に四六時中注意を集中しておくようにと教えている。そして率直な意思疎通と異議申し立ての重要性をたたき込んでいる。「七〇年代初期、機長は神様だった」とシヨーは言う。「いまは多くの人が機長を、言ってみればチャームスクール［女性に社交術などを教える学校］に送っている。何か気に入らないものが目に入ったら、それについて議論できる環境をつくるためにね」

視野狭窄はもはやコックピット内の問題ではない、と述べるのはまちがっているだろう。だが比較的御しやすい問題ではある。一九八九年七月十九日、デンヴァーからシカゴへ向かっていたユナイテッド航空の定期便は、高度一万一千百メートルで航行中、壊滅的なエンジンの故障をこうむった。飛行機はほとんど制御不能になった。だが乗務員たちは力を合わせ、がたがた揺れ動く機内で何とか自発的に制御する方法を見つけだし、四十五分後、アイオワ州スーシティに強行着陸させた。搭乗していた乗客・乗員二百九十六人のうち、百八十四人が生き残った。機長アルフレッド・C・ヘインズは、高い生存率を幸運と乗務員たちの訓練のおかげだと考えている。最初の爆発音を耳にした直後に、ヘインズは確かに飛行機を操縦している者がいることを確認した、と墜落事故のあとの報告書に書いている。副操縦士がその仕事に注意を集中しているのを見届けると、機長は爆発の原因を調べることに意識を向けた。「死に直面したとき、そのコックピットには百三年間の飛行経験があった……だがその百三年間のうちただの一分も、わたしたちがやろうとしたような方法で航空機を操縦したことはなかった」とヘインズは書いている。「みんなでアイデアを出して力を合わせていなければ……スーシティへ行き着くこともできなかっただろう」

パイロットと同様に、警察官も一つのことだけに固執するのを避けるために何度も地平線を左右に見渡すように訓練されることがある（警察官はまた故意に容疑者の死角に入り込んで相手の視野狭窄を利用することも学んでいる）。あるストレス反応の存在を知るだけで、人々の行動が改善されることもある。だがほとんどの一般市民は、視野狭窄——たとえ毎日それを体験していても——を予想することなど知らない。あなた自身、軽度の視野狭窄を経験していて、今日、通勤途中にでもそうなっているかもしれない。運転中に携帯電話で通話すると、視野は著しく狭くなる、と二〇〇二年のロードアイランド大学の調査にはある。はなはだしく注意散漫になるので、通話終了後も視野狭窄はかなり長く続く。交通渋滞中であろうと、緊急着陸時であろうと、脳は一度に一つのことに集中するようにできている。人間は複数の仕事を同時に行なうような科学技術をつくったが、脳のほうは変化していないのである。

脳を大きくすること

ストレスを乗り越える最上の方法は、何度も繰り返して現実的な訓練をすることである。かつて軍隊では兵士たちが〝的の中心〟を撃つ訓練をしていたが、あまりうまくいかなかった。現在、兵士は非常に現実的な標的やテレビゲームを使って訓練している、と退役中佐デーヴ・グロスマンは著書『「戦争」の心理学——人間における戦闘のメカニズム』（ローレン・W・クリステンセンとの共著　二見書房　二〇〇八年刊）で説明している。進歩的な警察の訓練では、現在、本物の銃——当たると実際に刺すような痛みを感じる、火薬で発射するペンキが詰まったプラスティックの銃弾を使って——の撃ち合いに期待をかけている。護身術のコースでは、「模擬強盗」を使う。詰め物が入った重い服を着た架空の襲撃者が容赦なく訓練生を攻撃するのだ。同じ方法で防火訓練も、とくに子供たちにはうまくいっている。アメリカ社会で災害に備えて最上の訓練を受けている傾向があるのは子供たちだ。「子供たちは『止まれ《ストップ》、伏せろ《ドロップ》、転がれ《ロール》』を記憶している。それはわれわれが子供たちに何度も繰り返し練習させているからで、それを口で言わせているからではない」と、リチャード・ギストは言う。ギストはミズーリ州カンザスシティ消防署に勤務する心理学者である。秘訣は、その行動を潜在意識に深くとどめることで、そうすればほかの恐怖反応とほぼ同じように、反射的になるのである。

　この恐怖反応をうまく処理できるという考え方は、いくぶん急進的なものである。というのも、これまでの歴史の大半で、人間は本能と学習の間にはっきりした線を引いてきたのだが、ここ十年の脳の研究で、人間は実は発展中の壮大なる作品であるということがわかったからだ。脳は、一生を通じて人間の行動しだいで構造も機能も文字どおり変化するのだ。点字を読んでいる目の見えない人々は、触覚を処理する脳の部位が大きくなる。「ネイチャー」誌に発表された、小規模ながら興味をそそる二〇〇四年の研究では、ジャグリングの仕方を学んだ人たちは、脳のある部位の灰白質が大きくなったことが発見されている。ジャグリングをやめると、その新しい灰白質は消失した。同じような構造上の変化は、第二言語を学ぶ人たちにも起こるようだ。ニューヨーク市の新米タクシー運転手のように、脳は最初はのろく効率が悪いが、時がたつにつれて近道を見つけるようになる。このようにして人間は弱点を補うことができる。人間の恐怖反応が進化の早い段階からあるものだとしても、それを絶えず現代的なものに改良することができるのだ。

言うまでもなく、完全に抑えてしまうことはできない反射的な反応もある。たとえば、人間が驚いたときの反応は、胎内にいる頃から備わっているものである。驚いたときに最初の百五十ミリセカンド〔ミリセカンドは一秒の一千分の一〕で示す反応は、ごく小さいけれど頼りになる。まばたきである。ほとんどの恐怖反応と同様、まばたきにも役に立つ目的がある――潜在的に目に危害を与えるものを防いでいるのだ（実験によると、人々は不快な映像を目にするとまばたきが一段と速くなる）。一方、わたしたちの頭や上体は自然に前かがみになり、腕はひじで曲がる――闘ったり、すくんだり、逃げたりできるような体勢になるのだ。両手は即座に固く握りしめられてこぶしになり――大人であれば約十一キロもの圧力が発生する。

警察学校の指導教官は警察官がひるまないように訓練をしようと長年試みてきた。一九九二年に、カナダの警察官でありトレーナーでもあるダレン・ラウルは、訓練が功を奏しているかどうか確かめることにした。八十五人の警察官に、ナイフを持った暴漢に不意打ちさせて対決させるという実験を行なったのだ。ラウルは対決の一部始終をビデオに撮った。ビデオを見て彼は当惑した。大多数の警察官が訓練をすっかり無視していたのだ。彼らはくずれてうずくまり、頭を守ろうと両手を上げ、暴漢からあとずさった。つまり、ひるんだのだ。

ビデオを見たあと、ラウルはひるまない訓練をするのではなく、ひるむことを前提にして訓練するほうが理にかなっていることに気づいた。射撃の指導教官も同じ教訓を得た。おおよそ毎分百四十五回以上の心拍数になると、たいていの人の動きは左右対称になる。片方の手がすることを、もう一方の手もする。驚かされると、反射的に両手でこぶしを握るだろう。そして目の前のどんなものにも銃を発射するのはほぼ確実だ。今日、多くの警察官は、銃の引金に指をあてておかないように訓練されている。そうしておけば、ひるんでもさほど重大な結果を招かずにすむからである。

戦闘でのラマーズ法

9・11に、北タワー四十九階のシステム管理者だったマニュエル・チアは、すべてを完璧にこなした。ビルの揺れが止まるとすぐに立ち上がり、最寄りの吹き抜け階段へ駆けていった。無意識の反応だった。立ち去るとき、何人かの同僚が持ち出す物をまとめているのに気がついた。「いちばん早く出ていったのは、おそらくわたしだったでしょう」とチアは言っている。一時間後に、彼は外に出ていた。

なぜそんなに迅速に動いたのか尋ねると、チアはいくつか理由を述べてくれた。カフェテリアへ行くのにしょっちゅう階段を利用していたので、階段の場所を知っていた。また脱出経路をよく知っていたので、非常に有利だった。しかも火災に遭った経験があった。前の年、ニューヨーク市クイーンズの自宅が全焼し、煙で目が見えなくなった状態で脱出した。子供の頃、ペルーで大きな地震に見舞われていた。また後に、ロサンゼルスでそれより小さい地震に数回見舞われた。つまり災害のエキスパートだったのだ。

正直なところ、大半の人にとって起こることなどないかもしれない生死にかかわる状況に備えての、これという訓練方法などないと言ってもよいと思う。とにかくたいていあまり現実的ではない防火訓練以外、安全な環境にいながら災害時の行動傾向を知る機会は多くない。だからシミュレーション用の乗り物がたくさんある災害遊園地をつくるべきである。竜巻の漏斗雲《ろうとぐも》に乗ってごらん！　地震の重力加速度を感じてごらん！　津波から生還しよう！　万が一怪我をしても、われわれは一切責任を負いかねます！

だがさしあたっては、恐怖反応を扱うのに遊園地よりも簡単な方法がある。もっとも意外な戦術の一つは呼吸である。呼吸法を真剣に学んでいる、世界でもひどく恐れられている銃の達人たちもいる。どうすれば恐怖に打ち勝つことができるのかを戦闘トレーナーに尋ねると、繰り返し彼らが語ってくれたのが呼吸法だった。もちろん、彼らはグリーンベレーやFBIの捜査官に教えるときには、「戦闘呼吸」とか「戦術的な呼吸」などと呼んでいる。だが基本的な概念はヨーガやラマーズ法のクラスで教えられるのと同じである。警察官に教える一つの型は次のようになっている。四つ数える間に息を吸い込み、四つ数える間息を止め、四つ数える間にそれを吐き出し、四つ数える間息を止める。また最初から始める。それだけだ。

キース・ネルソン・ボーダーズは、一九九四年から二〇〇五年の間、オクラホマ州とネヴァダ州の警察官だったとき、六回の銃撃戦で十回撃たれた。撃たれるたびに、深くゆっくりと息を吸った。彼はその作戦が絶対だと信じているのだ。「そうすればとても落ち着いていられる。過呼吸になったり、パニックになったりすることもない。何もかもがまさにスローモーションで動いている気がする」とネルソンは言う。彼は現在、傷を負って四十歳で引退している。「こう言えばいいんですよ。よし、ここで何か起こっているけど、わたしはこれに対処できる。頭を撃たれたけれど、まだ生きている。万事うまくいっている。だから満更でもない、と」

これほどシンプルなものが、なぜこれほど強力なのだろう？　呼吸は、体神経系（意識的に制御できるもの）にも自律神経系（容易に意のままにできない心臓の鼓動やほかの活動を含む）にも存在する数少ない活動の一つである。だから呼吸はその二つの神経系の架け橋だと、戦闘指導教官デーヴ・グロスマンは説明している。意識的に呼吸の速度をゆるめることによって、原始的な恐怖反応を段階的に縮小できるのだ。そうしなければ恐怖反応に支配されてしまうだろう。

オハイオ州トリードの警察官、チャールズ・ヒュームは、呼吸と現実的な訓練を巧みに結びつけた。若い頃、高速のカーチェイスで心身ともに制御できなくなることがわかった。「わたしは自分自身にとってもほかの人たちにとっても脅威だった」と回想している。「わたしの声は何オクターブも上がって無線での交信は聞き取りにくくなった。視野狭窄に支配され、理性も常識も窓から飛びだしてしまった」。この反応を制御しようとして、武術で身につけた呼吸戦法を使いはじめた。毎日、テープに録音したパトカーのサイレンを五分か十分流した。サイレンがけたたましく鳴り響くと、大きく息をした――四つ数える間に息を吸い、四つ数える間息を止め、四つ数える間に吐きだした。彼は呼吸をサイレンに対する反射的な反応にしたかった。「すべてパブロフの理論に遡《さかのぼ》るのです」と彼は言う。「ロケット科学ではなく」。一カ月ほどそうしたあと、無線での声は別人のようになった。「昔の追跡の無線通信の録音テープも持っています。ですから声の調子や明澄《めいちょう》さを聞けば、わたしが前よりもずっと制御できていることがわかるでしょう。わたしは少しも興奮しなくなったのです」

リズミカルな呼吸と注意深さによって実際に脳の構造がどのように変わるかということを示す、すばらしい科学的研究がある。数年前、ハーバード大学医学部の専任講師サラ・ラザーは、一日に四十分間黙想する二十人の脳を詳しく調べた。仏教の僧侶ではなく、長年にわたって黙想をしてきた普通の人々だった。その人たちの脳の画像と、年齢と経歴が似ている黙想をしていない人々のものを比べると、非常に重要な違いが見つかった。黙想をしている人たちは、黙想をしているときに使われる前頭葉前部の皮質の一部で、脳組織が五パーセント分厚くなっていたのである。そこは、そのどれもがストレスの制御を助ける、感情の統制や注意や作動記憶をつかさどる部位である。

深い呼吸をする警官と同様、黙想する人は人間の基本的な恐怖反応を超えて、本質的に進化する方法を見いだしたのかもしれない。つまり、脳の中に――意識と無意識の間に――たいていの人は存在を知らない架け橋を見つけたと考えられる。彼らにそのような力が備わっていると知ること自体に価値があるかもしれないということが、この上なく興味深い。笑いも、呼吸と同様に、感情的な覚醒のレベルを下げる。このことはまた、わたしたちがより状況を制御しているという気にさせてくれる利点がある。人は対処できると思えば、ストレスを受けてもよりうまく行動するということが、再三にわたって、さまざまな研究で明らかにされている。科学者によるラットの研究で、この発見がさらに一歩押し進められた。ラットの脳の中央部にある前頭葉前部の皮質は、脅威がラットの制御下にあるかどうかを感知するようだ。ストレス要因が本当にその制御下にあると脳が結論づけたら、脳は極度のストレスがもたらす比較的ダメージの大きいものをさえぎってしまう。言い換えれば、自信が命を救うのだ。経験豊かな警察官で指導教官でもあるマサド・アユーブ［その名を冠した銃やナイフがある有名人］はこう言っている。「たった一つの最強の武器は、危機のときに何をするかという心づもりである。危機に陥った場合には、神に誓って絶対にそうするという固い決意が武器になるのだ」

人質犯

一九八〇年二月二十七日、三十一歳のローゼンバーグ・パボンは、ピンストライプのスーツを着てウエストバンドにピストルを押し込んだ。パボンは司令官ウノとしても知られていたが、銃撃戦に参加したことはなかった。ボゴタに来たこともなかった。前夜、M-19の仲間に初めて会ったとき、作戦から手を引く最後のチャンスを与えられた。だがその場にみなぎっている同志愛に勇気づけられた。「仲間は皆本当に立派なことを言った――選ばれたことを誇りに思っているとか、よりよい国をつくるためにこうしているなどと。だからそれを聞いて、わたしも胆がすわった」と彼は回想している。「ただひたすら、臆病にならないように神に助けを求めることだけを考えていた」

だがパボンは怖がっていた。ひどく怖がっていた。その朝、グループは近くの隠れ家《が》で最終的なゴーサインを待っていた。米国大使ディエゴ・アセンシオがパーティ会場に到着したという知らせを聞くまでそこを出て行かないつもりだった。「彼がいなければ、軍事行動で危険を冒す価値はなかった。彼は重要人物だった」。召集は午前十一時半頃にかかった。アセンシオが来たのだ。パボンともう一人の男、二人の女は、外交官のように見える服を着て車に乗り込み、大使館へ向かった。曲がり角で車を降りるとパボンは女性テロリストの腕をとり、玄関へ歩いていった。

そこではすでに問題が起きていた。騒動があれば鎮圧するべく、兵士たちが通りの反対側の国立大学を占拠していたのだ。それは、武装した兵士がただちに包囲に反応するという、予定外のことを意味した。パボンと仲間たちは、少なくとも十五分あればたいした抵抗も受けず大使館の連中を制圧できると踏んでいたのだ。「状況は最初から厳しかった」と彼は言う。だからテロリストたちは勝ち目はほとんどないと思っていた。「そこでわたしたちを待ち受けているのは死しかなかった。それはわかっていた。生きて出ていくことはとてもむずかしいだろうと思っていた」

忘れがちなのは、犯罪現場でびくびくしているのは犠牲者だけではないということである。恐怖は、警察官から銀行強盗まで、あらゆる人を変えてしまうのだ。その日、大使館を占拠したテロリストたちの多くは、後にほかの闘争で命を落とした。だがパボンはまだ生きていて、占拠についての彼の見解を語ってくれている。かつての叛徒《はんと》にきわめて寛大な社会においてのみ起こりうる復活劇であるが、パボンは現在、コロンビア政府の次官として働いているのだ。そしてボゴタ中心部の黒ずんだ建物の中にある羽目板張りの大きなオフィスを占有している。二〇〇六年の十一月、彼は十字架とコロンビア大統領の肖像画の下にある、磨き上げられた木製のデスクに向かって、立てこもり事件の思い出を詳しく述べてくれた。彼は大使館を占拠した日と同じように、黒っぽいピンストライプのスーツを着ていた。今回は、赤と白のストライプ・シャツに黄色いネクタイを結び、かなりおしゃれをしている。語り口は淡々としていたが、国際的な人質事件で自分が果たした役割に誇りを持っている様子が見え隠れした。

曲がり角から大使館まで歩いているとき、犠牲者たちに強要することになるのと同じような時間の歪みのなかにいつのまにか入っていたことを、パボンは思い出した。「曲がり角から大使館の入口までの十五メートルが果てしなく続いているような気がした」と、その朝の印象を描写するのにアセンシオが使ったのとまったく同じ形容をした。「それは延々と続いていたんです」。パボンはもう一組の男女のあとについていったが、二人がとてもゆっくり進んでいるように思えた。歩いても前に進んでいない感じがした。「わたしの人生を描いた映画が心に浮かんで、一歩進むたびに、子供時代のことや、思春期のことや、あらゆることを思い出した――まるで別れの挨拶のように。千のレンズがあるハエの眼を持っていて、それぞれのレンズに異なった像が映っているようだった。それが感じていたことだ」

玄関にたどり着くと、一人の男に招待状を見せるように言われた。パボンは銃を取り出した。それとともに、頭の中の霧が晴れた。「現実に戻った気がしたんです」。だが玄関を通り抜けると、左側の男が銃を持っているのが見えて呆然《ぼうぜん》となった。新たに恐怖が込み上げてくるのを感じた。今度は裏切られたという思いも混じっていた。外交官は、いったん大使館の中に入れば、武器を取り出したりはしない、とはっきり言われていたのだ。じゃあスーツを着てピストルを握っているこの男はだれなんだ？　パボンは本能的にさっと床に伏せた。もう一人の男もそうした。パボンが銃を発射すると、もう一人の男もそうした。「わたしが頭を上げると、その男も頭を上げた。もう一度、銃を発射すると、その男もそうした」とパボンは言う。男を制止することはできなかった。

やがてパボンは仲間の一人に止められた。鏡に映った自分の姿に怯えて、鏡目がけて発砲していたのだ。恐怖が高度な脳の働きを妨害したのだ。まさに同じことが、人質にも、人質を救出しようとした兵士たちにも起こっていた。今、その話をしながら、パボンは静かに自分自身をあざ笑う。「反射神経はいいのですが、すごくびくびくしていたんです。自分自身の姿であることに気づきませんでした。銃が見えただけで、撃ちはじめたんです」

発砲と悲鳴が耐えがたいほどの頂点に達したとき、翌日の新聞記事の画像がふとパボンの頭をよぎった。頭を撃たれている自分の姿や、大使館の床に倒れている人々の姿も見えた。全員が死亡していた。そういった情景がぱっと頭に浮かんでは、ぱっと消えていった。パボンの脳は、行動の結果がどうなるかを考えていた。それはちょうど、アセンシオが銃火のなかであまり勇気ある態度を取れなければ、家族や同僚たちとの対面はどうなるのだろうと想像していたのと同じだった。

ついに銃撃が下火になりかけると、パボンと仲間たちは人質を政治的な利用価値によってグループ分けした。目の前に価値のある人物が大勢いたのだ。テロリストたちは五人の外交官を選んで人質を代表する委員会をつくらせた。委員会には米国大使アセンシオも含まれていた。「彼らは外交でその種の諸経験を積んでいたから、まさに最高レベルの駆け引きになった」とパボンは説明する。

一方、アセンシオはすでに自信を持ちたいと願う必要がない男になっていた。その状況下で、彼はテロリストたちに必要とされる能力を身につけていると認識したのだ。委員会での役割に、彼はだんだん慣れてきた。ほかの人質や犯人と冗談を交わしはじめた。何日かたつと、テロリストたちと米国の外交政策について活発な議論をするまでになった。ある日、テロリストたちが政府当局者との次の交渉の場で出そうとしている長く痛烈な批判文の内容を知ると、彼やほかの外交官たちは、その戦略には欠陥があると彼らに指摘した。アセンシオたちは独自のもっと微妙な意味合いを含ませた草案を書き上げ、テロリストたちがそれを使ったのだという。

パボンは人質たちが実際に何らかの文書を書いたことは憶えていない。だが彼らが協力的だったことはしっかり記憶に残っている。「政府から送られてきたメッセージの言外の意味を読み取ることを、彼らはわれわれに教えてくれました。混乱して見通しも暗くなったとき、トンネルの先に光を見いだす手助けをしてくれ、どうすれば前向きでいられるかも教えてくれました」

ドミニカ大使館の包囲は六十一日間続いた。ようやく終息を迎えたとき、アセンシオやパボンが血なまぐさい最初の日に予測したのとは非常に異なった事態になった。コロンビア政府は、世界中の人々に刑務所の状態をモニターしたり、裁判を傍聴したりする許可を与えることに同意した。それでテロリストたちは結局、囚人釈放の要求を放棄し、百万ドルの身代金を受け取った（個人が寄付したものだと考えられていたが、パボンは政府がその身代金を支払ったのではないかと思っている）。そして彼らは、十二人の人質（アセンシオも含まれる）とともに飛行機でキューバへ行くことを許可され、そこで人質を解放した。

惨事について研究している者にとって、ドミニカ大使館立てこもり事件の顛末は驚異的だった。人質が非常に効果的な役者になりうる事実がわかった。人質は自動的に無力な犠牲者になっていくのではない。また必ずしもいわゆるストックホルム症候群の犠牲になるわけでもない。その症候群にかかると、おかしなことに人質が自分たちを捕えた犯人に忠誠を尽くすようになるのだ。ストックホルム症候群は、一九七三年にストックホルムで起きた銀行強盗にちなんで名づけられたもので、その事件では人質が犯人を最後までかばった。そういうことは現実にはめったに起こらない、とアセンシオは思っている。だが人質に取られていたときに、同国人はストックホルム症候群を信じていたがために、情報提供しても割り引いて聞かれることになった、と彼は言う。そのときの無力感は今でも苦い思い出として残っている。「わたしの要請は無視されるか断固として反対されるかだった」と、アセンシオ。解放されたあと、アセンシオは国務省で礼遇され、外交官としての出世の階段を上り続けた。しかし彼はいまだに同僚たちとストックホルム症候群の存在について議論している。「このことについては国務省のテロ対策専門家たちと何度も話し合った。だがわたしはまったく運に恵まれなかった」。よくあることだが、専門家は犠牲者を過小評価するのである。

アセンシオは現在、メキシコシティに住み、米国国際開発庁との契約で働いている。ドミニカ大使館は取り壊され、代わりにアパートが建てられた。

キューバで、パボンと仲間の反逆者たちは、山にこもりはしなかった。彼らはさらなる作戦を遂行するために何度もコロンビアへ戻った。一九八一年に、国境を越えてコロンビアに戻ろうとしたときに、パボンはエクアドル軍に捕えられた。「わたしたちはたくさんの過ちを犯した」。彼は現在そう言っている。エクアドルはパボンをコロンビアに送還し、彼は刑務所で二十二カ月を過ごした。彼にとって幸運だったのは、コロンビア人が反逆者たちを敬っていることだった。二十世紀に、コロンビアはさまざまな反政府グループと八十八回の和平交渉をしている。一九八二年には、新しい大統領ベリサリオ・ベタンクールが政治犯に対して無条件の恩赦を宣言した。その年の十二月に、パボンは自由の身となって刑務所を出たのだ。

それから七年後に、M‐19は武装解除して政党をつくった。パボンは、コロンビアの新しい憲法を起草する憲法制定会議のメンバーに選ばれ、M－19は議院で二番目に多い議席を獲得した。一九九八年、パボンはコロンビア南西部の人口七万一千人の都市ジュンボの市長に選ばれた。二年後には、二つの新聞大手が行なった投票で国内で最高の市長に選ばれている。二〇〇六年九月に官庁に戻り、経済協同組合やボランティアの仕事を推進する機関、ダンソシアルの局長に就任した。

アセンシオとパボンは、立てこもり事件以降は話をしていない。だが二人の話を通じて、まったく異なった視点からでさえ、恐怖に対する体の反応に際立った類似点があることがわかる。恐怖反応は強力なもので、危機のあらゆる瞬間に影響を及ぼすが、影響の度合いは現場にいる犠牲者や犯人や救出者によって異なる。次なる論理上の疑問は、度合いの違いについてである。なぜアセンシオは、ソファの下にひょいとかがんで身動きもせず、銃撃戦にあれほど適切に対応したのだろう？　ほかの外交官たちはまったく役にも立たない反応をしたのに？　彼らは皆、カクテルパーティでは如才なく立ち回るプロだというのに、結局はだれもが怖がっていた。では違いはどこから生じたのか？　答えを見つけるためには、人々があらゆる局面で激しい恐怖を体験している海外の地域へ出かけるのが道理にかなっていると考えた。そこではストレスが生活の特質となり、石に埋め込まれ、空中に漂っているのだ。

第四章　非常時の回復力

エルサレムで冷静さを保つ

　ニッソ・シャッハム准将は、イスラエル南部の三角地帯、すなわちガザ地区、ヨルダン川西岸地区、エジプトとヨルダンに境界を接している地域で警官隊を指揮している。おそらく世界のどこよりもそこでの仕事はストレスがたまるだろう。二〇〇〇年、シャッハムはエルサレムの聖地「神殿の丘」の平和を維持する任務についていた。彼はアリエル・シャロン［イスラエルの元首相。二〇〇一―二〇〇六年在任］のユダヤ人聖地訪問に警告を発した唯一の警察官だった。彼の懸念は退けられ、二〇〇〇年九月のシャロンの訪問は民衆蜂起《インティファーダ》を引き起こした。「あなたがストレス研究で博士号を取得したいと思えば、わたしはうってつけの研究対象になりますよ」とシャッハムは言う。

　わたしたちはいみじくもエルサレム郊外の丘陵地帯の断崖にある彼の自宅で会う。シャッハムは最初の三十分間をキッチンで過ごす。まずスライスしたモモやブドウやサクランボを盛り合わせた皿が出てくる。次にきちんと四角に切ったチョコレートケーキが供される。それから彼はぜひともトルココーヒーを淹《い》れたいという。ようやく葉巻を手にテーブルに腰を落ち着け、さまざまな話を語りはじめる。シャッハムは流暢に英語をしゃべるが、ヘブライ語を話すときより照れている、とわたしの同僚で通訳を務めている「タイム」エルサレム支局のアーロン・クラインは言う。シャッハムの十代の息子が通知表を持って学校から戻ると、インタビューを中断して、おもむろに黙って通知表に目を通す。それから息子の頰に大きなキスをする。威嚇しているような、馬のように大きい犬たちが玄関のそばに横たわっていることを除けば、ここが旧市街で悲鳴を上げているユダヤ人とイスラム教原理主義者たちとの間に何度も一人で立っていた男の自宅であることを示すものは何もなかった。

シャッハムは好奇心から警察官になったと言う。「わたしは何というか、お人好しで、まぬけだった。犯罪者と接触した経験は一度もなかった」。だが彼はポニーテールにし、イヤリングを付けていたので、上司は彼をおとり捜査班のメンバーに選んだ。彼の最初にして最高に困難な仕事は、ギャングの首領たちの信頼を勝ち得ることだった。当時、彼はいつも怖がっていた。「新参者だったので、ギャングたちは毎日わたしを試していた」

ある日、シャッハムはエルサレムでもっとも危険な犯罪者の一人と接触した。さまざまな殺人とかかわっていた大物麻薬密売人である。「やつは明らかに精神病質者《サイコパス》だったんです」とシャッハムは言う。二人が落ち合うと、麻薬密売人は車で市の中心部へ連れていってくれと頼んだ。シャッハムはオフィスで使い走りとして働き、副業で麻薬を売っているというつくり話をしていた。車の中で、麻薬密売人は急にシャッハムのオフィスを見せてくれと言った。それはテストだった。シャッハムは働いていることになっている大きなビルのほうへ向かった。その中には入ったこともなかったし、知り合いもいなかった。車を運転しながら、彼は恐怖心を抑えようと努めた。起こりうるさまざまな結末が頭の中を駆けめぐった。どれもこれも悪いものばかりだった。こういう筋書きに対する訓練はまったく受けていなかった。

イスラエル南部の警官隊指揮官、ニッソ・シャッハム准将のように、極度のストレスに直面しても並はずれて回復力があるように見える人たちもいる。写真提供：サマンサ・アップルトン／ヌーア

ビルに近づくと、駐車場は暗証番号が必要な電子ゲートで閉鎖されていた。門の横には守衛がいた。シャッハムは暗証番号を知らなかった。「守衛に、何と言えばいいんだろう？」彼は車をゆっくり止めてひと息ついた。それからヘッドライトをぴかっと光らせた。すると守衛が門を開けてくれた。「奇跡だったんです」

今度はどうすればいいのだろう？　どうやって中に入ればいいのだろう？　中に入ったらどこへ行けばいいのだろう？　シャッハムにはもうひとつアイデアが浮かんだ。守衛の隣りに車を止め、こう尋ねた。「ジョンは中にいますか？」。守衛はうんざりしているようだった。「さあね。中に入って確かめてくださいよ」と彼は答えた。うまくいった。助手席の麻薬密売人にはそれで充分だった。「行こう」と男は言った。シャッハムは車を方向転換した。テストに合格したのだ。

心理学者が「極度の恐怖症」と呼ぶ人々がいる。不安をつのらせた状態で生きてゆく性向の人たちである。それからシャッハムのような人たちもいる。なぜ彼はそんなにうまく極度の恐怖を切り抜けられるのか？　地図もなくどうやって思考の心の靄《もや》を通り抜けるのだろう？　彼にこの質問をすると、恐怖を感じていないわけではない、毎回感じている、と答える。だが恐怖に隣り合って冷静さが備わっている。「非常に冷静沈着にならなければならない」と彼は言う。だが何が人を「冷静沈着に」するのだろう？　遺伝子だろうか？　経験？　ホルモン分泌の異常？　なぜ違いが生じるのだろう？

生存者のプロフィール

答えはそこにある、とイスラエルや米国の心的外傷心理学者や災害専門家たちに言われた。だがその答えはつかみどころのないものだ。わたしたちは皆、非常時に自分がどういう行動をとるかわかっているつもりであるが、おそらくは勘違いもあるだろう。極度の緊張状態の下に置かれた場合の行動を予測する方法もあるが、結果は自分の予想とは違っているだろう。日頃オフィスでリーダーとなっている人、あるいは無能な人が、危機の際に同じであるとはかぎらないのだ。

だが行動に移る前に、それぞれの基本的な特徴で、可能性が劇的に変わってしまうことがある。日常生活で悩まされている身体上の障害には、災害時にも同じように悩まされることになる。たとえば、ものすごく太っていれば、ほとんどの災害で生き延びる可能性は低くなるといってもいいだろう。車の衝突事故では、太っている人のほうがやせている人よりも死ぬ可能性が高いことはよく知られている。一つには、過度に肥満であれば、一般的に健康上の問題が多いからである。だからどんな傷害からも回復するのに苦労し、酷暑にも耐えがたい。また人間の心臓にとって、危機の際の極度の緊張は、現実に起こっている危険よりずっと致命的になりうる。だから火事そのものよりも心臓発作や脳卒中で死ぬ消防士のほうが多いのである。

物理的に残酷な現実もある。肥満の人々は動きがのろくスペースも必要なので、脱出するのがより困難になる。9・11では、身体的能力が低い人々は、世界貿易センターから避難する際に三倍負傷し易かった。この問題は、アメリカ人が大柄になるにつれて深刻になった。肥満は群集力学さえ変えてしまう。階段を歩いて降りるときには、体がわずかに左右に揺れ、実際の体の幅よりも大きなスペースを占めることになる。体が重くなればなるほど、動きは遅くなり、揺れも大きくなる――そしてうまく階段を降りられる人の数が減るのである。

性も関係してくる。男性のほうが女性よりもずっと有利な災害もあれば、その逆もある。男性のほうが、雷、ハリケーン、火事で死ぬ可能性が高い。米国防火局によると、火事で死亡する男性は女性の二倍近い。それは一つには、男性が女性より危険な仕事を負いがちだからであるが、概して男性のほうが危険を冒すからでもある。男性は煙に向かっていくし、洪水の中で車を運転する可能性が高い。「女性はもっと用心深く振舞う傾向がある」と、サウスカロライナ大学ハザード研究所長スーザン・カッターは言う。「女性は自分自身や家族を危険にさらそうとしません。災難が降りかからないうちにその地域から出ていくのです」

不安の方程式を覚えているだろうか？　それは男性と女性とでは異なっている。リスクの認識に関してこれまでに実施された調査のほとんどで、女性はほぼすべての事柄について――汚染から拳銃に至るまで――男性よりも心配することがわかっている。表面的には、なるほどと思える。一般的に女性のほうが身体的にも弱く、昔から他人の世話をする責任を担っている。心配して当然なのかもしれない。ところがリスク研究専門家ポール・スロヴィックがそのように性差を説明しようとしたとき、いくつかの問題にぶち当たった。固定観念は事実とうまく一致しなかったのである。たとえば、アフリカ系アメリカ人の男性は、一般的な女性とまったく同じくらい心配していた。だからアフリカ系アメリカ人の男性が生まれながらの養育者、つまり母性本能を持っていると考えないかぎりは、性差では心配の度合いの差を説明しきれなかった。スロヴィックはほかの可変的な要因についても考えてみた。女性や少数民族はあまり教育を受けていないため、リスクの判断がより感情的になるのだろうか？　いや、そうではない。スロヴィックが教育の問題を考慮に入れても、性と人種の違いはいつまでも残った。実際、生活上のリスクを認識して危険度を測る仕事をしている科学者に尋ねても、やはり女性科学者のほうが男性科学者よりも心配する度合いが高かった。おそらく女性や少数民族はあまり政府当局に信頼を置いていないのだろう。では女性や少数民族のほうが心配するのは、他人が自分たちを心配してくれるとは思っていないからなのか？だが、研究者がそのような考え方を考慮に入れても、心配する度合いの差を十分に説明するには至らなかった。

最終的に、スロヴィックは女性や少数民族についてあれこれ考えすぎていたことに気がついた。計算を狂わせているのは男性で、女性や少数民族ではなかったのだ。しかも男性全員ではなく、小さなグループだった。

白人男性の約三十パーセントはたいていの脅威にまったくといっていいほどリスクを感じていないことが判明する。白人男性だけで性差や人種の差を広げているのだ。そこで今度はスロヴィックはこのような白人男性の研究を始めた。彼らにはあまり気づかれていない共通点がいくつかあった。「彼らは地位やヒエラルキーや権力の世界を好んだ」とスロヴィックは言う。彼らは科学技術を信じていた。人はもっと平等に扱われるべきだという主張については、ほかのどんなグループよりも異議を唱える傾向があった。そう唱えるのはたいてい白人男性だったが、必ずしも白人男性だけというわけではなかった。もっと重要な要因は、彼らがどのように世界と自分の立場を観ているかであった。もし白人男性が差別されていると感じたり、社会の主流からはずされていると感じたら、女性や少数民族の仲間入りをして同じように心配する可能性があった。

では心配しない男性より心配する女性のほうがよいということだろうか？　一部の災害で

は、心配することが確かに役に立っており、手遅れにならないうちに避難しようという動機になる。たとえば、子供のいる女性にハリケーンが襲来する前に家を出ていくよう説得するのは比較的たやすい。だが心配するだけでは十分とは言えない場合もある。それどころか、性によって著しい差がある事柄が、より重要になってくる場合もある。たとえば、二〇〇四年の津波に襲われた多くの国々では、女性は泳ぎ方を知らなかったが、男性は知っていた。それによって生存率は変わった。津波のあとにオックスファム［一九四二年発足の英国の貧困者救済機関］が調査したインドネシアの四つの村では、ほぼ三対一の割合で男性の生存者数が女性の生存者数を上回った。

時には戸惑いを覚えるほどつまらない理由で性による不利益が生じることもある。コロンビア大学の調査によると、9・11では、避難中に怪我をした女性の数は男性の約二倍だった。体力の問題によるのだろうか？　自信の？　恐怖の？　そうではない、と主任調査官ロビン・ガーションは言う。「靴が問題だったんです」。多くの女性は避難の途中でハイヒールを脱いで家まで裸足で歩いて帰らなければならなかったのだ。生存者たちは、階段に山のように積まれたハイヒールの靴につまずいたと報告している。

しばしば、別の不利な条件が、心配による効果を圧倒してしまう場合もある。火災による死者のうち、毎年二十五パーセントがアフリカ系アメリカ人である。これは人口に占める割合の二倍である。この不均衡は、子供の場合にさらに顕著である。アフリカ系アメリカ人とネイティヴ・アメリカンの子供が火災で死ぬ数は、白人やアジア系の子供の二倍近くにのぼる傾向があるのだ。

火災に関しては主に金の問題だということがわかった。「金持ちの家で消火活動にあたったことは一度もない」と、一九七一年にニュージャージー州ジャージーシティで消防士になったデニス・オニールは言う。彼は現在、国立防火協会の会長を務めている。火災は、持ち運びのできるヒーターで暖をとり、煙探知器がないか壊れているような安普請《やすぶしん》の家で起こりがちである。だから貧しい地域では、火災は危険な光景の一部である、とオニールは言う。「街角には麻薬常用者がいて、昼食代をかすめる人々がいて、火事がある」

ほとんどの災害において、ほかの何よりも金が問題だということは紛れもない事実だ。言い換えると、どこでどんな生活をしているかが、母なる自然より重要だということである。先進諸国も開発途上国とまったく同じように多くの天災を経験する。違いは死者の数である。気候変動に関する政府間の公開討論会によると、一九八五年から一九九九年までの天災による死者のうち、六十五パーセントは一人あたりの年収が七百六十五ドル以下の国の住民だった。たとえば、一九九四年のカリフォルニア州のノースリッジで起きた地震は、マグニチュードや震源の深さにおいて、パキスタンで二〇〇五年に起きた地震によく似ていた。だがノースリッジの地震では六十三人しか死者が出なかったが、パキスタンの地震では約十万人が死亡したのだ。

個人の性格やリスクに対する認識が重要であるなどといった言い逃れをする前に、屋根や道路や保健医療が必要とされている。そしてその効果は幾何級数的である。タフツ大学のマシュー・カーンが行なった研究によると、大国が一人あたりのGNPを二千ドルから一万四千ドルに引き上げれば、一年間に五百三十人の天災による死者を救うことが期待できるという。しかも被災者たちにとって、金は融通のきく一種の元気回復剤である。治療することもできれば安定した生活や復旧ももたらしてくれるのだ。

しかし一人あたりのGNPが約四万二千ドルであるアメリカのような豊かな国においては、相違は個人の特性によって生じる。実際のところ、個人の性質のほうが災害の現実よりも重要になりうるのだ。「個々の出来事で慢性的なストレスを確定するものは、結局は出来事の詳細よりも遺伝子や個性だろう」とイスラエルの心的外傷専門家であり精神科医でもあるイーラン・クッツは言っている。すべての明白な要因（性別、体重、収入など）が同じでも、人より優れている人々もいる。他人よりずっと頑健なのだ。理由は大きな謎である。

微妙な差異

オレゴン州ポートランド中心部にある高級レストランで、二人の女性が窓際のテーブルで食事をしている。二人の会話の最中に、酔っぱらったホームレスの男がよろよろと窓のところへゆき、ズボンのジッパーを開けてペニスをテーブルの高さまで持ち上げる。驚きの声や高笑いが聞こえてすぐ、警察が呼ばれる。警察官ローレン・W・クリステンセンは現場に到着して、二つの極端な例に出くわす。彼が言うには、一人の女性は「笑いころげて」いる。もう一人の女性は、ロビーのベンチに倒れ込み、だれかにあおいでもらっている。

警察官として働いた二十五年間に、クリステンセンはよくこういう相違に気づいた――とりわけ露出狂の被害にあった女性の間で。「一人は笑い飛ばす。別の一人は怒る。さらにもう一人は感情的に傷つけられる」。警察を引退し、現在は作家としてまた武術のインストラクターとして働いているクリステンセンは、人によってこんなにも大きく反応が異なる――彼が軍の警察官だったときに、戦争中にもそういうことがあった――のはなぜなのか、以前からなかなか理解できないでいた。「ベトナムでは、料理人として働いていた人たちが心理的にものすごく衝撃を受けたのを見た。料理人がだ！　そして少なくともうわべは大丈夫そうに見えたが、この上ない恐怖を経験した歩兵たちも目にした」

　回復力は貴重なスキルである。回復力がある人には、三つの潜在的な長所も備わっている傾向がある。人生で起こることに自らが影響を及ぼせるという信念。人生に波乱が起きてもそこに意義深い目的を見いだす傾向。いい経験からも嫌な経験からも学ぶことができるという確信。このような信念は、一種の緩衝材《かんしょうざい》として、いかなる災害の打撃をも和らげてくれる。こういう人々にとっては、危険は御しやすいものに思え、結果としてよりよい行動をとることになる。「心的外傷は、美と同様に、見る人の目の中にある」と、メリーランド州ボルティモアのジョンズ・ホプキンス公衆衛生準備センターに勤務するジョージ・エヴァリー・ジュニアは言う。

　それはうなずける。健全で積極的な世界観は、当然のことながら回復力に結びつくだろう。だがそれはさらなる質問をしたくなるような物足りない答えである。もしこの手の世界観が回復力に結びつくのだとすれば、では、何がその世界観に導くのか？

答えはわたしたちが予測しているようなものではない。回復力がある人々は、必ずしもヨーガを実践している仏教徒たちではない。彼らが十二分に持っているものの一つは、自信である。恐怖に関する第三章で見てきたように、自信――現実的な練習や笑いからでも生じるもの――は極度の恐怖の破壊的な影響を和らげてくれる。最近のいくつかの研究で、ありえないほどの自信にあふれている人は、災害時に目を見張るほどうまくやっていく傾向があることがわかった。心理学者はこのような人々を「自己向上者」と呼ぶが、一般の人なら彼らを傲慢と称すだろう。この種の人々は、他人の評価よりも高く自分自身を評価し、自己陶酔したはた迷惑な人間になりがちなのだ。ある意味では、現実の生活よりも危機によりうまく適応できる人々なのかもしれない。

内戦が終わってから一年もたたないうちに、コロンビア大学のジョージ・ボナンノは、サラエボで七十八人のボスニア・ヘルツェゴヴィナの市民にインタビューした。調査では、各人が精神的な問題、対人能力、健康問題、ふさぎこみについて自分自身を評価した。次に各人が仲間によって評価された。一つの小さなグループは、他人が評価するよりもかなり高く自分たちを評価した。こういった人たちは、ほかの人たちよりうまく適応していることが精神衛生専門家によって明らかになった。

世界貿易センターが攻撃されているときに、その中か近くにいた生存者たちにも似たようなパターンがあることを、9・11以降、ボナンノは発見した。強い自尊心を持っている人たちは、比較的たやすく元気を回復した。唾液中のストレス・ホルモン、コルチゾールのレベルも低かった。彼らの自信は、人生の浮き沈みに対抗するワクチンのようなものだった。

いくつかの研究でわかったのは、IQの値が高い人のほうが心的外傷を受けた後もうまくやっていく傾向があるということだった。言い換えると、回復力がある人のほうが頭がよいのかもしれない。なぜそうなのだろう？　知性によって創造的思考が促され、それが次にはより大きな目的意識や抑制力につながっているのかもしれない。あるいは高いIQに伴う自信が、そもそも回復力に結びついている可能性もある。

重要なのは、IQに関係なく、だれもが訓練と経験で自尊心を生み出せることである。兵士や警察官がそれを教えてくれるだろう。自信は実践から生まれるのだ。第三章に詳述したように、ある問題についてよく知っていれば、脳の働きはずっとよくなる。状況を深く理解しているので、より冷静でいられるのだ。だがたとえばシャッハムが新米警官だったとき、彼にはったりの証明を迫る凶暴な犯罪者の隣りに座っているような特定の状況下では、経験にも訓練にも救われることはなかった。彼は何かほかのものに、もっと根本的なものに頼ったのである。

特殊部隊の兵士は常人ではない

米軍は何百万ドルも投じてシャッハムのような人物——生死にかかわる状況においても平静さを失わず、その後も回復力を維持している人物——の心理を分析する方法を見つけようとしてきた。チャールズ・モーガン三世は、エール大学の精神医学臨床准教授で、国立心的外傷後ストレス障害センターの人間行動研究所長でもある。彼は過去十五年にわたり、極度のストレスに対する人々の反応の仕方の違いを研究してきた。手始めにベトナム戦争や湾岸戦争の復員軍人たちの調査をした。予想どおりであろうが、心的外傷後ストレス障害［PTSD］のある人たちは、障害のない人々とはずいぶん異なった振舞いをした。心的外傷後ストレス障害のある復員軍人たちは、そうでない人よりも神経過敏になっていた。意識の分裂もひどく、ふつうの生活をしていても、色がより鮮やかに見えたり、物がスローモーションで動いたりすると報告している。いったん危機モードに入った彼らの脳が、そのままの状態でずっととどまっているかのようだった。血中の特定のストレス・ホルモンのレベルも、ほかの人より高かった。

一九九〇年代に、おおかたの科学者の間で意見の一致を見ていたのは、これらの人々は経験によって損傷を受けたのだということだった。脳も血液も人格も心的外傷によって変えられた、と。だが一握りの研究者たちは、その理論に満足しなかった。「われわれは推測はしていた」とモーガンは言う。「が、本当のところはわからなかった」。どちらが先なのだろう、とこれらの科学者たちは疑問に思った。心的外傷だろうか？　それとも心的外傷を受けやすい人だろうか？

これを解明するにあたり、モーガンは心的外傷を受ける危険にさらされる前の人々を調査する必要があった。彼はノースカロライナ州フォートブラッグの陸軍サバイバル・スクールで、ストレスを対象にした研究所を見つけた。教室での訓練期間を経て、学校の兵士たちは森に放たれ捕えられないように努力する。食糧も水も武器も与えられない。指導教官が彼らを追い詰め、空砲を放ち、最後には捕まえる。それから兵士たちをフードで覆い、縄で縛って、偽の捕虜収容所へ連れていく。そこで兵士たちは意図的に食糧、抑制力、尊厳を奪われていく。第二次世界大戦中のヨーロッパと、朝鮮、ベトナムで米国の捕虜たちが体験した状況に似せているのである。七十二時間のあいだに、兵士たちは一時間足らずの睡眠しか許されない。

　サバイバル・スクールは非常にリアルで、実際に恐ろしい思いをさせられる。モーガンが兵士の血液を採取すると、ストレス・レベルが極限状態で採取されたものの平均記録を上回っていた。たとえば、兵士たちは、初めて飛行機から飛び出そうとしている人たちよりも組織中のコルチゾール量が多かった。平均するとサバイバル・スクールの参加者の体重は、受講中に七キロ近く減る。

　モーガンは兵士たちの間に大きな差があることにすぐに気づいた。グリーンベレーとしても知られている陸軍特殊部隊の兵士たちは、それ以外の一般の歩兵より一貫してすぐれていた。「彼らは頭が冴《さ》えている状態が長く続いているように思えた」とモーガンは言う。「ストレスを受けても、われわれほど早くぼうっとなったりはしなかった」。それも不思議ではない。特殊部隊はエリート集団である。選抜されるのは入隊希望者の三分の一足らずである。

　さらに驚くべきことは、特殊部隊の兵士が化学的に異なっているということだ。モーガン

非常時の回復力について理解するために、軍の精神科医は米軍特殊部隊の兵士たちの研究をした。彼らは血液の化学的性質までほかの兵士たちとは異なっている。写真提供：デーヴィッド・ボーラー

が血液の標本を分析すると、特殊部隊の兵士が「ニューロペプチドY」と呼ばれるものをかなり多く作り出していることがわかった。ニューロペプチドYは、とりわけ、ストレス下において任務に集中できるよう助ける働きがある化合物だ。偽の尋問後わずか二十四時間で、特殊部隊の兵士たちのニューロペプチドYは通常のレベルに戻っていたが、それ以外の兵士たちは減少したままだった（軍人ではない人々の生活でも、不安障害や鬱病にかかっていると、ニューロペプチドYのレベルが下がる傾向がある）。その違いは非常に顕著だったので、だれが特殊部隊の隊員であるかは、モーガンが血液検査の結果を見るだけでまちがいなくわかった。そこで疑問が生じる。どちらが先だったのか？　特殊部隊の兵士たちは先天的に異なっていただけなのか？　それとも訓練でそのようになったのか？

ここでひとまず特殊部隊の兵士は常人ではないということを認めよう。彼らは極度のストレスに対するある免疫を持っているようだが、平均的な特殊部隊の兵士はたくましいタイプ

ではない傾向もある。あごひげを生やしてアラビア語を話し、外国人の中に紛れ込んでしまえるタイプが多い。「彼らは挑戦やスリルを好むが、スリルを求めるようなことはしない。とても物静かで、きちょうめんで、集団としてのはっきりした目的意識を持っている」とモーガンは言う。「映画『ブラックホーク・ダウン』（二〇〇二年　日本公開）はグリーンベレーを実に正確に描いています。彼らは実際に違う種類の動物なんです」

それでも特殊部隊の兵士がどれほど予想どおり――また生物学的に――ほかの兵士と異なっていると思われるかは驚くほどだった。実際、モーガンは血液を採取しなくてもその違いがわかることを発見した。簡単な質問表でだれがより多くのニューロペプチドYを作り出すかを予測できることがわかったのだ。

モーガンは兵士に標準的な心理テストで使われる質問をして、意識の解離症状の有無を判断した。たとえば、こう尋ねた。ここ数日間を振り返って、次のような症状のいずれかを体験しましたか？

1．物がスローモーションで動いているように思えた。
2．さまざまな事が夢の中の出来事であるかのように非現実的に思えた。
3．映画か演劇を見ているかのように、かけ離れたところで事が起こっているように感じた。

言うまでもなくこれは質問の例にすぎない。前記の質問すべてにイエスと答えたからといって、危機に際してきちんと行動できないということではない。よくあることだが、それは危機しだいなのである。

ここ数年、モーガンはサバイバル・スクールに入る前の二千人以上の兵士たちに質問をしてきた。ふつうの状態でも、意識の解離の習性がある人物がいるか確かめたかったのである。平均して約三十パーセントがテストで高い得点を得た。極度のストレスを受けなくても、約三分の一がある種の現実からの離脱を感じていた。これはモーガンの予測よりも高かったが、軍隊全体でも繰り返し同じ比率が出た。そして解離のテストで高得点を取った兵士たちがスクールを修了できる可能性は一貫して低かった。

いつか、兵士たちは極度の恐怖を和らげるのに役立つ錠剤を日常的に飲むようになるかもしれない。人工的なニューロペプチドYがブーツと一緒に支給されることもあるかもしれない。人工的にもつくられるオキシトシンというホルモンは、出産後に母親の体内で分泌され、脳の恐怖の中枢を静め、信頼感を高めることが科学的に証明されている。ある研究では、脳のスキャンを受ける前にオキシトシンのにおいを嗅いだ男性は、オキシトシンのにおいを嗅がなかったときより扁桃体の活動が抑えられていることが示された。

だが薬剤のことに熱中しすぎないうちに、意識の解離は必ずしも悪いことではないと述べておくべきだろう。サバイバル・スクールでもっとも苛酷な瞬間には、すべての学生が――特殊部隊の兵士たちまで――解離症状を体験した。なかには幻覚誘発剤を飲んでいる人より解離症状がひどくなった者もいた。ゼデーニョが世界貿易センターから脱出している間に学んだように、意識の解離は心的外傷に対するきわめて適応力の高い反応になりうる。拳銃の名手であるジム・シリーロは、初めて人間を撃ったとき、解離状態になった。第七章では、解離の極端な形が実は古くからある生存機制である可能性について述べる。

回復力にはさまざまな種類がある。ただ歩いて階段を降りるだけでよければ、適度の解離は申し分のない反応だと言えるかもしれない。しかし、器具を扱ったり問題を解決する必要があるなら、ことはそう簡単ではないだろう。「兵士たちは敵を見つけに行くなど、何かをする状況に積極的にかかわらなければならない。だから意識が解離傾向にあれば、その遂行能力は損なわれてしまう」とモーガンは説明している。解離状態になると、空間的な位置づけや、作動記憶や集中力を扱う脳の一部の機能が衰えはじめる。たとえば人質救出班——見つからないように建物に入り、薄暗い中を進み、人質とまちがえることなく犯人を撃つのが仕事——に属している特殊部隊の兵士なら、こうした特殊な能力を失うことは問題である。

模擬監禁の前と最中とあとに、特殊部隊の兵士はほかの者より解離症状を示す兵士の数が少なく、あっても軽度のものだったと報告されている。相関性は明らかだった。兵士たちの解離症状がなければないほど——とくに普通の状況下では——それだけニューロペプチドYが多く作られ、より適切な行動がとれるというわけである。

奇妙なことに、特殊部隊の兵士たちは、育ってきた環境全般にわたって通常より多くの心的外傷を受けてきたことも報告している。たとえば、高い割合で児童虐待を受けてきたことも報告されているのだ。これは予想外のことだった。ふつうなら、過去に心的外傷を受けていれば、ストレス下の行動はより不適切になると思われる。しかしながら、特殊部隊の兵士は、かつての心的外傷のせいで将来の心的外傷に対処できなくなるということはなかった。それどころか、対処の仕方がもっとうまくなったように思えた。どうしてこんなことが起こりうるのだろう？ これは一種のパラドックスだった。ある集団においては、心的外傷が崩壊につながり、別の集団においては、対処機制を植えつけているように思えた。

毎年、約九百人の兵士が陸軍特殊部隊への入隊を志願する。ストレス下の持久力、問題解決能力、そして指導力をテストする三週間の評価プログラムを通して不適格者がふるい落とされる。サバイバル・スクールよりも肉体的には苛酷だが、心理的なストレスは多少なりとも緩和されている。実際にその課程を修了するのは、志願者の約三分の一だけだ。

特殊部隊の兵士の能力を特別に高めているのは、訓練そのものなのだろうか？ それとも自分は特殊部隊の兵士だという自覚に伴う自信なのか？ モーガンは選抜される前の男たちを調査してこれを解明することにした。志願者たちが試験会場に到着すると、モーガンは質問表を渡した。試験に来る一週間前に解離状態にあったのはだれかを知りたかったのだ。サバイバル・スクールの参加者中、特殊部隊志願者の約三分の一が到着前に何らかの解離を体験していたと報告した。モーガンがテストしてきた男たちはこれまでに七百七十四人にのぼる。結果は驚くべきものだった。何ごともないときに解離を経験したと報告した者は、試験に合格する可能性がかなり低いことがわかったのだ。質問表の十一以上に肯定的な回答をした者は試験に落ちるということを、モーガンは九十五パーセントの確率で予測することができた。

こういう簡単なテストを用いて、モーガンは特殊部隊の選考試験を耐え抜こうとする兵士の労苦を省くことが可能だったかもしれない。「最初に志願者をふるい落とせば、陸軍は何百万ドルも節約できるはずだ」と彼は言う。だが将官たちは人道上の理由でそのことに乗り気にはなっていない。「陸軍は、だれかが本当にやりたいと思っていることをできなくしてしまうという考え方が気に入らないんだ」とモーガン。だから今日、化学的な要因がどうであれ、いまだにだれもが特殊部隊の入隊試験を受けているのである。

それでもなお、もう一つの謎が残る。特殊部隊に入る前に彼らがほかの人と異なっていたとすると、どういうふうにしてそうなったのだろう？　生まれつき回復力があったのか？あるいは皆がそうなるような、何らかの子供時代の体験をしたのだろうか？

心理学者が（いや、それについてはほかのだれもが）因果関係を明らかにしようとするといつも、うまくいかないことがある。どんなに望んでも、氏《うじ》と育ちは容易には分けられない。二つはＤＮＡの鎖のごとく絡み合っている。それでもなおわたしたちは知りたいと思う。たとえ氏と育ちを完全に分離できなくても、少なくともどちらが重要かを言うことができないだろうか？　少しだけでも？

ほかの手段がすべてだめでも、それを見いだす最後の方法が一つだけある。だがそれは一か八かの試みであるし、被験者はほとんどいない。しかし、もしうまくいけば、双子の研究は見た目にも美しいものである——ギリシャ語アルファベットのΠ《パイ》と同じくらい優雅ですっきりしている。

トンプソン家の双子

今でもジェリー・トンプソンとテリー・トンプソンを見分けるのはむずかしい。二人は七年生のときにおそろいの格好をするのはやめていたが、それでも時々どこかで会うと、上下同じものを着ていることに気づく。彼ら一卵性双生児はオクラホマ州アードモアの二十キロほど離れたところに住んでいて、二人とも愛車はトヨタ・タコマのピックアップトラックだ。わたしがある夏の金曜日にジェリーと話をしたとき、彼はトラクターをぬかるみから引っ張り出す手助けをしてもらおうとテリーを待っているところだった。

だがトンプソン兄弟は、DNAを除いては共通点が少ない。「わたしたちとちょっと話をすれば、二人の性格が違うことがすぐにわかりますよ」とジェリーは言う。「わたしは時間に正確ですが、兄は遅刻します。わたしはトラックの中をきちんとしていないと気がすまないのですが、兄はゴミを床に放り投げます」。二人は南カリフォルニアで六人の子供がいる家庭で育ち、互いに優位に立とうと戦った。二歳のときに父親にボクシング用グラブを買ってもらって以来、二人は今でもボクシングをしている。「兄がわたしを怒らせるんです」ジェリーはテリーのことをそう言う。「ボクシングをすると、兄は自分がいかに利口かということをいつもわたしに思い知らせるんです。わたしより八分先に生まれ、修士号を取得したので、利口だということはわかるでしょう。わたしは準学士号を持っているだけですから」。ジェリーはもう引退しているが、テリーは乾燥肉《ジャーキー》を製造・販売する会社を経営している。

兄弟間のもう一つの違いは、ジェリーがベトナムへ行ったことである。彼らは二人とも高校を卒業して海兵隊に入った。「多少なりとも国のために戦うつもりでした」とジェリーは言う。「父方にも母方にも軍人がいたので、わたしは徴兵忌避者になることはできませんでした。それにとにかく戦争がどういうものなのかまったく知らなかったんです」。だが戦争に行かされたのはジェリーだけだった。彼は一九七〇年六月三十日にベトナムに着いた。七週間後、待ち伏せ攻撃に遭い、右腕を撃たれ、榴散弾《りゅうさんだん》の破片で傷だらけになった。「手榴弾を一つ投げつけられ、わたしは空中に吹き飛ばされました。それからもう一つ投げつけられて、後ろ向きに吹き飛ばされたんです」。回復するまで五週間かかったが、名誉負傷章を授かった。それから戦闘に戻った。「人はどこまでけだものになるかわかったものではありません」と彼は言う。「わたしは耳をいくつか切り落とし、何人かの男の頭皮をはいだんです」

ジェリーは出国してから九カ月後に米国に送還された。彼の耳のコレクションはダナン空港で没収された。カリフォルニアに戻ると、実家を出た。だが彼の両親は息子が理解できなかった。「帰国したとき、わたしは別世界にいました」。彼は次々に仕事をやめ、大学も中退した。それから結婚して離婚した。「妻とも、ほかのだれとも意思疎通をはかることができませんでした」とジェリーは言う。「今でもそんなふうなんです。それはおそらくあの国で生き抜いて自分の殻に閉じ込もっていたからでしょう。感覚が麻痺しているような感じでした」

一九七五年に、ジェリーはベトナム戦争ストレス症候群と診断された。だがどうすれば彼を救うことができるのかだれにもわからないように思えた。彼はテキサス州ウェーコーの復員軍人病院で不快な体験をした後は、一九九二年になるまで助けを捜し求めることはなかった。その後オクラホマ州オクラホマシティの復員軍人庁病院で、復員軍人のための心的外傷後ストレス障害（現在ではそう呼ばれている）を対象にしたプログラムに参加した。片道二時間の道のりを車で往復して六週間通ったのは、ついに必要としていた治療に出合ったからだった。

一九九〇年代の半ばに、心的外傷後ストレス障害の罹患者《りかんしゃ》は、ただ変わった振舞いをするだけでなく、脳そのものが実際に変わっていることが発見された。脳の奥深く扁桃体の近くにある海馬《かいば》が、心的外傷後ストレス障害の罹患者のものは少し小さくなっていたのだ。海馬は、学習や記憶と密接なかかわりがあり、何が安全かそうでないかを判断するのを助ける。災害時においては――そしてその後も――わたしたちの回復力を高めてくれる（ロンドンのタクシー運転手は、都市の通りをすべて記憶しなければならず、異常なほど大きな海馬を持っている）。ほとんどの科学者は、心的外傷が心的外傷後ストレス障害を持つ人の海馬を縮めたのだと考えた。極度のストレスにさらされると、動物にも同じことが起こったからである。つまり、動物の脳の海馬が小さくなったのだ。だが確かなことはわからなかった。

一九九八年に、トンプソン兄弟は、ある独創的な計画について電話を受けた。双子の兄か弟がいるベトナム戦争復員軍人の研究をするというものだった。ニューハンプシャー州マンチェスターの復員軍人庁医療センターで、心理学者マーク・ギルバートソンと同僚の研究者は、心的外傷を受ける前とあとの人間の脳を研究したいと考えていた。心的外傷後ストレス障害がある人は、生まれつき障害のない人とは異なった脳の構造を持っていたのかどうか確かめたかったのだ。とりわけ、海馬の大きさを測りたかった。海馬は危険信号を出す手助けをし、意識の解離ともかかわると考えられている脳の一部である。

もちろん、何十年にもわたって多くの人の実例を追跡するのは困難（それにひどく費用もかかる）である。そこでギルバートソンと彼の研究チームは、原則的にベトナム戦争の復員軍人まで遡る方法を思いついた。何組かの双子——兄弟の片方は戦争に行き、もう片方は行っていない——を研究する。「それは例の、鶏が先か卵が先かという問題を考えるのとよく似ていました」とギルバートソンは言う。復員軍人庁の双子の登録簿を見て、ギルバートソンと同僚は、ジェリーやテリーのような八十人の男性を苦労の末に探し出した。彼らを見つけて全員にテストするのに三年かかった。だがそれは見事な抽出見本《サンプル》だった。彼らは一卵性双生児なので、兄弟の海馬の大きさは同じ——生後に何らかの心的外傷で脳の形が変わっていなければ——はずだった。言い換えれば、復員軍人でないもう片方の双子の脳は、復員軍人が戦争に行く前の脳のスナップ写真を提供してくれたのだ。抽出見本にはベトナムで心的外傷後ストレス障害にかかった十七人の男性が含まれていた（戦闘体験がないその十七人の兄弟たちも）。残りの復員軍人とその兄弟たちは、障害をまったく持っていなかった。

兄弟たちは二人ずつ、全米から空路マンチェスターかボストンへ行き、MRIで脳を映し出された。「それはちょっと見ものでした」とギルバートソンは言う。「ほとんどの被験者は、五十代になっていましたが、とてもよく似ていました。入ってくるとすぐに、二人が見分けられるよう服に名札を付けなければなりませんでした」。復員軍人でないほうの多くは、この調査を一種の再会の場で、戦争で損傷を負った兄弟のために尽くす手段になると思った。何人かの復員軍人には、調査過程そのものが試練になった。閉所恐怖症を引き起こすMRIの器械の中に入ると、急に不安が高まった。そうすると健康な兄か弟は双子の片方を懸命に守ろうとした。「兄弟のなかには、片方が必要な処置をされている間、MRIの端に立って見守っている者もいた」と、ギルバートソンは思い返す。

ジェリーとテリーは調査のために一緒にボストンへ飛んだ。ローガン空港のホリデイインに宿泊し、楽しい時を過ごしたが、それもジェリーが実際にMRIの器械の中に入るまでのことだった。器械の中の大きなガーンという音は、ちょうど六十口径の銃の音のように響いた。突然、ヘリコプターに乗っているときの過去の記憶がまざまざと蘇《よみがえ》ってきた。同乗していたアメリカ兵が、三人のベトコン［南ベトナム解放民族戦線］の捕虜を突き落とそうと決めたときのことだ。ヘリコプターは高度数百メートルの上空を飛んでいて、命乞いをしたベトコンの男たちが、どんどん下へ落ちていくのを見ていたことを、ジェリーは昨日のことのように憶えている。

MRIを操作している技術者は、ジェリーが大丈夫かどうか確かめようと基本的な質問をいくつかした。検査の結果、ジェリーの耳の後ろには、本人も知らなかった榴散弾の破片が複数あることがわかった。技術者はジェリーに焼けるような感じがするかどうか尋ねた。返答はなく、技術者は彼が器械の中で眠ってしまったのだと思った。だが実は横になったまま、暗闇の中でひっそりと泣いていたのだった。

ジェリーは現在、心的外傷後ストレス障害に関する五つの異なった研究に参加している。「彼らはわたしたちが大好きのようです。言ってみれば二人とも、おしゃべりなタイプですからね。しかもいつもみんなにジャーキーを持っていってあげるから」。彼は兄と同様飛行機が嫌いで、大都会にいるとひどくストレスがたまる。それでも試練を耐え抜いているのは、医師たちに病気についてもっと知ってもらい、イラクからの帰還兵を助けてもらいたいからである。「あそこはベトナムよりずっとひどい。イラクへ行った男たちは深刻な問題を抱えるでしょう。だから役に立ちたいんです」

「一九八八年全国ベトナム復員軍人再適応研究」によると、ベトナム復員軍人の約三分の一が、戦後、心的外傷後ストレス障害を患った。これは大変な数である。彼らがほかの兵士よりひどい心的外傷を受けたと判断するのは理にかなっているだろう。彼らが傷を負ったのは、能力や人格のせいではなく、その身に恐ろしいことが起こったためなのだ。

だがギルバートソンはそれとは違うことを発見した。脳の画像を見ると、双子の組のなかでは、海馬はほぼ同じ大きさだった。戦争による心的外傷がベトナムへ行った兄か弟の海馬の大きさを著しく変えることはなかったのだ。だが双子の組と組の間には大きな違いがあった。心的外傷後ストレス障害にかかった復員軍人を含む双子の組は、障害にかかっていない復員軍人を含む双子の組よりも小さな海馬を持っていた。つまり、海馬は心的外傷を受ける以前から比較的小さかったようである。特定の人たちは、ベトナムへ出発する以前から心的外傷後ストレス障害に陥る危険性が高かったのである。これらのことから、災害時に恐ろしい出来事に対処したり、災害後に心的外傷から回復するのに苦労する人たちもいるだろうと推論することができる。

少なくともジェリーは、その結果にさほど驚いていない。彼はベトナムで損傷を負ったとわかっている。「わたしは人が大好きでした。ちくしょう、高校ではすごく人気があったんです。すっかり変わってしまったのは、帰国してからです」。だが彼も問題は戦争より前に発生していたと言っている。彼の一家には鬱病の血が流れているとも。高校三年生のとき、ガールフレンドに振られ、彼女にベトナムへ行って死ぬつもりだと言ったのを覚えている。「ベトナムへ行く前から精神的に落ち込んでいた。だからぼろぼろになったんだと、個人的には思っています」

海馬は、心的外傷後ストレス障害の不規則に広がった方程式の一要因にすぎない。重要なことはほかにもある、とギルバートソンは力説する。心的外傷の深さ、家族がどのくらい犠牲者をサポートしているか――このようなことすべてが損傷をひどくしたり抑止したりする。苦しみは借金のように蓄積していくのだ。

その上、人より小さな海馬を持っていることがあらゆる状況において不利であるとはかぎらない。ギルバートソンは、小さな海馬が生死にかかわる状況で実際に一部の人たちを助けることもあるかもしれないと思っている——たとえば過度に警戒するようになって、否認に無駄な時間を使わないようにする傾向があるからだ。小さな海馬は、しかるべき状況では、進化的に有利だったかもしれないし、別の状況では不利だったかもしれないことがたやすく想像できる。だから彼は、軍隊や警察に入る前にＭＲＩで志願者をふるいにかけるべきではないと思っている。脳はその一部の大きさだけを問題にするにはあまりにも複雑すぎるのである。

むき出しのわたしの脳

人はだれしも災害時に自分がどんな行動をとるだろうかと考える。回復力の予測もできそうな特性について学ぶにつれて、自分自身はどうかと考えざるをえなくなった。わたしは人並み以上に意識が解離するとは思わないが、人生が低迷しているとき、いつもそこに有意義な目的を見いだしているわけでもない。時には大きな不安に駆られることもある。特定の状況においては心配しすぎることもある。その上わたしをどうしようもなく楽観的だと呼ぶ人などいないだろう。だが今は、わたしの憶測を検証する方法があるではないか。

わたしの海馬がどれくらいの大きさなのかを調べるために、ギルバートソンは寛大にもわたしの脳をスキャンし、丸一日かけて認知テストをすることを承知してくれた。正直なところ、わたしは少し不安になっていた。本当に答えを知りたいと思っているのだろうか？　大きさがすべてではないということが、頭ではわかっていた。けれどももし海馬が小さければ、辛苦に耐えられる自信がなくなるのではないだろうか？　自己達成予言［心理学用語で自分で予言し自分でそれを達成してしまうこと］になるのだろうか？　しかしそのチャンスについて考えれば、MRIを辞退するのは、鏡のそばを通り過ぎようとするのに似ている。自分自身を検査してもらわないわけにはいかなかった。

MRIの検査の二、三日前に、ギルバートソンはわたしの体内に榴散弾の破片がないことを確認するためにメールを送ってきた。その点は大丈夫。彼は一度も不満を漏らさなかったが、わたしの脳を検査するために弁護士や役人のグループをなだめなければならなかったことがわかった。記者であるわたしはふつうの研究対象の範疇《はんちゅう》をかなりはずれていた。彼はわたしだけのために作った長文の同意書にサインを求めた。「これは主に何かが見つかる場合に備えてのものです」と彼は言った。「たとえば、腫瘍などがですか？」とわたしは尋ねた。「ええ、そうです」と彼は答えた。あきれたことに、わたしは海馬の大きさのほうが腫瘍などより気にかかっていた。わたしには海馬などまったくない場合を彼はなぜ心配していないのだろう？　まったくなければどうなのだろう？

二〇〇七年五月のある雨の日曜の朝、わたしたちはボストンのブリガム＆ウィメンズ病院で会った。迷路のようなボストンの通りでわたしはすっかり道に迷って三十分遅刻し、汗だくになり、申し訳なく思いながら到着した。スポーツジャケットを着て小さな四角いメガネをひたいに押し上げたギルバートソンは、にっこり笑って心配しないようにと言ってくれ、しばらくリラックスする時間をとったらどうかと提案してくれた。わたしは彼に礼を述べ、わざと遅れたんですよ、と冗談を言った。検査の前にわたしの脳を確実にストレス・ホルモン漬けにしておきたいと思ったからなんです、と。彼は笑い声を上げた。わたしは彼がわかりきったこと――わたしがどれだけ遅刻しても、海馬の大きさは変わらないこと――を言って安心させてくれることを願っていた。だが彼は何も言わなかった。エレベーターで上がっていくとき、わたしの海馬が縮んでいるのが感じられることを確信した。彼に自分の脳をスキャンしたことがあるかどうか尋ねた。すると「いや、やったことはありません」と、彼はそんなことは思いつきもしなかったかのように、物思わしげに答えた。

ひと続きになったＭＲＩ検査室で、わたしはリストバンドをはめられた。これで正式に病院の中にいることを許可されたことになる。そのあと、わたしが器械の中にもぐり込む直前に、ギルバートソンはわたしの手を握った。「頑張ってくださいね！　あなたの脳を見守っていますから！」。彼の顔に皮肉の色が浮かんでいないかと注意深く眺めまわしたが、その気配はまったくなかった。これまでに何千人とはいわないまでも、何百人もの脳を見てきた男である。それでも彼は心底から興味を抱いているように見えた。

ガチャガチャいう音やけたたましい断続音が三十分ほどしたあと、検査は終わり、わたしは脳の画像がコピーされたＣＤを手渡された。それからギルバートソンはスクリーンでわたしの海馬をちらりと見せてくれ、「ちゃんとありますよ！」と告げた（実際、あなたの脳に二つ、つまり左右に一つずつ海馬がありますよ）。わたしは心から安堵して笑いを漏らした。それからわたしたちはニューハンプシャー州マンチェスターの彼のオフィスに向かった。正確な測定が終わるまで一週間ほどかかる予定だった。

一方、わたしの海馬がどの程度うまく機能しているかをテストする別の検査があった。翌日、わたしは復員軍人庁医療センターのギルバートソンのオフィスで彼に会った。今度はわたしも早めに着いた。彼は一日がかりの認知テストの計画を立ててくれていた。それはわたしの海馬の大きさと機能を測る何十もの旧式の方法で行なわれるテストだった。ギルバートソンはわたしを大きなモニターと柔らかい毛布がかかったレイジーボーイ製の椅子がある部屋に案内してくれた。いくつかのテストを担当している、彼のオフィスのベヴァリーという看護師が、横になって休むよう勧めてくれた。ギルバートソンのオフィスの研究者たちは、被験者への配慮がとても行き届いていることに自信を持っていた。通常は、多くが心的外傷後ストレス障害を抱えている戦闘経験のある復員軍人を扱っている。

最初のテストは、マウスやラットが何年もの間ストレス実験でやっていたことをもっと精密にした、「モリス・ウォーター・タスク」と呼ばれているものだった。ネズミは濁ったプールを泳ぎまわって、死なないうちに何とか水面下に隠れた台を見つけなければならない。わたしの場合は、コンピュータでつくられた鮮やかなブルーのプールのなかで水面下の台に出くわすまで、操作棒を操りさえすればよかった。それからそのテストが何度も繰り返された――何度も何度も。そのたびにわたしはプールの異なった場所からスタートし、水面下に隠れた台を見つけなければならなかったが、それはいつも同じ場所にあった。どこにその台があるのかを思い出すには、手掛かりを利用する必要がある。カラフルな窓があり、どういうわけかプールサイドのあたりには本棚があった。ベヴァリーは静かにわたしのそばに座り、わたしが数多くのまちがいをするのを観察していた。

気づかないうちに、コンピュータは、わたしがやっていることをすべて追跡記録していた。ただ単に台を見つけたかどうかだけではなかったのだ。毎回、スタートするまでの時間、経路の長さ、台を見つけるのに要した時間、プールのそれぞれの四分円《しぶんえん》で費やした時間が測られた。テストでは、短期の記憶と状況による手掛かりを用いて自分の位置を知るのに海馬を使うことを強いられる。理論上は、これを要領よくできるほど、生死にかかわる状況の最中もあとも、うまく情報を処理したりまとめたりできるそうである。この作業をうまくできる動物はまた、より大きな海馬を持っている傾向がある。

プール・テストのあとは、はるかに時間がかかり、さらに挫折感を抱いてしまうようなパターン・テストが行なわれた。それぞれの組の二つのパターンのうち〝正しい〟一つのパターンを突き止めなければならなかった。異なった状況の中で正しいパターンを見分けるのは、驚くほどむずかしい。またしてもわたしの海馬の能力が試されていたのだ。三十六回ほどものさまざまな試みを経てやっと、一貫して正しいパターンを繰り返し選べるようになった。ベヴァリーが内心あきれていないことを、わたしは願っていた。

次にわたしはさらに旧式の、一連の記憶とＩＱのテストを受けるべく、臨床心理学者の前に座っていた。使い古されたカードや一九六〇年代の絵は、古風で趣きがあるほどだった。

わたしは別々の顔を一致させたり、ひと続きの漫画のこまを順番に並べたり、色が付いたブロックで一つの形を再現したり、七桁の異なった数字を逆から何度も繰り返したりした。ベヴァリーにはすばらしい出来だと褒《ほ》めてもらったが、それも動物識別テストの前までのことだった。カードにシルエットで描かれた動物の名前を言わなければならなかったが、わたしはそれがとても苦手だった。いまでもそのときのアヒルについて文句を言いたい気がする——あんなふうに見えるアヒルは自然界のどこにもいない、本当に——それにしても、この作業は本当に悲惨だった。

六時間後、わたしはくたくたになっていた。わたしの脳がこの種の作業に慣れていないことは明らかだった。クロスワードパズルさえ好きでないのだから。ギルバートソンはコーヒーを出してくれて、結果について話をするためにわたしを座らせた。彼はその朝のプール・テストの結果を取り出した。こういったテスト、とりわけ空間処理能力を測るテストでは、男性のほうがふつう成績が良い。「ですからあなたはもともと不利な条件で取り組んでいるんです」とギルバートソンは言った。元気づけるためにそう言ってくれたのだろうと思った。わたしがとった水中の台までのコースを描いた画面を次々に見せてくれた。かなりまっすぐな線もあれば、異常なほどぐるぐる輪を描いているように見えるものもあった。「なかなかいいですよ」とギルバートソン。「実際、驚くほどです。あなたはどこに台があるかはっきりわかってらっしゃいますね」

彼が匿名の戦闘体験復員軍人の結果を見せてくれるまで、わたしはお世辞を言われているにすぎないと思っていた。復員軍人は正しく判断し、台に向かってまっすぐに進んでいるときもあったが、それよりもぐるぐるまわって水中で六角形を描き、ときには台から遠いところでジグザグに行ったり来たりしているのが頻繁に見られた。彼の海馬は、自分がどこにいるのか、どこへ行く必要があるのかをきちんと理解していなかった。

もちろん、このような比較は公平ではない。わたしはギルバートソンの平均的な被験者より若いし、女性で、言うまでもなく戦争に行ったことはない。だがそうした理由にもかかわらず、見込みのある結果にはことのほか元気づけられた。

一週間後に、ギルバートソンはわたしの脳のスキャンの結果を手に入れた。数週間後に彼はわたしの海馬の総量は、七・三八ミリリットル、すなわち小さなビー玉くらいの大きさだと知らせてくれた。それは心的外傷後ストレス障害を持っている復員軍人よりもかなり大きい。もちろん、ここで話題にしている数字はとても小さなものだ。心的外傷後ストレス障害を持っている復員軍人の海馬は、平均して六・六六ミリリットルである。つまりわたしの測定値はわずか十パーセントほど大きいだけなのだ。これはいったい何を意味するのだろう？そう、わたしの脳は、比較的大きな海馬のおかげで、生死にかかわる状況の間もそのあとも、ある意味でより回復力があると推測される。少なくとも、理論上は。戦争には行ったけれど心的外傷後ストレス障害を抱えていない兵士たち――つまり、かなり回復力がある男たち――と比べてみると、わたしの海馬の体積は彼らのものとほとんど同じだった（わたしのほうが一～二パーセント大きいだけで、それはたいした差ではない）。

ほかのテストに関しては、わたしの総合的な認知機能のレベルは、同一年齢層の一般人の上位五パーセントの中に入っていた。それもまた回復力が十分に期待できるものであることを示している。実生活ではそう思えないのだが、集中力や記憶力の点数もまたとても高かった。その二つの能力もまた回復力と関係があるのだ。

わたしは予測していたよりもうまくやり終えた。このことで、災害時にどう振舞うかについての憶測が必ずしもあてにならないことがよくわかった。「所見を申し上げると、あなたの海馬はかなり（darn）うまく機能していると思いますよ！」。ギルバートソンはEメールでそう書いてきた。そこにdamnではなくdarnという言葉を使っていたので［darnはdamnをやわらかい表現にしたもので、こういう言葉遣いをする人は優しい人だとみなされている］、またしてもわたしはギルバートソンが基本的に優しい紳士的な人だということを認識した。もしかすると、彼はわたしのちっちゃな海馬について本当のことが言えなかったのかもしれないし、わたしは新しい心理学上の実験台だったのかもしれない。が、いずれにしろありがたかった。

イスラエルからニューハンプシャーまで、わたしは実にさまざまなことを成し遂げる人間の能力を観察してきた。心的外傷によって損傷を受けている人々もいれば、心的外傷を受ける以前から損傷を受けやすくなっていたと思える人々もいる。イスラエルの警官隊の指揮官ニッソ・シャッハムのような異常なほど回復力のある人物にも出会った。シャッハムは極度の緊張状態の下でも精力的に活動し、注意を集中していた。それから不安を抱えたベトナム戦争復員軍人もいた。彼らが何度も繰り返し悪夢を再体験しているとき、脳は目にしているものや耳にしているものを状況にあてはめようと奮闘していた。

生物学上の回復力に関しては強力な証拠があった。しかし人間の脳の構造や血液の化学的性質が、恐怖に対処する能力にそれほど大きな影響を及ぼすのであれば、より適切な行動をとるために残された選択肢はどれくらいあるのだろうか？　わたしたちは皆、災害に遭ったときあらかじめ決められた確率で生死が分けられるのだろうか？　だがそれ以外のことのほうがもっと重要であるというのは確かだ――たとえば生涯で経験してきたこととか、わたしたちのすぐそばで生き延びるために戦っている人々のほうが。

ＭＲＩの検査を受けるのは孤独な体験である。磁気を発する眼の下でおとなしく横たわり、動かないよう気をつけて、静かに脳を提供するのだ。だが災害は一人のときに起こるわけではない。災害は見知らぬ他人、同僚、友人、家族など、人と一緒にいるときに降りかかってくるもので、人々は互いを説得したり、力づけたり、気をまぎらせたりするのだ。少なくとも一人の他人とも忘れがたい会話を交わすことなく、９・11に世界貿易センターからうまく脱出できた人にはまだ会っていない。そのような会話をしたとき、脳のどの部分が活性化したのだろう？　地上から離れた上階でわずかな情報を交換して互いに助け合ったあと、その行動はどう変化したのだろう？　そもそも災害は個々人に降りかかるものではない。だから、自分の行動を十分に理解する唯一の方法は、あたりを見回してそばにいる人々を見ることなのである。

第五章　集団思考

ビバリーヒルズ・サパークラブ火災でのそれぞれの役割

ビバリーヒルズ・サパークラブは、オハイオ州シンシナティの南八キロの断崖に建つ、国を追われた女王のごとく壮麗でありながら一風変わった建物だった。門から建物へと続く長い道には淡い色の彫像が浮かび上がり、食堂、舞踏場、噴水、そして庭が七千平方メートルにもわたって迷路のように入り組んで広がっている。そこを建てた建築家がラスベガスでインスピレーションを得たのは一目瞭然だった。ロビーには、鏡とトラ縞模様の織物がコラージュされていた。かつてはここで不法な賭博も行なわれていた。遡って一九三〇年代には、サブマシンガンを持った六人の男がクラブの従業員を車に押し込んで道路脇へ追いやり、一万ドルを持ち逃げしたこともある。

一九七〇年代には、ビバリーヒルズは中西部の〈タバーン・オン・ザ・グリーン〉［ニューヨークの有名な高級レストラン］となっていた。個室では、バルミツヴァ［十三歳になった男子を社会の一員として認めるユダヤ教の成人の儀式」のお祝いや、ファッションショーが開かれていた。そして舞踏場では、フランク・シナトラ、レイ・チャールズ、喜劇俳優のジェリー・ルイスやミルトン・バールなどがこぞって出演していた。「洗練された雰囲気」というのがうたい文句で、女性たちが新しいドレスを買ってから訪れるようなところ、「中西部の名所」だった。

ダーラ・マコリスターは十歳くらいのとき、初めてビバリーヒルズへ行った。父親はタキシードを着込んでいた。クラブは彼女の目にクリスマスの飾りのようにきらきら輝いて映った。シーザー・サラダを食べたのも初めてだった。ウェーターは交響楽団の指揮者よろしく麗々しくそれをテーブルに運び、マコリスターは恐れ入った様子でおもむろに食べた。「とてもエレガントだったわ」と回想している。「金《きん》が本物の金であって、プラスティックではない時代の、かつてのラスベガスみたいなところだったわ」。マコリスターは高校生のとき、いつかビバリーヒルズで結婚することを夢見ているの、とボーイフレンドに話した。「彼はうろたえたような表情を見せたわ」と彼女は思い出す。「たぶんあなたとではないでしょうけど」と付け加えておいた。

一九七七年五月二十八日の夜、マコリスターは自分でデザインして自分で縫った白いドレスを頭からかぶって着た。二十一歳で、別のボーイフレンドとサパークラブで結婚しようとしていた。むし暑い春の宵で、二百人近くの友人や親戚が階下の庭に集まっていた。彼女の六人のブライドメイド［新婦付き添いの女性］は、自分たちの髪やドレスを整えようと忙しく動きまわっていた。部屋の中が異常に暖かいことに彼女たちが気づいたのはそのときだった。時刻は午後七時半近くで、結婚式が始まる時間になっていたので、ブライドメイドたちはマコリスターのドレスのすそを持ち上げて、階下へと急いだ。

庭のガゼボ［西洋風あずまや］の下で、マコリスターは結婚した。感情が高ぶって神経質になっていたのを覚えている。写真では、祭壇へ向かって歩いていたとき、泣いていたように見える。結婚式のあと、カップルは写真撮影のために噴水のそばに腰をおろした。招待客たちは前菜を手に庭を歩いていた。やがて招待客を迎える列ができて、ちょうど午後九時になる前に一行はディナーのために中へ移動しはじめた。バンドの演奏が始まった。そのときだった。ウェートレスがマコリスターのそばに現われて建物の中で小さな火災があったことを伝えた。

花嫁の化粧室の隣りのゼブラ・ルームで漏電による火事が発生していた。もくもくと湧き起こる煙に続いて、猛烈な勢いで炎がビバリーヒルズを突き進んでいった。この戦没者追悼記念日の土曜の夜、広大なクラブには三千人近くが詰めかけていた。上階のクリスタル・ルームでは、アフガン・ドッグ・オーナーズ・クラブの会員九十人が宴会を開いており、ウィーン・ルームでは医師のグループが会食をしていた。約四百人が受賞祝賀会のためにエンパイア・ルームに集まっていた。だが大多数の客は庭から少し離れたところにある舞踏場、キャバレー・ルームにいた。その夜の犠牲者のほとんどは、キャバレー・ルームで亡くなっている。総計百六十七人がこの火事で死亡した。

その夜ビバリーヒルズにいただれもが、友人や家族と一緒にやってきていて、来たときと同じくそろって帰るつもりだった。一人で行動しようとする者などいなかった。人々は互いに指示や助けを期待したのだ。個人の人となりも重要だったが、グループそのものやグループ内での役割もまさに同じくらい重要だった。

「わたしは生き残りました。あなたも生き残っていることを願っています」

世間一般の予想に反して、実際の災害では次のようなことが起こる。災害現場でも文明社会は持続しており、人々は可能なときはいつも集団で動き、通常よりもずっと礼儀正しい。お互いに助け合い、ヒエラルキーを維持する。「人々は生きているときと同じように死んでいく」と災害社会学者リー・クラークは記している。「地域社会で友だちや愛する人たちや同僚と一緒に」

本書ではこれまで、人間が否認や思考の段階を通り抜けて手さぐりで進む様子を観察してきた。遺伝子や経験のおかげで、特定の人々が多少なりともリスクに立ち向かう――または立ち直るのを見てきた。だが災害が降りかかるのは個人ではなく、集団である。災害の犠牲者は、望もうと望むまいと、集団の一員である。そして人は皆、集団でいると、一人でいるときとは違う行動をとる。

社会学者トマス・ドラベックの研究によると、ハリケーンや洪水を予期して退去するよう言われると、どうすべきか判断する前に、たいていの人は四つかそれ以上の情報源――とり

災害時には、集団は個人と同じくらい重要である。1977年、猛烈な火災でオハイオ州シンシナティ郊外の魅惑的なビバリーヒルズ・サパークラブが破壊され、167人が死亡した。群集の行動を調査すると、その夜、ほとんどの人が割り当てられた役割に従って行動したことが明らかになった。写真提供：デーヴ・ホーン・コレクション

わけ家族、ニュースキャスター、役人――に問い合わせる。調べたり、右往左往したりといった過程は、その後の避難の方向性を決める。だれと一緒にいるかということが非常に重要なのだ。

一九〇六年四月十八日、心理学者ウィリアム・ジェームズは激しい揺れを感じてスタンフォード大学のアパートで目を覚ました。「地震が与える精神的な影響に関して」というタイトルの論文で後に書いたように、揺れに対する反応は、彼自身の想像とはまったく違っていた。「まず最初に気づいたのは、自分が大きな喜びに包まれているという認識だった。恐怖の痕跡はどこにも感じられなかった。純粋な喜びと歓迎の気持ちだった」。いったん〝揺れ〟が止まると、ジェームズは災害時にだれもがすることをした。ほかの人たちを捜し出したのだ。「とりわけ、地震について話したい、体験について情報交換したいという抑えがたい欲望があった」

航空機墜落事故では、乗客がより近い出口を無視して、ほかの人たちについて行ったために亡くなっている。また避難する前に家族と合流しようと座席を乗り越えたために命を危険にさらした乗客もいる。9・11では、生存者の少なくとも七十パーセントが退去しようとする前にほかの人と言葉を交わしていたことが連邦政府の調査でわかった。生存者は何千本もの電話をかけ、テレビやインターネットのニュースサイトを確かめ、友人や家族にメールを送った。多くの人が階段を降りていく途中でひと休みしてうろうろしたり、いくつかの階で行き当たりばったりに立ち止まり、ふたたび配偶者に電話をかけたり、もう一度CNNのニユースを確かめたりした。

その朝、港湾公社職員の授業を担当している職業カウンセラー、ルイス・レッセは北タワーの八十六階にいた。授業が始まる前に、彼は会議室で一人、レジュメに目を通していた。飛行機がタワーに衝突したとき、最初の揺れを感じた。東京に住んでいたことがあるので、地震だと思って、レジュメを読み続けた。だがそれから爆発があり、タイルが天井から落ちはじめた。レジュメは空中に散らばった。それらがスローモーションで宙に浮かんでいるようで、それぞれの用紙のいちばん上の名前を読むことができたのを覚えている。レッセはすばやく立ち上がり、ショックのあまり否認からすぐさま抜け出て思考へと入っていった。港湾公社で教えるようになってからほんの数カ月しかたっていなかったので、オフィスによく知っている人はいなかった。だがただちに連れを求めて廊下に飛びだした。

災害時には、他人はもはや他人ではなくなる。英国のサセックス大学の社会心理学者ジョン・ドルリーは、幅広い災害――船の沈没からスタジアムの殺到まで――における集団行動を分析した。共通のつながりを持つ（たとえばサッカーファンのような）群集は、名前も知らぬ他人とはひどく異なった行動をするだろうと彼は考えていた。だが災害そのものが人々の間にまたたく間に絆《きずな》をつくりだすことが判明する。「最初はまったくばらばらでも、彼らは団結し、ものすごい結束を示した」とドルリーは言う。

9・11の朝、レッセがいた階は比較的人が少なかったが、五人を捜し出した。彼らが通常とは別のドアを通ってエレベーターのほうへ向かうと、黒い煙に遭遇した。六人は引き返してオフィスに入り、床に腰をおろして議論しはじめた。「何が起こっているんだ？　わたしたちはどうすべきなんだろう？」とレッセは尋ねた。

「飛行機がビルに衝突した」。だれかが携帯の電話を受けたあとで言った。「一九四八年のことを覚えているか？」とレッセがさえぎった。「DC－8がエンパイア・ステート・ビルの四十七階に激突した」

煙はますます濃くなっていた。「窓を割るべきかもしれんな」とほかのだれかが言った。レッセは確信が持てなかった。「そして吸い出されていくのか？」。そう言ったものの、少数派のようだったので、引き下がった。これがまさに集団思考の定義である。つまり、人間はふつう集団の合意に反するのを好まないのだ。だからグループのメンバーは軋轢《あつれき》を最小限にとどめようと懸命に努めるのだろう。意見の相違は気まずい。「もし窓を割りたい人がいれば、どうぞご自由に」と彼は言った。

「どうやって割るの？」とほかのだれかが尋ねた。

「この植木鉢を窓に投げつければいい。そうすべきだ」

またしても、レッセは心配になった。「だけど、下にいるだれかを傷つけてしまうかもしれないよ」

ほかのだれかが部屋にある丸頭ハンマーに気づいた。「あれを使えばいい」

レッセとほかの四人が廊下にしりぞき、一人の男が窓を打ち砕いた。シューという音がしたが、だれも吸い出されはしなかった。

しかしながら、また新たな問題が生じた。外からの煙が窓を通して入り込んでいるように思えたのだ。何かの熱い破片が飛び込んできて、彼らはやけどを負った。それでもグループは理論やアイデアを交換していた。レッセの回想によると、だれも階段を探そうとは言い出さなかったという。「妙なことだった」と彼は言う。約三十分後に、男がその階のドアをノックして大声で叫ぶのが聞こえた。「だれかいるか？」。レッセのグループはその声に従って階段まで行き、ようやく降りはじめた。

階段は暗く混み合っていたが、人々は終始お互いを旧友のように扱った。「ねえ、ちょっと疲れているみたいだね」と一人の男がレッセに言った。「上着を持ってあげるよ」。別の男はブリーフケースを持ってあげようと言った。レッセは四重バイパス手術［心臓の四本の血管のバイパス形成手術］を受けていたので、そういった申し出はありがたかった。階段を降りながら、人々は水が入ったボトルを次々に手渡していった。「あんなに多くの飲み水を見たことがなかった。水の入ったボトルがどんどん運ばれてきた」。ついに彼らはタワーから出ることができた。レッセは〈ギャップ〉の店舗の粉々に砕けたショーウインドウを見て、あしたの売れ行きはがた落ちだろうなと思ったのを記憶している。「ああ、あそこの服がぴったり合えばいいんだけど」と彼は思った。だがそのとき大規模な爆発があり、煤やコンクリートが降ってきて、地面に投げ出された。最初のタワーが崩壊して、何もかもが真っ暗になった。

一人の、別の見知らぬ男が、レッセに手を貸して起き上がらせ、ショッピングコンコースの外の明るい場所へ行く道を教えてくれた。ようやくナッソー・ストリートへ出た彼は、妻に電話をかけようとした。その瞬間、もう一度爆発が起こり、二つ目のタワーが倒壊する。またもやレッセは地面にたたきつけられた。するとまたもや見知らぬ人が手を貸して起き上がらせてくれた。

結局、さらに多くの人々に助けてもらって、レッセは病院へたどり着いた。家に帰ると、留守番電話にメッセージが入っていた。「こんにちは、ピーターと申します。わたしは生き残りました。あなたも生き残っていることを願っています」。その男は貿易センタービルの階段でレッセのブリーフケースを拾っていて、それを返したがっていた。

初めから終わりまで、レッセは周囲の人々に支えられた。もし八十六階で一人きりだったらどうしたか彼に尋ねると、うまく脱出できていたかどうかは疑問だと答えた。「もしあそこにだれもいなかったら、うろたえていたでしょう。大声で叫んでいたかもしれません。だれかに連絡をとろうと、できるかぎりのことをしたと思います。それから座り込んで、死ぬのを待っていたことでしょう」

ビバリーヒルズ火災の社会学

午後八時四十五分、ウェートレスがビバリーヒルズ・サパークラブのゼブラ・ルームのドアを開けた。黒く濃い煙がどっと押し寄せてきた。だが彼女は消防署に電話をかけることもなければ、火を消そうともせず、ただクラブの管理責任者たちを捜しに駆けていった。9・

11の世界貿易センターの勤め人と同様に、以前から言われていた一連の指示に従ったのだ。火事だという知らせがゆっくり広まると、人々はそれぞれの役割に従って、劇中の俳優のように反応した。

給仕係は担当のテーブルに着いている人たちに退去するよう警告した。案内係の女性たちは、自分たちが案内した人々は避難させたが、ほかの部門は無視した。料理人やバスボーイ［ウェーターの助手］は、おそらく肉体労働に慣れているのだろう、急いで火を消しにいった。概して、男性従業員のほうが女性従業員よりもやや協力的だったようだ。それは、女性は助けられるほうで、男性は助けるほうと社会的に期待されているからかもしれない。年齢も関係した。カクテルパーティ担当の若手のウェートレスは、うろたえているようだったが、宴会担当のウェートレスは年齢層も高く、落ち着いていて安心感を与えてくれた。

客のほうはどうだったのだろう？　ほとんどが最後まで客のままだった。なかには部屋に入り込んでくる煙を無視して、ずっと浮かれ騒いでいる者もいた。ある男は持ち帰り用のラムコークを注文した。火災現場に到着した最初の記者は、客たちが車寄せでカクテルをすすりながら、勘定を払わずに帰ろうかなどと言って笑っているのを目にした。ほとんどの人が驚くほど受動的だったのだ。翌日の新聞は、集団ヒステリーだと書きたてた。「大勢がパニックに陥る」というのが、AP通信の記事の見出しだった。だが後に、調査の結果、大多数の人が整然と振舞っていたことがわかった。事実、子供、婦人、年配者がもっとも生存率が高かったのである。

煙がもくもくと立ちこめたとき、クラブの宴会担当給仕長ウェイン・ダマートは、年齢構成もさまざまな、異なるパーティの百人ほどの参加客でいっぱいになっている廊下へよろめきながら出ていった。明かりはついたり消えたりしていて、煙は濃くなりかけていた。だがその混み合った廊下でもっともよく覚えているのは、静けさだった。「いや、驚きましたよ、あそこは物音一つしませんでしたからね。悲鳴も、何も」。彼は今そう言っている。暗闇に立ち尽くして、多くの客たちは誘導されるのを待っていたのだ。

ビバリーヒルズの従業員たちは、非常時のための訓練を受けたことはなかったが、それでも立派に役割を果たした。ダマートは大勢の客に業務用の廊下を通るよう指示して、調理場に入らせた。クラブには出口が少なすぎて、見つけるのに難儀した。実際、迷路のようだった。彼は何度も大声を張り上げて客たちに「急いで出ていってください！」と叫ばざるをえなかったのを覚えている。彼が生命の危険を冒したのも、そうする義務があると思ったからだった。「わたしはそこにいる人々に対して責任があると考えたのです。ほとんどの従業員がそう感じていたことでしょう」

火災発生当時、近くのシンシナティ大学の社会学教授だったノリス・ジョンソンとウィリアム・ファインバーグは、地域のあらゆる人々と同様、火事のニュースにくぎ付けになった。社会学者としてとりわけ関心があったのは、タキシードや夜会服を着た他人同士の集団が、突然発生した容赦のない火災でどんな行動をとったのかということだ。ついに二人の教授は、何百人もの生存者に対して警察が行なった事情聴取の結果を何とか入手することができた。

それは希少で価値のあるデータベースだった。「わたしたちはそこにあるものにまさに圧倒されました」。現在は現役を退いているファインバーグはそう回想している。人々は各々の身分や職業に非常に忠実だった。従業員の約六十パーセントが何らかの方法で――客を安全なところへ導いたり、消火活動をしたりして――救助活動を試みていた。比較すると、客のほうは救助活動をしたのはわずか十七パーセントにすぎなかった。だが客のなかでも、身分や職業が行動に影響を及ぼした。クラブで食事をしていた医師たちは医師として行動し、戦場での医師さながらに敷地内の地面で心肺蘇生術《CPR》を施したり、傷の手当てをしたりした。看護師たちも同じことをした。そこには病院の管理者も一人いて――当然のことながら――医師や看護師をまとめはじめた。

二人の社会学者は、他人を押しのけたり利己的な行動をとったりといった事例が見つかるのではないかと予想していた。だが二人が見つけたのはそういうことではなかった。「人々は何よりもきちんと並ぼうと言い続けていました。それは本当に際立っていたんです」とファインバーグは言う。「小学校の防火訓練で学んだことを応用したんです。『列にとどまれ、押すな、みんなで脱出しよう』を。みんながきちんと列に並んでいたんですよ！　本当にとても信じられませんでした」

数が多ければそれだけ安全

単独で生きるほうがこの世は楽だ。だからはるかに多くの生物が群れをなすよりも単独で地球上を移動しているのかもしれない。オスのゾウには実際に捕食者はおらず、つがうとき以外はほかのゾウをかまったりしない。オスのゾウは何物にもわずらわされずに大地を踏みつけて歩いていくのだ。

しかし人間はそれほど自足してはいない。生涯を集団の中で過ごし、災害時にはお互いにぴったり寄り添う。二〇〇五年七月七日にテロリストがロンドンの地下鉄を爆破し、五十二人の死者と数百人の負傷者が出た際、実のところ何人かの犠牲者は地下鉄の駅を離れることに抵抗した。「安心感を得るためにほかの人たちが必要だった」と、一人の犠牲者は英国の心理学者ドルリーに説明した。「他人に囲まれていると思うと気分も落ち着いた」

子供が関係してくると、団結する理由は明白である。種の存続は子供を守ることにかかっていて、人間の赤ん坊はほかの動物の子より脆弱な期間が長い。だが成人の集団の間にも同じような行動が見られる。鉱山の災害についての調査で、坑夫たちは、たとえ集団の決定に同意できなくても、集団についていくことがわかった。地下に閉じ込められた大人の男が、一人で取り残されるよりはと、命にかかわるかもしれないような決断を下すのである。

なぜそうなのだろう？　道義上のことはさておき、人間が仲間意識を重んじる実際的な理由が何かあるのだろうか？　なぜ人間は動物のように振舞わないのだろう？　あるいは動物のように振舞っているのだろうか？　ほかの哺乳類も生死にかかわる状況で同じような行動をとるかどうかを確かめようと、わたしは霊長類学者フランズ・デ・ヴァールに電話をかけた。もしかすると人間独自の行動は、文明の副産物にすぎないのかもしれない——魅力的だが自然の理にはかなっていない気高い行為なのかも。

デ・ヴァールはチンパンジーに関する本を八冊書いていて、捕獲したチンパンジーを何十年も観察してきていた。チンパンジーと人類は進化の歴史の九十九・五パーセントを共有しているので、その比較は今回の疑問解明に役立つはずである。デ・ヴァールの話によると、チンパンジーは敵らしきものを見つけたら、寄り集まって互いに触れ合うようになるという。抱き合うことすらしかねない。言い換えれば、チンパンジーは人間とよく似た行動をとるのだ。「共通の脅威があれば一団となる」と、デ・ヴァールは言う。

なぜチンパンジーは一団となるのだろう？　デ・ヴァールによれば、一つには、愛情を見せつけると敵がおじけづく可能性があるからだ。捕食者がなかの一匹を捕えたいと思ったら、全部のチンパンジーを相手にしなければならない。仲間との交わりはまたチンパンジーを落ち着かせ、脅威によるストレスをよりうまく処理できるようにする。同じことが人間についてもあてはまる。研究所の実験では、友人がそばにいる状態で課題を完成させるように言われると、一人で課題に取りくむときよりも心拍数や血圧が低い数値を示すのだ。

課題を完成させる以前に、仲間意識には明らかな利点がある。一九八〇年代の初期、霊長類学者カレル・ヴァン・ショークはサルの群れについて理解を深めるためインドネシアを訪れた。ヴァン・ショークはオナガマカクザルの二つの群集を研究した。一つは捕食者である大型ネコ科動物もいない至福のマカクザル天国、シムルエ島の群集だった。もう一つはトラ、オウゴンヤマネコ、ウンピョウが棲む、はるかに危険なスマトラ島の群集だった。両方の群集を観察したあと、ヴァン・ショークは顕著な違いを発見する。捕食者がより多くいるスマトラ島では、マカクザルはずっと大きなグループで移動していたのだ。つまり脅威が大きくなればなるほど、集団も大きくなる——従って捕食者の存在を察知するための目、耳、鼻孔も多くなるというわけだ。シムルエ島では、サルは非常に小さなグループで移動した——これまでに研究したマカクザルの群集のなかで事実上もっとも小さなグループだった。スマトラ島のマカクザルほどお互いを必要とすることはまるでなかったのである。

危険なときには、下等目の動物でさえ一団となる。魚は寄り集まって緊密な群れになり、鳥は互いに鳴き声を上げてタカが近づいていることを警告する。だが思いやりからそうしているわけではない。進化生物学者リチャード・ドーキンスはこう記している。「自然淘汰によって進化したものは自分本位であるはずだ」と。われわれが互いに助け合うのは、そうすることで、即座で直接的ではないにせよ、ゆくゆくは間接的に恩恵をこうむるからだ。進化生物学者はこれを「相互依存」と呼んでいる。進化の観点からすると、動物は繁殖か同類を守ることによって遺伝子を伝える可能性を高めるようなことをするという意味なのである。

たとえわたしがルイス・レッセのブリーフケースを持って世界貿易センターの階段を降りても、引き替えに手に入る具体的なものなど皆無かもしれない。だが、それでも何らかの収穫を得る可能性もある。「進化生物学には人目につくちょっとした親切な行為を説明する仮説がある」と、動物行動学の専門家ジョン・アルコックは言う。「世界貿易センターで他人に手を貸した人々は、ほかの人の目があることをわかっていたのだと思う。計算していたわけではないが、何か親切な行動――同情したり、指図したり、人々を安全なところに導いたりすること――をしたいという欲望は、名声を高めるという点で十分な見返りがあったのかもしれない」。あの日は、他人を助けることでどこか気持ちが落ち着くようなところがあったという可能性もある。異常で無秩序な世界に正常で秩序立った感じを与えたのだ。

人類の歴史という見地からすると、ほんの少し前までわたしたちは小さな拡張家族の集団で住んでいた。全員が互いの誕生から死までを知っていた。だからお互いに助け合うことで、親切で役に立つという評判を築き上げることができ、他人の協力を得ることもできた。そしてそれが人間の繁殖が成功する可能性を高めた。「こう言うと、専門家でない人には冷淡で分析的に聞こえることは承知している」とアルコックは言う。「こういうことをする人々は、道徳的で、倫理的で、望ましい衝動に突き動かされているのではない、と言っているわけではない。わたしが言っているのは、こういった衝動はまさに環境に適応したものなので、人々はそれらを道徳的で倫理的だとして賛美するのだということである」

利他主義のように見えるものが、実際はその正反対だということが時々ある。一九七一年に発表された的を射た論文で、生物学者W・D・ハミルトンは「利己的な集団の幾何学」と呼んでいるものについて説明している。イヌがヒツジの群れを追いかけると、群れの後ろにいるヒツジは、突進したり割り込んだりして前の列に入り込む――そうすることで群れはますます小さくまとまることになる。遠くからだと、ヒツジたちは団結して見事な結束を誇示しているように見えるかもしれない。ところが実際は、それぞれが自分の「危険領域」を少なくすることによって、食われるのを避けようとしているだけだ、とハミルトンは述べている。群れの端にいる動物はいちばん狙われやすい。だからどの動物も端には行きたがらないのだ。わたしたちが端に行くことを回避するよう促す遺伝子は、自然淘汰に耐える可能性がある遺伝子である。だから沈みかけている船で他人の集団から離れられないと感じる人間には、そうするもろもろの理由があるのかもしれない。その理由のなかには、はるか昔の、通りかかったハイエナにはらわたをえぐられたくないという心の奥深くに潜んでいる願望も含まれているだろう。

人間に利己的な集団を形成する必要があるほどの捕食者が存在するかどうか、確実なところを知るのはむずかしい。なにしろ、人間の最大の捕食者は、つねにほかの人間だったのだ。だが人間は手強い捕食者を生みだしてしまうので、一致団結していつも生存の可能性を最大限に高めてきた。そういうわけで、集団思考は、集団の調和を優先させるという適応性のある戦略なのである。集団にとって反対意見が不快に感じられるのは、それが個人にとって危険でありうるからだ。わたしたちが自分自身の生命より集団を尊重しているように思えるときでも、実際はまったく別のことをしている場合もあるのだ。

結婚式

ビバリーヒルズで、ウェートレスは若き花嫁マコリスターに招待客たちを退去させなければならないと伝えた。彼女は、小さな火事が起こったが鎮火すればすぐに戻ってくることができるから、と言った。その知らせを聞いて、マコリスターは踵《きびす》を返して母親を捜しにいった。戻ってくると、別のウェートレスが部屋の真ん中の折りたたみ式の仕切りを開けているのに気づいた。開かれた間仕切りの背後に壁が見えたが、すっぽり炎に包まれていた。次に廊下に目を向けると、煙が水のようにどっと入り込んでいるのが見えた。マコリスターは突然、目的をはっきり自覚した。「皆さん、すぐに出ていってください」と彼女は言って、フランス扉から庭へと招待客たちを送り出した。「両腕を伸ばして人々をフランス扉の外へ押し出していました。言ってみれば、家畜にどこへ行くべきか教えているような感じでした」。人々は従順で落ち着いていて、その様子は驚くほどだった、と彼女は言う。マコリスターは招待客に対する責任感でいっぱいになっていた。「これはわたしの結婚式。ここにいるのはわたしのために来てくれた人たちよ」

隣りの部屋にいた女性が閉じ込められているようだった。そこで招待客の一人が椅子を持ち上げ、窓ガラスに投げつけてその女性を救おうとした。マコリスターの義理の兄がその男を制止した。「椅子を投げないでくれ。きみは訴えられるよ」と彼は言った。しかしどのみち別の男が椅子を投げて、女性は逃げ出した。

マコリスターは最後に部屋を出た一人だった。火事のことを知らされてから十五分ほどだったように思えたが、おそらく二、三分のことだっただろう。マコリスターと招待客が庭に出て二メートルほど歩いたときに、背後で部屋が爆発した。彼女のドレスのうしろが黒くなっていた。振り返って灼熱地獄をじっと見つめた。「わたしたちはほとんどみんなショックを受けてそこで茫然としていました」と彼女は言う。「そこで集団思考がなされたんだと思います。まるで映画のようでした。わたしたちはただ信じられない思いで立ち尽くしていました」

しかしだれもがその一団のところにとどまっていたわけではなかった。バンドのメンバーは部屋に入り、火災現場から楽器を投げ出しはじめた。マコリスターのいとこは駆け戻り、結婚式のプレゼントのバカラのジャム瓶を救い出した。そのジャム用のクリスタル瓶を、マコリスターは今でも持っている。ブライドメイドの女性、キャシーはすばやく救助活動に加わった。看護師になる研修を受けていたので、やってきた医師たちの手伝いを始めたのだ。それから救急車に飛び乗って、火災現場と病院の間を忙しく往復しながら手助けを続けた。「キャシーが点滴用のかばんを持って行き来しているのを見た覚えがあります。とても驚きました。彼女はいきなり取りかかったんです」とマコリスターは言う。「彼女のドレスは破れ、靴をなくし、ついにはドレスを脱いで病院のスモックを着ました。キャシーはすばらしくて、本当にすごかったんです」

マコリスター自身はドレスのすそを持ち上げてウエストに巻きつけた。そして叔母と叔父を、現場から移送してくれるジープに乗せた。目の端で、友だちの一人が夫とともに立ち去るのをとらえた。夫妻は医療の研修を受けていたのに、現場をあとにしたのだ。マコリスターは愕然《がくぜん》とした。「あなたがたは行ってはいけない」。その女性とは親友で、まもなく予定されている彼女の結婚式に出席することになっていた。だが彼女とは二度と口をきくことはなかった。その友だちは集団を見捨てたのだ。

新婚の夫とともに、マコリスターは人の列に加わった。庭から少し離れたところにあるキャバレー・ルームの人々を外に引き出すために作られた列だ。その部屋はとりわけ犠牲者の数が多いように思えた。ほとんどの人が、出てきたときには死んでしまっているか、死にかけているかだった。ある人は、マコリスターの夫の腕の中で亡くなった。ついに消防士が、延焼を食い止めるためにドアを閉めることに決めた。

避難の科学

人は水のごとく建物から出ていくだろう、と技術者は長年想定していた。空間を埋め、階段を駆け降りて安全なところへ人間の川のごとく流れ出ていくだろう、と。建物はこの想定に従って建てられた。だが問題は、人が水のごとく移動するわけではないということだ。

エド・ガレアは火災時の群集の行動を解明することを職業にしてきた。彼はロンドンの旧王立海軍大学構内にあるグリニッジ大学の、コンピュータを用いた数理的モデル化の研究者、行動心理学者、エンジニアたちから成るチームの監督指揮にあたっている。テムズ川沿いの古い建物の中にあるオフィスには、炎上している世界貿易センターの額入りの写真が三枚掛かっている。別の壁には、列車事故の残骸、航空機墜落事故、そのほかのさまざまな惨劇の写真が八枚掛けられている。もしここで働いているのがガレアでなかったら、このような写真は、異様で、無神経にすら思えるかもしれない。だがここでガレアに会った夏の日の朝、彼がどの災害も自分のものとして受けとめていることがすぐにわかった。ビデオテープと本の山の真ん中に腰をおろし、二人で間断なく四時間も話し続けた。ガレアの熱意は人から人へ広がりやすい。火災時の人間行動について、彼ほど知っている人は世界中にいないくらいで、不必要に命が失われていることに心を痛めている。

ガレアはオーストラリア出身で、母国で天体物理学者として研究に打ち込んだ。専門は、コンピュータ・モデルを使って帯磁星《たいじせい》が誕生する過程を描くことだった。だがそのような仕事への出資者は多くなかった。そこで産業数学者として鉄鋼産業でかなり退屈な仕事に従事する。その後一九八〇年代の半ばに英国へ移住した。移住後まもなく、マンチェスターで離陸中の航空機から出火する事故があった。それは理解しがたい事故だった。ボーイング737は再度離陸することなく、消防士はすばやく火を消し止めた。墜落したのではなく、火事があっただけだった。最後の生存者が救出されたのは、飛行機が停止して五分後である。それでも五十五人が亡くなった。彼らはどうして脱出しなかったのだろう？　その機種の標準的な避難テストでは、わずか七十五秒で避難が完了している。どこが悪かったのだろう？

「なぜ五十五人もが死亡したのか、わたしには理解できなかった。それで興味を引かれたのです」

火事のモデリング［コンピュータを用いた数理的モデル化］はまだ始まったばかりで、英国が世界の先端をいっていた。ロンドンの二度――一二一二年と一六六六年――の大火を経て、英国は防火の世界的な模範になったのだ。火災時の人間行動に関する最初のセミナーが、一九七七年にサリー大学で開かれている。ガレアはうまく話をつけて、ロンドンのグリニッジ大学で航空機墜落事故を研究するプロジェクトに参加した。だが初期のモデルの大半は、比較的狭い四角い部屋で、いかに火が移っていくかということに基づいたものだった。その上マンチェスターの定期航空便に何が起こったのかを説明できる人などいなかった。ガレアと同僚は墜落事故をモデル化した。すると、火がエンジンの一つから機体へ広がって客室内に入り込み、機内に黒い有毒な煙が充満するのがまたたく間であることに驚かされた。だがそれでも機上での死傷率の説明はつかなかった。「わたしたちは火事については理解した。しかしそれにしてもなぜあんなに多くの死者が出たのだろう？　なぜ彼らは脱出できなかったのか？」

そこでガレアは火事ではなく人間について説明するモデルをつくろうと決意した。それは画期的なアイデアだった。彼はそのアイデアを、最初の火事のモデルに資金を提供してくれた英国民間航空局へ持っていった。だが断られた。「航空局の連中は言った。『それは不可能だ。火事をモデル化することはできるかもしれないけれど、人をモデル化することはできない』と。わたしにとって、それは雄牛の前で赤旗を振るようなものだった」

ガレアは自信にあふれた男である。彼のウェブサイトには、彼自身の九枚の写真が掲載されている。そのなかには二〇〇三年にエリザベス二世から業績を称《たた》える賞を授けられている写真も数枚ある。またさまざまな位置から撮った彼のデスクの写真もある。そんな男がすぐに思いとどまるはずはない。だからガレアは切羽詰まった教授の奥の手を使った。つまり、ただ働きをしてくれる大学院生を数人確保したのである。一年間、彼らは人間行動に焦点をあてた数少ない調査に基づき、非常におおざっぱなモデルを構築した。そしてそれをEXODUS（脱出）と名づけた。ガレアが英国民間航空局の役人に考案したものを見せると、出資が決まった。以来、資金の提供は続いている。

人を水と同様に扱うことの問題点は、水の分子は苦痛も恐怖も体験しないということにある。水の分子は判断を下すこともなければ、つまずいたり倒れたりすることもない。他方、人間は一団となって空間を不規則にふさぐ。また可能であれば近道をしたり、立ち止まって休んだりする。いったん進路が定まれば、安易にコースを変えたりはしない。集団思考は特有の勢いを持っているのだ。

避難シミュレーションソフトEXODUSは、人を人として処理しようとする。それぞれの避難者は、数ある特徴のなかでも、特定の年齢、名前、性、呼吸の速度、走るスピードを付与される。それからEXODUSは個人に「意思決定できるように」行動能力を与える。たとえば、EXODUSが考案されるまで、コンピュータ・モデルは人は警報が出されればすぐに避難しはじめるだろう、と想定していた。もちろん、火災警報を聞いたことがある人ならだれでも、そんなことはないと知っている。EXODUSの場合、避難者は生命や脳を持っている。退去する前に、めいめいが何らかの行動をとる——たとえば、ブリーフケースをひっつかんだり、子供を捜したりするというような。しかも彼らは「出口」の標識を見る能力を持っていて、見えれば標識に従って出ていくが、標識を認知できないこともある（本物の人間を使った実験で、はっきり見えているのに出口の標識をすっかり見逃してしまう人が多いことを、ガレアは知った。理由ははっきりしないままであるが）。

もっとも重要なのは、最新版のEXODUSが人々は集団で動くことを認識していることである。人間の集団行動はモデル化がむずかしく、それが一因で、これまでに集団行動を反映しようとしたソフトはほとんどない。だがそれは必要不可欠な要素である。ガレアと彼の同僚は、航空機事故の生存者千二百九十五人から得た報告のデータベースを分析した。生存者の約半数が、事故当時、同行者がいたと言っていた。

EXODUSのシミュレーション解析に助けを借りてガレアは、マンチェスターの火災事故機の乗客が、アーティスティックスイミングの泳者のように、同じ動きをするという反応をしなかったことを理解した。座席で凍りついたままになっていた乗客もいた。また座席の背を死に物狂いで乗り越えた者もいれば、さらには狭すぎる出口への列に押し寄せて避難を遅らせて停止させてしまった者もいた。ある乗客は、自分のそばの出口のドアを開けようとしたが、実際はドアではなくひじ掛けを引っ張っていることに気づいていなかった。人間の行動が有害な煙や熱やガスと組み合わされると、乗客が脱出できる見込みは非常に低くなるということがわかったのだ。

今日、このガレアのソフトウェアは三十五カ国で利用されている。ガレアはEXODUSが火事の前に――さらには建造物が建てられる前に――利用されることを望んでいる。しかしよく利用されているのは、捜査の際の法医学のツールとしてだ。もっとも多くの使用許可を

——そして災害で打撃を受けた歴史を——持っている国は韓国である。アメリカは「設計段階でこの種の科学技術を取り入れるのがとても遅れている」と、ガレアは言う。「それは非常に危険なことだ」。彼によれば9・11以前、ほとんどのアメリカのビルは、避難のモデリングの助けをまったく借りずに建てられたということだ。現在、モデルは流行しているが、質には著しい差がある。多くはまだ人を水のように扱っているのである。

わたしはガレアに尋ねる。いつ頃から大多数の建築家や技師や監視官たちが人間の行動を真剣に考慮に入れはじめたのか、と。「彼らはまだ考えてなどいませんよ」と彼は答える。「いまだにEXODUSは複雑すぎるし、人間の行動のデータが含まれすぎていると言われることもあります。彼らが知りたいのは『もしだれかがここにいたら、脱出するのにどれくらいかかるのか?』です。人がどう動くのか、集団で動くかどうかということは、知りたがっていないのです。ビル建設に関わる人間は、そんなこと知りたくもないのです」

煙は目に入る

火災に巻き込まれたらどういう気持ちになるのかよく知ろうと、わたしはカンザスシティ消防署訓練学校の火炎塔を訪れた。カンザスシティは人口わずか四十五万人足らずで、あらゆる緊急電話に最初に応答するのは消防署である。毎年、カンザスシティの消防士は、六万人近くの要請——つまり一日に百六十四件の電話——に応対する。

カンザスシティ消防署の訓練主任、トミー・ウォーカーは、いかにも消防士らしい親切さで、ぜひとも空港まで車で迎えに行かせてくださいと言った。彼はがりがりに痩《や》せた男で、白髪まじりの口髭を生やし、物腰は驚くほど丁重である。だがそれにもかかわらず、トラック運転手のごとく悪態をついたりもする。この上なく友好的で忍耐強いので、だれかを「くそ野郎」とか「あの野郎」とか罵るのを耳にするたびに、ちょっと驚いてしまう。しかもそういうことがたびたびある。「わたしがだれかを『くそ野郎』と呼ぶのは、一種の褒め言葉なんです」と、彼は俳優ミスター・ロジャーズばりの声で説明する。「こんな言葉遣いをしてあなたのお気にさわらなければいいのですが」

優秀な防火訓練主任の例に漏れず、ウォーカーも訓練について話すと熱くなる。教室で八週間の授業を受けたあと、研修生はウォーカーが考案しうるあらゆる種類の模造の地獄に耐えて十週間を過ごす。彼らは濃い煙の中、四つんばいで階段を上らされる。またそれ以上熱さに我慢できなくなるまで、本物の火のそばに立たされる。そして目隠しされて迷路を這い、からみついた金網を切り開いて脱出しなければならない。ウォーカーは人間のあらゆる種類の恐怖反応を見てきたので、消防士が本物の火事にかかわる前に、そういったもろもろの反応を引き起こしておきたいと思っているのだ。「目が見えなくなると、ものすごくパニックに陥る人々が多いことに驚かれるでしょう」と彼は言う。「だから現場でそんな事態に遭遇する前に、その事実を知っておくのです」。どのクラスでも、約十〜十四パーセントの研修生は、訓練を最後までやり遂げられない。「なかには訓練を好きになれない者もいます。わたしは脳外科医にもなりたいけど、だれもが脳外科医になれるわけではありませんから」。わ

全米の消防署で、平均して年間二人が訓練中の事故で命を失っている。だが訓練は非常に重要なので、そのリスクは価値のあるものだとみなされている。

わたしがパニックに陥るかどうか確認するために、ウォーカーはわたしを連れ出した。火炎塔はコンクリートとファイバー［木材繊維を圧縮したもの］と板金でできた六階建ての建物で、古い家具やたきつけでいっぱいになっている。黒焦げになったレイジーボーイ製の椅子、壊れたランプ、使い古したソファなどがあちこちに散らばり、麻薬密売所になってしまった大学の学生会館のようだ。家具は消防士やその親族から寄贈されていて、たきつけは地元の倉庫から提供してもらった古い藁《わら》ぶとんである。何千回も訓練で燃やされているため、床や天井は黒い煤で覆われていて、鼻をつくような臭いが漂っている。

火事のシミュレーションを行なうために、ウォーカーの部下のインストラクターたちは煙を出した。人工の煙はバナナ油からつくられる。安価で、霧状に吹きだされると濃い灰色の非毒性の煙に変わる。建物の中に入る前に、わたしはロッカーで完全装備の消防服を着せられた。消防服はすごくかっこいいと認めざるをえない（消防士は実際、サスペンダーも着ける）。だがそれから塔の中に入り、金属のドアが背後で音を立てて閉まる。すると一瞬、踵を返してドアからまっすぐに逃げだそうかという気になってしまう。

火事について大多数の人が理解していないことの一つは、煙がいちばんの問題だという点である。煙は出口を見つけるのをほぼ不可能にしてしまう。煙から身を守ろうとして目を閉じると、二度と開けることができない。それは無意識の防衛機制である。煙はまた圧倒的に多い死因であり、消防士が焼死体を見ることはめったにない。炎が上がる前の、くすぶっている火からの有毒な煙のせいで眠っている間に死んでしまうこともある。だからこそ電池で作動する煙探知器を備えておくことがとても重要なのである。

塔の内側の真っ暗闇のなかでわたしは懐中電灯をつけるが、あまり役に立たない。なぜなら、霧のなかのヘッドライトのように、懐中電灯の光は煙に反射するだけだからである。今回は、付き添いの消防士が赤外線画像化カメラを持っている。カメラは生きている人間を確認するのに役立ち、建物内の状況をかいま見させてくれる。わたしたちは自分自身の幽霊のようなシルエットを画面上に見ることができる。しかし言うまでもなく実際の火事では、普通の人々はそのような助けは得られない。わたしたちは壁沿いにのろのろと歩き、手探りで階段のほうへ進んでいく。それから下へ戻るときに思い出せるように階段の数をかぞえる。この暗さのなかで馴染みのない建物から脱出するのを思い描くことはむずかしい。とりわけ強烈な熱さのなかではそうである。今回の場合、熱さはないが、いくつかの部屋を通り抜けた時点でも、一人なら二時間以内で抜け出すことなどできないと思う。シミュレーションであっても、この二人連れから離れて一人になるのは正気の沙汰でないことははっきりしている。目が見えなくなっても、二人で手探りして進んでいくほうが一人よりもいいのだ。

大多数の人が火災時に予期しないもう一つのものは、騒音である。一般に、騒音はストレスを劇的に増やし、知ってのとおりストレスがあると、考えたり意思決定をすることははるかにむずかしくなる。消防士は火事の轟音に耳を澄ませることを学んできた。「火災現場に踏み込むと、周囲が熱くなっていることがある。膝が熱いし、耳が熱いし、壁も熱い。でも炎は見えない」とウォーカーは言う。「立ち止まる。連れのほうに向き、こう言う。『黙れ』と。そうすればどこから火事が起こっているかが聞こえる。パキパキいう音やパンという音がすれば、通常、足元かすぐそばで火事が発生している」

状況をさらに困難にするのは、火事の急激な広がりである。火事の規模は、九十秒ごとにおおよそ二倍になる。空中の可燃性の高い煙が発火し、それによって部屋のあらゆるものが発火する爆燃現象《フラッシュオーバー》は、通常炎が見えてから五分ないし八分後に起こる。その時点では、もはや人間の生命を維持できない状況になっている。

消火技術は、ここ五十年間で飛躍的に向上した。今日、煙探知器やスプリンクラーは、何千人もの命を救っている。だが同時に、火事の温度は以前より高くなっている。ほんの二十五年前に比べて、建築資材の耐火性ははるかに少なくなっているからだ。目方の軽い屋根の梁《はり》は、じかに炎に包まれたら、わずか五分後に崩壊する。プラスティックの備品は燃料代わりになる。だから現代の家屋で火事が起きると、百年前の建物で起きた同じ規模の火災よりはるかに多くの水や、より迅速な消火活動が必要とされるのである。

消防署に勤務する心理学者リチャード・ギストは、何百人ものカンザスシティ市民に、家族が火災で亡くなったことを知らせる役割を負ってきた。遺族は何度も何度も、なぜ愛する家族が玄関から出なかったのか、窓から脱出しなかったのかと尋ねる。火事に巻き込まれるのがどんなものか、彼らはまったくわかっていないのだ。「わたしはしょっちゅう生存者と一緒に焼け落ちた家の中に立ち、愛する家族がどのようにして亡くなったのかを説明する。遺族は言う。『なぜただ外に出るだけのことが……？』と。そう尋ねる人たちに、火事は午前二時の出来事で、犠牲者たちは深い眠りから目を覚ましたことを説明しなければならない」。もし濃く熱い煙の中で目を覚まして立ち上がったりすると、肺が焼け焦げて即死してしまう。ベッドから転がり出て、出口へ這っていかなければならないが、どこに出口があったかを思い出すのはたやすいことではない。だからこそギストは多くの時間を割いて人々を説得する。煙探知器に電池を入れておき、反射的に脱出できるよう火災が起こる前に避難の練習をしておくように、と。わたしがこれまでに会った災害専門家たちがこぞって言っていることを、ギストも主張している。「立ち止まってじっくり考えなければならないとすると、間に合わない」

バスボーイについていく

十八歳のウォルター・ベイリーは、ビバリーヒルズ・サパークラブのバスボーイだった。火事の夜、彼はショーをいくつか見ようと、キャバレー・ルームでの勤務を願い出ていた。火事の知らせを最後に聞いたのは、その舞踏場にいる千二百人あまりの人々だった。

ベイリーはいわゆる「パーティ・バスボーイ」だった。それは彼が大量の料理——二百人分のバター・ボウルや百人分のクルトン入りサラダなど——の用意を手伝うことを意味している。クラブのヒエラルキーのなかで、パーティ・バスボーイは下位の、皿洗いのすぐ上に格付けされていた。上着とネクタイを身につけるウェーターとは違って、彼は金色をおびたスモックを着なければならなかった。「あれはサルが着るようなものに見えました――ハンドルをぐるぐる回してオルゴールを奏でていたサルのように」と、ベイリーは言う。五月二十八日の時点では、彼がクラブで働きはじめて一年あまりしかたっていなかった。一カ月前には、卒業記念のダンスパーティのために客としてそこにいた。

午後八時半を少しまわった頃、ベイリーは別の食堂で手伝いをするためにキャバレー・ルームを出ていった。廊下を歩いていると、ウェートレスに出くわした。彼女はベイリーにクラブのオーナーがどこにいるか知っているかと尋ねた。彼は調理場のほうを指差した。するとウェートレスは彼の耳元で「ゼブラ・ルームで火事があったの」とささやいて、調理場のほうへ向かった。

最初、ベイリーはウェートレスの言葉を信じなかった。「大げさに言っているにちがいない」と思ったのだ。そこで自分の目で確かめようとゼブラ・ルームへ行った。到着したとき、最初はすべてが正常に見えた。ドアのところまで歩いていって開けようとしたが、思いとどまった。ちょうど彼が近づいたとき、ドアの上の透き間から煙が渦巻きながら出てきたのだ。思い起こしてみると、煙は実際に小さく爆発するように吹きだしていた。「それはドアの背後に圧力がかかっていることを示していたんです」と彼は言ってから、説明するために付け加えた。「高校では理科は好きな科目の一つでしたから」。観察していると、煙はドアの真ん中からも漏れ出してきていた。彼は賢明にもドアを開けないでおこうと決めた。その代わり、多くの人はやりそうもない、注目すべきことをした。ゼブラ・ルームの隣りのバーに入り、「みなさん、出ていってください！　火災が発生したのです」と叫んだのである。客たちは立ち上がって移動しはじめた。それからベイリーはキャバレー・ルームのことを考えた。建物のずっと向こう側にあり、今現在ショーが進行中で、だれも火事について知る術がなかった。ビバリーヒルズには煙探知器もなければ、火災報知機もスプリンクラーもなかったのだ。

ベイリーはキャバレー・ルームに戻ると、監督者のところへ行って火事が起こったことを告げた。「部屋から人を出さなければなりません」と彼は言った。監督者はぽかんとして彼を見つめただけだった。それからベイリーはクラブのオーナーたちを見つけようと向きを変えた。だが思いとどまって「それはばかげている」と自分に言い聞かせた。「ぼくは時間を無駄にしている。彼かぼくがこの部屋から人を出さなければ」。そこでベイリーは監督者のところに戻り、部屋から人を出すよう、もう一度言った。監督者は立ち去ったので、避難の指示を始めるつもりだろうとベイリーは思った。その間に、ショーを見るために中に入ろうとしてまだ並んでいた七十人ほどの人たちの列を動かそうと決めた。「みなさん、ぼくについてきてください」とベイリーが言うとそこにいた人たちはついてきた。ひと言も説明することなく、彼は彼らを導いて廊下を進み、外の庭に出た。「はい、いいですよ。みなさん、ここにいてくださいね」と彼は言った。驚いたことに、彼らからは質問の一つもなかった。

キャバレー・ルームに戻ると、ベイリーは何一つ変わっていないのを見て唖然とした。オープニングの出し物の最中で、コメディアンたちが大声で笑いながら演じていたのだ。「こんなことをしている場合じゃない」と彼は自分に言い聞かせた。「この部屋から人を退去させなければ。それもすぐに。ぼくはたぶんクビになるだろうけど、やらなきゃ」。それから彼は部屋の真ん中を歩き、VIP席のなかを突っ切ってステージに上がった。そして一人のコメディアンのほうに手を伸ばし、マイクを取った。観客は当惑した様子でじっと彼を見上げていた。「ぼくの右側を見てください」彼は言った。「部屋の右隅に出口があります。そしてぼくの左側を見てください。左手に出口があります。今度は後ろを見てください。後ろにも出口があります。落ち着いて部屋を出ていっていただきたいのです。建物の正面で火災が発生しているんです」。それからステージを降りて戻っていった。

三十年後の今でも、ベイリーは抑揚のない落ち着いた声でしゃべる。そしていまだに「スゴイ（super）」とか「カッコイイ（neat）」などという単語を使う。当時、彼はクラブでの友だちも多くはなく、物静かな少年だった。その頃学校で自分が舞台であがることに気づいていた。だから踏み段を昇ってマイクを握ったとき、恐ろしかったのだ。だがとにかく彼はやり遂げ、何百人もの命を救ったのだった。

ベイリーはどのようにして成し遂げたのだろう？　なぜその夜の大多数の人のように、自分の役割の狭い範囲内にとどまっていなかったのだろう？　そのことをベイリーに尋ねると、自分という人間は実は見かけよりも少し複雑なのだと説明してくれる。ビバリーヒルズでの仕事が大好きな多くの従業員と違って、彼はとくに仕事にもクラブにも愛着があるわけではなかった。軍人の家族の一員として国内を転々としてきた彼は、もっと多くの金が稼げる建設工事の仕事もしてきた。バスボーイの仕事は、時給わずか一ドル十セントで、「ぼくは勤務時間の間だけ働いて帰っていた」と言う。だから火事に対して行動を起こすとき、ベイリーはほかの人より失うものが少なかったのだ。クラブのヒエラルキーにさほど影響を受けていなかったので、スモックを着なくていい人生を容易に想像することができた。「ぼくが部屋にいる人々を退去させようと決心したとき、まず頭に浮かんだのは、『クビになるだろう』ということだった。でも正しいことをしたかった」。英雄的行為は別の章のテーマであり、語るべきことは多い。ここでは、ベイリーはいくつかの点で、その典型的な例だとだけ言っておこう。

ベイリーはキャバレー・ルームの全員に退去するよう言いわたしたあと、外へ出た。それからぐるっとまわって別の出口を点検した。煙が出てきて、また建物内に戻っているのが見えた。中に入るとすぐ、自分が大惨事を目撃していることに気づいた。何も見えなかったが、人々の声は聞こえた。非常に多くの人が助けを求めて大声で叫んでいた。彼はそのまっただなかに入ってゆき、人々の襟をつかんでドアの外へ引きずり出した。十回ほどそういうふうに行き来し、そのたびにだれかを引きずり出した。「怖かった。ほとんどの人と同じで、ぼくだって死にたくない」とベイリーは言う。「もしかするとぼくはバカだったのかも」。煙で喉がひりひりしはじめたので、中に戻るたびに息を止めるようになった。肺にはずいぶん自信があった。「ぼくは高校で水泳チームのメンバーだったんです」と彼は説明する。「息継ぎをせずにプールを往復できるほどでした」。ある時には、ずっと歩いてキャバレー・ルームの戸口まで戻った。闇の中で助けを求めるうめき声が、四方八方から聞こえてくるように思えた。煙の中を手探りすると、戸口をふさいで積み重なっている体の山に触れているのに気がついた。肺が破裂しそうになり、積み重なっている体の周辺に横たわっている人間を手当たりしだいにつかんだ。「ある男のネクタイをつかんで引っ張ったのを覚えています。つかめるのはネクタイだけだったんです」

ベイリーは外に出て、手助けしてくれる人をもっと増やすことにした。ほかの何人かの男性——ほとんどが従業員——がすでに手を貸してくれていたが、死傷者の数は圧倒的だった。何列もの遺体が芝生の上に並べられた。火ではなく煙の吸入によって死んでいたので、遺体は不思議なほど無傷で、とっておきのドレスやスーツを着て穏やかに横たわっていた。仲間から離れてしまった客たちは、いたるところで愛する人たちを捜し、行方がわからなくなった人たちの名前を大声で叫んでいた。その様子はたくさんの惨めな亡霊さながらだった。

ベイリーは、何百人かの客が集まっていた丘の斜面へ駆け上がり、大声で言った。「どなたかぼくたちを助けていただけませんか？　あそこの出口で助けが必要なんです！」。お互いに慰め合って火事を見つめていた客たちは、彼に目を向けた。手助けしようと自発的に申し出た者は一人もいなかった。彼らは客だった。客というのは通常燃えている建物の中に戻ることを求められてはいない。「親切な男が何人か申し出てくれると踏んでいたんです」と彼は言う。「でもそうじゃありませんでした。彼らはただぼくを見ただけでした」

だからベイリーは一人でクラブへ駆け戻った。煙のなかに入っていくたびに、犠牲者たちの声はだんだん静かになっていった。「そこで人々が死にかけているのがわかりました。息づかいが荒くなっていました。彼らは積み重なった体の山から手を差し出していました。ぼくはこう思ったのを覚えています。『この人たちはぼくをつかもうとするだろう。そうなるとぼくはここで身動きがとれなくなり、死んでしまうだろう』と」。あのとき中に入っていくと、まったく声が聞こえなくなっていた。そのあとはもう二度と中には戻らなかった。外を歩き回り、遺体の顔にナプキンをかぶせていった。それからようやく車に乗せてもらって家に帰ると、母親がバスボーイである息子についての知らせを心配して待ちながら、キッチンに座っていた。

火事のあと、ベイリーは一握りのメディアのインタビューを受けた。だがそのあと引きこもり、火事について話すのは拒否してきた。多くの生存者と同様に、罪の意識にさいなまれていたのだ。「ぼくは完全主義者なんです」と彼は説明する。「あそこにいた人たちがみんな亡くなって、ぼくはずたずたになっていました。多くの人が亡くなったのは、ぼくがちゃんと責務を果たさなかったからだと思ったんです」。火災から三十年がたち、彼は本書のためのインタビューに応じてくれた。もうずいぶん時間がたったこともあるので、という話だった。

従順な群集

災害によって集団が形成されるならば、集団にはリーダーが必要になる。二〇〇〇年に合衆国政府によって公表された三件の炭鉱火災の調査によると、難を逃れた八つのグループそれぞれにリーダーがいた。彼らにはいくつか共通点があった。脅して権力を得たのではなく、冷静で信頼できるように思われたので尊敬を勝ち得たのである。リーダーたちにはベイリーのような見識があり、こまごまとしたことにまで気がつき、決断力があった。そしてまた他人の意見にも耳を傾けた。グループの多くには、リーダーを助ける副官のような存在が現われていた。

だがついていく人たちについてはどうなのだろう? なぜそれほど多くの人々が、金色のスモックを着たティーンエージャーについていくために高価な席を放棄したのだろう? ここでも霊長類の祖先と同じ傾向が見てとれる。チンパンジーはつねにボスのオスが最高位についている複雑なヒエラルキーに従う。敵に直面すると、ヒエラルキーは一段と軍隊的になる。ためらうことなく従えば、生き残る可能性が高くなる、とチンパンジーの専門家フランズ・デ・ヴァールは言う。強いリーダーは意思決定が速い。危機の際にはそれが必要なことなのだ。「ヒエラルキーのほうが民主主義よりも能率がよい」と、デ・ヴァールは言っている。

ニューヨーク市消防署の元署長、ジム・クラインは、人間の群集本能に気づいたときのことを覚えている。それはマンハッタンのよく晴れた金曜の午後のことで、ほこりの層を通して街が本当に光り輝いているような日だった。お昼どきで、金融街には勤め人たちがあふれていた。クラインは消防車でフルトン・ストリートを走っていたとき、大きな爆発音を耳にした。前方約六十メートルのところで、アイスクリーム・トラックに載せていたガスタンクが爆発し、百六人が怪我をして、あたり一面の窓が吹き飛んでいた。人々は悲鳴を上げていた。なかには血まみれになっている者もいた。だが何が起こったのかまだだれにもわからず、確かめることもできなかった。「ウォール街は車や人であふれ返っていた。われわれにも、どこに消火栓があるのかすらわからなかった」。消防士は道を空けようとして手ばやく警報灯をつけ、サイレンを鳴らした。すると突然消防車に気づいた何百人もの人々が、火事から逃げて消防車に向かって走りだした。

それから奇妙なことが起こった。人々は消防車のところにやってくると、くるりと向きを変えて並んで走りはじめたのだ――まっすぐに爆発に向かって進んでいくかのように。「それはとてもおかしな現象でした」と、クラインは含み笑いをしながら言う。「人々はあとを追うのです。なぜ追いかけているのかわからないときでさえも」。火災現場に向かって最初にホースを延ばしたとき、消防士たちは見物人の集団を通り抜けなければならなかった。十分な数の警察が現場に到着してやっと、群集を安全な場所まで戻すことができた。

現在、クラインは消防士や救助隊員の訓練にあたっていて、群集本能に気をつけるよう教えている。「彼らに言っているんです。『何か異常事態が発生すれば、人々はきみたち消防士のあとを追う傾向がある――それはして欲しくないことだ。われわれが人々に行ってもらいたいのは反対方向だ！』と」。彼は大きな声ではっきりと警告したり身振りで指示したりして、群集本能を事前に回避するよう助言している。

「そのような状況で本当に求めているものは、どうすべきか指示してくれる人なのです」。二〇〇五年のロンドン地下鉄爆破事件の犠牲者イアンは、後に捜査官にそう語った。「たとえそれがごく初歩的な『ここにとどまれ』とか『そちらへ移動しろ』とかいったものであっても、本当に指示が必要なんです。想像がつくはずですが、いくらか動転しているものですから」。イアンは地下鉄のトンネル内で爆風によって帯電ケーブルにたたきつけられ、胸や脚にひどいやけどを負った。しばらく意識を失ったあと、彼は地下鉄の運転士の声を耳にした。運転士はトンネルから出ていくようにと彼に言ったのだ。その指示にものすごく元気づけられた、とイアンは捜査官に語った。

災害時に人々が権威に服従することは、指示を出す側がそれを理解していれば、有効な手段にもなりうる。航空機墜落事故で、助かるためになぜ乗客が自分ではほとんど何もしないのか、航空安全の専門家は何年もの間わからなかった。出口へ向かおうとせずに座席に座ったままなのだ。立ち上がった乗客がいるかと思えば、その場を離れる前に機内持込み手荷物を取ろうとするとても腹立たしい傾向があった。そしていったん出口まで到達すれば、脱出スライドに飛び降りる前に危険なほど長く立ち止まる。航空機墜落事故では、脱出するのに数分ではなく、わずか数秒しかないことを忘れてはいけない。

そこで航空安全担当職員は、一般の人々に飛行機からの模擬避難をさせる実験をした。もちろん、試験的な避難は本物の避難ほどストレスの多いものではなかったが、それは問題ではなかった。人々は、とりわけ女性は、脱出スライドに飛び降りるまでに驚くほど長い間ためらい、そのためらいが全員の避難を遅らせることになった。しかし人々をより迅速に動かすことができる方法があった。客室乗務員が出口に立ち、飛び降りるよう大声で叫べば、ためらいはほとんどなくなることがわかったのだ。実際、客室乗務員が強い態度で避難指示をしないのなら、彼らはいないも同然だった。クランフィールド大学航空安全センターの調査では、客室乗務員の態度が丁重で落ち着いたままであれば、一人も客室乗務員がいない場合と同じくらい、乗客の動きはのろいことがわかっている。

二〇〇五年八月二日、カナダのトロントで激しい嵐のさなか、エールフランス358便が横滑りして滑走路をはずれた。満員の乗客を乗せてパリから到着した飛行機は、時速百五十キロのスピードで側溝に滑り込み、たちまち激しく燃え上がった。エアバスA340の出口は、半数がふさがれるか、うまく作動しない脱出スライドのせいで使用不可能になるかした。煙を出している金属の巨体のライブ映像はケーブルテレビで放映されていた。しかし二百九十七人の乗客全員と十二人の乗務員は生きて脱出したのだ。乗客はすばやくかつ慎重に動いた。地上四メートルほどの高さから飛び降りて、飛行機から四十五〜九十メートルほど離れたところまで走った乗客たちもいた。一人の男性は、片脚を骨折した乗客を抱えて公道まで運んでいった。飛行機の激突から五十二秒後に空港消防隊が到着したときには、乗客の四分の三がすでに避難しており、三分もしないうちに、全員が飛行機から脱出していた。飛行機が爆発して炎上したとき、至近距離に乗客は一人もいなかった。

それは奇跡と言われたが、徹底した訓練の賜物《たまもの》でもあった。エールフランスの機内では、飛行機が激突した瞬間から乗務員が大きな声ではっきりした指示を与えた。副操縦士は機内アナウンスで落ち着いて飛行機から出るよう乗客たちに伝えた。客室乗務員たちは、まさに訓練を受けたとおり、乗客たちに大声で叫んだのだ。「皆さん、後ろの出口から出てください！　前へは行かないでください。すぐに出ていってください！」。乗客の望ましくない行動がすべて阻止されたわけではない。なかにはそれでもまだ重い機内持込み手荷物を持っていくと言い張る者もいたのだ。にもかかわらず驚くほど短時間で乗客全員が脱出した。あとになって、乗務員の指示が命を救ってくれたのだと、乗客たちは記者に語った。幼い二人の子供と一緒に脱出したオンタリオ州のマリア・コジョカルは、客室に濃く黒い煙が充満していたときでも、乗務員が導いてくれたのを記憶している。「乗務員はたえずわたしたちに話しかけ、『動いてください、動いて、動いて』と言い続けていたわ」と、「カナダ通信」に語った。「結局、乗務員がわたしたちの命を救ってくれたんです」

リーダーシップを発揮することで救助隊員自身の命も救われる。カンザスシティ消防署の救助班は、川で救助活動にあたるとき、犠牲者に近づく前に下品な言葉遣いで威嚇するように大声で叫ぶ。そうしなければ、犠牲者は救助隊員にしがみつき、沈むまいとして必死にもがいて救助隊員を水面下に沈めてしまうのだ。「わたしたちは彼らの注意を引こうとします。いつも丁寧な言葉を遣うわけではありません」と、救助部門の隊長ラリー・ヤングは言う。「こんな言葉遣いを耳にして、あなたが気分を害さなければいいのですが。私は上品な奥様に近づくとこう言うんです。『俺があんたのところに近づいても、絶対に俺に触るんじゃないぞ！　俺に触ったりしたら、あんたを置き去りにするからな！』。そうすると、女性は耳を傾けようとするんです」

ビバリーヒルズ・サパークラブが全焼したとき、ベイリーはキャバレー・ルームの客たちに手振りも交えて脱出の方法をはっきりと指示した。まさに当を得たことをしたのだ。だがそれでも、一部に退去しなかった人々がいた。警告が聞こえなかったのかもしれないし、聞こえたけれども信じなかったのかもしれない。非常に多くの災害の犠牲者と同様、否認の状態にあったことも十分に考えられる。あるいはすぐには出ていけず、人込みがまばらになるまで待つことにしていた可能性もある。いずれにしろ、全員が立ち上がって退去したわけではなかったのだ。消防士がようやく火事を消し止め、翌日、キャバレー・ルームに入ったとき、一つのテーブルに、椅子に座ったままの六人の焼死体を発見している。総計百六十七人がビバリーヒルズの火災で死亡して、アメリカ史上最悪の火災の一つになった。

花嫁マコリスターは、人々を助けようと午前一時まで丘の斜面にとどまっていた。その後とうとう焦げたドレスを着てブーケを持ったまま、近くのホテルへ歩いて向かった。「不思議なことをしてくれた人がいました」と、だれかがその夜、どんなふうにして彼女のベールを救い出してくれたかを思い出して言う。翌日、マコリスターは招待客リストに載っていた全員の安否を確かめるために電話をかけなければならなかった。彼女の話によると、それはこの火事で受けた試練のなかでもっとも辛いことだった。「心が張り裂けそうでした。どんなことで打撃を受けるかわかりませんでした。ヒステリックになる人もいれば、腹を立てる人もいました」。一家の友人の妻である一人の女性は、煙の吸入のせいで亡くなり、マコリスターは罪の意識に打ちのめされた。「自分が本当にどうしようもない人間のような気がするんです。自分が彼女の死と何の関係もなかったことはわかっていましたが、鏡に映る姿を見ると、弁明はできないと言わずにはいられないのです」。火事のあと、新婚の夫は別人のようになった、と彼女は言う。二人は四年後に離婚している。

マコリスターは二〇〇七年までマスコミ関係者に対し火事について話すのを拒んできた。火事から三十年にあたるその年の春、生存者と遺族の有志者が、ビバリーヒルズ・サパークラブの跡地で式典を催すために集まった。敷地には雑草やスイカズラが一面に生い茂っていて、かつてそこに何があったのか想像するのはむずかしかった。人々は一人ずつ立ち上がって話し、亡くなった人たちを偲んだ。ある女性はマイクのところに立ったまま、ずっと泣き続けた。その女性がだれなのか、マコリスターにはわかった。結婚式の夜に演奏をしてくれたバンドの歌手だったのだ。式典のあと、かつての花嫁はかつての歌手のところに歩み寄り、ずっと彼女を抱きしめていた。

グランド・バイユー方式

個人が程度の差こそあれ元気を回復することができるように、集団も立ち直ることが可能だ。集団は災害時にそれ以前と同じくらいうまく機能するようになる。職場文化や家族は健全さを取り戻すほど、うまくストレスを吸収し回復することができる。高度に機能している集団は、お互いの意思疎通の仕方や助け合う方法を知っているし、そうするための底力もあるのだ。小集団のレベルでも、仲間意識は生存を助長する。互いに支え合うような社会的ネットワークを持っている人々は、より強力な免疫システムを持つ傾向があることが、多角的な研究で判明している。

近年、心理学者や災害研究家は、この集団の回復力という考えに強い関心を抱くようになった。その回復力はどこからくるのか、どうすればそれを高めることができるのか？　災害によって心的外傷を負っている人々を研究するだけでなく、心理学者は健康な大多数の人々――助けを必要としない人々――にも注意を向けている。社会的なネットワークを通じて回復力を生みだそうとしてつくられたソフトウェアのアプリケーションまである。もしどの町にも非常時用の「マイスペース」［大規模なコミュニティ・サイト］のようなものがあれば、実際の非常時によりうまくやっていけるだろうと推論されている。実際、二〇〇七年に南カリフォルニアで野火が発生したとき、もっとも役に立つ情報のいくつかは近所の人のブログ――そして携帯電話で撮影した写真――だった。「これは隣人が隣人を助ける状況である」と、サンディエゴ市長ジェリー・サンダースは、クウォルコム・スタジアムに避難している人々に語った。

ルイジアナ州僻地の沿岸にある町、グランド・バイユーの住民は、二〇〇五年当時でさえ進歩した科学技術などほとんど備えていなかった。彼らにあるのは、長い伝統と、緊密な人間関係と、自給自足の文化だった。三百年の間、このネイティヴ・アメリカンとケージャン人［カナダからの移民、アケイディアン移民の子孫］の漁業共同体は、船でしか行けないメキシコ湾岸の、地理的に安全とは言えない区域に居住してきた。グランド・バイユーは、堤防よりも、石油輸送船よりも、米国気象課よりも前に、そこに存在していたのである。

それまでもずっと、グランド・バイユーはハリケーンで住民を一人も犠牲にしたことがなかった。ロジアーナ・フィリップはグランド・バイユーで育った。嵐が近づいたとき、だれも公式の避難命令を待ったりはしなかった。「わたしたちは避難命令があろうとなかろうと、自分たちで安全なところにたどり着く方法を知っているの」とフィリップは言う。住民たちは互いに相談して、避難するときを決めたものだった。住民は皆カキを採ったり魚を釣ったりする十二隻ほどの小型船に乗り込み、それらをつないで長い船列を組んだ。これまでに何度もそうしてきた。グランド・バイユーは豊かな共同体ではなかったが、そこに住んでいる人々の結びつきは強かった。「みんなに家族がいるわ」とフィリップは言う。「もしだれかが行きたがらなくても、行かせたものよ」。グランド・バイユーの子供たちは避難が大好きだった。それは大きなパジャマ・パーティのようなものだった。「お友だちみんなと、大きな古い船に乗って出ていくのよ」と、フィリップの十代の娘アニソー・フィリップ・コルテスは言う。

グランド・バイユーの百二十五人の住民は、ハリケーン「カトリーナ」が上陸する二日前、ニューオーリンズの市長が強制避難を要請するよりも前に避難した。フィリップと、彼女の娘、彼女の妹、妹の家族は、数人の友だちと一緒に、たくさんの食料を積み込んだ漁船に乗り込んだ。それからほかのグランド・バイユーの船団にくっついて港を出ていった。安全な港への旅は二時間ほどかかったが、あとに取り残された人は一人もいなかった。

グランド・バイユーの住民たちには「カトリーナ」を生き延びる回復力があった。彼らは集団の結びつきを強くする絆――多くのアメリカ人が失ってしまった絆――を持ち続けていた。だがここ五十年間で、建築業者や石油会社は、本来なら町を災害から守っていた湿地帯を破壊して、グランド・バイユー周辺の風景を変えてしまっていた。町の住民たちは何年もの間、この開発と戦ってきたが、無駄だった。彼らは洪水のレベルより上に家を持ち上げたが、開発が進むにつれてまたもや家が沈んでゆくのを見るしかなかった。一九八〇年には、グランド・バイユーでは陸地の上を歩いて隣りの家まで行けたのに、二十世紀の終わり頃には陸地はなくなった。グランド・バイユーは、ベネチアと同様に次第に沈みかけていたのである。

「カトリーナ」が襲来したとき、グランド・バイユー全域は押し流されてしまった。そこには壊れた船と金属の破片――すばらしい文明の残骸――以外は、文字どおり何も残されていなかった。そのとき以来、フィリップは九回引っ越した。今は昔の家から一時間半ほどのところに住んでいて、いつか戻りたいと願っている。皮肉なことに、彼女は現在、かつてより危険にさらされている。共同体の住民は多くの州に散らばり、フィリップと彼女の娘は連邦緊急事態管理庁《FEMA》のトレーラーハウスに住んでいる。

だがグランド・バイユーの住民は戻ってこようと思っている。最初の家屋は二〇〇七年七月に完成した。家屋はすべて〝簡単につくれるもの〟――安い費用で建て直すことができる簡素な木造のもの――になるだろう。共同体は今もなお湿地帯を復活させ、もっと持続していける文化生活を創造しようと奮闘している。だが一方、これまでずっとそうしてきたように、嵐がくるたびに避難し、その後であと片付けをするつもりでいる。「わたしたちは生活を守ろうとしているの。それがいちばん重要なことよ」とフィリップは言う。「カトリーナ」後のグランド・バイユーの人口は、それ以前よりも増えるだろうと、彼女は今、思っている。「わたしたちは何とか続いていくと思うの」と彼女は言う。「お互いに頼り合うことを学んだから」

二つの町の物語

グランド・バイユーのようなところは、回復力がある地域の見本である。というのも住民が積極的に助け合って生き延びるからである。彼らは自分の財産よりも共同体を重視し、集団の総意に基づく決定にも信頼を置く。しかし隣人の名前も知らないような現代の大都市では、その域にまで到達することはめったにない。確かに目標ではあるが、選択肢はほかにもあるのだ。

もっとささやかで、もっと単純な形の回復力もある。災害を生き延びる集団は、生死にかかわる情報を、一つだけ維持していることがある。一つの教訓が広く共有されているかどうかで、生死が分かれる可能性がある。それは教訓を得ていない人たちにとっては悲痛であり、また教訓を広めればよいという意味では希望が持てる事実でもある。生死は一つの事実を維持することに基づいて決定されるべきではない。しかしもしそうであれば、その事実を共有することで犠牲者を減らせる可能性も大きいということを、少なくともわたしたちは知っている。

二〇〇四年に東南アジアで発生した津波は、約二十万人の命を奪った。実際の数がそれ以上か以下かは不明であるが、多すぎて数えられないほどであった。地元の新聞には行方不明者の写真が何ページにもわたって延々と掲載され、何かの印刷ミスかと思うほどだった。

壁のように迫ってくる圧倒的な海水に襲われると、死を免れるのはむずかしいように思われる。事実そうなのだ。犠牲者の多くにとって、まさに死を逃れる可能性はまったくなかった——多国間で使われる高性能の警報システムがなければ不可能だったのだが、インド洋にはそのシステムは備えられていなかったのだ。しかし何千人もの人々にとっての最高の警報システムは、昔ながらの手作りのものだった。

二〇〇四年の津波を引き起こした地震の震源地にきわめて近い二つの町について考察を加えてみた。ジャンタンはスマトラ島北岸沿岸部の村だった。住民が地面の揺れを感じた約二十分後には、波が轟音を立てて彼らの命を押し流した。波は十四メートルから十八メートルの高さにまで達した。村の建造物はすべて破壊され、住民の五十パーセント以上が死亡した。

シムルエ島のランギは、さらに震源に近かった。島民は地面の揺れを感じてからわずか八分後には高台に避難していた——地震と津波の間隔がどこよりも短く、ブイに基づいたその地域唯一の警報システムを使ったわりにはあまりにも迅速だった。波は九メートルから十四メートルの高さに達した——ジャンタンの波よりも少し低かったが、それでも致命的であることはまちがいなかった。ジャンタンと同様、町の建物はすべて破壊された。

だがランギでは、八百人の人口の百パーセントが生き残った。だれも——一人の子供も、一人の祖母も——亡くならなかった。カリフォルニア州アーケータにあるフンボルト州立大学の地質学教授ローリ・デングラーは、二〇〇五年四月に訪れたときに、そのことを発見した。なぜか？　ランギでは、地面が揺れたとき、だれもが高台へ向かい——そしてそこでしばらくとどまった。何があっても、それが伝統だったのだ。一九〇七年に、島は津波に襲われ、地元の人の話では、人口の約七十パーセントが命を落とした。そこで生き残った人たちは、ランギやほかの町で、この教えを何世代にもわたって伝えた。シムルエ語で津波を意味する言葉〝スモング〟を、だれもが知っていた。

地面が揺れたとき、どこへ行ったのかと、デングラーが地元民に尋ねたとき、彼らは三十メートルほどの高さの近くの丘を指差した。つまりデングラーによれば「まさにわたしが彼らに行くように勧めていただろうと思われる場所だった」。人々は避難に努力することに誇りを抱いているようで、誤った判断で避難してもそれを時間の無駄だとは決して考えなかった（興味深いことに、シムルエ島全島で、津波で亡くなったのは七万八千人のうち七人だけだった。しかも、七人全員が、自分の所有物を守ろうとして亡くなった、とデングラーは言う。彼らは持ち出す物をまとめていたのだ。それは、これまでに述べてきたように、災害時にはよくある傾向である)。

しかしながら、デングラーのチームがジャンタンを訪れたとき見いだしたのは、まったく異なった技術だった。災害に遭う以前に、「津波について聞いたことがある者はだれもいなかった」とデングラーは言う。爆発音のようなものが海から聞こえてきたとき、住民の多くは、反乱軍兵士とインドネシア軍との銃撃戦ではないかと思って、家に鍵をかけて閉じこもったのだ。

銃が存在するはるか前から津波はあった。人類は動物たちと同様に、何千年もの間、壊滅的な打撃をもたらす波を相手にしてきた。二〇〇四年の津波の数時間前に、観光客を乗せた十頭ほどのゾウは、突然ラッパのような鳴き声を出しはじめた。津波に襲われる一時間前には、ゾウたちは高台へ向かった――なかにはそこへ行こうと鎖を断ち切ったゾウもいた。津波のあと、何百頭ものゾウ、サル、トラ、シカが無傷のまま生き延びているのを知って、スリランカのヤーラ国立公園の野生生物担当職員は非常に驚いた。だが人間は、ほかの哺乳類のようにはこういった生存のための能力を保持し続けていないように思える。

しかしながら人間にはもっとうまくやっていく能力があるし、いくつかの地域では人々にその能力があるのも明らかだ。それは非常によい知らせである。グランド・バイユーやランギのように生き延びるための伝統がある共同体では、思考の領域に使われる貴重な時間が、きわめて生産的なものとなりうる。そしてそうでなければならないのだ。というのも、わたしたちにはもう時間がないからである。否認と思考の段階を経てきて、残るは行動のみだ。次章で説明するように、いったん行動に移してしまうと、取り返すのはとてもむずかしい。決定的な瞬間というものは、立ち遅れや不安、それに恐怖や回復力や集団思考の影響が蓄積された結果によるものである。決断にいたるまでには何年もかかるかもしれないが、行動に移すのは一瞬のうちということもあるのだ。

第三部　決定的瞬間

第六章　パニック

聖地で殺到した群集

千四百年以上もの間、イスラム教徒はムハンマドの生地であるメッカへ旅してきた。聖地メッカへの大巡礼ハッジは、体力や財力に余裕があるすべてのイスラム教徒が行なうべきだとされている。そのため、年に一度のその儀式的行事は、史上最大の人間の集団移動になっていた。人々は一生かけて貯えた金を懐中に入れ、その先に待ち受ける危険を案じながら家を出てゆく。そしておよそ平安とはほど遠いような所で——焼けつくように暑い砂漠の真ん中で、世界中からやってきた他人同士の集団のうねりの奥深くで——心に平安を得たと帰国後に語る。

だが過去二十年間に、ハッジでは恐ろしいことが起こっている。一九九〇年には、歩行者用のトンネルに群集が殺到して、数分のうちに千四百二十六人が死亡した。死者のリストには、エジプト人、インド人、パキスタン人、インドネシア人、マレーシア人、トルコ人、サウジアラビア人が含まれる。四年後には、またもや群集が殺到して二百七十人以上の巡礼者が亡くなった。そのあとも、悲劇は不快な周期で続き、その間隔はだんだん狭まってきた。一九九八年には、少なくとも百十八人の死者が出た。二〇〇一年には、少なくとも三十五人の巡礼者が圧死した。二〇〇四年の死者の数は二百五十一人にのぼった。二〇〇六年には、群集は三百四十六人の命を奪っている。過去の五つの悲劇はすべて「ジャマラート」と呼ばれる同じ区域で起こった。そこはすべての巡礼者がハッジの必須の儀式として、それに向かって石を投げつけなければならない三本柱の周辺の区域である。どういうわけか、二千五百人以上の人にとって、美しい聖地が戦場になってしまったのである。

ハッジに何が起こったのだろう？　人々は祈りをささげるために来た場所で、なぜ毎年毎年、押しつぶされ窒息したのだろう？　集団パニックのように思われることが起こった原因は何だろう？

「パニック」という語は、その時々で形を変える言葉の一つである。「英雄的行為」と同様、現場での事実についてよりも、第三者の考え方を反映し、あとから考えて定義づけされることが多い。「パニック」はいみじくも神話に由来している。ギリシャの神パンは、胴体は人間で脚、角、あごひげはヤギという姿をしていた。昼間、パンは森や牧草地を歩きまわってヒツジの群れの世話をしたり、笛で曲を奏でたりしていた。夜になると、さまざまなニンフ［ギリシャ神話の美しい乙女の姿をした海、川、山、森などの精］の愛を得ることにおおかたの精力を傾けた。しかし、時々は人間の旅人にいたずらをして楽しんだ。人々がギリシャの都市国家間の人気《ひとけ》のない山の斜面にさしかかると、パンは暗闇を這ってくるような、説明しがたい奇怪でぞっとするような音を立てた。パンが下生えの灌木《かんぼく》をかさかさいわせると、人々は歩調を速め、もう一度そうすると、命からがら逃げ出した。このような実際には害のない物音に対して抱く恐怖心が、「パニック」という言葉で知られるようになったのだ。

時にはパニックという単語は、わたしたちから自制心を奪ってしまう、さざ波のような恐怖心を表わすのに使われる。だがパニックそのものが恐怖を抱く理由にもなりうる。パニックという感情があり、また一方でパニックという行動がある――わけもなく悲鳴を上げたり、騒ぎ立てたり押しのけたりして、わたしたち自身や周囲の人々の命を危険にさらしてしまうのだ。両方の意味が融合して、言外の意味を過度に含んだ一つの短い言葉になっている。本章ではパニックについて、なかでも将棋倒しという、もっとも恐ろしく極端なパニックの一形態として表わされている行動について述べる。

本章はまた、結末――生存への行程の最終段階――の冒頭部分にもなっている。否認と思考のあとには、筆者が決定的瞬間と呼ぶものがくる。この表現は現代フォトジャーナリズムの父とも呼ぶべき人物、フランスの写真家アンリ・カルティエ－ブレッソンから拝借したものである。彼にとって決定的瞬間とは、とりわけ「出来事の重要性を、間を置かず瞬時に認識すること」で、カメラが物や人の本質を一つのフレームにうまくとらえるときに起こった。

同様に、生存への行程の最終段階は一瞬のうちに終わってしまう。以前に起こったあらゆることの本質が突然抽出され、その後のこと――後があればの話だが――を決定する。写真

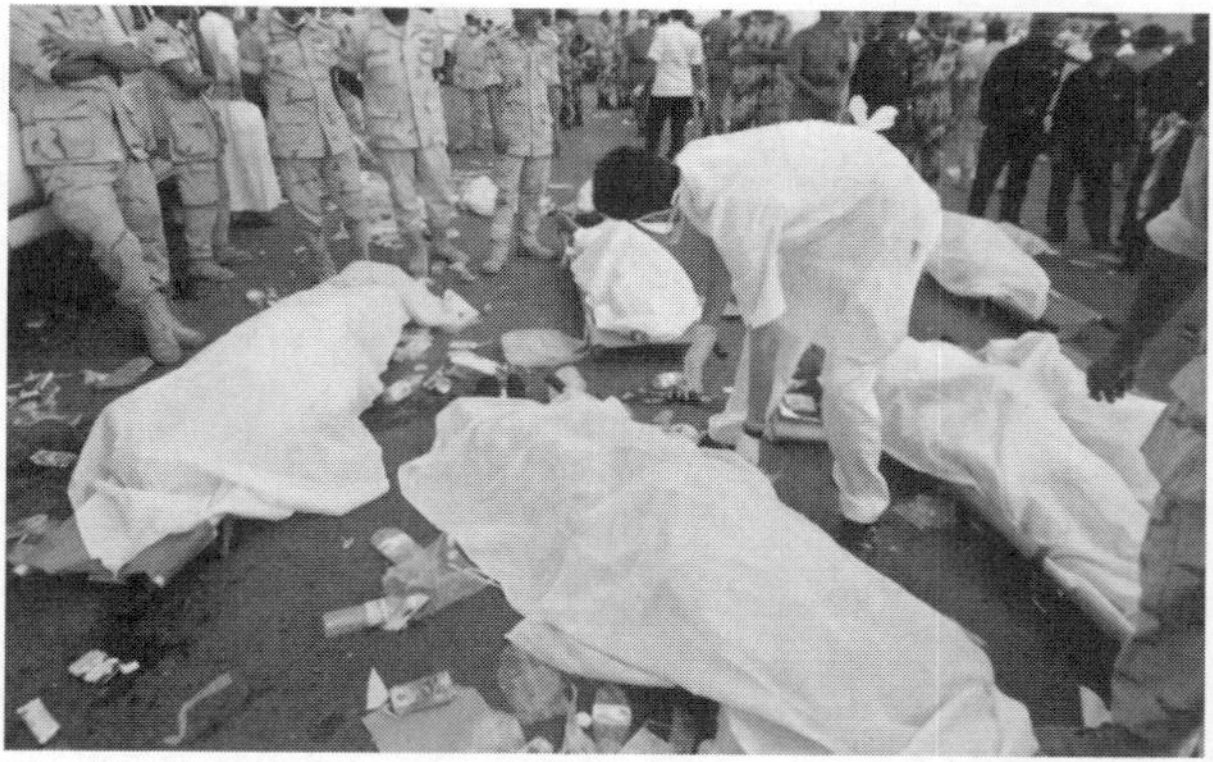

2006年1月12日のミナでの将棋倒し事故のあと、遺体のそばに集まるサウジアラビアの警備員と救助員たち。少なくとも346人が死亡し、1,000人近くが負傷した。写真提供：ムハメッド・ムハイセン／AP通信

生存への行程の最終段階は、「決定的瞬間」である。さまざまな条件がしかるべく重なり合えば、将棋倒しのような大惨事も起こりうる。1990年以降、サウジアラビアのイスラム教聖地への年に一度のイスラム教徒たちの巡礼中に、2,500人以上が群集の殺到で死亡した。写真は、メッカ郊外における平時の穏やかな群集。写真提供：ハリール・ハムラ／AP通信

の場合と同じく、この一瞬に起こることは、多くのものに左右される。タイミング、経験、感受性——そして、おそらく何にも増して、運に。わたしたちが何か恐ろしいことが近づいているという事実を受け入れ、さまざまな選択肢について思考すれば、何が起こるだろう？パニックは人間の想像のなかで最悪のシナリオである。あらゆる行動規範や人間を人間らしくするものがすべて消滅し、混沌だけが残る。例の不安の方程式［84ページ］を思い返してみると、パニックはあらゆる測定基準、つまり制御不能、馴染みのなさ、想像できること、苦痛、破壊の規模、不公平さといったもので高得点をたたき出す。パニックと同じくらい恐ろしいものは、テロリズムだけかもしれない。

災害研究における最近の風潮では、パニックは起こりえないこととして否定されている。しかしパニックが誇張だとしても、パニック現象そのものの存在を否定するのは行き過ぎであろう。確かに人は基本的な社会的規範を乱すようなヒステリーじみたことはめったにしない。すでに述べてきたように、たいていの場合パニックは起こらない。それどころか、次の章で詳述するが、実際に災害に遭うとまったく何もしない、という反応をすることがもっとも多いのである。あとになって、人々は「パニックになった」と言うかもしれないし、メディアも「パニック」と報道するかもしれないが、実際は無作法な振舞いなどないに等しいのだ。人々は呼吸が速くなり心臓がどきどきするのを感じた。すなわち恐怖を感じたわけで、それは不安な感覚である。だが実際に乱暴で危険な人間になったりはしなかった。なぜなら、そんなことをしても自分たちのためにならないからである。

考えてみれば、パニックはあまり適応性のある行動とはいえない。しょっちゅうパニックに陥ってしまう生き物なら、人間はここまで進化できなかっただろう。だが一般の人々はパニックに陥るものだという根強い思い込みは、隣人や政治家や警察官の側が犠牲者を信頼しない原因となる。パニックという概念は、その名の由来になったギリシャ神話の神と同じく、人々の想像力をかき立てるのだ。パニックに対する恐れは、パニックそのものよりも危険かもしれない。

しかしめったに起こらないからといって、パニックについて話すべきではないということにはならない。パニックは確かに起こる。本章では、その例外的な現象を慎重に探究してゆく。パニックとは何か？　いつ、なぜ起こるのか？　どうすれば止めることができるのか？

倒れた女性

二〇〇五年の終わりに、イングランドのハッダーズフィールド出身の自動車教習所の教官、アリ・フセインは、年配者のためのソーシャルワーカーをしている妻ベルクイス・サディークと一緒にハッジに出かけた。十七年前に結婚した夫妻には四人の子供がおり、いちばん年下の子供は八歳だった。フセインもサディークも以前、別々に巡礼に出かけたことがあった。イスラム教で求められているのは、生涯に一度だけのハッジだった。だが夫妻は以前からその体験を共有したいと思っていた。そこで十二月二十九日に、フセインと彼の妻は、地域のほかの百三十五人のイスラム教徒からなる団体旅行に加わって、サウジアラビアへ向けて出発した。

一月十二日、フセインとサディークは共に小石を拾い集め、ホテルを出てジャマラートに向かった。ジャマラートは以前に四度、群集が殺到した場所である。そこは三本の石柱の周囲に広がる場所で、ハッジでは立ち止まることが求められている。「悪魔への投石」として知られる儀式では、巡礼者は三本の石柱のそれぞれに一回ずつ小石を投げつけなければならない。それはアブラハムを称える清めの儀式である。イスラム教の解釈では、アブラハムが息子イシュマエルを神へのいけにえとして捧げるのを悪魔が阻止しようとするたびに、アブラハムが悪魔を追い払ったとされている。一九七〇年代に、サウジアラビア人は歩道橋を建設して二つの階から巡礼者が同時に石投げの儀式に参加できるようにした。巡礼者が増えるにつれて、ジャマラートは世界でもっとも危険な狭い通路となった。

フセインとサディークは、ハッジのもっとも危険な部分に突入しようとしていることがわかっていた。だがそれも程度の問題だった。二人は到着して以来、危険なほど密集した群集の中にいた。欧米人にとって、そんなにも大勢の他人と至近距離で接するのは、とりわけ落ち着かないものだ。男性のむき出しの肩が触れ、女性のスカーフが絡み合う。靴が脱げても、それを拾い上げようとしてはいけない。石柱のところでは、腕を上げたり小石を投げたりするスペースを見つけることすらむずかしいことがある。群集に前方へ押されたとき、フセインとサディークはお互いの手をしっかりと握りしめた。くっついていなければならないとわかっていたのだ。

その日の朝、石柱に向かう人々の数は極端に多かった。参加者のなかには、規則に違反して、手押し車に手荷物を載せている者もいた。それでも群集はかなりスムーズに進んでいた。しかし、午前十一時五十三分に、何かが変わった。群集は少し進んでは止まるといった、ぎこちない動きを始めた。監視カメラのビデオで見られることが多いパターンである。フセインとサディークは、背後からのうねるような圧力を感じはじめた。群集はあまりにもひしめき合っていたので、まともな呼吸ができなくなりかけていた。とはいえ、引き返すことも不可能だった。どうにか石柱まで進み、小石を投げ、それから無事にホテルに戻るほかなかったのである。

午後十二時十九分頃、状況は手に負えないものになった。群集という名の不定形な力によって、人々はやみくもに激しく押されるようになった。つまずいた人々がほかの人たちにとっての障害になった。フセインの妻は夫の腕をぎゅっとつかんだ。ほかの人の体熱が、毛織りのおおいのように二人を包んだ。呼吸はさらに困難になった。そうこうするうちに、フセインは突然、荷車につまずいた。妻の手が離れるのを感じた。地面に倒れると、死体が目に入り、悲鳴が聞こえてきた。人々は彼の背中を踏みつけ、肩を傷つけた。彼はなんとかまっすぐに立ち上がると、妻の名前を大声で叫びはじめた。倒れてから二、三秒しかたっていなかったので、妻が遠くへ行ったはずはなかった。しかし密集した人込みのなかのどこにも妻の姿は見えなかった。時刻は午後十二時三十分。ほどなくサウジアラビアの兵士たちがやってきて、群集が殺到した場所の周囲に非常線を張った。彼らは大量の死体を手早く片づけるのに熟達していた。フセインはジャマラートの入口まで進み、そこで妻を捜した。「ベルクイスは何とか脱け出したのだろうと思っていました」と、後に「ハッダーズフィールド・デイリー・イグザミナー」紙に語った。「しかし妻は現われなかったので、ホテルにいるのかもしれないと思って、歩いてホテルに戻りました」。午後八時三十分になっても、彼女は戻らなかった。

その夜、ホテルの運転手はフセインをオートバイの後ろに乗せて、地元の二つの病院に連れていった。二つ目の病院で、妻の写真が壁にはられているのをフセインは見つけた。記憶どおり、写真の妻は輪飾りのついたブレスレットをしていた。四十七歳のサディークは圧死したのだ。数日後に、打ちひしがれたフセインは、「ヨークシャー・ポスト」紙のインタビューを受けて、妻がどういう女性であったかを一文にまとめようとした。「彼女は才気あふれる女性で、とても勤勉で、まったく申し分のない妻で、人と会うのが好きで、喜んでできるかぎり人の力になろうとする、とても魅力的な女性でした」。サディークは、ほかの三百四十五人あまりの犠牲者とともに、サウジアラビアで埋葬された。

群集の物理学

将棋倒し事故のあと、サウジアラビア内務省のスポークスマン、マンスール・アルーターキーは犠牲者を非難して、「巡礼者のなかには、規律正しく振舞えない者や、できるだけ早く儀式を終えようとした気が早い者もいた」と言った。巡礼者の見地からすれば、責任があるのは特定の国民だと思えた。インドネシア人は手をつないでいたので、地震の断層線さながらに群集を断絶させた。ナイジェリア人はぐいぐい押していた。人のせいにするのはむずかしくなかった。「人々は皆さまざまな国からやってきている。今まで村を出たこともないかもしれず、列の並び方など知らず、動くときは一斉に動いているのだ」と、ムハンマド・アブドゥル・アリームは言う。彼はカリフォルニアで運営しているイスラム教のウェブ・ポータル・サイト、「イスラミシティ・コム」の最高経営責任者である。アリームが前回ハッジに出かけたのは一九九九年で、ある地点で両足が持ち上げられて恐ろしかったのを覚えている。

しかし謎が残る。ハッジの群集は暴徒ではない。終始、他で見られる大多数の群集よりも行儀よく振舞っている。悟りを求める百万の人々を想像していただきたい。密集した人込みには恐怖を覚えたが、同時に驚くほど心を落ち着かせてもくれた、とアリームは回想している。「この人々の海のなかにあって、怖いと感じることもなく、人々がただ穏やかに動いているとき、互いにつながっているというこの上なくすばらしい感覚が味わえるのだ」

まさしくパニックとは正反対のものであるこの人とのつながりが、求められている生涯に一度の旅を終えたあとでも、またハッジに行きたいと思わせるのである。「皆が一列に並び、その整列が調和を生み出す」と、ワシントンD.C.のイスラム教徒であるジョン・ケネス・ハウトマンは言う。ハウトマンは詳しいことは知らないままハッジにやってきた。彼は白人で、二〇〇五年に「マッチ・ドットコム」「インターネットの恋愛・結婚マッチングサイト」で、未来の妻になるイスラム教徒の女性に出会うまでは、オハイオ出身のカトリック教徒の弁護士だった。その年の後半に二人は結婚し、ハウトマンは改宗した。そして町の大きな法律事務所、ホーガン&ハートソンのビジネス・パートナーの仕事を辞め、独立して精神的かつ法的なアドバイスをしはじめた。数カ月後にハッジに出かけたところ、ハッジは彼がこれまでに体験したどんなものとも異なっていた。

二〇〇七年五月、ワシントンD.C.の主要モスク、ナショナル・イスラム・センターで、金曜の礼拝のあとわたしはハウトマンに会った。イマーム［集団礼拝の指導者］のオフィスの外で昼食をとりながら、ハウトマンは通常は人込みが好きではないという説明をしてくれた。たとえば七月四日の独立記念日にナショナル・モールで祝典の花火を見るように求められたら、彼は丁重に断るだろう、と。だがハッジは根本的に異なっている気がする、と彼は言う。暑いし、待ち時間は長いし、さまざまなことがあるにもかかわらず、そこに激しい怒りの感情がないことは注目に値した、と回想している。「途方もない渋滞だったが、大声を上げるものなどいなかった」。彼はただ群集の流れに身を任すことを学んだが、それは初めての体験だった。

ではこの信者たちの集団が急に暴徒に変わるのはどうしてなのか？　ほとんどずっと平和的に共存している群集が、ある場合に急に変わるのはなぜだろう？

スコットランドの数学者、G・キース・スティルは、何年もの間ハッジの群集を研究して、サウジアラビアの安全担当役人にアドバイスをしてきた。彼自身が群集の問題に強く興味をひかれるようになったのは一九九二年のことだった。彼はロンドンのウェンブリー・スタジアムで開かれたエイズの啓蒙コンサートを見るため、約一万人の観客と共に列に並んで入場を待ちながら、何時間も群集の動きを観察していた。「友人たちはかんかんになっていましたが、わたしはひたすら魅力的だと思っていました」。彼は今、そう述べる。スティルは大学院に進み群集力学に関する論文を書いた。

スティルはキリスト教徒なので、実際にハッジに参加することは認められていない。だが何カ月もサウジアラビアで過ごし、イスラム教徒の技師と一緒に働いたり、巡礼者の頭上に据えられた三百台ほどのカメラから撮影したビデオの画像を何千時間も見た。知れば知るほど、将棋倒しは心理学よりも物理学に関係が深いと気づくようになった。

人間は少なくとも各々一メートル四方の空間があれば、自分の動きを制御できる。一人あたりの空間が一メートル四方より小さくなると、他人に押されても対抗できなくなってしまい、小さなよろめきが増幅されることになる。あの朝十一時五十三分過ぎに、フセインとサディークは群集から衝撃波［音速を超える速さで伝わる強い圧力変化の波］の振動を感じた。その時点で、群集は不安定になって揺れた。だれも怪我をしなかったとしたら、驚くべきことだっただろう。

皮肉なことに、この時点でお互いに助け合おうとした人々が実際にはさらに多くの問題を引き起こすことがある。女性や怪我人や年配者を保護するため周囲に輪をつくろうとすると、人の渦ができる。集団で腕を組むときも、同じことが起きる。二〇〇四年に、ミネソタ州出身のビジネスマン、ファリード・カリンボイとモンテッソーリ教育［子供の自主性の伸長を重視した児童教育］の教師である彼の妻は、ジャマラートで群集の押し合いに巻き込まれた。彼らと同じアメリカ人ツアーグループの別の男が地面に倒れたとき、カリンボイと男の妻は死に物狂いでその男を救おうとしはじめた。そうするには力ずくでやるしかないと二人は気づいた。「彼が踏みつけられないようにしようと、わたしたちは押し合いへし合いしていました」

大きな問題の一つは、群集における意思疎通の欠如である。後ろにいる人たちには、前にいるだれかが倒れたことを知る術がない。見えるのは、かつてその人がいたところに空いた小さな空間だけである。だから人々は前に詰めかけ、倒れた人にもっと圧力をかけるのだ。そのようなことが一九九〇年に起こった。過度に混み合った橋を歩いて渡っていた七人が、欄干が崩れ落ちたときに転落した。彼らはジャマラートに通じる歩行者用トンネルの出入口に落ちた。七人の体が積み重なって群集は行き詰まったが、トンネルの反対の端ではだれもその事故を知らなかった。だから彼らは重い足取りで先へ進み続け、千四百人以上を窒息死させた。

将棋倒しで死ぬ人々は、通常は踏みつけられて死ぬわけではない。窒息死するのである。ごみ圧縮器の中で圧搾されるのと非常に似ていて、四方八方から圧力をかけられて息ができなくなるのだ。肺は圧縮され、血液中の酸素は欠乏する。一人の人間を殺すのにたった五人が力を合わせるだけで十分なほどだ。圧力が急激に強まるので、群集はすぐに大型トラックと同じくらいの力を得る。人間はわずか三十秒ほど圧迫されると意識を失い、六分ほどで脳死状態になる。倒れなくても死ぬことがあるのだ。

将棋倒しに巻き込まれたら、自分自身が助かるためにできることなどほとんどない。もし可能ならば、群集があと戻りするときに脇にそれて、徐々に群集の外に出ていくことを、スティルは勧めている。

これから見ていくように、パニックは群集がいなくても、広々とした遮るものがない空間ででも起こりうる。だがほとんどの場合、パニックはより大きな問題の兆《きざ》しなのである。実際のところ、非常に多くの災害研究家がパニックについて語るのを嫌がる理由は、パニックという単語が会話を終了させてしまうからである。群集がパニックに陥った、と言えば、それで話は終わりになる。だがパニックの下にこそ問題が潜んでいる。しかしながらそのような問題はたいていいつも回避可能なものであった。人々がハリケーンで死亡する必要がないように、群集は押しつぶされなくてもいいのである。

群集を注意深く観察すればするほど、その行動はさほど不合理ではないように見える。窒息しそうなほど人が押し合っている状況で、助かるための唯一の手段が人々をつかんでその上に乗ることであっても、生き延びようとするのは理不尽だろうか？　もちろんそうではない。では群集の行動が不適切だということだろうか？　人がある程度密集すれば、将棋倒しになるのはどうしても避けられないのだろうか？　結局のところ、パニックは誤った通念なのだろうか？

将棋倒しは主として、時間、空間、そして密集の度合いの相関作用で起こる。だがそこには未知の要素がある。ひしめき合った群集がジャマラートを進んでいけば、致命的な押し合いが起きる可能性はあるが、必ずしもそうなるとはかぎらないのだ。牛の群れの場合と同様に、将棋倒しが始まるには何かほかのきっかけが必要なのである。

パニックの必要条件

パニックの謎を解く一つの方法として、どういうときにパニックが起こらないかを考えることがある。英国が第二次世界大戦に参戦する前に、戦争を見越してロンドンでは長期にわたる先制行動がとられた。子供たちの疎開が始まった。砂嚢《さのう》が道路沿いに並べられた。人々は防毒マスクを持ち歩き、映画館が閉鎖された。英国の軍用機は、来る日も来る日も住民の上空をうなるような音を立てて飛んだ。当局はドイツ軍が一般市民を攻撃するのではないか、ドイツ人がやってきたら広範囲にわたるパニックが起こるだろうと懸念した。「ブリティッシュ・ジャーナル・オブ・メディカル・サイコロジー」誌の編集者は、英国の医学専門誌「ランセット」にこう書いた。「空襲は一般市民にパニックをもたらすかもしれないので、パニックを助長したり減少させたりする要因についてと、もしあるとすれば、パニックを防ぐためにどういう手順を踏めばいいかを考えることが望ましい」

だがついに爆弾が投下されはじめると、人々は予期せぬ行動をとった。開戦後ロンドンから送られた「ニューヨーカー」誌への特報で、モリー・パンター＝ダウンズは大衆の開き直った禁欲的態度についてこう描写して読者の興味をひいた。「英国人は、世界一冷静な国民であるか、世界一愚かな国民であるかのどちらかである」と。英国人のユーモアのセンスやアイデンティティに訴えかけて、情報省はストレス下の「英国人の適切な行動」を描いた巧妙な一連の宣伝に乗り出した。「空襲のときわたしはどうするだろう？　パニックには陥らない。わたしは自分に『仲間はやつらを相手に戦っている』などと言い聞かせる」（〝など[etc.]〟という語をいかにも英国人らしく使っていることに注目してもらいたい）。最初の大空襲で四百人が死亡すると、列車通勤の人々は近所にできた爆撃による穴の大きさについて互いに自慢げに話していた。パンター－ダウンズはこう書いた。「平和な夏に、バラやカボチャについて自慢するような口ぶりだった」と。

その四十年後、ペンシルヴェニア州スリーマイル島の原子力発電所の事故のあと、合衆国当局はパニックが起こるのではないかという不安にさいなまれた。原子力発電所の事故は前例がなく、信頼できる情報もなかなか入ってこなかった。責任の所在さえはっきりしなかった。もしパニックの機が熟す状況があるとすれば、おそらくこの状況がそれだろう。最初、州知事は半径十六キロメートル以内のすべての人に、ドアを閉めて家の中にとどまるように忠告した。その後、州知事は、半径八キロメートル以内の妊娠中の女性や就学前の児童は避難するように告げた。州兵は出動の準備ができていた。空襲警報のサイレンが州都の中心部に鳴り響いた。だが避難については、ハリケーン襲来前の避難とよく似た様相を呈することがわかった。年配の人々は避難にもっとも消極的だった。そして退去した人たちは、整然と避難した。パニックに陥っているドライバーのせいで混沌とした状態になるのではないかと予測されたが、そういう事態には陥らなかった。

人々はなぜ落ち着いていたのだろう？　避難研究の専門家である英国のエド・ガレアは、緊急事態への大衆の反応には文化が影響を及ぼしているのではないかと長年考えてきた。なにしろ英国人は悪名高いほど冷静である。そして国家間の違いはあるにせよ、アメリカ文化はイギリス文化と密接な結びつきがある。もしかすると大衆の理性的な行動は国民性の問題だったのかもしれない。

二〇〇五年一月、ガレアはそれを解明すべくある実験を行なった。不意の火災警報に、ブラジル人は英国人と同じように反応するだろうか？　というものだ。実験をする前に、ガレアは英国人の同僚との間で、何が起こるかについての賭けをした。同僚の半分は、ブラジル人は英国人ほど迅速に行動しないだろうと言った。腰をおろし、コーヒーを飲み終えると、出ていくことを検討するが、ただ検討するだけだろう。同僚の残りの半分は、ブラジル人に対してさらに厳しい見方をしていた。彼らはラテンアメリカ人特有のヒステリックなダンスのようなものを急に始める——パニックになって四方八方に走りだすだろう、と予測したのだ。

最初にガレアは英国人をテストした。年度の初めにグリニッジ大学の図書館で予告せずに行なわれた訓練は、非常に整然としたものだった。そのあと彼はブラジルへ飛んだ。行ってみるとブラジル当局は、彼の同僚程度にしか自国民に敬意を払っていないことがわかった。

訓練（防火安全意識の強い英国とは違って、ブラジルではあまり行なわれないことだった）をすればパニックが起こると、当局者は確信していた。彼らの狼狽ぶりがはなはだしかったので、ガレアはもう少しで実験を取りやめるはめになるところだった。実際、ある高官など国民が舌を嚙《か》み切るのではないかと心配していると言った。そんなことになればどうなるだろう？何十人もの舌のない無垢な人たちが図書館から逃げ出す――何よりも調査のために！　だが最終的には、図書館での訓練を行なう許可が下りた。

実際のところ、ブラジル人も英国人と同じくらい整然としていて理性的だったことが判明する。反応する時間も統計的には両者の間に大きな違いはないことがわかった。そして奇跡的にも、北半球でも南半球でも、舌を嚙み切った人はだれもいなかった。

一九五四年に、シカゴ大学の社会学専攻の若き大学院生、エンリコ・L・クウォランテリは、あらゆる通念を脇へ押しやり、いつパニックが起こり、いつ起こらなかったのかを労を惜しまずに正確に書き記した。「アメリカン・ジャーナル・オブ・ソシオロジー」誌に発表された彼の博士論文は、事実をそのまま書き留めたものだったが革新的だった。三つの異なった災害を経験した百五十人へのインタビューを通して、クウォランテリはパニックのレシピのようなものを作成したのだ。

パニックは三つの条件がある場合に起こり、パニックが起こるのはその場合に限られる、とクウォランテリは結論づけた。第一に、人は閉じ込められて**いる**かもしれ**ない**と感じなければならない。確実に閉じ込められているとわかっているのとはまた別である。事実、二〇

○○年に起きたロシアの潜水艦「クルスク」の沈没のような恐ろしい災難では、人間はパニックになる可能性は少ない。乗組員たちは脱出できる可能性はまったくないことを知っている。潜水艦がもぐっている水深では、たとえハッチから泳いで出たとしても、助かる可能性はないだろう。

だが閉じ込められたかもしれないと思えば、たとえそこが広々とした遮るもののない空間であっても、それはパニックの誘因になる。「野外で機銃掃射をしてくる飛行機にとらえられた戦争避難民は、地震のときすべての出口が瓦礫でふさがれるのを目にする建物内の人と同じくらい強烈な閉塞感を覚えることがある」と、クウォランテリは書き記している。

パニックを起こす第二の条件は、まったくどうすることもできないと感じることである――この無力感はしばしばほかの人々との相互作用で大きくなる。自分の中で始まった無力感は、周囲も同様の無力感を抱いているとわかるとエスカレートする。ある工場で爆発に巻き込まれた一人は、それをこのようにクウォランテリに説明した。「本当のことを言うと、ほかの人のうめき声や泣き声を耳にしたときに、わたしはすごくパニック状態になった」。おそらくロンドン大空襲やスリーマイル島の事故がパニックを引き起こさなかったのは、ほとんどの災害と同様に、人々がさほど無力感を覚えなかったからだろう。なにしろ、避難したり疎開したりすることができたのだ。だからレイク・ウォビゴン効果、つまりギャリソン・キーラーが創作した平均より上の町にちなんで名づけられた心理的現象に従えば、たいていの人は自分は運がよいほうに入ると思ったのだろう。

クウォランテリが発見したパニックの必要条件の最後は、深い孤立感である。全員がひどい無力感を覚えている他人に囲まれていると、自分は完全に一人であると実感する。救われる可能性があることはわかっている――だがだれも助けにこない。パニックは、ある意味では、自分に死が迫っていることをうすうす感じとるときに――そして回避することができたはずだとわかるときに起こるものである。

しかしながらクウォランテリの分析には、納得のいかない点がいくつかある。「無力感」は、定義や判断がむずかしい。ましてや「孤立感」はもっと漠然としている。これまで見てきたように、災害時に人は強い連帯感を覚える。ハッジの巡礼では、圧倒的な結束感を抱く。だから、クウォランテリの説が正しいのならば、なぜ突然、孤立感を覚えるようになるのだろうか？

実験室のパニック

答えを捜して、わたしは航空学の専門家のところに戻った。彼らはたいていの人より人間の行動をよく理解している――主に政府にそのように求められているからであるが。ハッジで見かける群集が押し合う行動は、飛行機でもまれに見られる。第五章で取り上げたマンチエスターの航空機の惨事、ガレアがコンピュータ上でシミュレーションした一九八五年の不可解な事故を覚えているだろうか？　ギリシャへ向かうはずのチャーター便ボーイング737は、乗客百三十一人を乗せマンチェスターから離陸を始めた。乗務員はドンという音を耳にして、タイヤがパンクしたか、鳥にぶつかったかだと思い、ただちに離陸をやめた。九秒後、滑走路をゆっくり進んでいたとき、左のエンジンに火災の警告が出た。同時に突風のせいで胴体に火が燃え移った。炎や濃く黒い煙が客室内に流れ込みだした。

それでもまだ悲惨な状況には見えなかった。結局、飛行機は停止し、パイロットは避難を求めた。衝撃による負傷者は一人も出ていなかった。空港の消防自動車や救助車もすでに到着していて、機体一面に泡を噴射しはじめていた。

翼の上方の、機体中央部の出口で問題が発生した。出口のすぐそばの10Fに座っていた若い女性が、扉を開けるのに手間取った。どうやって開けたらいいかよくわからず、恐怖を扱う脳の一部である扁桃体に制御されていた。彼女は貴重な数秒を費やして引っ張っていたのだが、それは扉ではなく座席の肘掛けであることがわかったのだ。ついに隣りの座席の女友だちが立ち上がって解除ハンドルを引っ張った。二十一キロあまりの重さの扉が最初にそれを開けようとしていた乗客の胸に落ち、彼女は座席から動けなくなった。するとほかの乗客たちが間に入り、扉を彼女から持ち上げた。英国政府が発表した調査報告書によると、飛行機が停止してから四十五秒後にようやく扉が開けられた。

乗客たちが脱出するまでに少なくともまだ二、三分はあった。だがその後、状況はさらに悪化した。煙や高熱に驚き怯えた多くの乗客が出口のほうへ殺到し、つまずいて通路の床に倒れた。ほかの人々は折り重なっている人々を通り越そうと座席の背を乗り越えはじめた。機内のずっと先のほうに立っていた一人の乗客は、振り返ると中央部で人体が絡み合っているのが目に入った。大混乱のなかで、だれも前に進めないように見えた。「人々はわめいたり悲鳴を上げたりしていました」と、彼は後に捜査官に語った。

これは群集専門家が「急ぐほど遅くなる」と呼ぶ致命的な現象である。一定のスピードを超えると、出口のほうへゆっくり進む場合よりも実際に脱出がずっと遅くなるのだ。だれもが同時に脱出しようとすると、出口の周囲に人体のアーチがつくられ、体と体が接触して動きを妨げ、全体の避難が遅くなる。ほかの五人と肩を並べて狭い戸口から出ようとしているところを想像すればわかるだろう。出口に近づこうとすると、お互いにぶつかり合い、戸口に到達する前にほかの人の体を押し分けて進むのに時間や精力を費やす。そのなかの一人がつまずきでもすれば、混雑は急激にひどくなる。つまり、急いで出ていこうとすればするほど、戸口は実際にそれだけ狭くなるのである。

マンチェスターの事故では、翼の上方の出口付近は、まだ炎に包まれていなかったが、それでもやはりそこも死の落とし穴になった。人々は通路をふさぎ、何人かの体は出口から半分出ていた。飛行機を離れた最後の乗客は少年で、飛行機が停止した五分後に消防士が出口から引きずり出した。その日五十五人が死亡し、十五人が重傷を負った。

パニックに代わる、より適切な言葉は「過剰反応」かもしれない、とハッジの群集に関する専門家、G・キース・スティルは言う。何かが起こり、何らかの突然の刺激が、危険なほど密集した群集に過剰反応をもたらす。マンチェスターの事故では、それは急激に上がった温度だったかもしれないし、出口の混乱によって引き起こされた遅れだったかもしれない。

なかには、一人か二人がパニックに陥ればすむところを、みんなを巻き添えにしてしまうケースもある。一九九〇年代に重大な航空機事故の避難を経験した合衆国の乗客四百五十七人の調査では、数人の無作法な振舞いが多くの人によって報告されている。調査対象者の二十パーセントはほかの人が座席を乗り越えているのを見た。二十九パーセントは人々が押しているのを見た。十パーセントをわずかに上回る人は乗客同士が言い争いをしているのを見たと言った。そして六パーセントは、他人を押したことを実際に認めた。一九九一年二月一日の夕暮れどきに、ロサンゼルス国際空港で、スカイウェスト航空機がUSエアウェイズのボーイング737旅客機に衝突した。スカイウェスト機に搭乗していた乗客乗員全員が即死だった。USエアウェイズ機では、十九人の乗客が煙を吸って死亡した――そのうちの十人は右側の翼上方の出口を利用しようと列に並んで待っていた。調査によると、避難が遅れた原因の一部は、二人の乗客が取っ組み合いの喧嘩をしたことであるとわかった。

ハッジでは、人々が急に方向を変えることによって将棋倒しが起こることがある。大きな物音や爆撃の噂のように、急にプレッシャーがかかると、極度の孤立感や無力感が生じることがある。同様に、動物の群れでは、稲光のようにまっとうなものに驚いてどっと逃げ出す場合もあれば――愚かなカウボーイがつけたタバコのライターの火のようなささいなもので逃げ出す場合もある。だから物理学のほうがより重要だとしても、心理学も侮《あなど》れないのである。

消防士トミー・ウォーカーは、ミズーリ州カンザスシティで、とある日曜の午後、思いがけずちょっとした人々の殺到に巻き込まれた。非番だった彼と友人が、混んでいるピザハウスのボックス席で昼食をとっていると、地下で給湯装置が爆発した。何が起こったのかだれにもわからなかった。花火よりも大きな爆発音が聞こえただけだったが、建物が揺れた。人々は出口に向かいはじめた。最初、客たちは静かだった、とウォーカーは記憶している。煙も火も出ておらず、最初の爆発音を除けば、脅威を感じるものはほかになかった。だが大勢の客が狭い戸口をふさぎ、出て行くのに時間がかかるようになると、またたく間に動力学が変わった。ウォーカーが座席から見ていると、人々は急いで脱出しようとして、お互いを踏みつけだしたのだ。マンチェスターの避難を見ているかのようだった。「人々はわめきはじめた。そして椅子につまずいて倒れ、人に踏みつけられるままになっていた。悲しいかな、その姿は家畜運搬車で運ばれていく牛のような感じがしました」と彼は言う。「そういう牛はたいてい死んでいくんです」

突然、ウォーカーの友人である同僚の消防士も、出て行こうとして立ち上がった。通路は人で混雑していたので、友人はテーブルをまたぎはじめた。ウォーカーは目にしているものが信じられなかった。彼は友人をつかんで、「ちゃんと腰をおろせ！」と言った。「煙は出ていないし、火事も起きていない、ここでは群集がほかの何よりもずっと危険な状態になっている」。友人は腰をおろした。

しばらくすると人込みはまばらになった。まだ実際に火も煙も出ておらず、脅威となるものは何一つなかった。ウォーカーと友人が外へ出ると歩道には負傷者がいて、救急車が到着しはじめた。一握りの人が骨折その他の怪我を負っていた――爆発のせいではない。爆発は軽微なものだった。怪我は群集のせいだった。ウォーカーは言う。「文字どおりたいしたことのない事故だったのに、五秒で大混乱になってしまった」

基本的な倫理的原則にそむかずに実験室でパニックを再現するのはむずかしい。だがマンチェスターの事故のあと、航空安全研究員は最善を尽くした。一連の実験を行なうなかで、飛行機の実物大模型を使って、志願者に避難訓練の実験をしたのだ。だがパニックを再現することはできなかった。たいていの避難の場合と同様に、人々はかなり冷静なままだった。

しかしやがて驚くべきことが起こった。研究員が志願者に、最初に飛行機から脱出した者には十ドル払うと宣言すると状況が一変したのだ。今度は、人々がつまずいたり倒れたりしながら急いで機内を進み、出口に詰めかけて避難を停止させてしまった――まさにマンチェスターの乗客がとった行動と同じだった！　つまり死の脅威がなくても、人はわれとわが身を損なうことがあるのだ。志願者は金をもらうのに間に合わないと焦ったのかもしれない。おそらくドアの外へ出る列がなかなか進まないときに、無力感も覚えはじめたのだろう。そしてそのとき、各人のどうしようもなく身勝手な暴走を目にして孤立感を覚えたこともありうる。十ドルの賞金で群集に競争が持ち込まれたわけだが、それは火事のときに空気や空間を求める競争が生じるのとまったく同じである。競争は人々にもっと速く進もうという動機を与えたが、そのおかげでますます人が密集するようになった。そしてそのとき物理学に支配されたのである。

家具販売店イケアでの悲劇

金銭にかかわることはしばしば群集に危険な結果をもたらすことがわかっている。過去二十年間の致命的な群集の殺到事故のリストは、取るに足りないはずの出来事——景品、特売、新規開店など——が原因で起こったものでいっぱいである。二〇〇四年九月二日、サウジアラビアで新しく開店した家具販売店イケアで三人が死亡した。それからほんの四カ月後に、イギリスでは、イケアの開店時に群集が殺到して一人の男が刺された。このイギリス最大規模のイケアの真夜中の開店には約六千人の客が押しかけた。目撃者の報告によると、ソファを手に入れるために人々は顔面を殴り合っていたという。混乱がようやくおさまったのは、イケアが店を閉め、機動隊が群集を追い払ったときだった。「わたしどもの判断がまちがっていたと言ってもいいと思います。少し甘かったかもしれません」と、イケアの広報担当は「ガーディアン」紙に語った。「しかし一部の買物客は動物さながらに振舞い、相手かまわず押し合いへし合いしはじめたのです。それを止めるためにわたしどもにできることはありませんでした」

「動物さながらに」振舞う買物客についてイケアができることはあまりないというのは本当だろうか？　同じ場所で何度も繰り返し将棋倒しが起こるのには理由がある、と群集の専門家スティルは言う。問題は空間の構造と群集の管理にある。簡単に言えば、あまりに狭い空間をあまりに多くの人があまりに速く動いているのである。ジャマラートやイケアのような場所で、こういった問題に対処する現実的な解決法は数多くある、とスティルは言う。もっとも容易な解決策の一つは、群集に通過する時間をもっと与えることである。そしてまた、逆流の混乱を避けるために、一方通行にすべきである。出口で詰まらないようにするために、その前に柱のようなものを立てるのも的確な方法である。どの場合でも、主催者と群集とのコミュニケーションは不可欠である。職員はたえず群集の動きを監視し、問題点をすばやく解消することが必要である。ニューヨーク市のタイムズスクエアで行なわれる大晦日の式典は手本となる行事だ、とスティルは言う。警察は、浮かれ騒いでいる五十万人以上の人々を分断された見物用の仕切りの中に入れる。人々がいったん仕切りを出れば、再入場はできない。このルールで人の出入りを減らす。その間、警察本部では約七十人の警察官が、何十台ものカメラから群集の出入りを監視している。

群集の殺到を防ぐ方法は知られている。それはもはや問題ではない。問題は、責任者が変更を加えるべき点を受け入れないことだ。一九七一年、スコットランドのグラスゴーにあるアイブロックス競技場で、サッカーの試合後、階段の危険きわまりない場所で六十六人が死亡した。だがこの恐ろしいほど長くて急な、まさに同じ階段が一九六一年、一九六七年、そして一九六九年の大事故の現場になっており、二人が死亡し、何十人もが負傷しているのだ。ようやく階段が撤去されたのは、一九七一年の四番目の事故のあとである。

パニックは、犠牲者を非難する手段としてあきれるほど何度も利用されてきた。サウジアラビアでは、伝統的に役人の怠慢がはびこっていて、災害は群集か神のせいにされる傾向がある。一九九〇年に将棋倒しが起きたあと、当時のサウジアラビア国王ファハドはこの大災害を「神の意志」と呼んだ。千四百二十六人の犠牲者については、「彼らはあそこで死ななかったとしても、どこかほかで死亡していただろう」と言った。

　災害が起きる前でも、ハッジや米国国土安全保障省の責任者は、国民を軽視する口実にパニックを利用した。人々はパニックになると昔から言われている。だから情報や訓練――自らが生き延びるための基本的な手段――を与えたところで彼らを信頼するわけにはいかないのだ、と。テネシー州にある連邦政府オークリッジ国立研究所の緊急事態管理センター所長ジョン・ソレンセンが、一九九〇年代の終わりに、化学的・生物学的攻撃に備えるのに役立つわかりやすい小冊子を作ろうかと申し出たとき、連邦緊急事態管理庁《FEMA》は「われわれは一般大衆を怖がらせるつもりはない」と言った。そうソレンセンは述べている。それは悪循環である。「警告を与えたら人々がパニックになるおそれがあると考えた人のせいで、何人のアメリカ人が亡くなったか知っていますか?」と、災害専門家デニス・ミレティは問いかける。「多数です」

　他に類を見ないのだが、ある意味でハッジは、はからずも失敗するように設定されている。まず第一に、巡礼は本質的には一般大衆の行事である。金持ちであろうと貧乏人であろうと、男性はすべて二枚の白い布を身にまとう。王子が農民の隣りで祈りをささげることもあり、それが魅力の一部になっている。だからハッジにはできるだけ多くの人が参加できなければならない。サウジアラビア当局は、各国に許可するビザの数を制限してはいるが、巡礼に参加しやすくしておかなければというプレッシャーの下で、その安全対策が十分であるとはとても言えない状態になっているのだ。

比較的最近まで、巡礼のためにメッカへ旅する余裕があるのは王子くらいのものだった。だが一九三〇年代には、群集の数は七万人近くにのぼった。その後、二十世紀の後半には、空の旅が以前よりはるかに安価になった。同時に、サウジアラビアの君主たちは、巡礼者の来訪を奨励しはじめた。政府は巡礼にかかる通常の税金を引き下げ、何百万ドルも使って聖地の収容能力を拡大した。一九六五年には、百二十万人の巡礼者が訪問した。今日では、毎年二、三百万人がハッジのためにサウジアラビアを訪れる。一週間足らずで巡礼者はムハンマドの足跡をたどり、同じ行程、同じ四十キロのコースを一団となって進む。最初は人口八十万人の都市メッカのグランド・モスクを、次にメディナへ寄り道したあと、ミナへと進んでいく。巡礼月以外は、ミナは静かな砂漠の谷であるが、ハッジの間は、国が組織する混雑したテント設営地になる。巡礼者はこのテント設営地を花崗岩の三本柱への必須の旅の拠点として利用する。

ハッジは体にも苛酷である。毎年、群集の事故いかんにかかわらず、何百人もの人がハッジで亡くなる。二〇〇七年には、群集の事故で亡くなった人はいなかったが、四百三十一人のインドネシア人(来訪総数は二十万五千人)が肺炎、心臓発作、その他の「自然発生的な」原因で死亡した。ほとんどの人が高熱を出すか風邪をひき、貧しい人々はこの上なく苛酷な状況に耐えることになる。排気ガスの中で待ったり、混み合ったテントの中で眠ったりする日々は、非常に信心深い人々の忍耐力をも試すものだ。だが信者はその苦しみをハッジの立ち向かうべき課題の一部として喜んで受け入れるので、群集は増え続ける。ハッジのどの日にも、サウジアラビア警察は、新しい遺体をストレッチャーに乗せて弔いの祈りのためにグランド・モスクに運び込む。ハッジで亡くなる人々は、天国で居場所を保証されると言われている。だからハッジの悲劇は、無情にも際限なく続くことになるのである。

保身のために、サウジアラビアの役人たちは群集による大惨事を防ごうと、長年経費のかかる多くの試みをしてきた。イスラム教のこの上なく神聖な場所を管理できないとなれば、結局のところは政府自体の正当性が取りざたされることになるからだ。一九九七年にミナのテント設営地での火事で三百人が死亡したあと、政府はテントにスプリンクラーを取り付けた。二〇〇四年の将棋倒しののち、当局は石柱を拡大して壁にし、巡礼者たちの投石の儀式の標的を広げ、群集を分散させた。だが二〇〇六年の大惨事のあと、内務省のスポークスマン、アルーターキーは、おきまりのレトリックにたよった。「これは神によって定められた運命だったのだ」と。

群集研究の専門家スティルは、何年間もサウジアラビアの体制と格闘してきた。「神が最終的な審判者であり、神のみが生殺与奪の権を握っている文化を相手にしているんですよ」。スティルは当局に人々の通行が滞る新たな地点について警告し、その予測が現実のものになったのを見たと言う。

しかし、ここ二、三年の間に、サウジアラビアは大きく進歩したと彼は思っている。ついに設計、管理、計画調整チームが協力するようになったのである。サウジアラビア政府は十二億円を投じてジャマラート橋を建設し、より多くの入口と出口がある、はるかに大きな四階建ての複合施設をつくった。今日、巡礼者が空港に到着すると、役人から群集のなかでいかに安全に振舞うべきかを指示するパンフレットが手渡される。人々に忍耐強くあるよう、とりわけ押さないよう呼びかける警告である。二〇〇六年の惨事のあとでおそらくもっとも重要だったのは、イスラム教の聖職者たちが、投石の儀式を行なうのに昼まで待たなくてもいいと宣言するファトワー、すなわち宗教上の布告を出したことだろう。そうすれば群集はまる一日に分散されるのだ。

二〇〇七年のハッジでは、群集の押し合いで亡くなった人は一人もいなかった。それとともに、サウジアラビア政府に公式に助言する自分の役目は終わった、とスティルは言う。

「もちろん、また事故が起こらなければの話ですが」

一人のパニック

パニックを過剰反応だと考えると、その意味はもっとわかりやすくなる。だとすれば、パニックを回避する方法は、過剰反応の原因となるものを減らすことだ――群集の密集や大混乱の規模を縮小させたり、群集により適切な情報を与えることによって。だが時には一人の人間が、まったく一人きりでほかにだれもいないときにパニックを起こすことがあるのだ。たった一つの例外が、時には歴史を変えることもある。では何が原因でこのような過剰反応は起きるのだろう?

一九九三年の戦没者追悼記念日の早朝、スキューバ・クラブのメンバーがフロリダ州のシンガー島沖にダイビングに行くために集合した。ダイバーたちは、パーム・ビーチ郡で最大の、新しくできた人工的な礁《しょう》を一番乗りして見てみたいと思っていた。一週間前に、地元の職員が観光客を呼び込もうと、全長百メートルあまりの老朽化したフェリー、「プリンセス・アン」を沈めていたのである。

その日、「プリンセス・アン」を探検していたダイバーたちの中に、三十四歳のスコット・スティッチがいた。スティッチは健康で、ダイバーとしての経験も豊かだった。ウェストポイントの米国陸軍士官学校出身で、士官学校卒業後はロースクールへ進学し、妻と共に住むウェスト・パーム・ビーチで不動産関係の弁護士を開業していた。「ザ・スキューバ・クラブ」というグループのメンバーと一緒に、スティッチは巨大な難破船「プリンセス・アン」を調べようと水中に潜った。

毎年、北米で約百人がスキューバの事故で死亡する。全部で少なくとも百万人のダイバーがいることを考えると、それはたいした数ではない。だがその死に方は複雑で興味深いものだ。スキューバ・ダイビングは珍しい閉所恐怖症を引き起こす。ダイバーの鼻はおおわれていて呼吸することができないので、窒息しそうな気がする人もいる。二百五十四人のスキューバ・ダイバーを対象とした調査では、五十四パーセントが少なくとも一回はダイビング中にパニックを経験したと答えている。ダイビング・スポットは、ストレス下の人間がとる行動の実験室になるのである。

午前九時頃、水面下二十メートルほどのところで、スティッチが何の前触れもこれといった理由もなく口から空気レギュレーターをはぎ取っているのをほかのダイバーたちが目撃した。空気レギュレーターには、マウスピース、気圧計、空気ボンベにつながる管が付いていて、ダイビングには必要不可欠なものである。別のダイバーは必死になって空気レギュレーターを彼の口に押し戻そうとした。だがスティッチはそれをつけようとしなかった。顔が青ざめてきても、彼は正しい決断をしたと固く信じているように見えた。やがてスティッチは呼吸ができなくなり、暗い水の中で意識を失っていった。熟練ダイバーが彼を水面に引き上げ、心肺蘇生術を施した。だがその後まもなく、死が申しわたされた。空気レギュレーターは問題なく作動していたことがわかった。そんなに浅いところで、スティッチが窒素酔い――「深海の狂喜」とも呼ばれている精神障害――に苦しんだとはとても考えられなかった。パーム・ビーチ郡当局の検屍の結果、スティッチは溺死したことがわかった。装具の破損や機能不全、何らかの自然発生的な病気、外傷、アルコールや麻薬使用の痕跡はなかった。スティッチは十二歳でダイビングを始め、装具は使いはじめて六カ月もたっていないものだった。

なぜ人は海底で酸素の供給源を故意に放り出したりするのだろう？　言うまでもなく、深い海の暗闇の中で装具が機能不全を起こせば、急速に恐怖感が高まる。だが時には、装具の機能不全など関係ない場合もある。世界中で、ボンベに空気をたっぷり残したまま死んでいるダイバーが時折発見されているのだ。

マディソン市にあるウィスコンシン大学運動心理学研究所で、ウィリアム・モーガンはダイビング中の死を何十年にもわたって研究してきた。約六十パーセントは、健康上の問題や周囲の状況の問題、装具の問題に起因する死であった。だが残りの四十パーセントは、いつも「死因不明」として分類された。調べれば調べるほど、不可解な部分が多くなることにモーガンは気づいた。ダイバーが自分の空気レギュレーターをはぎ取ろうとするのをやめなかった例もあれば、隣りにいるダイバーの口から空気レギュレーターをむりやりひったくった例もあった。

似たような〝突拍子もない〟事故が消防士の間でも起こることがわかっている。時折、正常に作動している酸素ボンベを付けたまま死亡している消防士たちが発見されるのだ。ミズーリ州カンザスシティで、ある消防士が炎上している部屋に這って入ったのは、まさに火が天井に達して燃え広がっているさなかであった。その灼熱地獄の真ん中で、消防士は立ち上がって防毒マスクをはぎ取り、肺を焦がした。隊長がその消防士に組みついて、炎の中から引っ張り出した。消防士はひどいやけどを負ったものの、一命はとりとめた。

全般的に見ると、ダイバーの主な死因になっているのはパニックである。鼻がおおわれていると、特定の人々はものすごく息苦しく感じる。その抗しがたい感覚に対して、空気の通り道をおおっているものはどんなものでもはぎ取りたいという本能で反応するのだ。大多数の人間の経験では、それでうまくいく。しかしスキューバ・ダイバーや消防士にとっては、不幸なことに、鼻をおおっているものが酸素供給源なのである。

それでは酸素供給源をはぎ取ろうとするのはどんな人たちだろうか？　このような行動を予測する何らかの方法はあるだろうか？　モーガンは二十五人の消防士を研究所に招いてテストした。それぞれに呼吸装置を付けて、（トレーニング用の）トレッドミルを十分間高速で走らせた。案の定、そのうちの何人かが苦しんで突然酸素マスクをはぎ取り、空気が十分に吸えないと文句を言った――酸素マスクが正常に機能していたにもかかわらず。モーガンは、酸素マスクをはぎ取る六人の人物をあらかじめ予測していた。が、予測ははずれた。はぎ取ったのは五人だけだったのだ。とはいうものの、それはかなり見事な予測ではあった。

どうして彼はわかったのだろう？　トレッドミルに乗せる前に、モーガンは消防士たちの不安度を測定するためにありふれた心理テストをした。概して不安は二種類に分類される。一つ目は「状態不安」で、人が大事な試験や交通渋滞のようなストレスの多い状況にいかに反応するかを表わしている。もう一つは「特性不安」で、そもそも物事をストレスに満ちているとみなす一般的な傾向をさす。つまり、特性不安は、いかなる日にも存在している平常時の不安ともいうべきものである。

より大きな特性不安を抱えている人は、酸素マスクをはぎ取る可能性が高くなっていることを、モーガンは発見した。幸運なことに、スキューバ・ダイバーや消防士になっている人のほとんどには、もともと特性不安が少ない。だが全員がそういうわけではない。スキューバ・ダイバーに同じテストをすると、八十三パーセントの確率でだれがパニックに陥るかを予測できることがわかった。特定の人々は、肉体的なストレスを受けると、本質的に現実に少し疎《うと》くなりがちであることが判明した。彼らの脳は、状況に圧倒されて、さまざまな反応のデータベースを仕分けし——その上で不適切なものを選んでしまうのだ。そのような人々は将棋倒しや集団パニックを引き起こすことはないかもしれないが、少なくとも突発的な極度の危険に身をさらすことにはなるだろう。パニックのもっとも純粋な形である過剰反応を起こしてしまうのである。

少なくとも一般的には、パニックはもっとも恐ろしい災害反応であると想像されているかもしれない。しかしパニックについて知れば知るほど、わたしにはパニックがさほどひどいものではないように思えてきた。パニックは悲劇である——だが過失の一つであって、悪意のあるものではない。もちろん大惨事にもなりうるが、災害のリストの中では、比較的防ぎやすい人間のあやまちの一つである。もし人が多く集まる場所が、物理学を念頭に置いて設計されていれば、パニックを引き起こす条件など絶対に生じないはずである。人々は閉じ込められているのかもしれないとか、どうすることもできないとか、一人ぼっちだなどとは感じないだろう。ただ混み合っていると思うだけで。そしてそんなときもし異常事態が起きれば、次の章でわかるように、もっとよく生じる災害反応——つまり、まったく何もしない——を示す可能性がはるかに大きくなると思われる。

第七章　麻痺

フランス語の授業で死んだふりをする

二〇〇七年四月十六日、中級フランス語の授業が中程まで進んだとき、物音がしはじめた。執拗《しつよう》なパンパンという音だった。学生たちは会話をやめた。「たぶん工事だろ」と一人が言った。やがてそのパンという物音が一段と大きくなった。隣りの教室からうめき声が聞こえた。白髪まじりのロングヘアの教師、ジョスリン・クチュール－ノワクは、優しい笑みをたたえていることで評判だった。だが今は表情をこわばらせて言った。「どうもわたしは思い違いをしているようね？」

それを聞いて、ヴァージニア州ブラックスバーグにあるヴァージニア工科大学で彼女の授業を受けていた三年生のクレー・ヴァイオランドは立ち上がった。どうすべきかは確信していたが、急に先生の名前が思い出せなくなった。それはおかしなことだったが、思い出せないからといってぐずぐずしたりはしなかった。「先生は」と、彼は言った。「あの机をドアにくっつけてください」。クチュール－ノワクは彼に言われたとおりにした。それからヴァイオランドは窓のほうに向き直った。脱出しなければならないと思っていた。

まず銃がヴァイオランドの目に入った。振り向くと、戸口に半自動式小銃が突き出ているのが見えた。その日、三十二人を殺して自殺するというアメリカ史上最悪［当時］の銃乱射事件を起こした憤怒にかられた無口な若者、射手チョ・スンヒは、大股で教室に入ってきた。机はやすやすと押しのけられていた。それを見て、ヴァイオランドは反射的にコースを変えた。「ぼくは窓のところへ行きたかったんです。そこは二階の教室でしたから。でも銃を持った男が入ってくるのを見たとたん、凍りついてしまいました」

そのとき、国際関係学を専攻し、音楽を副専攻にしているヴァイオランドは、自分の机の下の床にくずおれた。体を丸めたり、頭を覆ったりはしなかった。片腕をわずかに不自然にねじ曲げて、比較的攻撃にさらされやすい姿勢で、横向きに横たわった。それからじっと静止した。「ぼくの頭もまさにそういう状態になりました。こう思ったのを覚えています。『やつはまず動いている人たちを撃つだろう』と。動きが鍵だったと記憶しています」

ヴァイオランドが片腕を顔の上に投げ出して机の下に横たわっていると、チョが発砲しはじめた。「彼は落ち着いて順番に人々を撃ちはじめました。その音はリズミカルで、人から人へと動きながらそれぞれの銃撃の間でまをとっているようでした。銃声がとぎれるたびに、『さあ、次はぼくだ』と思いました。次から次へと発砲は続きました。ぼくはできるだけ死人のように見せようと努めました。時には銃声に続いて、短いうめき声や、長いうめき声や、うなり声、一人の女の子の静かな悲鳴などが聞こえてきました」

大多数の被害者と同様、ヴァイオランドにもこの辛い試練がどれくらい続いていたのか、まったく感覚がなかった。「五分間ほどだったのか二時間だったのかわかりませんでした」と、乱射事件の五週間後に話をしたとき、彼はわたしに言った。だがついにチョは教室を出ていき、発砲は遠くで続いていた。ヴァイオランドは床に倒れたときと同じ確信を持って、チョは戻ってくるだろうと思った。なぜそう確信したのかはわからない。それまでそういう状況に巻き込まれたことは一度もなかった。彼は猟師でもなく兵士でもない、ワシントンD.C.郊外の瀟洒《しょうしゃ》な住宅地区、メリーランド州ポトマック出身の二十一歳の学生である。今風に茶色の長髪をくしゃくしゃにして、バンドで演奏していた。だが頭のなかのその声は、以前にそういったもろもろのことを体験したことがあるような感じだった。

催眠状態

特定の状況下では、炎上している飛行機、沈没しかけている船、また急に戦場と化した場所などでも、多くの人はまったく動きを止めてしまう。決定的な瞬間がやってきても、何もしない。体の機能を停止してしまい、急にぐったりして動かなくなる。この静止状態は無意識のうちに訪れる。それは災害時の行動のなかでもっとも重要で不思議な行動の一つであり、「パニック」よりもずっと頻繁に起こる(この麻痺を実際に「否定的なパニック」と呼ぶ研究者もいる。というのも、この状態はいくつかの点でパニックの正反対だからである)。静止状態はまた、次章の主題である英雄的行為よりもはるかによく起こる。災害時にとる行動について知りたい読者には、この章は本書のなかでもっとも啓発される箇所かもしれない。なぜなら麻痺が生存への行程のなかでもっとも頻度が高い行動であるとすれば、またもっとも誤解されている行動でもあるからだ。

一九八〇年代の初期、チューレン大学の若い心理学准教授ゴードン・ギャラップ・ジュニアは、基礎学習の実験用として、研究室でニワトリを育てていた。ある日、一人の学部生が研究室に顔を出し、以降二十五年間のギャラップの研究方針を変えることになる質問をした。

「あのう、催眠術にかかったようなニワトリを見たことがありますか?」

ギャラップはその男子学生を室内に招き入れた。学生は子供の頃学んだ技を見せた。ニワトリをつかみ、頭を下にしてテーブルに押さえつけたのだ。最初、ニワトリは抵抗してヒステリックに羽毛をばたつかせたりやかましく鳴いたりした。ギャラップは少々いらいらした。だがその後五秒か十秒ほどで、ニワトリは急に落ち着いて静かになった。学生が手を放しても、ニワトリはそこにとどまっていた。身動きはしていなかったが、まだ呼吸はしていた。

「驚くなかれ、ニワトリは催眠術にかかっているように見えたのです」とギャラップは当時を思い出す。「緊張病性昏迷状態に陥っているように見えました。わたしは自分の目が信じられませんでした」

ギャラップは「動物催眠」について調べようと、ただちに図書館に向かった。すると人間は動物催眠に数百年もの間、魅了されてきたということがわかった。中世の修道士たちはかつてクロムクドリモドキ、フクロウ、ワシ、クジャクにそんなふうに〝魔法をかけて〟いたのだ。一六四六年にイエズス会の修道士でもある学者が書いた論文が、このテーマに関する初期の学術的参考資料の一つである。だが、だいたいは隠し芸にすぎないものだった。十九世紀に、フランス南部の少年は、近隣の農夫を困らせようと、よくシチメンチョウに魔法をかけた。悪ガキどもはシチメンチョウの頭を羽根の下に突っ込み、二、三回前後に振ってから、おびえて静物画のように動かなくなったそれらを家禽《かきん》用の囲いの中に放置したのだ。

麻痺はあらゆる種類の動物に――実際にテストしたそれぞれの動物に――引き起こせることをギャラップは発見した。「要するに、甲殻類、両生類、カエル、トカゲ、ヘビ、鳥、哺乳類も――イノシシから雌牛、霊長類、ネズミ、ウサギにいたるまで――立証できた」。どの動物も極度の恐怖にさらされると完全に活動を停止する強い本能を持っているように思えた。動物が身動きできない状態で恐怖を感じていることを確認するだけでよかった。恐怖を感じれば感じるほど、それだけ長く動物は〝凍りついた〟状態を続けたのだ。問題は、なぜそうなるのかということだった。

現在、ギャラップはオールバニにあるニューヨーク州立大学に勤務し、進化心理学の研究と教育にあたっている。二〇〇七年の春、ヴァージニア工科大学銃乱射事件の二日後にわたしはギャラップを訪ねた。彼は黒いTシャツにジーンズ、白いスニーカーというでたちだった。古いスライド映写機を据えつけて、初期に撮影した動けなくなったニワトリと、動けなくなった雌牛と一緒に写っている彼の息子の写真を見せてくれた。麻痺状態のヤモリ、ウサギ、ミシシッピ湾岸ワタリガニなどのスライドが次々にスクリーンに映し出された。

麻痺状態にある動物についてわかっているのは次のことである。心拍数が減り、体温は下がり、呼吸は遅くなり、体は痛みを感じなくなる。目は断続的に閉じられがちだが、開いたときには焦点が定まらないまま前方を見つめている。瞳孔は開いている。時折パーキンソン病のように体が震えることもある。だがその間ずっと、脳は周囲で起こっていることについてのあらゆる情報を意識的に取り込んでいるのだ。

スコットランド出身の宣教師、デーヴィッド・リヴィングストンは、自著に麻痺がどのようなものであったかを描写している。一八〇〇年代半ばに南アフリカへ狩猟の旅に出かけたとき、三十メートルほど離れたところから銃を撃ちライオンに命中した。彼がふたたび弾を装填《そうてん》している最中に、ライオンが突進してきて、彼の肩に嚙みつき、地面に突き倒した。

テリア犬がネズミを振り回すように、耳元で恐ろしいうなり声を上げて、ライオンは私を振り回した。そのショックで私は無感覚状態に陥った。ネコに初めて振り回されたハツカネズミが感じるだろうと思えるのに似た麻痺で、痛みの感覚も恐怖感もない夢を見ているような感じだった。もっとも起こっていることはすべてしっかり意識していたが。

ほかの猟師たちが引き離すと、ライオンは傷を負っていたためにすぐにくずおれた。リヴィングストンは骨折しており、上腕には十一本の歯で嚙まれた傷跡がくっきりと残っていた。

まるで噛むおもちゃのようにライオンに噛み傷だらけにされているときに、ぐったりとおとなしくなるのはよくないことに思えるかもしれない。観察する側にしてみれば、麻痺は衰弱とよく似ている——麻痺している動物はショック状態にあるか、あきらめているかのように見えるのだ。だからといって犠牲者に与えられる評価はあまりにも低すぎるものである。何十年かの研究を経て、ギャラップは動物の麻痺戦略に対して非常な尊敬を抱くようになった。

麻痺状態になる動物は、ある種の攻撃を生き延びる可能性がより高くなる。しかしそれはなぜなのか？　なぜ降伏が生き延びることにつながるのか？　確実な死につながる傾向はないのだろうか？　それを説明するには、人間のあらゆる恐怖反応と同様に、進化的適応にまで遡る必要がある。ライオンは、病気や腐敗した獲物を食べるのを避ければ、生き延びて遺伝子を伝える可能性が高くなる。多くの捕食動物は、もがいていない獲物には興味を失う。戦いがなければ、食欲もわかないのだ。それは食中毒を避けるための太古からのやり方である。そして今度は、餌食になる動物がこの隙を有効に生かすべく進化した——捕われたときに死んだふりや病気になったふりをすることによって。絶対にうまくいくとはかぎらず、そういうふりをしてもなお殺される動物が多くいることだろう。だがほかに逃げ道がないときには、理にかなった戦略である。麻痺は、英雄的行為と同様に、見かけ以上に適応性があるかもしれないのである。

災害時の行動停止

チョがヴァージニア工科大学の教室を出ていったあと、ヴァイオランドは全身の感覚がなくなっているのを感じた。まるで手足がすっかりしびれているような気がしたのだ。この感覚は、おそらく麻痺反応の一部として体がつくりだした天然の痛み止めからきていたのだろう。だがヴァイオランドはそんなことを知るよしもなかった。だから自分は撃たれたにちがいないと思った。「撃たれるとどういう感じがするのか知りませんでした。心の中でこう言ったのを覚えています。『いや、思っていたほど痛くない』と」。だが彼は動こうとし続けて、ついに無感覚状態を克服できたことに気づいた。「ぼくは体をちょっとゆすって、『大丈夫だ、撃たれなかったようだ』と思いました」

教室は静かで、押し殺した泣き声しか聞こえなかった。だれかがつぶやいた。「大丈夫さ。大丈夫になるはずだ。まもなくここへ助けがきてくれるだろう」。だがヴァイオランドは救助がくるかどうか確信が持てなかった。彼は頭のなかのそういう声をまわりの学生たちにかろうじて伝えられるくらいに床から頭を上げて、「死んだふりをしろ」と言った。「やつに死んでいると思われたら、撃たれないはずだ」

レイプの被害者も、時々似たようなことを経験する。ギャラップと彼の同僚が多数の調査を行なった結果、婦女暴行の被害者の約十パーセントが襲われているときにまったく動けなくなった、と報告している。驚くべきことに、被害者の四十パーセントもが、一種の麻痺症状になったことを憶えていると答えた。とりわけ「凍りついた」ようになったり、奇妙なことに痛みや寒さに無感覚になったという。それは、抵抗しようとしたりレイプ犯から逃げようとしたりしたと報告している被害者のパーセンテージよりもわずかに高い。つまり、レイプされると、戦ったり逃げたりするよりも麻痺状態に陥ることのほうが多いのかもしれない。残念ながら、レイプの被害者は、自分がどんなことをしたかをいつも認識しているとはかぎらない。多くはただ犯人に屈してしまったと思っているため、ひどい自責の念に駆られているということを、ギャラップは知った。「自分のとった反応がとても賢明だったかもしれないことに、彼女たちは気づいていない」。また麻痺したことによって強姦犯の告発がよりいっそう困難になる場合もある。というのも、被害者が抵抗していないので合意の上であるかのように見える可能性が大きいからである。

奇妙なことに、わたしたちは自分が麻痺した場合には一種の恥ずかしい機能不全として片付けてしまう傾向があるが、他の動物や鳥などにはもっと興味深い動機がいろいろとあるものだと考える。だが動物の研究から学んだことはすべて、麻痺が非常に特殊な目的にかなう、人間にも本来備わっている適応性ある反応だということを示唆している。

本書のために情報収集を行なっていると、わたしはたびたび思いがけないところで人間の麻痺状態についての逸話に遭遇した。消防士から警察官、自動車教習所の教官にいたるまで、各々が怯えて凍りついてしまった人についての逸話を知っているように思えた。だれもがその行動の意味を理解していたわけではないが、目撃はしていた。トレーダーでリスクの専門家であるナシーム・ニコラス・タレブですら、株の仲買人が――全財産を失いかけているとき――固まってしまったのを目撃したことがあると語ってくれた。「何もせずに、ただ突っ立っているだけなんです」とタレブは言う。

わたしはエルサレム郊外のとあるパーキングエリアで、イスラエル諜報活動の精鋭部隊指揮官「U」に会った。安全上の理由で、彼は人目につかず特定しにくい場所で会いたがった。しかも諜報活動に従事しているので、Uというイニシャルだけで識別するよう要請した。たいていのプロの殺し屋と同様に、彼もそれらしく見えなかった。ほっそりした体つきで、黒いTシャツにジーンズをはいていた。優しそうな笑みを浮かべ、流暢にアラビア語を話した。彼がパレスチナの領土に溶け込んでいる姿を想像するのはむずかしくなかった。わたしたちは炭酸飲料を飲みながら、彼が極度のストレスにさらされながら何百もの諜報活動を行なった六年間について語り合った。だれかが動けなくなるのを見たことがあるかどうか彼に尋ねると、案の定、彼にも語るべき話があった。

二〇〇二年、Uの部隊は、パレスチナ支配下のヨルダン川西岸地区にあるナーブ市からエルサレムまで二人の容疑者を追跡していた。男たちは自爆テロリストで、爆弾を持っていると考えられていた。道中、二人は混み合った駐車場に立ち寄った。近くの車から、Uは遠隔操作のビデオ監視装置で二人を見張っていた。駐車場は混雑していたが、これ以上のチャンスは訪れないかもしれないと判断した。そこで男たちを殺すよう命令した。作戦行動はほんの数秒で終わった。パレスチナ人の服を着たUの部下四人が容疑者を急襲し、一人を負傷させ、もう一人を殺した。爆弾は一人のバッグの中にあった、とUは言う。

駐車場に居合わせた第三者たちの間に、二つの明らかに異なる反応が見られるのにUは気づいた。銃撃や叫び声が起こると、少数の人々が逃げだした。うちほとんどは若者だった。だがすぐそれとわかる逃げ道はなかった。駐車場の周囲に土が大量に積み上げられていたからである。そこでそれ以外の人々はどうしたか？　残りの群集は地面にしゃがみ込み、まさにその場で凍りついた。危険が遠のいたあとでも、彼らは動かなかった。一時間たっても多くの人がまだそこにいた。怪我をしていたわけではないのに、動かなかった。Uはそう記憶している。

もちろん、これらの傍観者たちがショックを受けたり絶望感を味わっていた可能性はまちがいなくある。だがそれら二つの区別ははっきりしていない。ショックを受けるか、凍りつくかどちらかの状態になるということではない。これらの行動は結びついている可能性が大きいのだ。今後さらに多くの研究が必要とされるが、何もしないことの複雑さを過小評価するのはまちがいだと言うことができる。

「ぼくは人間ではありませんでした」

ヴァイオランドの予想どおり、チョはフランス語の教室に戻ってきた。彼が戻ってきたとき、ヴァイオランドはまたもや身じろぎもせず横になっていた。だが今回の発砲はあまりにも執拗だった。「やつはもう一度、皆に二回目だと思える弾丸を撃ち込みはじめた。同じ人間を撃ったはずです。その部屋にいる人たちよりも発砲回数のほうがはるかに多かった。やつが三回ほど装塡し直すのを聞いたと思う」。ヴァイオランドは、弾丸が体を貫通するとき、どんな感じがするのか知ろうと待っていた。彼は両親のことを考えた。射撃が続いていたさなか、前に横たわっている女の子と視線をからめた。その子の名前は知らなかったが、机の下で、ひるまずに、お互いを見つめ合った。

生死にかかわる状況においては、何も行動しないという反応がもっとも頻繁に見られる。無意識のうちに一種の麻痺状態になるのだ。2007年に起こったヴァージニア工科大学での大虐殺の間、教室に閉じ込められた一人の若者もそのような麻痺を体験した。この写真は、銃乱射事件が発生した夜、キャンパスで行われた徹夜の祈りで学生たちが互いに慰め合っているもの。
写真提供：スティーヴン・フォス／WpN（ワールドパスポートネット）

ついに発砲がやんだ。チョは最後に自分自身の命を絶ったのだ。警察がドアをたたき、大声で指示していたが、ヴァイオランドはあまりよく覚えていない。記憶にあるのは、起き上がって両手を上げてまっすぐに戸口に向かったことである。フランス語の先生が床の上で死んでいるのを見た記憶もないし、彼の机の近辺以外では、だれかを見かけた覚えもない。あとになって、ヴァイオランドは驚くべき事実を知った。その日、フランス語の教室にいたすべての学生のうち、撃たれなかったのは自分だけだったのだ。

ヴァイオランドはわたしの質問に答えたあと、こちらに質問してきた。「なぜ人によって違う反応をするのかご存じですか？　つまり、性格のせいなのか、何なのか、ということですが。研究者はなぜ一部の人々がこのような行動をとるのかわかっているのでしょうか？」。はっきりとはわからないとわたしは答え、そのあと、事実ではあるが充分ではない答えの一つを伝えた。わたしたちの行動は、ほとんどが遺伝子と経験の所産であると話したのだ。彼は丁重に異議を唱えた。「人生経験がこういう状況とどんな関係があるのか、ぼくにはわかりません。このように極度の恐怖と向き合うと、もはや経験を積んできた人間などではなくなってしまいます。ただ生き延びているだけなのです」と彼は言った。「あの事件が起こったとき、ぼくは人間ではありませんでした」。どういう意味なのか尋ねると、苦労して説明してくれた。「ぼくは自分がどういう感情を抱いていたのかさえわからないんです。泣いてもいませんでした」

人間は、考え、思考を重ねて、意思決定をする。本人の意思にかかわらず、わたしたちの脳がいかに多くのそれ以外の働きもたえずしているのかについては、必ずしも自覚があるわけではない。今にして思えば、ヴァイオランドは、すべての生存者と同様に、自分の体験について物語をつくっていた。「ひと言で要約するなら、動きがすべてでした。ぼくが実際に死んだふりをしていたのは、やつに死んでいると確信させるためではなく、ただ動いていなかっただけなんです」。だがそのとき、自ら何らかの選択をしているような気はまったくしなかった、と彼は付け加える。「一カ月後になって初めてそのことを考えるからこそ、ぼくには策略があったような気がするんです。一週間後だったら、現場はすっかり混乱していて自分のしていることがわからなかったと答えていたでしょう」。ギャラップにヴァイオランドの話は動物や人間で調査した何千もの麻痺の事例に似ているのかどうか尋ねると、彼は「そういった典型的な例のようです」と答えた。ヴァイオランドはきわめて危険な捕食者に攻撃されて、無意識のうちに本来の生存反応を示したのだ。彼が助かった理由はそこにあったのかもしれないし、そうでなかったかもしれない。

銃乱射事件後の夏には、ヴァイオランドは大学があるヴァージニア州ブラックスバーグにいることを決めた。わたしたちが話をしたとき、それまでのところは元気に過ごしていると彼は言った。気がつくと泣いているということが週に一度くらいあったが、それ以外は大丈夫だと感じていた。友人たちは、彼がもっとひどい状態になるのではないかと思っているようだった。世界貿易センターの三人の生存者がEメールを送ってきてくれたことを、ヴァイオランドはありがたく思っている。半年か一年たてば、もっと辛い時期を経験するかもしれないと、三人は警告してくれたのだ。ヴァイオランドはその情報にどう対処したらいいかわからなかったので、元の計画どおりにしようと決心した。夏休みはバンドで演奏したり働いたりした。それから秋学期はパリで勉強する計画を立てた。自分に何が起こったのかだれも知らないところでフランス語を話して過ごそうと思ったのである。

沈みゆく船でタバコを一服

銃の乱射やレイプのようなある種の災危《さいやく》は、生物が生き延びるために展開してきた捕食者と被食者の対決にとてもよく似ている。そのような状況では、麻痺は捕食者を効果的に阻止するかもしれないし、その機会はいつもある。だが一方、麻痺そのものが悲劇になるケースもある。

一九九四年九月二十八日の夜、バルト海で起きたフェリー「エストニア」の沈没は、近代ヨーロッパ史上最悪の海難事故だった。事故後何年も、公式の報告書が出たり、陰謀説が流れたり、非難合戦が巻き起こったりした。だがさほど注意を引かなかった謎が一つある。フェリー上での恐ろしい最後の瞬間に、驚くほど多くの乗客がまさに何もしなかったという目撃者たちの報告があるのだ。

エストニア号は、母港、エストニアのタリンを出て、スウェーデンのストックホルムに向かう十五時間の定期運航中だった。車両をそのまま乗り降りさせることができる巨大なフェリーは、たいていの船より高級だった。プール、サウナ、カジノ、そして三つのレストランがあった。エストニア号は独立したばかりの自由市場国家エストニアのシンボルだった。乗船している九百八十九人のほぼ全員に睡眠用の船室があった。一晩中、暴風が吹き荒れる天候だったが、乗組員たちは深刻な事態を予測してはいなかった。バルト・バーではバンド演奏が続いていて、十四年間そうであったように、十の甲板を持つ大型船はインクのような海を波を立てて進んでいた。エストニア号はその月の初めに二つの点検に合格していた。しかも必要な数の救命ボートや救命胴衣が搭載されていた。

現在、スウェーデンの国会議員であるケント・ハールステットは、その夜、乗客として搭乗していた。当時二十九歳で、バルト海周辺国の実業家たちを結束させる目的で開催した「平和会議」を手伝ったためにそこにいた。冷戦直後の時期に、スウェーデン政府が後援したその会議は、経済相互依存を通じて平和を促進しようとするものだった。「もっと貿易をし、もっと取引をすれば、そんなに容易に戦争をしたがらないだろうと考えたのです」。彼は現在、そう言っている。会議はうまくいっていた。エストニアで始まり、海上の巨大なフェリー上でも続いた。午後の休憩時間に、ハールステットは船内のサウナに入った。そのとき、プールの水が揺れ動いているのに気づいた。「これらのフェリーはとても巨大なので、通常は船が揺れていることにはほとんど気づきません」とハールステットは言う。「ですが、プールの水の揺れを見れば、最初の〝手掛かり〟が得られていたのです」

その後、ハールステットは夕食をとりにレストランに行ったが、船酔いを感じた。そこで船室に仮眠をとりに行った。午後十時三十分頃、何かがガーンとぶつかる音で目が覚めた。あとになって、これが惨事の始まりだったのだろうかと思うことになる。だがそのときは、何かの積荷が手違いで動いてしまったに違いないと考えた。仮眠をとって元気を取り戻した彼は、レストランに戻って同僚たちに加わり、腰をおろしてコークを注文した。このレストランにはバンド演奏付きのダンスフロアがあり、彼は同僚と一緒に、揺れている船で人々がダンスをしようとしているのを見て楽しんだのを記憶している。「彼らは揺れがくると互いにしがみつき、右へ左へと走らなければならなくて、それは実にこっけいな光景でした。わたしは友人たちと冗談を言いはじめました。こう言ったんです。「『まるであの〈タイタニック〉のようだな。まもなくわれわれにシャンパンがふるまわれるよ』と」。ダンスができなくなって人々がレストランを出はじめると、ハールステットは同僚の一人と一緒に船の別の場所にあるバーへ移った。バーは五十人ほどの客でいっぱいだった、と彼は記憶している。「人々は皆とても楽しそうでした。カラオケもありました。友人とわたしはバーのスツールに腰をおろしていました。わたしたちはご機嫌でした。だれもが笑い声を上げたり歌をうたったりしていました」

午前一時過ぎに、エストニア号は突然まる三十度右舷に傾き、乗客や自動販売機や植木鉢は通路にたたきつけられた。バーでは、ほぼ全員が倒れて船の側面に激しくぶつかった。ハールステットは何とか鉄の手すりをつかみ、持ちこたえ、ほかの人々の上にぶらさがった。「ほんの一瞬のうちに、すべてが騒々しくて楽しくてすばらしい時間から完全な沈黙に変わった。どの人の脳も、何が起こったのか理解しようと、コンピュータのごとく働いていたと思います」。やがて悲鳴や泣き声が聞こえてきた。人々は倒れてひどい怪我をし、船が傾いているために動くのが非常に困難になった。

だれも知らなかったが、フェリーの右舷側が水中に沈み、どうすることもできなくなるほど船が傾くまでにエストニア号の乗客に残された時間は十分しかなかった。ハールステットは作戦を練りはじめた。「わたしがとりはじめた反応はふだんとはずいぶん違う、兵役時代に学んだのとちょっと似ているものでした。こう言ったのです。『さて、選択肢1、選択肢2がある。決めなさい。行動しなさい』と。『ああ、船が沈みかかっている』とは言わなかった。もっと広い見方については考えもしなかった」。世界貿易センターにいたゼデーニョのように、ハールステットは自分が中心であるような幻想を抱いた。「わたしはただ自分の非常に狭い世界を見ていただけだった」。ハールステットは窓から這い出ようかと考えたが、施錠されているのに気づいた。だから廊下に出ていくことに決めた。

だがハールステットが思考の段階を通り抜けていたとき、何人かの乗客について奇妙なことに気づいた。彼らはハールステットがやっていることをしていなかったのだ。「一部の人たちは何が起こったのか認識していないようでした。まったく何の関心も示さず、ただそこに座っていただけでした」。一人や二人にとどまらず、どのグループの人たちも動けなくなっているように思えた。意識はあったが、反応はしていなかった。

ハールステットは重力と戦って階段を上った。甲板に出ると、船の明かりはついていて、月が輝いていた。人間の能力には大きな差があるということがあらわになっていた。一人の男が脇に立ってタバコを吸っていたのを、ハールステットは覚えている。ほとんどの人は揺れている船に懸命にしがみつこうとすると同時に、救命胴衣や救命ボートを見つけようとした。お互いに励まし合っている者もいた。ハールステットは怪我をした女性が救命胴衣を見つける手助けをした。だが、だれかが仲間の乗客の背中から救命胴衣をひったくった、と後に捜査官に話した生存者もいる。悪夢を完璧なものにしたのは、乗客や乗組員が救命ボートの留め金をはずすという厄介な問題だった。自動解除装置の使用法がわからなかったし、さびた手動の部品をむりやり動かすこともできなかった。救命胴衣――八メートルあまりの高さの波が立つ摂氏十度の水に浸かるのに絶対に必要なもの――もまた腹立たしいほど使いにくかった。ストラップは短すぎた――あるいは、少なくともそう思えた。多くの人が三人一組になってくっつこうとし、救命胴衣を着けるのがますます遅くなった。船がさらに傾き続けるにつれ、まわりの海には未着用の救命胴衣が一面に浮かぶようになった。

だがここにも何もしない人たちがいた。この狂乱のさなかに、立ちすくんでいるように見える人々がいたのだ。英国人の乗客ポール・バーニーは、いくつものグループが彫像のようにじっと立っていたのを記憶している。「わたしは考え続けていました。『なぜ彼らはここから脱出しようとしないんだろう?』と」。彼は後に「オブザーバー」紙にそう語っている。「彼らはただあそこに座っていて……水が入ってきて水浸しになっていました」。ある乗客はそう言った。別の乗客は、十人ほどが隔壁の近くの甲板の上に横たわっているのを見た。彼はその人たちに救命胴衣を投げたが、反応はなかった。ある乗客はまだ定位置に固定されている救命ボートに乗り込むのが見られたが、そのあと落ち着いた様子で中に横たわり、ボートを水面に下ろそうという努力をまったくしなかった。

後に警察の事情聴取を受けたとき、数名の生存者は、この行動が理解できると答えた。ある時点で、彼らも動くのをやめたいという抗しがたい衝動を覚えたのだ。彼らの話によると、愛する人たち、とりわけ子供たちのことを考えて、その麻痺状態から抜け出たという。

午前一時五十分、最初の「メーデー［国際遭難救助信号］」を発信してからわずか三十分後に、エストニア号は転覆して海に沈み、姿を消した。その直前に、ハールステットは船から海に飛び込んでいた。救命いかだによじのぼり、しっかりつかまって五時間とどまり、救助されるのを待った。最初、いかだにはほかに二十人ほどが乗っていた。だがヘリコプターがやってきたときには、生存者はハールステットを含めて七人しかいなかった。

この惨事で助かったのは、全部で百三十七人だけだった。捜査官は、船が沈んだのは、カーデッキに通ずる船首の錠が開いて、バルト海の水が船内に勢いよく流れ込んだためだと結論づけた。八百五十二人の犠牲者の大半はエストニア号の中で亡くなり、遺体のほとんどが今日までそこに残っている。

エストニア号で動けなくなった人々と、ヴァージニア工科大学のクレー・ヴァイオランドにはどんな共通点があったのだろう？　全員が攻撃を受け、閉じ込められたような気がした。そしてまた通常は体験することがないほど、極度に怯えていた。だがエストニア号のケースでは、凍りつくという反応は、起こるべくして起こった恐ろしいあやまちだったかもしれない。「わたしたちは、以前は適応性のあった反応が、科学技術が進歩した結果、もう適応性がなくなった状況を目の当たりにする可能性がある」と、動物麻痺についての専門家、ギャラップは言う。現代に起こる災害では、脅威は別の動物から与えられるものではないので、麻痺は功を奏さないかもしれない。だが極度のストレスを受けると、適切な生存反応を捜し求める脳は、まちがった反応を選択してしまう。深い水中で口から空気レギュレーターをはぎ取ったダイバーのように。あるいは車のヘッドライトを浴びて動けなくなるシカのように。ハールステットと一緒に会議のために船に乗っていた二十三人のうち、生き残ったのはほかに一人しかいなかった。

一部の動物と同様に、一部の人たちは動けなくなる可能性が明らかに高い。彼らの恐怖反応のなかに、凍りつくという行為は組み込まれているのだ。理由はわかっていないが、遺伝子が重要であるのはまちがいない。ギャラップはほかのニワトリより長時間動きが止まる傾向のあるニワトリを飼育し、その子孫も同じ行動を示すことを発見した。それは理解できる、と脳の専門家ジョセフ・ルドゥーは言う。恐怖を扱う脳の一部である扁桃体は、二つの重要な部分からできている。その一つ、外側核はインプットを扱い、もう一つの中心核はアウトプットを扱う。「個人差は、遺伝的な理由であれ経験上の理由であれ、外側核の回路の違いによるものだと想像することができる。その違いのせいで、ある人はほかの人よりインプットに敏感に反応するようになる」とルドゥーは言う。「だから同じような恐ろしい刺激に対しても、敏感な人のほうが動けなくなってしまうことになるのだ」

さらに重要な点は、脳にはおそらく、可塑《かそ》性があるということだろう。脳はより適切に反応するように鍛えることができるのだ。一方、恐怖が強くなれば麻痺はそれだけ激しくなる。たとえば、アドレナリンを注入された動物は、凍りついてしまう可能性が大きい。だから、恐怖をさほど感じなければ、麻痺が起きる可能性も少なくなる。扁桃体に損傷があるラットは、まったく凍りつかないだろう――たとえネコに出くわしたとしても。家で飼っているペットは、体を押さえられても凍りつかない傾向があることをギャラップは見いだした。ペットはそれをゲームと思うようだ。抵抗はするかもしれないが、凍りつくことはないだろう。それほど怯えてはいないのである。だからもしわたしたちが自身の恐怖やアドレナリンを少しでも減らすことができれば、必要なときには麻痺を断ち切れるかもしれないというのは筋が通っているのである。

麻痺状態からの脱出

一九七七年三月二十七日、カナリア諸島のテネリフェ北空港で離陸を待っていたパンアメリカン航空ボーイング７４７は、時速二百六十キロで霧のなかから突進してきたＫＬＭオランダ航空の同型機に警告もなく機体を切り裂かれた。衝突のせいで、コミック本や歯ブラシとともに、ねじ曲がった金属が、長さ八百メートルほどの滑走路にまき散らされた。ＫＬＭオランダ航空の乗客は全員が即死した。だがパンアメリカン航空には、助かった乗客も比較的多くいた。立ち上がって炎に包まれている飛行機から脱出した乗客は、生き延びることができたのだ。

当時七十歳のフロイ・ヘックは、パンアメリカン航空のジェット機で夫と友人たちの間に座っていた。カリフォルニアの退職者居住住宅から地中海クルーズへ向かう途中だった。ＫＬＭオランダ航空のジェット機が、彼らの乗った飛行機の上部を切り取ったとき、衝撃はさほど激しく感じられなかった。ヘック夫妻は前や右に揺さぶられたが、シートベルトをしていたので投げ出されずにすんだ。それでも、フロイ・ヘックは話すことも動くこともできなくなっているのに気がついた。「頭のなかがほとんど真っ白でした。何が起こっているのか聞こえもしなかったのです」と彼女は何年か後に「オレンジ・カウンティ・レジスター」紙の記者に話している。だが六十五歳の夫、ポール・ヘックはただちに反応した。シートベルトをはずし、出口に向かったのだ。「ついてこい！」と彼は妻にきっぱりと言った。夫の声を耳にすると、フロイは茫然自失の状態から抜け出し、煙の中を〝ゾンビのように〟夫のあとについていったのだという。

夫と二人で航空機の左側にあいた穴から飛び出す直前に、フロイは振り返って友人のロレイン・ラーソンを見た。彼女は口をわずかに開け、両手をひざで組み合わせて、前方をまっすぐに見ながら、ただそこに座っていた。ほかの数十人と同様に、彼女も衝突ではなくその後に発生した火事で死亡したのだった。

高層ビルとは異なり、航空機の脱出は急を要する。航空機は、たとえ出口が半分しか使えなくても、通路にバッグが散らばっていても、乗客全員が九十秒以内に脱出できることになっている。後に判明したことだが、パンアメリカン航空ボーイング７４７の乗客には、機体が炎に包まれるまでに逃げる時間が少なくとも六十秒はあった。だが搭乗していた三百九十六人のうち三百二十六人が死亡している。ＫＬＭの犠牲者も含めると、最終的に五百八十三人が亡くなった。テネリフェ北空港での事故は、今も史上最悪の航空機事故であることに変わりはない。

テネリフェ島で航空機事故があった当時、心理学者ダニエル・ジョンソンは米国の航空機メーカー、マクダネルダグラス社で安全に関する研究をしていた。彼はこの麻痺行動に強い関心を持った。ほかの航空機事故でも同じような行動が見られたのである。フロイとポールのヘック夫妻はもう二人とも亡くなっている。だが事故の二、三カ月あとに、ジョンソンは二人にインタビューしていた。そして重要なことがわかった。事故の前に、ポールはふつうの乗客はまずしないことをしていたのである。離陸までずいぶん手間取っていた間に、彼はボーイング747型機の安全図をじっくり見た。さらに最寄りの出口を指し示しながら妻と一緒に機内を歩きまわるということさえしていた。八歳のとき劇場で火災に遭ったことがあるので、それ以来、なじみのない場所ではつねに出口を確認していたのだ。これは偶然なのかもしれない。だが飛行機が衝突したとき、ヘックの脳には行動を起こすために必要なデータが入っていたことも考えられる。

国家運輸安全委員会の調査で、安全のしおりを読んだ乗客は、非常時に怪我をする可能性が少なくなっていることがわかった。テネリフェでの事故の三年前にアメリカ領サモアのパゴパゴで起こった航空機墜落事故では、乗客百一人中、五人を除いて全員が死亡した。生存者は全員、安全のしおりを読み、指示に耳を傾けていたと報告した。彼らは翼の上方の出口から脱出したが、死亡した乗客はより危険な状態だったのに従来使われていた出口のほうへ向かったのだ。

準備に次いで、二番目に期待されるのはリーダーシップである。最近、十分な訓練を受けた客室乗務員が避難時に乗客に向かって金切り声を上げるのは、一つには指導力を発揮するという理由がある――ポール・ヘックが妻に対してしたように、乗客の知覚麻痺状態をさえぎるのである。そうしなければ、扁桃体は積極的にフィードバック・ループのような働きをする。つまり恐怖がさらなる恐怖へとつながっていくのだ。コルチゾールやその他のストレス・ホルモンは扁桃体に戻り、恐怖感はさらに強くなる。恐怖が激しくなるほど、海馬その他の脳の部分が反応に介入し、再調整できる可能性は少なくなる。「扁桃体はどんどん活動し続けるだろう」と、脳の専門家ルドゥーは言う。「それに打ち勝つ何らかの方法がなければ、身動きがとれない状態になってしまう」

麻痺している動物をそのぼんやりした状態から抜け出させるには、大きな音を立てるのがいちばん簡単だということを、ギャラップは発見した。ドアがバタンと閉まる音などは効果的で、動物はびくっとして逃げようとするはずだ。こうしたことが偶然、実験室で起こることもある。研究者がくしゃみをしたり、車のバックファイアの音が聞こえたりしたときだ。「何らかの急な変化がその麻痺反応を終わらせる」と、ギャラップは言う。さもなければ、動物たちは何時間も催眠状態のままでいる可能性もあり、そのようにして死ぬことさえある（麻痺状態にあるマウスの約三十パーセントから四十パーセントが、実際に死ぬことをギャラップは発見した。死因は心停止と推定される）。麻痺反応は非常に強力なので、「死んだふりをしている」と本当に死んでしまうこともあるのだ。

麻痺は生存への行程のもっとも急勾配の部分で起こるように思える――一縷《いちる》の望みもない

ようなとき、脱出も不可能に思えるとき、そして極端に不慣れな状況に置かれたときに。ときには麻痺がうまく作用することもあるが、大部分はいまだに謎のままである。だが残念なことにギャラップを別にすれば、真剣に麻痺の研究に取り組んでいる人はごくわずかしかいない。見方によれば、麻痺反応は非常に見事なので、わたしたちは皆だまされてきたのだ。犠牲者は動かず、打ちのめされていて、無力であるように見える。だから研究者は次の被験者に取りかかってしまうのである。だがそこに、静物画さながら身じろぎもせず閉じ込められているのは、動物王国のこの上なく興味深くかつ問題を含んだ防衛機制の一つかもしれないのである。

第八章　英雄的行為

ポトマック川での自殺行為

雪がちらほらと舞いはじめ、ワシントンの堅固な建物の輪郭をぼかし、おとぎの国さながらに記念建造物を純白に染めていった。だが一九八二年一月十三日の昼下がりには、情け容赦ない降り方に変わっていた。大量の雪が空から泥のように落ちてくる。早めに仕事から解放された国家公務員のために、通りは渋滞していた。聖エリザベス病院で板金工として働いているロジャー・オリアンは、いつもなら三十分もあれば家に帰れる道のりを、この日は二時間車を運転しても、まだ半分までしかきていなかった。歩いたほうが速いくらいだった。ポトマック川に架かる、ワシントンD.C.とヴァージニア州をつなぐ14番ストリートブリッジに着く頃には、オリアンのおんぼろの赤いダットサン・ピックアップトラックは抗議の声を上げていた。だいぶ前にバッテリー交換の時期がきていたし、今はガソリンも底を尽きかけていた。車がエンストを起こして二度と動きださないのではないかと心配して、オリアンはラジオもフロントガラスのワイパーもスイッチを切っておいた。

ボーイング737が午後四時一分に彼の前方で橋に衝突したとき、オリアンは機影を見もしなかった。雪に覆われたトラックの中にいたので、その墜落の音を耳にすることもなければ、感じることもなかった。目の前の車が停止したときに初めて、何か変わったことが起きたのだとわかった。ドライバーが車から降り、彼のトラックのほうへやってきた。オリアンが窓を開けると、その男の叫び声が雪に閉ざされた静けさのなかで耳障りに響いた。

「あれを見たかい?」

「あれってなんだ?」

「飛行機さ! 飛行機がたった今、川の中に墜落したんだ!」と男は叫び声を上げた。

オリアンは男の言うことを信じようとしなかった。「わたしは思ったんです。『こいつは頭がおかしいんだ』と。わたしはその場から逃げたいとだけ考えていました」

だがその男は大声で言い続けていた。「あの飛行機は爆発するかもしれんぞ!」

「じゃあ、車に乗って逃げちまえよ!」。オリアンは男に言って車の窓を閉めた。

男は言われたとおりにした。だがオリアンが男の車のあとについていくと、ほかの車も奇妙な動きをしていることに気づいた。「まるでアリ塚の真ん中に食べ物を落として、突然、アリがおかしな動きを始めたかのようでした。そこでわたしは思ったんです。『もしかするとあの男が言ったことは正しかったのかもしれない』と」。自分が何をしているのか、どうやってまた車を動かすのかあまり考えもせずに、オリアンは車を路肩のほうにそろそろと動かして駐車した。墜落しても自分が気づかなかったくらいだから、きっと小型の自家用機だったにちがいない、と彼は推測した。「そうだな、何が起きているか確かめよう」。そしてある思いが浮かんだ。「だれかが助けを必要としているかもしれない。自分に何か——申し訳程度のことが——できるかも。それも面白いだろう」と。

「これは小型飛行機ではない」

人はなぜほかのだれかを救うために自分の生命を危険にさらすのか？　炎上しているビルから避難するときにだれかのブリーフケースを持ってあげたり、怯えている見知らぬ人に手を貸して立ち上がらせるのも、一つの手助けである。ちょっとした親切な行為ならさほど労力もかからず、これまで述べたように、明確な進化上の価値もある。しかし、まったく理不尽に思える寛大な行為については、どう説明すればよいのだろう？　人々は英雄的行為を大いに崇めるが、それは同時にかなり不可解なものではある。本来は、死を選ぶような行為にほかならないのではないだろうか？

本章では例外的な善意という行為について述べる。パニックとして知られている機能不全については、すでに詳細に分析してきた。そして麻痺と呼ばれる、もっと頻繁に起こる行動停止についても探究してきた。しかし英雄はほとんどあらゆる災害に存在する。ときには何百人も。これから述べるのは、ほかの多くの立派な本のテーマになっているような英雄への賛美ではない。本章では、英雄を賛美するのではなく、理解することを試みる。英雄の目をまっすぐに見てこう尋ねるのだ。いったいあなたは何を考えていたのですか、と。

オリアンが小走りに川のほうへ向かうと、十ほどの人影が見えてきた。何があったのか確かめようと車から出てきた彼のようなドライバーたちだった。彼らは川岸に群がり、マフラーや車の充電に用いるブースターコードをつないで命綱をつくろうとしていた。川岸から七十メートルから百メートルほど離れた水の中に、旅客機の尾翼の一部が見えた。「まず思ったのは、これは小型飛行機ではないということだった」と、彼は回想している。「次にこう思った。旅客機の残りの部分はどこにあるのだろう?」と。

オリアンがさらに近づくと、何かほかのものが目に入った。六人ほどの人たちが川の中にいて、飛行機の破片の間に浮かび、半分解けかかった氷の上に頭を出しておこうと努めていた。六人は乗客だった。彼らを救うためにこれといった手段がないことをオリアンはすぐに見てとった。川は一面に凍りついていて、船は運航できなかった。飛行機が岸までの間の氷を粉々に砕いていたので、無事に歩いてたどり着くのも不可能になっていた。しかも猛吹雪だったので、ヘリコプターがうまく救出することも想像できなかった。川に近づくと、助けを求める生存者の声が聞こえた。その叫び声は凍てついた風景のなかに響きわたっていた。「彼らは自分たちが危険な状況にあることを知っていると思ったんです」とオリアンは言う。だが川岸や上の橋にいる見物人たちはただ見守ることしかできなかった。

オリアンは川に着くと、そこに集まっている人たちと話すために立ち止まったりはしなかった。鋼鉄の爪先が付いたブーツを脱ぎもせず、ポケットに入っている二キロほどの鍵束を

何ゆえに人は英雄的行為をするのか？　ロジャー・オリアンは、ポトマック川の墜落事故の日に、凍りつくほど冷たい水の中に飛び込んだ。もしそうしなければ、何かを失ったからだ、と彼は言う。「そこから何も得られなければ、つまりまったく何の益もなければ、人はそんなことはしないでしょう」。写真はエア・フロリダの墜落現場のそばで撮影された25年後のオリアン。写真提供：ケイティ・エルズワース

取り出すこともせず、そのまま飛び込んだ。生存者に、だれかが救おうとしていることを知らせる必要があった、と彼は後に語った。それだけだった。「彼らはすぐだれかの姿を見る必要があったのだ。わたしが人生で何か確信を持っていることがあるとすれば、それだ」。彼はゆっくりと順序立ててしゃべる。「最悪の場合、彼らを救うにはまるで無力でも、少なくとも希望は与えられるだろうと」

オリアンは今、禿げていて、白いひげを生やし金属フレームのメガネをかけているので、古典を読んだりワインを収集したりするのが好きな男のように見える。だが実際は一日の大半を戸外で苛酷な肉体労働をして過ごしている。自分で小さな剪定業《せんていぎょう》を営んでいるのだ。その仕事を始めたのは二〇〇二年のことで、二十八年間勤めた政府機関の板金の仕事を解雇されたときだった。軽業師のごとく木のてっぺんに登り、不要な枝を切り落として、たいていは一人で働いている。アーリントン

にあるこぢんまりした赤レンガの彼の家でわたしたちが会うとき、オリアンはデニムのシャツ、カーキ色のジーンズ、そしてシアトルの新進IT企業の社員たちが履いているようなアース・トーンのスニーカーというでたちだった。彼の長い腕はバスケットボールの選手のように、両脇にだらりと垂れ下がっている。

わたしたちは居間の薪《まき》ストーブのそばに腰をおろした。オリアンはきちんと積み上げた薪の山から時折割り木をくべる。二人で話をしているとき、彼はサンディを優しく撫《な》でる。サンディというのはミニチュア・プードルで、オリアンと彼の妻が溺愛している二匹の小型犬のうちの一匹である。最初の三十分ほどは、オリアンはわたしとあまり目を合わさなかった。犬に目を落としたまま、遠い昔のポトマック川でのあの奇妙な出来事について述べる。もう一匹の犬、パンプキンがサンディの鼻をなめにやってくると、オリアンは話を中断してその犬たちのことを話題にする。「ほら、見てください、あの子たちはキスしてますよ！」と。緊張がほぐれると、オリアンはもっと頻繁に顔を上げる。ようやく犬たちはほかのことに取りかかる。

機上の英雄

その日、エア・フロリダ90便は、翼に氷雪を付着させたまま離陸した。フロリダ州フォートローダーデール行きのボーイング737は、ワシントン・ナショナル空港での滑走路除雪作業のために二時間近く遅れていた。午後三時少し前に、空港は再開された。乗務員は90便の除氷を行なったが、基準に達するほど完璧なものではなかった。離陸したとき、飛行機は空に飛び上がろうと全力をふりしぼったが、まとった氷の重みで降下してしまった。

ジョー・スタイリーは、飛行機が滑走路を飛び立つ前から墜落するだろうとわかっていた。彼は大手電話会社GTE社の重役として頻繁に移動しており、一週間に一度くらいの割合でボーイング737でナショナル空港から飛んでいた。スタイリー自身もパイロットだったからかもしれないが、たいていの人がわからないことに気がついた。一つには、乗務員は機体の除氷を終えていなかった。窓からそれが見えたのだ。その上飛行機がようやく離陸したとき、あまりにもスピードが遅すぎることがわかった。彼はブレース・ポジション〔衝突の衝撃に備えて、頭を両腕で覆い、両脚の間に入れた体勢〕になり、秘書のパトリシア・〝ニッキー〟・フェルチにも同じことをするように言った。「わたしはこう言ったんです。『ニッキー、最悪の状況だ。わたしがやるようにやってくれ』と。わたしは頭を脚のすぐ近くにもっていきました」

スタイリーは飛行機が墜落する前にもう一度顔を上げた。窓から飛行機の左翼が下方に傾いているのが見えた。彼はまた両脚の間に頭を突っ込んだ。その日、一月十三日は、彼の息子の誕生日である。飛行機が橋に激突する前に、スタイリーはそんな日に出張に出かけたことを神に詫びた。息子が誕生日を父親の命日として永遠に記憶することになると思うと心が痛んだ。

離陸のほんの数秒後に、空港から八百メートルも離れていないところで、90便は建物解体用の鉄球のごとく14番ストリートブリッジに激突し、七台の車が破壊され、四人が死亡し、橋壁の一部が引き裂かれた。衝撃で飛行機は一ダースほどの破片に分解した。

飛行機が橋にぶつかったとき、乗っていた車が追突されたのとよく似た感じがしたのを、スタイリーは覚えている。その衝撃で彼は骨の髄まで揺さぶられた。だが川面にぶつかったときはさらにひどかった。「その衝撃たるや信じられないほどでした」。彼は自分が意識を失っていくのを感じることができた。「目が覚めないのではないかと思っていました」

意識が戻ったとき、スタイリーは座席にまっすぐに座ったまま、首まで水に浸かっていた。フェルチはまだ隣りにいた。まわりでほかの人たちがうめいている声が聞こえた。やがて飛行機が沈みはじめた。機体は水面下に落ちていき、非常に長く思える間、ゆっくりと沈み続け、ついに川底で止まった。その間、スタイリーは頭の中でチェックリストをつくっていた。やるべきことがたくさんあった。まず最初に、左脚を救い出す必要があった。ひどい骨折をして残骸にはさまれていたのだ。またシートベルトもはずさなければならなかった。それからフェルチを助けなければならない。本書に登場する生存者の多くと同様、軍事訓練を受けていたため、つねに計画を立てることを教わっていた。おそらくそれが彼の命を救ったのだろう。「そういった訓練を受けることはものすごくためになります」と彼は言う。「どうすべきか思案しながらそこに座っていたりしないのです。行動するんです」

飛行機の落下が止まると、スタイリーはチェックリストに基づいて行動しはじめた。左脚をひねって解放し、シートベルトをはずし、フェルチを助けにかかった。彼女の足を解放するためにはその骨を折らなければならなかった。それからほかの乗客の座席上部を泳いでゆき、滑走路で待機しているとき雑談を交わした大学生たちを通り越した。泳ぎを止めてほかのだれかを助けることなどできなかった。あまりにも長く水中にいたため、肺がぜいぜいあえいでいた。二人はお互いの手をしっかりつかんで泳ぎ続け、真っ暗な水中を手探りで進んでいった。ようやく水面に顔を出して、零下四度の空気を吸っていると、十メートルほど離れたところに飛行機の尾翼の一部が水面から突き出ているのが見えた。つかまれるものはそれだけだった。二人はお互いに助け合ってそちらに向かって泳いでいった。するとケリー・ダンカンの姿が見えた。二十二歳の客室乗務員で、生き延びた唯一の乗務員だった。彼女も尾翼につかまりにきた。それからプリシラ・ティラードが水面に出てきて、叫んだ。「あたしの赤ん坊はどこ？　だれかあたしの赤ん坊が見える？」。ほんの五分もたたない間に、彼女は生後二カ月の赤ん坊と夫を永遠に失っていたのだ。スタイリーはティラードのほうへ泳いで、彼女を浮かべたまま生存者たちの小さなグループのところへ連れていった。ティラードにネクタイをぐいぐい引っ張られて、あやうく窒息死しそうになった、と彼は記憶している。

雪は降ったりやんだりしていた。スタイリーのまつげに付いた水滴は凍って小さなつららになった。彼は両脚と片方の腕を骨折していた。乗客は全員、重傷を負っていた。スタイリーは救命胴衣が水に浮かんでいるのを見つけたが、両手がとても冷たくなっていて、そのビニールの包装を開けることができなかった。最終的にはダンカンが歯でビニールを切り開いた。彼らは救命胴衣をフェルチに着けさせ、ダンカンがそれを膨らますためのひもを引っ張った。怪我をしている上に、経験が浅かったにもかかわらず、ダンカンはその日、まさに訓練を受けていたとおりに見事にやってのけたのだ。

その頃にはずいぶん多くの人が頭上の橋の上に集まっていた。彼らは生存者たちの小さな集団をじっと見下ろしていた。ロープをぶら下げている人もいた。だがスタイリーは橋までたどり着くことはできないと思った。とくにフェルチを引っ張りながら泳いでいくのは無理だろう、と。まして橋よりもずっと遠くにある川岸までたどり着くことなど不可能だとわかっていた。だからその場にとどまり、飛行機の鋼鉄の断片にしがみついていた。ある時点で群集を見上げたら、カメラがじっとこちらを見つめ返していたのを、彼は覚えている。

スタイリーは腕時計を見て、二人がどれくらい長く水の中にいたのかを確かめた。十分だった。海軍の訓練で、人は極度に冷たい水の中に二十分ほど浸かっていると、心停止になる傾向があることを覚えていた。彼は骨折していない体の部分を動かし、熱を起こそうと努めた。ついに、スタイリーは点滅している赤い明かりを見た。救助隊員たちが装具を身につけて川岸を疾走してきた。「ああ、助けがきた！　ありがたいことだ」とスタイリーは思った。「予想どおりにやってきてくれた」。だが見ていると、救助隊員は水際まで走ってきて、立ち止まった。彼らにできることは何もなかったのだ。「彼らはほかの皆と同様、見物人になったのです」

そのときまで、スタイリーはほかの生存者たちを元気づけようとしていた。尾翼のそばの座席にはさまれていたある男性は、繰り返しつぶやいていた。「わたしはここから出られないだろう」。スタイリーはそういうつぶやきに絶えず楽観的な言葉を投げかけて励ましてきた。低体温を防ぐために、動ける人にはどの人にもちょっとした運動をするように勧めた。だが今、救助隊員たちがこちらを見ているのを目にして、むなしさが胸に広がるのを覚えた。「わたしはこう思ったのです。『なんということか、飛行機の墜落事故を生き延びたのに、ここでこのまま一万人もの人が見守るなかで凍え死んでいくのか』と」

電気ショックを受けたような冷たさ

オリアンが川に飛び込んだとき、ジャケットや毛糸の帽子など着る物はすべて身につけていたが、手袋ははめていなかった。水の冷たさが骨身にしみた。「感電死するような感じでした」と彼は回想している。岸にいるだれかが彼に間に合わせの命綱をつかむように叫んだ。彼はそれをつかみ、体に巻きつけた。

人間は極端な気温にあまり耐えられない。ほかの動物——たとえばラットやハトなど——は、はるかによく耐えられる。人は摂氏十八度の水中に指を突っ込めば、一分ほどで強烈な痛みを感じる。さらに温度が下がれば、もっと早く、もっと激しく痛くなる。オリアンが飛び込んだ川の水温は一度だった。

これから述べるのは、それほど冷たい水の中に飛び込むとどうなるのかということである。まず心拍数が急激に増え、血圧がただちに上がる。体は血管を収縮させて、皮膚の表面への血液の流れを自動的に減らす。それでも血液は流れるので、皮膚の表面の冷たい血液は結局は心臓まで進んでいく。血管の収縮はそのプロセスを遅くするが、痛みも伴う。同時に、急に尿意をもよおすかもしれない。そのようにして体内の液体の総量を減らそうとするのである。そのうちに心拍数は減りはじめ、鼓動の間隔があき、体を暖めなければ最終的には完全に停止してしまう。

皮膚の温度が下がり続けると、痛みはさらにひどくなり、耐えがたいほど激しくなる。やがて突然痛みが薄れ、水が奇跡的に温かくなったように感じる。実は皮膚に酸素を供給し続けるために血管が拡張し、血液を皮膚の表面に押し戻したのである。気温が低いときに、頬や鼻が赤く見えるのはそのためだ。しかしその後、前より快適になってきたところで、そのプロセスはまた逆転する。血管が収縮し、痛みが戻ってくる。血管のこの拡張と収縮は、体がさらに冷たくなるまで続き、その時点で血管は拡張することを完全に停止する。血液は凍傷にいたる極端な状態を見捨て、代わりに心臓を救うことを選択しはじめるのである。

水の中に入るとすぐ、鳥肌が立つ。鳥肌は毛嚢《もうのう》が逆立つ現象である。それを言い表わす専門用語は horripilation（「逆立つ」という意味のラテン語の horrere と、「毛」を意味する pilus から成っている。horrible［「身の毛もよだつ」を意味する英語］は自明の理でこの語と密接な関係を持っている）である。鳥肌はそのほかの生存反応と同様に、明らかに進化に由来するものであり、人間の恐怖反応がいかに時代遅れであるかの典型的な例である。たくさんの毛におおわれた動物の場合、鳥肌は寒さの中で断熱性を高めるのに役立つ。あるいは、動物は怯えると、鳥肌が立って毛が逆立ち、ふだんより威嚇するような外形がつくりだされる。だが言うまでもなく、人間にはそのような恩恵をこうむるだけの毛は生えていない。

一方、どんな極端な状況においてもそうであるように、論理的に考えたり意思決定をしたりする能力は急速に低下する。指先運動能力もそうである。人間は十二度以下の水の中では、手先の器用さが失われる。泳ぐことは低体温の始まりを遅らせる一助にはなりうる。だが体が冷え続けると、激しく震えはじめる。震えは不随意の柔軟体操のようなものである。震えによって筋肉が収縮し、熱が生じる。

このように人間には低温に対する脆弱性があるので、長年にわたって科学者はときによこしまな興味を抱いて、それを研究対象にしてきた。一九三〇年代には、医師たちは低温で統合失調症や腫瘍を治療しようと試みた。冷却によって病んでいる組織が破壊されるのではないかと推測したのである。第二次世界大戦中に、ナチスの科学者たちはドイツのダッハウにある強制収容所で、ユダヤ人たちを極端な低温での身の毛もよだつような残虐な実験の対象にした。今日に至るまで、冷たい水に対する人間の反応についての知識の多くは、こういった囚われた人々の苦しみからきているのである。

スタイリーと同様に、オリアンもすぐにプランを立てた。川は浅いので生存者のところまで歩いていけるだろうと踏んでいたが、すぐに思い違いだと気づいた。川床は急に深くなって、飛び込んだとたんに足がつかないことがわかった。プランBは川面を歩くことだった。浮いている氷から氷へと次々に跳んでいけるかもしれないと思った彼は、すぐそばのテーブルほどの大きさの氷のかたまりによじのぼった。だが立ち上がるとすぐに氷はひっくり返り、彼は水中に投げ出された。もう一度試みたが、氷はあまりにも不安定すぎた。しかも水中に二、三分いただけなのに、すでに手の感覚がなくなっていて、大きな木の棍棒のような感じになり、水中でしているそのばかげたダンスの役には立たなかった。

次にオリアンは氷のかたまりの間を泳いでみた。高校時代は優秀な水泳選手で、まだ週に何日かは泳いでいた。両腕で水をかきわけるようにして進んだが、うまくいかなかった。飛行機は氷を粉々に砕いていたが、そのかけらはまだくっつきすぎていて、間を通り抜けることができなかった。「ジグソーパズルのようでした。どのピースもおさまるべきところにきちんとおさまっていたのです」

プランAもBもCもすべて失敗だった。「プランZまでいったあとで、ギリシャ文字のアルファベット「プランα、プランβなど」に入り込まなければならないほどで、困ったことになったと思いはじめたのです」。そこでオリアンはひどくぶざまなことをした。氷のかたまりの上に身を投げ出してから、そこを這って横切り、また川の中に落ちたのだ。彼はそれを何度も繰り返し、ゆっくりと飛行機の残骸のほうへ進んでいった。そして二分ごとくらいに、乗客に向かって叫んだ。「頑張れよ。そっちへ行くからな！」

オリアンが水の中に入ったとき、彼の体温はおそらく三十七度くらいの平熱だっただろう。しばらくの間は、血管の収縮や懸命の泳ぎによって体の芯をその体温で保つことができた。だがさらに体が冷えてくると、体温は下がりはじめた。ポトマック川はダッハウ収容所の実験で使用された最低水温よりも〇・六度低かった。通常、体温が三十五度以下に下がった患者には治療が必要になる――そして三十二度以下であれば死の危険性がある――と医師はみなす。三十一度以下になると、心拍リズムが異常になる。二十四度以下でほぼ死が確実になる、とナチスはダッハウで結論づけた。

オリアンは救助しようとしている人々のことを知らなかった。わたしは彼に尋ねた。水中で手足をばたつかせ、寒さで体が引きちぎられそうになっていたとき、疑念を抱いたり後悔したりしなかったのか、と。「ふたたび両手を使えるようになるのだろうか、とはぼんやり思っていました」と彼は言う。「ですが、頭のなかの何かのスイッチがこう言ったんです。『かまうものか。進み続けろ』と」。オリアンは論理的に行動していたのではないことを認めている。「もしどこかの時点で頭のなかに合理的な考えが入ってきていたら、わたしはあんなことはしなかったでしょう」

英雄たちになぜそういうことをしたのかと尋ねると、決まってそうせざるをえなかったからと答える。人が溺れるのをどうして見ていられようか？　あるいは飢死するのを？　あるいは焼死するのを？　英雄たちは例外なく英雄というレッテルに居心地の悪い思いをしている。彼らのとった行動は、自身の人間性よりもむしろそのときの状況によるものだと考えているのだ。「わたしはたまたまどこかに居合わせて何かをした男にすぎません」と、オリアンは言う。「もし翌週、もう一度同じようなことが起きたら、こんなにうまくいかなかったかもしれません」

しかし90便の墜落現場では、英雄とは対照的な人々もいた。少なくとも川岸にいた二、三十人は飛び込まなかった。それは適切な判断だった。飛び込んでいたら、その日はさらに死傷者がでたかもしれない。だがオリアンとほかの人々との違いは何だったのだろう？

自分はさほど立派な男ではない、とオリアンは断言している。「多くの人はわたしに好意すら持たないかもしれない」と笑いながら言う。「わたしはいつも何かしらのことでだれかに腹を立てているんです」。彼は人間に対してさほど好意的な見方をしていない。「ふだんの人間の行動にたいていは不快感を覚えるんです」。もし墜落事故が起きていなければ、渋滞にはまっていただろうし、そうすれば生存者を救おうとする代わりに、まわりの人たちに悪態をついていただろう、と彼は言う。

英雄を心理分析する

過去二十五年にわたって、社会学者サミュエル・オリナーと彼の妻パール・オリナーは、四百人以上の英雄として記録されている人たち――全員がホロコースト［ナチスによるユダヤ人大量虐殺］の間に命を賭けてユダヤ人を救った――にインタビューしてきた。オリナー夫妻はまた、同じ時代に同じ国に生きていたがだれをも救わなかった七十二人の人々にもインタビューした。夫妻は考えうるかぎりのあらゆる質問をした。子供の頃、あなたのお父さんは何かの政党に所属していましたか？　あなたはどんな宗教団体に加入していましたか？　あなたの小学校にユダヤ人が通っていましたか？

大多数の人々はたまに見かける人間の善行に驚嘆することで満足しているが、オリナーは英雄を体系的に詳細に分析して一生を送った。彼が十二歳のとき、ナチスが家族を連行しにきた。一家はポーランドのボボーヴァにあるユダヤ人ゲットーに住んでいた。実の母親は五年前に結核で亡くなっていたが、そのときは継母が一緒にいて赤ん坊の妹を抱いていた。ドイツ兵がトラックを止め、ユダヤ人は出てこいと大声で叫びはじめると、彼女は義理の息子の目をじっと見つめた。そして自身に迫りつつある処刑にうつろになりながらも、逃げなさいときっぱり言った。「おまえは逃げて生き続けるんだよ!」。そう言って彼をひと押しした。サミュエル・オリナーは逃げた。屋上に上がり、ほぼ丸一日、パジャマを着たまま、そこに寝そべりじっとしていた。そして子供が見るべきではない残虐な場面を目撃した。窓から放り投げられる子供もいれば、銃剣で突き刺された子供もいた、と彼は言う。ドイツ兵の声が聞こえなくなったあと、彼はそっと家の中に入って衣服を探しまわった。それからこっそりゲットーを抜け出し、通りをさまよいはじめた。ある農夫から聞いて、ゲットーに住んでいたユダヤ人は一人残らず射殺され、死体は共同墓地に投げ込まれ土をかけられたということを知った。

まもなく彼は救われた。運命に見捨てられたときと同様、不可解ではあったが、今度は運命がオリナーをすくい上げ、抱きしめたのだ。彼は近くの村へ歩いてゆき、ある農婦の家の玄関をノックした。その農婦のことはよく知らなかったが、彼女が何年か前に自分の父親と一緒に学校へ通っていたことは知っていた。彼女、バルウィナ・ピークチは彼に食べ物を与え、新しい名前をつけてやり、主の祈りとポーランドの教理問答を彼に教えた。それから数キロ離れた農場で働く手はずを整えてやり、彼の様子を見にいつも息子を差し向けた。オリナーはこの女性のおかげで長生きしている。やがてアメリカに渡り、朝鮮戦争に行き、復員兵援護法に助けられて大学にも通った。そしてカリフォルニアのハンボルト州立大学の教授になった。「わたしは悪の悲劇を目の当たりにし、また理解しました」とオリナーはわたしに話してくれた。だが英雄的行為は……英雄的行為はそれよりも理解しがたい。彼はこの農婦が提示した謎を解明することに一生をささげた。ただ見守っているだけの人がいる一方で、なぜ一部の人々は他人を救うために命を賭けるのだろう?

オリナーが発見したことは、いわく言いがたいものだった。「なぜ人々が英雄的行為をするのかについて説明することはできません。遺伝的なものでも性格でも文化的なものでも絶対にないのです」。だがまず、何が問題にならなかったかについて考えてみよう。信仰は違いをもたらしていないように思えた。オリナーの研究では、救助者と非救助者の双方の約九十パーセントが、子供の頃に宗教団体に加入していたと答えた（ほとんどがカトリック教徒だった）。もっと肝腎なことは、両方のグループが自分たち自身も両親も同程度に熱心な信者であると報告している点である。

英雄の多くはそれぞれ異議を唱えることだろう。ビバリーヒルズ・サパークラブの火災で何百人もの命を救ったバスボーイ、ウォルター・ベイリーは、信仰のおかげで落ち着いた気持ちでいられたと信じている。「死ねばどこへ行くのか知っている人は、死をさほど恐れないという気がします」。これに反して、90便が墜落したあとポトマック川に飛び込んだ男性、ロジャー・オリアンは強い信仰を持っていない。彼の価値観は宗教的なイデオロギーと部分的に重なり合うが、それはどこかほかから――家族、軍隊、多くのほかの影響から得られたものである、と彼は言う。

政治も行動を予測する要素にはならない、ということがオリナーの研究でわかった。救助者も非救助者もともにそれほど政治に関心を持っているわけではなかった。しかしながら、救助者たちは概して民主的で多元的なイデオロギーを支持する傾向があった。

非常に多くの英雄たちの発言には反するが、英雄的行為は単なる偶然の産物ではない、という結論がオリナーの研究によってもたらされた。救助者たちはしかるべきときに、ちょうどしかるべき場所にいたわけではない。ユダヤ人に起きていることを、よりよく知っている人たちが、より積極的に助けたというわけでもなかった。助けることによって直面している危険の度合いが減った人もいなかった。救助者が非救助者より裕福だというわけではないし、子供時代により多くのユダヤ人を知っていたわけでもなかった。

しかし両者の間には重要な違いがあった。救助者のほうが両親との関係がより健全で密接である傾向があり、そしてまたさまざまな宗教や階級の友人を持っている傾向も強かった。救助者のもっとも重要な特質は共感であるように思われた。どこから共感が生じるのかを言うのはむずかしいが、救助者は両親から平等主義や正義を学んだとオリナーは考えている。子供の頃にしつけられたとき、救助者は道理を説いて言い聞かせられたのだろうと思われるが、非救助者は体罰を受けた可能性が大きかった。

こういった理由はあるにせよ、おそらく英雄たちは可能なときには他人を助けなければという、止むに止まれぬ義務を感じるのだろう。「人の気持ちをつかみ、何かしなければと思わせるのは、心のなかに、魂のなかに、感情のなかにある何かである」と、オリナーは言う。この結論はほかの（数は少ないが）英雄的行為の研究結果と一致する。英雄的行動をとる人々は、日常生活においても「助ける人」であることが非常に多い。消防士や看護師、警察官などである。

おそらくは訓練や経験の賜物であろうが、英雄はまた自分の能力に自信を持っている。極度のストレス下でも立派に振舞うほとんどの人たちと同様に、概して英雄は自分の運命を決めるのは自分だと信じている。心理学者はこれを「内的統制」と呼んでいる。わたしはロジャー・オリアンに、自分の身に起こることを制御できているように感じたかどうか尋ねてみた。「わたしの心に何の疑問もありませんでした。まったくと言っていいくらい」と彼は答えた。「たとえ制御できなかったとしても、そうすべきだという気がしました」

一方、傍観者は、制御できない力にもてあそばれているように感じがちである。「彼らはほかの問題にはほとんど注意を払わない。そして自分自身が生き延びることに必死になる」とオリナーは言う。わたしたちのほとんどが傍観者であるということは、心にとどめておく価値がある。

「彼はどんどん近づいてきたんです」

スタイリーはオリアンの姿を見る前にその声を耳にした。「おい、きみたち！　頑張れよ！　そっちへ行くからな！」。スタイリーは岸のほうを見た。すると背が高く、決然とした、だがひょっとしたら頭がおかしいのではないかと思える人が氷を切り開いて進んでくるのが見えた。スタイリーは感謝の気持ちが込み上げてきた。「わたしは思いました。『あの男こそ男のなかの男だ』と」。彼とほかの乗客たちは、待っている間、主の祈りを唱えていた。オリアンが乗客たちのところへたどり着いたとしても、何かできることがあるのかどうかはよくわからなかった。だがだれ一人として助けてくれようともしなかったと思うよりも、だれかが助けてくれようとしたが失敗したと思って死んでいくほうがいいはずだった。

二十分が経過した。六人の生存者のうちだれ一人として意識を失わなかった。しかしながら寒さは耐えがたいものになっていたし、水中のジェット燃料を何度も飲み込んでしまった。その間、オリアンは水をかき分けて進んでいたが、ものすごくのろかった。腰に巻いた命綱がたえず氷にひっかかったので、彼はそれを取り除こうとした。だが彼の手は寒さのために役立たずの切り株のようになっていた。そのとき川岸にいる人々からの叫び声が聞こえた。ロープの長さが足りなくなったのだ。彼らがもっとロープを見つけてくれるのを、オリアンは待たなければならなかった。彼はひそかにこう思った。「もうだめだ、待てないよ！　今でも十分きついんだから」。だが彼らはすぐにロープを継ぎ足し、オリアンはふたたび濁水の中に飛び込んだ。

その時点で、オリアンはまだ中程までしかきていなかった。彼は水中に約十五分間いた。生存者のところへ行くのにさらに十五分かかるとしても、すでに疲れ果てているのでおそらくもっと時間がかかるだろうし、次にどうすればいいのだろう？　何とか力を奮い起こして生存者の一人をフットボール場くらいの長さがある川を渡って連れ戻すとしたら、少なくとももう三十分はかかるだろう。現実的に、彼の体――あるいは生存者の体――が川の中であと四十五分もちこたえられる見込みはまったくなかった。オリアンは飛行機の尾翼の一部を見つめ、そこがとても滑らかであることに気づいたのを覚えている。たとえたどり着けたとしても、つかまるものは何もないかもしれない、と彼は思った。「自分はきっと死ぬんだと思っていました」とオリアンは静かな声で話す。「でもそれでよかったんです。精神的に落ち着いていて、そのことで幸せな気分になっていました。あの人たちに背を向けるつもりはありませんでした」

スタイリーもオリアンも、ヘリコプターの姿を目にする前にその到来を感じた。回転翼のブルン、ブルンという音が雷鳴のごとく空を切り裂いて現われた。その日の午後、公園警察のヘリコプターは数キロ離れたところの本拠地で地上に待機させられていた。主任パイロットのドナルド・アッシャーは、嵐のなかで飛ぶことを許可していなかった――が、やがて飛行機が墜落したという一報が空港から入った。彼と救助専門家メルヴィン・ウィンザーは飛び立つことに決めた。着氷性の雨が降るホワイトアウトに近いなかを飛んでいくとき、アッシャーとウィンザーは眼下の道路をたどって橋への道を見いだした。

オリアンはヘリが近づくのを見た。「あれはベトナム帰りのパイロットだと直感的にわかりました」と彼は笑みを浮かべて言う。「なぜならああいう男たちは偉大だったからです。どんなことだってやるんです」。ヘリコプターの風防は氷で覆われ、その下降気流は、回転翼の近くに飛行機の破片を吹き飛ばして危険なくらいだった。だが本当にベトナム帰還兵だったアッシャーは、ヘリを川に向かって手際よく降下させていった。

最初にヘリコプターはオリアンのほうに向かった。彼を乗客とまちがえたのだ。オリアンは手を振って追い払い、見物人たちは命綱を巻いて彼を岸のほうへ引き寄せた。彼はやれることはすべてやった。「ヘリコプターは現実の助けだった。わたしは幻影だった」と彼は言う。岸に着いたとき、オリアンは歩けなかった。体が極端に冷えると、筋肉の硬直がはじまる。だれかが彼を岸へ引きずり上げて暖房のついたトラックに乗せた。彼は激しく震えだした。人体はこのような筋肉の摩擦によって熱を発生させるのだ。

ヘリコプターはついに川から五人の生存者を引き上げ、一人ずつ命綱で川岸へ引っ張っていった。赤ん坊を失った女性プリシラ・ティラードは、何度も命綱を握っていた手を放し、岸から遠くない水の中に落ちたが、二人の男性――消防士と政府機関の職員――が川に飛び込み、彼女を引き上げて役目を果たした。墜落事故の最後の生存者、両脚が残骸にはさまれていた男性は、自分で予言していたとおり、亡くなった。90便に搭乗していた七十九人のうち、七十四人が死亡した。ヘリコプターが彼に救いの手を差し伸べる前に水中に沈んでしまったのだ。

オリアンはスタイリーやほかの生存者と一緒に救急車に乗って近くの病院へ行った。彼は体温が三十四度に上がるまで温かいシャワーを浴びさせられた。それから自宅の妻の元に帰った。

翌日は猛吹雪のために政府機関は閉鎖され、オリアンの仕事も休みになった。彼は川辺から牽引されていたトラックを引き取るために没収車置き場へ行った。案の定、バッテリーは切れていた。幸いなことに夫妻はブースターコードを持ってきていた。オリアンが罰金を払いに行くと、数ドル足りなかった。彼が財布から取り出した金はまだ濡れていた。彼は会計係に小声で説明した（「あの飛行機墜落事故があって、わたしは飛び込んだものですから、何もかもまだ濡れているんです、ほら……」）。会計係はトラックを引き取らせてくれた。

一連の救出劇で川に飛び込んだ男性の一人、レニー・スクートニクはたちまち有名人になった。彼の偉業

人は見ず知らずの他人を救うために不可解に思える危険を冒すことがある。1982年1月13日、エア・フロリダ90便がワシントンD.C.の凍りついたポトマック川に墜落したあと、生存者が航空機の残骸にしがみつくのを、数十人が川岸から見守った。3人の男性が救助しようと川に飛び込み、合衆国公園警察のヘリコプターが生存者を無事に引き上げた。写真提供：チャールズ・ペレイラ／合衆国公園警察

をニュースカメラがとらえたのだ。スクートニクは、ロナルド・レーガン大統領の招きで一般教書演説［大統領が議会に対して行なう国政報告］に姿を現わした。それは演説の新しい伝統の始まりだった。だがオリアンについては、スタイリーとヘリコプターのパイロットが記者たちに彼を探しださなければと言うまで、その存在を知られてはいなかった。「わたしはあの男に魅了されました。彼はどんどん近づいてきたんです」と、スタイリーは後に「ライフ」誌に語った。「わたしの命を救ってくれたのは彼だったのです」

英雄のデータベース

オリアンとスクートニクは、ヘリコプターの乗務員とともに、「カーネギー英雄メダル」なるものを授与された。過去一世紀にわたって、さほど知名度が高くない「カーネギー英雄基金委員会」は、九千個以上のメダルと支援金を、他人の命を救おうとして自らの命を途方もない危険にさらす人々に与えてきた。

アンドリュー・カーネギーは、だれよりもずっと英雄に魅了されてきた人物だ。一九〇四年の冬、マンハッタンのアッパー・イースト・サイドにある六十四室からなる豪邸で、彼はピッツバーグ郊外で起きた恐ろしい炭鉱事故の話を聞いた。大爆発で百八十一人が死亡していた。数時間もたたないうちに、炭鉱を設計した評判の高い技師が現場に到着し、生存者の救出を手助けしようと主要な立坑《たてこう》へ下りていった。だが地下深くで、爆発の副産物である毒ガスを吸ってしまい、その後まもなく死亡した。あとには未亡人と継息子《ままこ》が残された。翌日には、一人の炭鉱夫が進んで生存者を捜しにいったが、彼もまた窒息ガスで死亡し、未亡人と五人の子供が残された。カーネギーはたやすく感銘を受けるたちではないのだが、感動を覚えて犠牲者の家族のために四万ドル相当の義援金を寄付した。「事故であとに残された女性や子供たちのことを頭から追いやることができない」と彼は書いた。そしてまた、救出活動に身を投じて死亡した二人の英雄的行為を記念して、二個の金メダルを用意した。

数カ月後、当時世界一の富豪だったカーネギーは、五百万ドルの基金と「英雄基金委員会」を設立した。自分が創始したすべての慈善団体のなかでも、「英雄基金」は彼一番のお気に入りだった。「世界でこれほど気高い基金はないと思うよ」と彼特有の遠慮のない口調で語ったことがある。「この基金はわたしのお気に入りと思われるかもしれないね」。カーネギーの慈善事業のほとんどは、彼以外の人のアイデアだった。だが「英雄基金」は自分で考え出したものだ。実業家としては無情だったにもかかわらず、彼は紳士的で他人に対して思いやりを持つことを好んでいた。フットボールは野蛮人のスポーツだとさげすんでいたので、選手には別のはけ口が必要だろうと、ボートを漕げるようプリンストン大学に湖を寄付した。また平和主義者で、兵士たちの、因習的な英雄の定義を厳しく非難した。「野蛮人の偽りの英雄は、仲間の破滅を自慢することしかできない連中だ」と彼は書いている。「文明人の本物の英雄とは、仲間を救ったり献身的に尽くしたりする人物だけだ」

「英雄基金」は、英雄たちの情報を記録した独自のデータベースを提供してくれる（委員会は事実を確認するためにそれぞれの事例を徹底的に調査した上でメダルを授与する）。受賞者のリストは多様である。「受賞者は考えられるすべての職業、あらゆる年齢層、あらゆる民族的背景の人々から選ばれています」と、委員会の渉外部長ダグラス・チェンバーズは言う。「最年少は七歳の女の子だったと思います。最高齢は八十六歳の女性でした」

しかし類似している例もいくつか出てくる。ハワイ大学の心理学者ロナルド・ジョンソンの調査によれば、一九八九年から一九九三年までに委員会に承認された四百五十の英雄的行為のうち、けたはずれに多い九十一パーセントが男性によるものだった。もちろん、この数字はサンプルの偏りにすぎないことも考えられる。英雄基金はあまり包括的ではなく、委員会はメディアの発表を通じて大部分の英雄のことを知る。だから男性の英雄的行為のほうが多く報道されている可能性もある。あるいは、救助が必要とされるような危険の多い状況には男性のほうがよく居合わせるというだけなのかもしれない（なにしろ、救助された犠牲者の六十一パーセントも男性なのだ）。許容できる危険の範囲が大きいからというだけでなく職業も原因となって、男性のほうが危険な状況に巻き込まれやすい。しかも概して男性のほうが力も強いので、危険な状況に進んで足を踏み入れようという気になる可能性もある。

だが性によってこれほど差が大きいという事実は、もっと特別な意味あいも示唆しているのかもしれない。おそらく男性のほうが女性よりも自分自身を救助者とみなす可能性がはるかに大きい――英雄的行為が可能なだけでなく、そのような行動が自分に期待されていると信じがちなのだ。また、カーネギーの英雄たちには、オリアンのような労働者階級の男性が不均等なほど多い。家族以外のだれかを救助した二百八十三人の男性のうち、高い地位の仕事についていた人は二人だけだった。繰り返しになるが、社会における役割を考えれば、これらの男性のほとんどは自分に期待されていると思うことをやっていた可能性がある。そういう行動をとりがちなのは、トラック運転手、溶接工、工場労働者などが多く、救助とまさに同じく、何らかのリスクを負う必要がある肉体労働に従事している人たちである。

その調査では、驚くべき数の救助がアメリカの田舎や小さな町でなされていることも判明した。英雄的行為の約八十パーセントは、人口十万人以下の町や村でなされている。ここでもサンプルの偏りが見られるのかもしれない。だが小さな町では、住民はお互いに知り合いになる傾向があるのも事実だ。だから互恵行動の理論に従えば、親切な行為は認められて記憶されるのである。

ホロコーストを生き延びて一生を英雄的行為の解明にささげたサミュエル・オリナーも、カーネギーの英雄たちを分析した。英雄たちから二百十四人を無作為に選び、なぜそういう行為をしたのかについてインタビューしたのだ。第二次世界大戦中の救助者の場合と同様に、さまざまな説明を聞きだした。七十八パーセントにものぼる人々が、両親や地域社会から学んだ道徳的価値観や規範に言及した。「多くの人は、人生のある時点で人はお互いに助け合うべきだと教えられたので、救助者になることは自分がどういう人間であるかという自己認識と深く結びついていると感じたと語った」と、オリナーは記している。90便の墜落事故のあと、極寒のポトマック川に飛び込んだ男性ロジャー・オリアンは、田舎に住んではいなかった。だがそれ以外の点では、これらの調査の英雄たちとよく似ている。男性で、労働者階級の仕事に従事し、他人を助けなければという強い義務感があった。

さて英雄的行為の心理学的説明に取りかかろう。危険を冒して他人を助けるような人間のアイデンティティと共感が結びつくと、人は英雄的行為に向かうのかもしれない。しかしこれはオリアンの行動が進化上の観点から見て何らかの意味を成すという説明にはならない。動物の行動を研究している専門家ジョン・アルコックに英雄的行為について尋ねると、彼は懐疑的な答えをする。英雄的行為の話はおそらく〝誇張した〟ものだろうと言うのだ。なにしろ、ほかの哺乳類のなかで、たとえばライオンを例にとると、「強力な捕食動物は自分たちを守るために一団となるだろう。（だが）集団のために一頭のライオンが自分を犠牲にするということではない。そんなことがもし起こるとしても、それは偶然である」のだから。

では英雄とは偶然の産物なのだろうか？　オリアンは遺伝学的に言うと、突然変異体なのだろうか？　さらにもっと極端なリスクを負っている場合についてはどうだろう？　カーネギーの英雄のなかには泳げない者もいた。それでもとにかくほかの人を救おうと水中に飛び込んだ。そうして死亡した者もいる。自然淘汰の観点からすると、これは愚かな行為ではなかろうか？

オリアンはポトマック川で凍死しそうになって以来、この問題についてずいぶん考えてきた。「日常生活ではお互いひどい接し方をしている人々が、最悪のときにはお互いのために途方もないことができるのが非常に興味深い、と前から思っていたんです」と彼は言う。ほかの英雄たちの代弁はできないが、彼の場合は、自分がしたことは自己本位のものだったと結論づけた。「そこから何も得られなければ、つまりまったく何の益もなければ、人はそんなことはしないでしょう」とオリアン。「わたしだってしませんよ」

　アレク・ロスランは、ホロコーストの間に自分自身や家族を大きな危険にさらして二人の幼い男の子を救った人物だ。何年も後に、ロサンゼルスのシナゴーグで演説をしたとき、オリナーは彼の通訳を務めた。その後、ジャーナリストがロスランのまわりに群がり、同じ質問を何度も繰り返したのを、オリナーは記憶している。「あなたはなぜそうしたのですか？　なぜ命を危険にさらしたのですか？　理由は？」。相も変わらず、わたしたちはとても熱心に英雄を捜しだそうとするが、いざ見つけると、疑い深げな振舞いをするのだ。ついにロスランは激昂して彼らのほうに向いて言った。「どうしてあなたがたは、わたしになぜこれをやったのかと尋ねるのですか？　ほかのやり方があったということですか？」

　英雄たちは自分がとった行動を「もしそうしなかったら、自分自身に我慢できなかったでしょう」という言い方で幾度となく説明している。それは災害後の常套句《じょうとうく》になった。常套句だとはいえ、彼らの言葉がまったくの真実ではないということではない。わたしは英雄たちへのインタビューを重ねるにつれて、次第に自分が不適切な質問をしてきたと思うようになった。なぜ彼らがそれをしたのかという問題ではないのだ。より適切な質問は、「もしあなたが行なったことをしなかったら、どうなると恐れていたのですか？」というものである。「基本的には、人は自分自身のためにそうしているんです」とオリアンは言う。「なぜならそれをしないことで生じる結果に内心向き合いたくないからです」。彼の場合、自分自身に失望するのを恐れた。墜落現場での決意は自信——そして不安——から生まれた、と彼は言う。生存者のところまで泳ぐ体力と技能があるという自信と、それができることを自分自身に証明しなければならない不安である。彼は英雄になるために川に飛び込んだわけではなかった。臆病者にならないために飛び込んだのだ。あるいは彼の表現によれば、「すでにそこにあるものにつけ加えるというより、何かが欠けているという感じだった」ということだ。

オリアンがベトナム戦争中に軍隊に入ったのも同じ理由からだった。戦争に行く理由にはとくに賛成でも反対でもなかった。彼がベトナムへ行ったのは、行かないのが怖かったからである。「そういうわけで、わたしは行かなければならなかった。ベトナムに行けたのだろうかと思いながら、その後の人生を過ごしたくなかった。どんな危険な状況になっても、乗り越えられるだろうか？　生き残れるかどうか、人を殺すことをどう感じるか、わたしにはわからなかった。疑問だらけだった」

一九六九年の雨季、オリアンは少数の兵士とともにベトナムの中央高地で偵察を行なっていた。ある日、彼らは川に架かる小さな橋を渡ったが、朝になると雨で橋が押し流されてしまったことがわかった。激流を百メートルほど泳ぐしか戻る方法はなかった。かろうじて機能している無線で助けを求める合図を送り数時間待機したが、助けは来ない上に、食糧もなくなりかけていた。ここでも川と一つの疑問に直面したわけだが、オリアンには辛うじて飛び込むだけの自信と——不安があった。彼はうまく泳いで渡り、彼が抱いていた疑問の一つに答えたのだった。

進化心理学者ゴードン・ギャラップ・ジュニアは、平均的な英雄について予測するのを躊躇しない。「きっと英雄のほとんどは、男性で、独身で、子供がいなくて、若いと思う」（偶然なのかどうか、オリアンは結婚はしているものの、男性で、子供がいなくて、若かった）。ギャラップがこうした予測を表明するのも、進化上の必要性がわたしたちの生活を支配していることを知っているからである。人が何か行動を起こす場合には、その行動によって遺伝子が生き残るのを促進することになるだろう。男性のほうが英雄になる傾向があるのは、そうすることで生殖上の利点を得るからだ、とギャラップは言う。子供がいなければ、英雄的行為は彼らがいつか子供を多く持てることを保証するよい方法なのだ。別の言い方をすれば、英雄たちはどんな女性でもものにできる。「利他主義者も一皮むけば、快楽主義者なのだ」とギャラップは言う。

それは少々言いすぎかもしれないが、核心はついている。では英雄になるはずの人が途中で死んでしまったらどうなのだろう？　そのときは兄弟姉妹や両親——英雄になるはずだった人の遺伝子の保持者——が悲嘆に暮れている英雄の身内であるということで恩恵をこうむるだろう。他方、女性は（量ではなく）質の高い結婚相手を見つけることでこの上なく効率よく遺伝子を増やすことができる、と進化理論は示唆している。しかも女性はもしうまくいけば、親となることで、英雄にふさわしい存在になれるのだ。カーネギー・メダルが授与されようとされまいと、英雄は英雄である。

英雄的行為をその進化のルーツにまで引き下げると、魔法の帽子の内側を覗くようなもので、最初は少し希望がくじかれるかもしれない。だがそれらは埋もれているルーツにすぎないことを心に留めておいてもらいたい。巨大な節《ふし》だらけの木は、文化的、心理的な刺激を受けて、何百万年もの進化を経て成長してきた。もし進化理論が英雄的行為は少なくとも遺伝学的に言って利己的であるというなら、それは必ずしも悪いニュースではない。それが意味するのは、だれもが人生のある時点で英雄になる可能性を持っているということである。つまり、人の命を救うという慈悲深い行為は自分のためになるのである。だれもが皆その可能性を持っているなら、その可能性を文化のなかで助長することができ、目にする機会も増えるだろう。

夢想についての問題

英雄崇拝の話題をその暗黒面に触れないままにしておくのは怠慢というものだろう。災害の歴史は、まちがった英雄的行為の物語で満ちている。わたしたちが英雄的行為を賞賛するのは、自分自身が英雄を必要とするときがくるかもしれないからである。だが時には英雄を見つけたい、あるいは英雄になりたいという衝動が病的なまでに高まることがある。

悪行が残虐なものになればなるほど、英雄を求める衝動は切実なものになる。一九九九年にコロラド州リトルトンで、共に十代であったディラン・クレボールドとエリック・ハリスが学生十二人と教師一人を殺害した事件のあと、犠牲者の一人について噂話が広まった。それは、図書館で射撃犯の一人が、十七歳のキャシー・バーナルに神を信じているかどうか尋ねると彼女は信じていると答え、その直後彼女は射殺されたというものだ。この逸話は射撃事件のほんの数日後に記事になった。すでにバーナルには「十代の殉教者」というレッテルが貼られていた。彼女からインスピレーションを受けてできた歌が数曲あり、そのなかにはマイケル・W・スミスの「今こそきみの時代」や、フライリーフの「キャシー」がある。バーナルの母親であるミスティ・バーナルは、『彼女はイエスと答えた。キャシー・バーナルの思いがけない殉死』（『その日、学校は戦場だった――コロンバイン高校銃撃事件』インターメディア出版　二〇〇二年刊）という本を書いた。本は「ニューヨーク・タイムズ」紙ノンフィクション部門のベストセラーになった。

だが射撃事件を公式に捜査した地元の郡保安官によると、おそらくこうした会話はなかっただろうという。ハリスがテーブルの下に隠れているバーナルを見たとき、彼がもっとも口にした可能性が大きいのは、「いないいないバー！」だった。それからバーナルを撃ち殺したのだ。報道によると、神を信じることについて、クレボールドはだれかほかの生徒をあざけったらしい。だがその少女は生き延びた。そうした混同がすぐに伝説に発展し、それが真実を凌駕《りょうが》したのだ。公式捜査結果が発表されたあともずっと、新聞記事はそのまちがいを伝え続けているのである。

「偶像にも知られざる弱みがあるというのは、陳腐な考えである。興味深いことは、なぜわたしたちが、わかっていながらも、いまだに偶像に魅了されているのかという疑問である」と、ルーシー・ハレット‐ヒューズは『英雄たち：英雄崇拝の歴史』［Heroes: A History of

Hero Worship』という本のなかで書いている。「英雄たちを見ていると、わたしたちが何を求めているのかがわかる」。子供が子供を手当たりしだいに殺す話には耐えられない。あの日のコロンバイン高校のように（あるいは地球上のどこかでは毎日のように）、この世が本当に無意味で、不公平で、手に負えないものであるなら、あまりにも恐ろしすぎてとてもやっていけない。だからわたしたちはそれをあがなうような物語を探し、しばしば見つけだす。物語の探求は独自の生存機制なのである。

どうしても英雄が必要になって、潤色することもある――リトルトンでのように、それが何の害にもならないこともよくある。しかし英雄の探求が醜いものになる場合もある。あらゆる種類の野心の手段になりうるのだ。エア・フロリダの乗客ジョー・スタイリーはポトマック川から引き上げられ、重傷のため病院に運ばれた。目を覚ますと病院の広報担当者がやってきて、数人の見舞客が来ていると告げられた、とスタイリーは言う。気づくと、マイクやカメラを持った、がつがつした記者集団に取り囲まれていた。連中は締め切りまでに英雄が必要だったのだ。そうこうするうちにベッド脇の電話が鳴った。病院の交換手は、彼の母親から電話がかかっていると言った。「わかりました、つないでください」とスタイリーは朦朧《もうろう》とした状態で答えた。電話に出たのは新聞記者だった。彼は何かの手違いかと思った。だがそういうことがもう一度起こった――今度は別の記者だった。

災害の余波の歴史の皮をむいていくと、二番目、三番目、四番目の悲しみの層が現われてくるだろう。多数の新聞記事によると、もう一人の90便の英雄スクートニクは――何十もの賞を受賞し、一般教書演説ではスタンディングオベーションを受けたが――何年もの間、やりとりをした記者、ハリウッドのプロデューサー、その上彼が救った女性にまで、次第に苦々しい気持ちにさせられたという。「わかったのはこういうことです。他人のためにああいうことをしても、彼らはこちらが思うほど感謝しているとはかぎらないのです」。彼は一九九二年に「ワシントン・タイムズ」紙にそう語っている（スクートニクは報酬がなければ本書のためのインタビューには応じられないと言った。わたしは信頼できる情報を得るため、彼にも、本書のために話を聞いたどんな人にも謝礼は支払わないという方針で臨んだ）。

災害は、起きた直後には人間の最良の面を引き出すが、最悪の面を引き出すこともよくある。たとえば救急用車両が飛行機の墜落現場になかなか到着できないことは頻繁に起こる。なぜなら非常に多くの近隣住民が車にどっと乗り込んで飛行機の残骸を見にいくからである。現場では、警察は見物人を制御することに注意をそらされるはめになる。だれもが災害現場を見たがる。救助のためということもあるが、もっと理解しがたい理由があることもしばしばである。

9・11の攻撃直後、ホームレスのデーヴィッド・ジャージーは、世界貿易センターの煙が立ち込めた廃墟の中で犠牲者を捜そうと自発的に申し出た。ある場所で生存者の声が聞こえてきたと主張したのだ。消防士たちは作業の手を止め、懸命に捜索したが、一人も見つからなかった。私が一年後に彼にインタビューしたとき、ジャージーは悪いことはしていない、声を聞いたのだと言い張った。「彼には邪悪な動機はなかった」と、彼の弁護士ブラッド・

セージは語った。「人生で初めて、彼は何かにかかわったのだと思う」。だが、当時、ニューヨーク市の陪審員はあまり慈悲をかけなかった。ジャージーは無責任に危険な状況をつくったかどで有罪判決を受け、五年の刑を宣告された。

攻撃の二日後には、二人の子供の母親である二十四歳のスガイル・メヒアが、港湾公社の警察官である夫が貿易センターの瓦礫の下に閉じ込められたと警察に話した。夫がたった今、携帯電話でわたしに電話をかけてきた、と言ったのだ。一人の警察官が彼女を車でグラウンド・ゼロに連れていく間にも、夫からの電話がさらに二回かかってきたようだった。救助隊員たちは、危険な瓦礫の中で命賭けでその男を捜した。やがてメヒアは姿を消した。彼女が夫の記章番号だと言っていた番号を確認すると、合致するものはなかった。四カ月後、メヒアはマンハッタンの最高裁判所で無責任に危険な状況をつくった罪を認めると、人目もはばからず泣いた。彼女は三年の刑を宣告された。

イスラエルの心理学者、ハノック・イェルシャルミは、ほとんどの人は災害時に何をするかについて「夢想」を抱いていると考えている。なかには人よりその度合いが大きい人もいる。イェルシャルミの患者である大学生は、エルサレムのカフェにいたとき、そこが自爆犯に爆破された。彼自身は怪我をしなかったので、何人かの負傷者を助けた。シャツを引き裂き、止血に役立てた。その後、その任務に夢中になった。どこへ行くにも、いざというときのために、ナップザックに救急用品を入れて持ち歩くようになったのだ。「彼の夢想は救うことだった。彼はそうすることで心の張りのようなものが得られたのだ」と、イェルシャルミは言っている。「（犠牲者たちが）どうすることもできずにそこに横たわっていると、彼は自分がちょっとした神のような気がしたんです。人の生死を選ぶことができたのですから」

ついにその若者の夢想がふたたび現実のものになった。バスで爆弾が爆発したとき、彼はたまたま近くにいた。彼は計画どおりに、犠牲者のところへ駆けつけて救助を始めた。到着した救急救命士の一人が、背骨の損傷を負っているある犠牲者を動かすべきではないと指摘した。だが若者はすでにその人を動かしてしまっていた。彼は自分がした行為に打ちひしがれた。その犠牲者がどうなったのか確かめようと、後ほど医師に接触したが無駄だった。「彼は長い間、激しい怒りのためにひどい状態に陥っていた。深い罪の意識と、大きなダメージと、記憶――焼けた髪やほかの物のにおい――を持ち続けた」とイェルシャルミは言う。「彼は安らぎを得ることができなかった」

何年間かの治療を経て、今日、彼の状態はずいぶんよくなっている。匿名性を守るために、この事例についてはあまり詳しく明かさないようにとイェルシャルミに頼まれた。もし彼が別のときに別の犠牲者を動かしていたらどうなっただろうと想像するのは興味深い。そのときはフルネームで彼のことを書き、その人生についてこと細かに語っているだろう。つまり、彼は英雄になるはずだった。

本書を執筆しはじめたとき、まさにこういう理由で英雄的行為について書くことに抵抗があった。ある災害の英雄は、別の災害の加担者なのだ。非常に多くのことが状況に――そしてもちろん、運に左右される。しかしその後、この問題は、ある程度ほとんどの災害行動にあてはまることに気がついた。9・11で、否認はエリア・ゼデーニョが世界貿易センターの階段を降りるのを助けたが、ほかの人々の場合は、同じ日に否認が致命的な遅れにつながったかもしれないのだ。英雄的行為が、ほかの行動よりも漠然としたものであるのは事実である。だがそれもまた現実であり、すでに検証してきた非常に多くの不可解な災害行動と同様、経験と大志と恐怖の産物である。希有《けう》な状況に巻き込まれた特定の人々にとって、英雄的行為は体が動かなくなることと同様に、一つの生存戦略なのかもしれない。肉体のためではなく、精神のための生存戦略なのである。

結論

新たな本能の形成

どの災害にも、瓦礫の下には、わたしたちが予想以上に立派に振舞えるという証拠が埋もれている。ハリケーン「カトリーナ」の場合は、指示を待つことなく三万四千人を救助した米国沿岸警備隊の話がそれである。そして、9・11には、リック・レスコラがいた。

レスコラは世界貿易センターのモルガン・スタンレー・ディーン・ウィッター・アンド・カンパニーの警備主任だった。首の太い典型的な兵士タイプの男で、かつて戦場で行なっていたように大理石のロビー周辺をパトロールして第二の人生を過ごしていた。ランドマークとなっているような高級オフィスビルには必ず、トランシーバーに向かって小声で話し、靴音をたてて通り過ぎてゆく重役たちにそっけなくうなずいている連中がいる。彼らは概して必要とされる以上の能力や経験を持っている。

だがなかでもレスコラは、モルガン・スタンレー社史上、もっとも賢明な投資対象だった。

彼はイギリス生まれだったが、ベトナムで共産主義者たちと戦いたくて米軍に入隊した。ベトナムでは、一九九二年に出版されたハロルド・G・ムーア、ジョセフ・L・ギャロウェイ共著『ワンス&フォーエバー』（角川書店　二〇〇二年刊）に記載されている戦いで銀星章、青銅星章、名誉負傷章を授与された。その本は陸軍将校の必読書とみなされているもので、表紙には、M-16ライフル銃を握りしめているレスコラの写真が載っている。警戒し、疲れ切っているように見えるけれど、何よりも若い。

レスコラは最終的にはニュージャージーに移り住んで警備主任の生活に落ち着くことになったが、ある意味では、依然として兵士のように振舞っていた。モルガン・スタンレー社は南タワーの二十二階分と、近くのビルの数階分を占有していた。一九八八年にスコットランドのロッカビー上空でパンアメリカン航空103便が爆破された事件のあと、レスコラは世界貿易センターへのテロリストの攻撃を心配するようになった。一九九〇年に、彼はかつての戦友の一人をニューヨーク市へ連れてきて、北タワーや南タワーを案内した。テロ対策の専門家であるその友人に、もしテロリストならこのビルをどのように攻撃するか聞きたかったのだ。友人は世界貿易センターの駐車場を見たあと、攻撃は「問題にもならないくらい簡単だ」と言い切った。ジェームズ・B・スチュアートは二〇〇二年に出版したレスコラの伝記『兵士の心』[Heart of a Soldier] のなかでこのエピソードを紹介している。友人は、自分が世界貿易センターを攻撃するのであれば、爆弾を満載したトラックを運転して駐車場に停め、そのまま歩み去るだろう、と言ったのだ。

レスコラと友人は港湾公社宛てに報告書を書き、懸念事項を説明し、駐車場にもっと警備が必要であると主張した。二人の提案は経費のかかるものだったので無視された、とスチュアートは書いている（港湾公社には、本書にコメントを寄せて欲しいと幾度となく要請したが応答はなかった）。

その三年後に、まさにレスコラが予言したとおり、ラムジ・ユーセフが運転する爆発物を満載したトラックが世界貿易センターの地下駐車場に入っていった。爆弾が爆発してタワーが揺れ動くと、レスコラはモルガン・スタンレー社の広々とした取引フロアに立ち、叫んだ。爆破事件の前に彼が防火訓練をしようとしたときとまったく同じように、だれもが彼を無視した。そこで彼は机の上に立って大声を張り上げた。「きみたちの注意を引くためにズボンをずり下ろさなきゃならんのかね？」と。部屋が静まり返ると、彼は懐中電灯を配って、暗くなった階段を降りるよう社員に指図した。

一九九三年の爆破事件のあと、レスコラは必要とされる信頼を得た。さらに、押しの強さも兼ね備えていたので、モルガン・スタンレーの社員たちに自らの生存に対して全責任を負わせることができるようになった――世界貿易センター内でそうしているところはほかにないに等しかった。彼は否認の危険性や、否認の段階を強引に突き抜けさせて行動に移らせる重要性を理解していた。一九九三年に、社員たちがゆっくりと階段を降りていくのを見ていたので、時間がかかりすぎることはわかっていた。彼は必ずその日の最後に出ていくようにしていたので、はぐれた人やぐずぐずする人、動きののろい人や障害を持つ人も目の当たりにした。

レスコラはまた恐怖に対する異常なほど鋭い感覚も持っていた。何事もない日々が一日一日と過ぎても、再度テロリストに攻撃される危険性は減るわけではないと思っていた。そして緊急対応要員たちが社員を救出してくれることをあてにするのはばかげていると思っていた。彼の会社は世界貿易センターの中で最大の賃借団体で、空高くにある村のようなものだ。モルガン・スタンレー社の社員はお互いに助け合わなければならないのである。

爆破事件以来、いかなる訪問者も社員の同伴なしにオフィスに立ち入ることは許されなくなった。レスコラは警備員の数を増やした。そして社員たちには、実際の非常事態の際には港湾公社からのいかなる指示にも耳を傾けないように命じた。レスコラの見解では、一九九〇年に彼が発した警告に対応しなかった港湾公社の指示など、まったく妥当性がなかったのである。

何よりすばらしいのは、レスコラが全社員に対して抜き打ちの防火訓練を頻繁に行なうようになったことである。社員たちを階段の吹き抜けと吹き抜けの間の通路に集合させ、彼の指示で二人ずつ四十四階まで階段を降りていくよう訓練した。それだけでなく、最上階の者が最初に避難するよう強く要請した。ある階の最後尾の社員がその下の階に到達すると、その階の社員たちがその後ろから階段を降りた。

こういうやり方を知っているのは、避難時の人間行動を深く理解している人間のみである。特別な訓練をしなければ、これまで見てきたように、人々は非常時に異様なほど礼儀正しくなる。下の階にいる人を先に階段の吹き抜けに入らせるのだ。その結果、上階の人たち――歩く距離がもっとも長いのでもっとも大きな危険に直面する人たち――が最後に脱出するはめになる。相手を思いやるこうした態度に逆らうよう人々を訓練することは、賢明で、驚くほど簡単でもあった。

レスコラによる訓練の過激さは決して大げさなものではない。モルガン・スタンレーは投資銀行であることを忘れないでいただきたい。大富豪にして高い目標を達成している七十三階の銀行家たちは、レスコラの避難訓練に苛立った。純資産価値のある顧客との打ち合わせの最中に邪魔されることをありがたく思わなかった。訓練のたびに会社のブローカーたちは電話やコンピュータから離れたし、会社の経費もかかった。だがレスコラはとにかくやった。自分の評判は気にしなかった。軍隊の訓練で人間性についてのわかりやすい原則、本書の中核をなす教訓を得ていた。それは、極度のストレスの下で脳を働かせる最上の方法は、あらかじめ何度も繰り返して練習をすることである、というものだ。あるいは軍隊が言っているように、「八つのP」、すなわち、「適切な事前の計画と準備は、最悪の行動を防ぐ（Proper prior planning and preparation prevents piss-poor performance.）」である。

最初の数回の訓練のあと、あまりにものろのろと階段を降りた社員たちを、レスコラは厳しく叱責した。彼がストップウォッチで時間をはかりはじめると、移動の速度は速くなった。彼はまた火災で緊急事態に直面したときの基本事項について社員たちに講義した。必ず下へ向かうこと。断じて屋上へ上がるべからず。絶対に。

レスコラは例外を認めなかった。モルガン・スタンレー社を訪れた客にも脱出方法がわかるようにした。たとえその可能性はわずかでも、レスコラは訪問者にいつでも避難できるようにしておいてもらいたかった。訪問者がほかのだれよりも助けを必要とすることを彼はよく知っていたのだ。ビバリーヒルズ・サパークラブでの客のように、人は慣れない環境においては受け身の客人となり、非常に危険な役割を果たすことになるのだ。

一九九三年の爆破事件のあとに、レスコラはもう一つ報告書を書いている。これはモルガン・スタンレー社の重役に宛てたもので、テロリストはタワーを破壊するためなら手段を選ばないだろう、と警告した。そして考えられる攻撃のシナリオまでつくっていた。テロリストが爆発物を満載した貨物輸送機で世界貿易センターに突っ込むかもしれない、というものだった。レスコラには政府に欠けている想像力があったので、ついさまざまな状況を想定してしまうのだった。とうとうレスコラは、モルガン・スタンレー社の本部をニュージャージー州の低層の建物に移したらどうかと勧告した。だが会社の賃貸借期間は二〇〇六年まであった。スチュアートの著書によれば、レスコラの具申の成果もあって、モルガン・スタンレー社は爆破で被害をこうむったとして港湾公社を訴えることにした――そして賃貸借契約を打ち切ってもらうことにした（訴訟は、モルガン・スタンレー社が秘密を守ることに同意するという条件で、二〇〇六年四月に最終的に決着した）。

レスコラの訓練は、一九九三年の爆破事件の記憶が薄れていっても八年間続いた。「彼は口癖のように言っていました。『やつらはまたわれわれを殺しにくる。飛行機か地下鉄で』

と」。そうスティーヴン・エンゲルは回想している。彼は施設管理者として、レスコラと連携を密にして働いていた。レスコラは警備員を雇うとき、その種の仕事でエンゲルがそれまでに会ったことがないほど有能な候補者を探した。「年金の足しにしようとしている退職した老いぼれのおまわりよりもむしろ、コンピュータの素養がある人間を雇ったのです」

レスコラは防火管理者に関してはまだ信頼を置いていたが、数を増やし、しばしば仕事を交代させた。「彼は全員が必ず訓練に出てくることをとても重大だととらえていました。わたしたちはよくこう言ったものです。『やれやれ、また軍曹が訓練をしているぞ』と。ちょっとくどい感じがしていたんです」と、モルガン・スタンレー社の重役ビル・マクマーンは回想する。「わたしがオフィスでぼんやり座っていると、防火管理者がやってきて『だめですよ、行かなければ』と言うときがありました」。レスコラはまた防火管理者に蛍光オレンジのベストと帽子を身に着けさせた。「皆で防火管理者をからかっていました。『ああ、帽子はかぶったかね？　きみのベストはどこだ？』ってね」とマクマーンは思い出す。「ですが、振り返ってみると、ありがたいことでした」

とかくするうちに、レスコラ自身の人生は劇的に変化した。近所でジョギングをしていて出会った女性に恋をして、二人は結婚したのだ。また癌と診断されもした。彼は苦痛を伴う治療を受け、体重も増えた。もう兵士のようには見えなかった。だが毎日、午前七時半にはスーツとネクタイ姿で出勤して、部下を位置につかせるという生活を続けた。

レスコラはすることなすことすべてに修練を積んだ。趣味の世界でもそうだった。陶芸を始め、友人のエンゲルのために植木鉢をつくったこともある。「ある日、彼は木彫りを始めようと決めたんです。二カ月後に、このアヒルを持って入ってきました。見事なものでしたよ！」と、エンゲルは笑いながら言う。レスコラは古い西部劇を見るのが大好きで、またむさぼるように本を読んだ。「武道にせよ、古い映画にせよ、何の話をしても、彼の知識はなかなかのものでした」

一九九八年、レスコラはロバート・エドワーズという映画製作者のインタビューを受けた。ロバートの父親はベトナムでレスコラと一緒に戦った仲だった。ロバートが製作した記録映画は、戦争の本質に焦点を合わせたものだった。今になってそのビデオを見ると、レスコラがテロのことをずいぶん心配していたのが明らかである――それはテロが彼の職場に大きな影響を及ぼす可能性があるというだけにとどまらない考え方だった。彼は戦争の本質は変わったというのに、アメリカの指導者は適応できていないと警告していた。「テロリストたちを追跡して捕えること、それが将来の戦争の本質になるだろう。大きな戦場でも、大きな戦車でもなく」とレスコラは言った。「未来の戦争の話題になると、ロサンゼルスのような大都会が舞台になることについて話し合っている。テロリスト集団は軍隊の動きを封じ、屈服させることもありうる」

実を言うと、想像力が豊かなレスコラには仕事がつまらなく感じられるときがあった。二〇〇一年九月五日に旧友に送ったEメールの中で、レスコラは「カイロス」について述べた。「カイロス」というのはギリシャ語で、連続的な時間を超越している実存的な時、すなわち壮大な時を表わす。「わたしにはカイロスは決して訪れず、ジョン・ミルトンの詩に出てくるような田園を耕すがごとき退屈な訓練があるだけだ、という事実を受け入れた」と彼は書いた。「〈スターバックス〉でモカ・グランデを二、三杯お代わりすると、そのたびに少しずつ風味が失われていくんだ」

「ワーテルローからじかに聞こえてくるような声」

9・11の朝、レスコラは爆発音を耳にし、オフィスの窓から北タワーが燃えているのを目にした。全員に机のところにとどまるようにという港湾公社の職員の声が拡声装置を通して聞こえてきた。だがレスコラはメガホンとトランシーバーと携帯電話をひっつかみ、モルガン・スタンレー社の社員に脱出するよう系統立てて指図しはじめた。社員はどうすべきかとっくに承知していた。株式仲買人養成クラスを受講していた二百五十人の来訪者たちでさえ、すでに最寄りの階段を教えられていた。「どこへ行くべきか知っているのは何より重要だった。なぜなら、脳は――少なくともわたしの脳は――まさに機能を停止してしまったからだ。ことが起きたとき、次に何をすべきか知っておく必要があるのだ」と、マクマーンは言う。「絶対にしたくないことの一つは、災害時に考えなければならないということだ」

レスコラの警告を受け取っていたら、9・11に死なずにすんだ一握りの人間がいるかもしれない。だが亡くなった人々はモルガン・スタンレー社では働いていなかった。コロンビア大学が行なった生存者の調査によると、世界貿易センターで働いていた人々の約五十パーセントが、屋上が閉鎖されていることを知らなかったという。ほかの情報がなかったので、一九九三年に犠牲者が屋上からヘリコプターで避難したのを思い出した者もいた。だから人生最後の数分を使ってタワーのてっぺんへと上っていった——だがドアが施錠されていることがわかっただけだった。彼らはなぜだろうと思いながら、その場で息絶えた。

レスコラが四十四階で人々に階段の吹き抜けを降りていくよう指示していたとき、二機目の飛行機が衝突した——今度は彼らがいるところから三十八階ほど上に激突した。ビルは激しく揺れ、モルガン・スタンレー社の社員何人かが床に投げ出された。「止まれ」とレスコラはメガホンで指図した。「じっとしていろ。静かに。落ち着くんだ」。それに応えて、「だれ一人としてしゃべりもしなければ動きもしなかった」と、スチュアートは書いている。「まるでレスコラが魔法をかけたようだった」。レスコラはただちに避難路を別の吹き抜けに変え皆を移動させていった。「万事うまくいくよ」と彼は言った。「いいか、きみたちはアメリカ人だ」。彼はまるでその言葉そのものが気付け薬であるかのように、何度も何度も繰り返した。

モルガン・スタンレー社の社員たちは、一機目が衝突したあと、もう一つのタワーで何が起きたかを目撃した。炎がビルを這い上がっていき、自分たちと同じ人間が窓から飛び降り、そのネクタイが風に吹かれてはためいている光景がはっきりと見えた。だから二機目が衝突したとき、上階で何が起きているのかが手に取るようにわかったのだった。

レスコラは、ベトコンに支配されたベトナムの中央高地を、兵士たちを率いて夜通し歩い

どの災害でも、予想以上に立派に振舞えるという人間の能力を示す証拠がある。9.11 に、モルガン・スタンレー社の警備主任であり、勲章を授かったベトナム復員軍人でもあるリック・レスコラは、人々を滞りなく移動させようとメガホンに向かって歌をうたった。緊急時にすばやく脱出できるよう、彼は何年もかけて 2,700 人の社員を訓練していた。写真提供：アイリーン・マーヘル・ヒロック

たことがあった。彼は極度の恐怖に対して脳が正常に反応しないことを知っていた。そのときは、青年時代にうたっていたコーンウォールの歌で部下たちを落ち着かせた。今は、混み合った吹き抜けで、スーツのジャケットに汗をにじませながら、メガホンに向かってうたいだした。「コーンウォールの男たち、しゃんと立て。口が裂けても言うんじゃないぞ、戦う覚悟ができていなかったと。立て、絶対に屈するな！」。部下である警備員の一人が彼のために椅子を持ち出した。だがレスコラは立ったままでいることにした。

後に、米陸軍少佐ロバート・L・ベイトマンは雑誌「ベトナム」で、レスコラについて書いている。次の一節は、戦場でのレスコラを描写したものだ。だが世界貿易センターでのレスコラについても同じように書けたはずである。

> レスコラは戦争がどういうものか知っていたが、部下たちはまだ知らなかった。自分を殺したがっている何百人もの男たちがすぐ近くにいる、と気づ

いたときにとらわれる恐怖から注意をそらし、落ち着かせるために、レスコラは歌をうたった。船乗りをも赤面させるような卑猥な歌がほとんどだった。歌詞の間に命令する声が組み込まれていた。「銃剣をかまえろ……位置について……用意……進め」。それはワーテルローやソンム〔いずれも大多数の死者を出した歴史上の激戦地〕からじかに聞こえてくるような、情け容赦も一分《いちぶ》の隙もない、服従せざるをえない声だった。部下たちは恐怖を忘れ、命令に注意を集中し、彼に導かれるまま歴史のページのなかにまっすぐ行進していった。

9・11の日、レスコラは歌の合間に妻に電話をかけた。「泣くのはやめろ」と彼は言った。「わたしはここにいる人たちを無事に脱出させなければならないんだ。万一、わたしに何かが起こっても、きみには知っておいてもらいたい。これほど幸せなことは今までなかったと。きみのおかげでわたしの人生はすばらしいものになったよ」

しばらくして、レスコラは大多数のモルガン・スタンレー社員を、炎上しているタワーから首尾よく避難させた。それから彼は回れ右をした。彼の姿が目撃されたのは十階が最後で、タワー崩壊の直前に上へ向かっていた。レスコラに〝カイロス〟が訪れたのだ。遺体はいまだに発見されていない。

レスコラをよく知る人々は、全員が脱出するまで彼はタワーを出ていかないだろうと思っていた。「ビルが倒壊したとき、一瞬たりとも彼が中にいないなどとは思わなかった」と、施設管理者のエンゲルは言う。「レスコラは輝かしい栄光に包まれて出てきたかったのでしょう」。何があったのか正確なところを知る者はいないが、レスコラは取り残された人が数人いると耳にしたのだとエンゲルは信じている。オフィスを出ていないモルガン・スタンレー社の上席副社長がいた。その重役は、だれもが避難したときでさえ、電話で話している姿が最後に目撃されている。「レスコラのことですから」と、エンゲルは言う。「きっと上がっていって副社長をぶちのめし、肩にかついで運んでくるつもりだったのでしょう」

自立がレスコラの信条だった。彼はかつて友人にこう言ったことがある。男は皆何も身に着けずに裸で外に追いやられることが可能であるべきだ。一日の終わりには、男は衣服と食べ物を与えられるべきだ。週の終わりには、男は馬を所有すべきだ。そして一年の終わりには、仕事と預金口座を持つべきだ、と。

レスコラはモルガン・スタンレー社の社員に自分の身を守ることを教えた。とにかくそれはとても貴重な教訓になった。タワーが崩壊したとき、中にいたモルガン・スタンレー社の社員は十三人――レスコラと四人の警備員を含めて――だけだった。残りの二千六百八十七人は無事だったのだ。

退化

何とか生き延びられると信じれば、人は驚くほど創造的になることができる。必要なのは、自分の行動次第で何とかなるだろうと想像する大胆さだけである。そういう思いは、電話の会話や口に出してつぶやくアイデアから一瞬にして生じることがある。

一九九六年、ウェストヴァージニア州パーソンズを壊滅させた十一年ぶり二回目の洪水のあと、ケイティ・リトルは友人二人に電話をかけて、ちょっとお金を稼がなきゃと話した。三人の女性は全員八十代だったが、まずは毎月第一金曜日に地元の銀行で手作りクッキー販売会をすることから始めた。それからゴスペルソングの集いを開いた。さらにはマディ・ウォーターズという名の豚を競売にかけた。その年の終わりに、すでに「クッキー・レディーズ」として名を馳せていたその女性たちは、四万ドルを手にした。そしてそれを抵当に入れて州から百五十万ドルの融資を受けた。次に彼女たちは自分たちの町を守るために、その金を使って洪水防壁を築き、目的を果たした。

「前々から思っていることですが」と連邦緊急事態管理庁《FEMA》の長官を一九九三年から二〇〇〇年まで務め、この話をわたしにしてくれた男性、ジェームズ・リー・ウィットは言う。「人は何をすべきか知っていたら、危機に際して必要とされる行動をします。状況の改善に何か役立つ機会を与えられたら、人は向上するものです」

なぜもっと多くの避難訓練や豚のオークションがないのだろう？　自立を是とする国がどうしてそんなに脆弱になりうるのかは、最善を尽くそうと思っている人々がなぜ善処する機会を逃してしまうのかということを考えると理解しやすい。二〇〇四年、ニューヨーク市は地方自治法二十六条を通過させて、建築条例はここ三十年間でもっとも大幅に変化することとなった。新しい規則は各建物の防火管理者により多くの訓練と、より入念な緊急避難計画を義務づけた。しかしその規則にはレスコラが行なったような本格的な避難訓練は含まれていない。「残念ながら、それはわたしたちが直面している障害の一側面なのです」と、ニューヨーク消防署の企画立案を監督している消防署長ジョゼフ・エヴァンジェリスタは言う。一九九三年の爆破事件の後に港湾公社が行なった変更と同様、改革は一般の人々ではなく、技術的な調整や専門家に焦点を合わせていた。なぜか？　法規制定の過程にかかわった防火安全コンサルタント、ジョー・マコーマックによると、ニューヨーク市不動産局が何よりも懸念していたのは、強制的な訓練で負傷者が出て、それが訴訟につながることだったという。だから結局は、三年に一度、少なくとも四階分を降りることだけを条例で義務づけているのである。

ニューヨーク市が避難訓練の機会を逃しているという事実は、わたしたちの行動を歪めてしまう恐怖の力を思い起こさせる。パニックの恐怖と同様、訴訟の恐怖は危機管理における無言のパートナーである。二〇〇五年にハリケーン「カトリーナ」が上陸する二日前、ニューオーリンズ市長レイ・ネーギンは、強制避難命令を出すのを遅らせた。その日の「ニューオーリンズ・タイムズ・ピカユーン」紙の記事によると、市長は弁護士に問い合わせて、店を閉めることを余儀なくされる店主たちに市が法的責任を追及されないことを確認しなければならなかったという。

パニックの恐怖と同じようなもので、この告訴されるという恐怖は、まったく故《ゆえ》なきものでもない。訴訟に応じれば、たとえいんちきくさいものであってもひどく費用がかかるし、ストレスも多い。多くの場合には、訴訟によって世の中がより安全になっているのもまた事実である。だがその恩恵も大きな犠牲を払って得られるものである。「法的責任への恐怖が反応を遅らせる。それで命を犠牲にすることもある」とウィリアム・ニコルソンは言う。ニコルソンは危機管理法に関する二冊の本の著者で、インディアナ州危機管理事務所の元最高顧問弁護士である。

この訴訟に対する恐怖のために、役人は生命にかかわる情報を一般の人々と共有しない。だから不確実な情報しか得られないせいで、善良な人々はお互いに助け合うことができない。そうした不安はまた一般の人々と彼らを守るはずの人々との関係に悪影響を及ぼす。難解な法律用語から成る一行一行が不信感を引き起こすのだ。わたしたちは真の安全のための警告と法律尊重主義の愚行とを混同しはじめる。そして防火訓練や航空会社の安全のための指示と、バスタブの中で使わないようにと警告している新しいトースターに貼られたシールをいっしょくたにしてしまうのだ。

さらに悪いことに、責任ある立場にいる人たちも決まって法的責任というものを誤解している。皮肉なことに、ハリケーン「カトリーナ」のあと、とにかく政府は告訴された。暴風雨の余波で年配の親類を失った三家族が不法死亡訴訟を起こしたのである。そのなかには母親を亡くした男も含まれていた。母親は酷暑のなか、ニューオーリンズのコンヴェンション・センターに救助がやってくるのを待つ間、車椅子に座ったまま亡くなったのだ。このエセル・メイヨー・フリーマンのぐったりとうなだれた遺体の映像は、世界中でアメリカの悲劇のシンボルになった。だが二〇〇七年の春、その訴訟は却下された。政府の役人は訴訟の不安を抱かずに仕事ができるよう、多くの訴訟を免れる免責特権を有すると、連邦裁判所判事はいみじくも言明したのだ。「ほとんどの恐怖と同様に、法的責任に対する恐怖は、わたしの考えでは主として無知に基づいているものだ」と、ニコルソンは言う。実際に、たいていの政府職員はしっかりした訓練を受けて誠心誠意仕事をしていれば、訴訟から守られる。だが危機管理法を理解している人は十分にはいない。「政府の指導者から危機管理者にいたるまでの公務員の無知は、彼らに助言する弁護士の無知と関連している」

ニューオーリンズでハリケーンに名前が付けられるよりも前に、弁護士たる者は法的責任のリスクとはどのようなものであるかを知っておくべきだった。弁護士を教育する必要があるという理由で、避難の決定を遅らせるべきではなかった。「人口五千人の町であれば、私は何の不満も抱かないだろう」と、ニコルソンは言う。「ニューオーリンズのような巨大な都市で、危険にさらされていることが明らかなとき、そのような決定の遅れは恥ずべきことであると思う」

だが法的責任への恐怖は、パニックの恐怖と同様に、都合のいい言い訳にもなりうる。すでに述べたように、航空会社であれ、指令センターであれ、専門家は一般大衆を排除しすぎるという過ちを犯す。緊急時の避難計画に一般の人々の参加を避けることができるのであれば、彼らはそうする。何かまずいことが起きるまで、そういうふうにするほうがこの世は楽なのだ。

一九九〇年代に、英国下院のある委員会は、空港の待合所に飛行機の客室のシミュレーターを設置することを提案した。そうすれば、乗客は長々と説明を受けていた救命手段のいくつかを実際に練習する機会が得られるのだ。離陸を待つ間にむっつりとケーブルテレビのニュースを見つめる代わりに、非常口を開けたり、救命胴衣を膨らませたり、酸素マスクを付けたりすることができる。何ていい考えだろう！　だがそのアイデアはひっそりと消えていった、とクランフィールド大学航空安全センターの元所長、フランク・テイラーは回想する。「英国民間航空局は、きちんとした検討をまったくせずに却下したのだ」と彼は言う。「当局は改革などということはまったく考えたくなかったようだ。人手不足なので、すぐに利益が見込めないことはやらないのである」

同様に、アメリカの高等学校の多くが、経費削減と訴訟への恐れから、自動車教習の授業を中止した。学校はタイプライターの技能は教えるが、事故死の最大の原因から子供たちを守るためにはもはや何もしない。多くの州では、子供たちは現在、両親から運転を学んでいるが、それはとんでもない考えである。テキサス運輸研究所が二〇〇七年に行なった調査によると、両親に運転を教えられたティーンエージャーが重大な事故に巻き込まれる可能性は、プロに教えてもらった場合の二倍以上なのである。

わたしたちは退化の危機に瀕していて、自動車運転というきわめて危険なものを無事に切り抜けるのがますますむずかしくなっている。アメリカでは毎年六百万件を超える自動車事故が警察に報告され、約四万人が死亡し、約二百万人が怪我をしている。ほかのすべての災害と同じく、自動車事故は未然に防ぎうる悲劇である。レスコラが行なったように脳を鍛えることができれば、事故は減らすことができるのだ。そして、これは単に希望的観測に基づいた練習などではない。そこにはもっと多くのリック・レスコラがいて、より適切に行動することを教えてくれようとしている。高速道路を走っているときでさえ、生存のための進化を速めることは可能なのだ。

「何を実践できるか想像してみてください！」

一九八六年八月三十一日の深夜、ロン・ラングフォードは末娘ドリーが事故に遭ったという電話で起こされた。ドリーのボーイフレンドが運転する車はコロラド州の住宅地を走っていた。二人の乗った車が交差点を横切ったとき、別の車が時速八十八キロを超すスピードで赤信号を突っ切り、助手席側に衝突した。ドリーは即死だった。事故を起こした車の運転手は十九歳の少年で、酒を飲んでいた。少年も、巻き添えになったほかの皆も命に別状はなかった。

ラングフォードは娘の死を驚くほど鮮明に思い描くことができた。当時彼は連続優勝も果たしたほどのカーレーサーだった。そのため危害を加える車の威力というものも、人間のドライバーとしての限界も理解していた。脳は進化して多くのことができるようになっていたが、そのなかに運転は含まれていないのを知っていたのだ。初めて運転をする人に必要な教習が不足しているのに驚くこともしばしばで、そういった教習不足のせいで彼は以後ずっと苦しむはめになったのだった。

当日の朝、病院から戻ってベッドに横たわったのを、ラングフォードは覚えている。彼は選択をしなければならないと自分に言い聞かせた。これから先の人生を辛い思いを抱いて生きていく選択もあるだろう。苦いものが喉元にこみ上げてくるのが感じられたし、それが心身まで満ちるのも想像できた。娘を殺した愚かな若者を憎むことに人生をささげる姿も思い描くことができたし、そうしてみたい気もした。

だが、ラングフォードはそんな人生を選択する代わりに交通事故撲滅運動に乗りだした。「正気ではなくなるんです。しばらくは異常な精神状態になるものです」。現在の彼はそう言う。ラングフォードは不動産会社をおこし、業績も上々だったのだが、その会社の株を売ってしまった。それから「マスター・ドライブ」と呼ばれる学校を開いた。千三百キロあまりの動いている金属を操るのは、直観でどうにかなるものではないことを教えたかったのである。レスコラのように、脳の回路を現代に合うように再構築することで、人々にもっとうまく生き抜いてほしかったのだ。

ラングフォードは、鬱積した激しい怒りを用心深く抑えている男のような印象を与えるかもしれない。「車を制御する技能、衝突を避ける操作方法、意思決定の質、これらすべてが運転にとって重要な技能です」と、彼は静かに切り出した。「だがだれもそれを教えない。だれもそれを学ばない!」。今度は叫ぶように言う。「本当に無知なんだ。何を知らないかがわかっていない。スポーツ汎用車《SUV》は新型ホンダ・アコードと重量の比率が異なっているだろうか? もちろんそうだ。言うまでもなく、異なっている。問題は、エクスペディション

［米フォード社製のSUV］を運転しているミセス・スミスは車の性能という観点から車両力学を理解していないということだ。SUVは急にハンドルを切ってはいけない。そんなことをすれば横転してしまうからだ。自動車会社は今日、見事な（安全）装置を備えた車をつくっている。問題は、その装置の使い方を知らないのはだれなのか、ということだ」

だがラングフォードは人間の脳の力を心から信じていて、それは彼が運動を続ける希望となっている。「脳はとても強力だ。人間が何を実践できるか想像してみてください！　何だってできるんだ」。だれしも優れたドライバーになることができる、とラングフォードは主張する。だがそれには脳のプログラミングを変えなければならない。横滑りから逃れる方法をドライバーに口頭で教えるのは有効ではない——それは緊急時に落ち着いているよう人々に言っても役に立たないのと同じである。生死にかかわる状況では、脳には単なるあいまいな助言ではなく、意識下のプログラミングが必要である。

だからラングフォードは運転経験のない者や、恐ろしい自動車事故で心的外傷を受けた者など、あらゆる年齢層の生徒を「マスター・ドライブ」のコースに連れ出し、何度も何度も横滑りさせる。安全な環境で、制御できなくなる感覚を再現し、そこから回復することを生徒たちに教えるのだ。「マスター・ドライブ」の生徒は、二十六時間を運転に費やす。ほとんどの州では、必要とされているのは十時間未満である。「マスター・ドライブ」の生徒たちは衝突を避ける技術を学び、道路で起こっていることにうまく対処するために精神をコントロールする方法を学ぶ。毎年、五千人の若者がコロラドの町にやって来る。ハンドルを前にして小便をもらす者もいれば、凍りつく者もいる。それは、ラングフォードの考えでは、教習が十分に現実的であるということを意味していることにほかならない。

レスコラと同じく、ラングフォードも実際の練習で欠点がわかるからこそ上達するのだと理解している。カーレーサーだった若き頃、彼は運転技能を高めるために視覚化というテクニックに関する本を読んだ。「そこで前もって脳を鍛えて、意識下のレベルで走行路を記憶するようになった」。彼は何度も繰り返して走行路をまわっている姿を思い描いた。現在、彼はカーレーサーに手を貸して同じことをさせている。ジャッキで車を持ち上げ、しかるべきときに曲がったり、傾いたり、ブレーキをかけたりできるようにしているのだ。第三章で述べた警察や軍隊のトレーナーと同様に、彼もドライバーたちに呼吸について、とりわけ走行路でもっとも危険な部分である、速いスピードで曲がるときの呼吸法を伝授している。

ラングフォードの実践的トレーニングを体験するために、わたしはコロラド州デンヴァー郊外の「マスター・ドライブ」教習所を訪れた。ラングフォードは白ずくめだった――白のズボン、胸に「マスター・ドライブ」と書いてある白の半袖シャツ。走行路を臨む小さなオフィスに腰をおろすと、ラングフォードが口火を切った。「水か何かが必要でしたら、おっしゃってください。わたしは話しだすと止まらない癖がありますからね」。そして立ち上がるとホワイトボードに人間の脳がどのように情報を処理するかをフローチャートにして描いた。「技術とは意識下で何かを反射的に行なう能力のことなのです。考える必要はありません。プログラムに組み込まれていますから。どのように身につけるか？　繰り返しによって、しかるべきことを練習することによって、身につけるんです。習得する唯一の方法は――反応の段階で――プログラムに組み込むことです」

ラングフォードは頭の働き方について、正規の教育や個人的な脳の研究を通して学んだ。ここ十年の間に、科学者は人間にはいかに適応性があるかということを理解するようになった。「変化する能力は驚異的です」と、ジェイ・ギードは言う。ギードは国立精神衛生研究所児童精神医学部門の脳撮像担当主任である。人間の脳の構造は、一生を通じてその人が何をするかによって文字どおり変化する。

わたしたちが先天的なものだと思い込んでいるさまざまな能力は、ほとんどがそうではない。たとえば、たいていの男性は女性よりも空間認識能力がわずかに優れている傾向があり、女性は言語能力がわずかに優れている。そういうことから固定観念にとらわれるようになる。だが恐怖反応と同じく、進歩の余地のほうがその差異よりも大きい。テンプル大学で行なわれた実験で、週に一時間テレビゲーム「テトリス」をして過ごしたあと、驚いたことに女性たちは空間認識能力においてかなりの進歩を示した。男性も練習で進歩した。だがどちらの性もその進歩の度合いは、差異よりもはるかに大きかった。

訓練をしなければ、危機の際に脳はもっとも基本的な恐怖反応に頼るようになる。「ある若者に、吹雪の中、時速約百キロで高速道路を運転させて車が制御不能になったら、彼の脳がどうなるか教えてあげましょう」とラングフォードは言う。「完全に崩壊するんです。プログラムに組み込まれているものなど何もありませんから。では彼はどうするか？　凍りつくのです。目を閉じ、とんでもないことばかりやらかす。若者は瞬時に反応することができます。問題は、たいていの場合、不適切な行動をとるということです」

昼食後、わたしたちは外へ出て走行路に戻り、レーシング・ストライプが付いたグレーのカローラに乗り込んだ。わたしは運転席に、ラングフォードは助手席に座っている。太陽がコースをじりじり焦がしている。わたしたちはオレンジ色の円錐標識のまわりの簡単なスラロームコースから始め、ブレーキやターンの練習をした。最初は、恥をかかないように気をつけすぎて、のろのろ運転になってしまう。ラングフォードはわたしに自信を持たせることから始める。「車のリズムを感じるように。そうだ！　それでいいんだ！　軽快に走らせて！」。何周かすると、うまくいく。だんだんスピードが出て、楽しさも増し、大胆にも時々円錐標識をひっくり返したりもする。

それからわたしたちはスキッドパッドのほうへ移動する。スキッドパッドというのは、実際は濡れてすべりやすいアスファルト片である。ラングフォードの指示で、わたしは時速三十キロほどでスキッドパッドの上に車を乗り入れる。そのときラングフォードは車内の真ん中にあるハンドブレーキをぐいと引き上げる。と同時に、上体をかがめ、自分のほうへハンドルを強く引っ張る。この時点でたいていのドライバーが反射的に急ブレーキをかけ、車をあらぬ方向に向けてしまう。それは脳が脅威のほうへ目を向けるようプログラムされているからである。「見ているものが何であろうと、脳は両手をそちらのほうへ向ける傾向がある」と、ラングフォードは言う。これがハイウェイでは問題となる。接近してくる車が急に自分の車線に入ってくるのを見れば、人々は急ブレーキをかけて……そちらのほうへまっすぐに車を進める。

ラングフォードはこの現象を「ポットホーリズム」と呼んでいる。ドライバーが路面の穴《ポットホール》を見つめれば見つめるほど、そちらに車を進める可能性が大きくなるというわけである。両手は視線をたどって動くのだ。彼の顧客のなかに、恐ろしい事故を目撃した女性がいた。彼女の前にいた車が歩行者をはね、そのはねられた男性が死亡したのである。それ以来、女性はハンドルを握ると過度に警戒心を抱くようになった。彼女は取り憑かれたように歩行者を探し、見つけると、歩行者にじっと目を向けていた。まもなく歩行者のほうにまっすぐに車を向けていることに気づいてぞっとするようになった。だれかを殺してしまうのではないかと不安になったので、彼女はラングフォードを雇った。彼は彼女が目を向ける方向を変えられるよう取り組んだ。歩行者から目をそらし、車をそちらへ向けないようにしたのである。

スキッドパッドでの目標は、脳が何をすべきかわかるまで横滑りを体験することである。ブレーキを踏み、車を走らせたいほうへ向ける。しばらくすると、何の問題もなく、見事なくらいに、スキッドパッドから車を抜け出させることができる。わたしは自動車というものの真価を認識して「マスター・ドライブ」をあとにした。脳と同様に、車は驚嘆すべきマシーンで、ドライバーがその動かし方を知っていれば、融通がきき適応性があるのだ。

恐怖をものともせずに

テロリズムもまた、危険なものである。ただし一般の人々による戦略がいっそう必要とされるという点で他の危険と異なっている。なにしろ一般市民は好むと好まざるとにかかわらず徴募兵になってしまうのである。9・11以降はこのことを忘れるべきではない、と国土安全保障の専門家であり、元米国沿岸警備隊員であるスティーヴン・フリンは言う。「9・11以降、話されたことが二つある。一つは、『邪悪な連中がわれわれを殺しにくる、だからわれわれは連中と戦わなければならない』ということだ」。これはブッシュ大統領が展開した話で、海外での戦闘のために米兵を派遣し、アメリカ国民には落ち着いて買物を続けていればいいと言った。

「もう一つは、ユナイテッド航空93便の話題です」とフリンは言う。9・11の日、ある飛行機では一般の乗客に充分な情報が提供された。93便の乗客には、自分たちが何もしなければ飛行機がミサイルとして使われることを知る時間があったのだ。そこでどうしたか？　彼らは否認の段階をすばやく突き進んだ。そして座席の背の陰でひそひそ話し、電話で情報を集めて思考した。それから集団で作戦行動をとったのだ。決定的瞬間にコックピットに突進して、歴史の流れを変えた。

わたしたちの多くが考えるように、一般の人々が危機に際してパニックに陥っていたら、93便はほぼ確実にホワイトハウスか米国連邦議会議事堂を破壊していただろう。「ひどく皮肉なことだ」とフリンは言う。「われわれが選んだ代議士が、9・11には一般の人たちに守られたのだから」。潜在的な回復力はいたるところに存在していて、テロリズムに対する唯一の確かな防衛力になっている。すべての攻撃が防げるわけではないが、日常の反撃に一般の人々を参加させるだけでも、それ自体が勝利になる。なぜならテロリズムは冷戦と同じではなく、物理的な戦争というより心理戦であるからだ。そしてその違いのなかに大きなチャンスがある。「恐怖を感じるには二つのものが必要だ」とフリンは言う。「脅威に気づくことと、その脅威に対処する力がないと意識することだ」。無力感にとらわれることがなければ、テロリズムの破壊力ははるかに小さなものになる。不安というものを理解すれば、それを屈服させることができるのだ。

9・11のあと、イリノイ州シカゴのシアーズタワーの従業員で構成されたグループが、自らの運命を手中に収めようと、完全な避難訓練を準備しはじめた。同じ頃、米国国土安全保障省は、一般大衆を参加させるためのいくつかの試みをした。志願者を訓練し組織するための「市民団」と呼ばれるプログラムを始めたのだ。しかし市民団は地域ごとに運営され、その有用性も大きく異なっている。全米に二千三百の市民団があるが、政府は何人が訓練を受けているのか記録してはいない（わたしはオンラインでワシントンD.C.に参加登録したが、何の返事も受け取っていない）。

二〇〇三年、政府は有事に備えるため公共のウェブサイト「レディ・ガヴ（Ready. gov）」を立ち上げた。すると二千三百万を超えるアクセスがあった。だがそのウェブサイトにはいくつかまちがいがあることがわかっただけでなく、概して内容もつまらなかった（「核爆発時には、できることなら、放射性物質を避けることが重要である」など)。そこで二〇〇六年に、アメリカ科学者連盟の研修生が、政府のサイトに対抗して「真のレディ・オーグ (Really. Ready. org)」と呼ばれるウェブサイトを立ち上げた。それは政府のサイトより少し気が利いているものだ(「爆発によってもうもうと立ちこめているほこりや煙は目に見えるし、風によって運ばれてくるだろう。立ちこめているほこりから離れ、風が吹いている方向と直角に歩いていきなさい」など)。

人々は恐怖の対象について深く知れば知るほど、そのぶん恐怖を覚えずにすむことに気がついた。何よりもまずリスクについて賢明に判断することが大切である。住んでいる場所によって、最大の脅威になりそうなのがハリケーンなのか地震なのかが決まる。その二つは非常に異なった災害である。あらゆるものに備える必要などない。

データのない警告には用心していただきたい。感情ではなく、事実に頼ることが重要である。これまで見てきたように、地元のテレビニュースは、実際のリスクのデータを判断する手段としてはひどく不適切なものである。だから可能なかぎり、実際のリスクのデータを求めるべきである。どの程度の頻度で飛行機に乗れば、どれくらい墜落事故に遭う可能性があるのか?どこに住んで働けば、どれくらいテロ攻撃の影響を受ける可能性があるのか? こういった質問を自分に問いかけてしかるべきだと思えるが、リスクについての会話に登場することはめったにない。状況をしっかり把握するためには、これまでの慣習に逆らって、感情よりも事実に注意を集中することが必要なのである。

本書のウェブサイト（www.amandaripley.com）には、関連するリスクに基づいて洞察力に富む分析を掲載している。つまり考える人間のサバイバルガイドである。住んでいる地域の主要な脅威のリストを得るために、州の国土安全ウェブサイトか、緊急事態準備ウェブサイトを探すこともできる。その後、起こりうるリスクに対して計画的に準備していただきたい。ただし全体的に見て準備すること。自動人形さながら、ただ機械的に水を備蓄するようなことはやめてもらいたい。リスクについての歴史や科学を学び、脳のために予行演習をするよう努力していただきたい。手の込んだものでなくてもよい。週に一度、階段を使ってオフィスビルから出ていくだけでもいいのだ。

できることなら、この演習に家族だけでなく、会社全体、あるいは近所の人たちも巻き込んでいただきたい。周囲の人々全員が一緒に参加して、災害時だけでなく、普段からお互いに知り合いになっておくのは賢明なことである。機会さえあれば、人々がいかに受容力があるかということに驚くだろう。

いかなる理由であれ、リスクとみなしていなかった何かに特別な恐怖を感じれば、それに対しても準備をするべきだ。制御しているという思いが強くなるほど、日々、不安が薄れていくだろう。そして制御できているという思いが強いほど、万一、最悪の事態が起こっても、より適切な行動がとれることになるだろう。

災害専門家は、なりわいとして災害について考えているわけだが、無力感にとらわれることはない。万一の場合に脳に近道を与えるために必要な、ちょっとしたことをしているのだ。

たとえば、連邦航空局の人的要因分析者は、飛行機に搭乗すれば必ずいちばん近い出口を探す。そしてたいていの人が役に立たないと考えている安全のしおりを読む。彼らがそうするのは、飛行機によってそれぞれ型が異なっているからで、墜落事故が起これば脳の機能が低下する可能性があることをわかっているからである。

世界貿易センターの避難の研究を指揮しているロビン・ガーションは、ホテルにチェックインするたびに、階段を使って降りる。たいていのホテルの階段は、奥の部屋を通り抜けて思いがけない通りへ出てしまうようなややこしい通路をたどるようになっていることを彼女は知っている（わたしはかつてマンハッタンのホテルで階段を使って降りると、厨房に行き着いた。わたしのことを休憩に出ていた従業員だと思った監督者は、わたしのバッグの中を調べさせてくれと言った。どうやら階段を使う宿泊客はあまり多くないようである）。

いったん災害に遭うと、災害時の人間の行動パターンを多少なりとも知っている人たちは有利である。第一に、もし何か最悪の事態が起こっても、助かる可能性があることを知っているからだ。希望があるとわかっているだけでも、人々は力を得、平常心を奮い起こし、否認から思考へ、そして行動へと進んでいくことができる。「重要なことは、脱出する必要があると認識することです。準備してきたあらゆることが役立つでしょう」とノラ・マーシャルは言う。彼女は国家交通安全委員会で二十一年間、生存要因について研究してきた。また知識があれば自分の行動を修正することもできる。荷物入れから機内持込み手荷物を取ろうとすれば、避難を遅らせることや時間の浪費になりうると知っているからこそ、自分の最悪の衝動を抑えることもできるのだ。何よりも、あなたもあなたの隣人も自分たちを救わなければならないことを心に留めて、率先して行なうことが肝要である。生存への行程の片鱗を知った今、近道を見つけるよりよい機会が得られるかもしれない。

テディベアと車椅子

サンフランシスコの北四百キロにあるサモアと呼ばれる古い製材工場の町は、カリフォルニア州史上初の津波の避難訓練を行なった。二〇〇七年六月二十八日のことである。サモアは海沿いの広さ約七十五万平方メートルの町で、広場やレストランもあるが、しゃれた雰囲気ではない。サモアにある百戸の家屋は、かつてこの町を所有していた木材伐採会社によって建てられた。今日、その会社はなくなったが、従業員たちはまだサモアに残っており、近くのパルプ製造工場で働いたり、建設業やサービス業に従事している。

トロイ・ニコリニは、米国気象課の気象学者であり、サモアの美容院の経営者でもある。東南アジアで二〇〇四年に津波が発生して以来、彼はサモアのように危険にさらされている地域での避難ルートの開発に取り組んできた。だがどこに避難ルートの標識を立てるべきかについては、一般の人々に教えてもらうのが賢明ではないかと思いついた。そこで当面は標識を持ち運び可能なものにして、訓練の計画を立てはじめた。不動産所有者に土地の通行許可をもらう心配をしなくてよかったので、その過程はかなり楽なものになった。サモアはいまだに民間の会社が土地を所有しているアメリカでも数少ない町の一つなのである。現在の所有者は、ダンコという建設・開発会社である。会社は訓練に協力することに同意した。「わたしたちは何の心配もなくやりたいことをやれました」とニコリニは言う。サモアは災害時の市民の行動を向上させる責任を負ったアメリカで最初の町の一つになった。道を切り開いたのは、政府ではなく、一つの会社だったというのは皮肉なことである。

訓練当日の木曜日の夕方六時、消防署に取り付けてあった津波サイレンが鳴った。ダンコ社の最高経営責任者兼社長のダン・ジョンソンはそこにいたが、あまり期待してはいなかった。「人々が来るかどうか、確信など持てませんでした」と彼は言う。「ここはとんでもない労働者階級の町ですからね。みな肉体労働者で、ビールを飲んでいる時間です」。だがジョンソンが見ていると、町の住民たちが続々と通りに出てきて、避難ルートのほうへ向かった。二百人近くの人々、すなわち人口の約七十五パーセントが、海抜十四メートルの集合場所へと急いだ。赤ん坊、猫、犬もやってきた。ペギー・ウェザビーは母親デローレスが乗った車椅子を押して小道を登っていた。もっとも急な坂にさしかかると、三人の大柄な男たちが前に出て手を貸した。

最高経営責任者のジョンソンは唖然とした。「意外なことに、ここの住人はみな犬や鳥を連れて歩いているし、幼い女の子は自分より大きいテディベアを引きずっているんです。信じられませんでした。大柄で無愛想なやつが家から失いたくない物をぎっしり詰めたバックパックを背負ってそこを歩いていました」。ニコリニが道を登っているとき、バックパックを背負った幼い少女を見かけた。「わたしは声をかけたんです。『ほう、それはきみの避難用のバックパックなのかね？』」と、彼は思い出す。「その子はこう言いたげにわたしを見たんです。『ねえ、おじさん、今は大変なときなのよ。あたしにはここでやらなきゃいけないことがあるんだから、邪魔しないでよ』」

だれもが十分以内に頂上に到達した。実際に津波がくれば、それくらいの時間しかないだろう。それぞれの家族が到着するたびに、実際に津波が起こったときに避難にどれくらいの時間がかかるかを正確に知るために、彼らはタイムカードを押した。それは高台からの素敵な記念品になった。それからニコリニは集まった人々に挨拶した。「みなさんにおめでとうと言いたい。そしてあなたがた全員が無事であることを伝えたい」。彼はまた、サイレンが作動しないかもしれないので、もし二十秒以上地面が揺れるのを感じ、海水が後退し、水平線から奇妙な轟音が聞こえるようなことがあれば、逃げ出すようにと念を押した。彼は毎年、訓練を行なう予定で、ほかの町にも広めていくつもりである。「重要なことは練習しなければならない」とニコリニは言う。「こういう訓練をすることで人々が津波についてあまり考えなくてすむことを願っています。段取りができていれば、心配しなくてもいいんです」

訓練が終わったあと、奇妙なことが起こった。人々が立ち去りがたく思っているように見えたのだ。「まるで共同体意識をつくり上げるような出来事でした」と、ジョンソンは笑いながら言う。「人々はわたしを抱きしめて、こう言うんです。『こういう訓練をしてくださってありがとう』と。感謝してくれているのがわかるんです」

訓練に参加していた郡保安官代理は一人だった。なぜもっといないのかと、数人が尋ねた。

消防隊はどこですか？　けたたましい音を立てる消防車や点滅灯を付けたパトカーはどこですか？　それは的を射た質問で、その答えは訓練のもっとも重要な部分かもしれない。消防士や警察官は故意に参加しなかったのだ。実際に津波がやってきたときには、彼らはそこにいないはずだからである。住人だけで、自分たちの力だけで、お互いを高台へ運んでいくことになるだろう。

そこで明日、長い間埋め込まれている下水管の上や、人間の野心の重みで歪められている断層線を横切って車で職場へ向かうとき、今夜、低空飛行をしている飛行機の下や、凍りついた川の上を歩いて帰宅するとき、一分、ほんの一分だけ時間をとって災害時にどう行動するかを考えていただきたい。この本を読み終えて、やっとあなたは自分の災害行動というものを予測できるようになった。そうなったからには、これからも忘れずにいるべきである。いつか役に立つ日がくるかもしれないのだから。

著者覚え書き

災害を再現するにあたって、生存者が与えてくれる希望は、この上なく大きい。災害の概要だけでなく、においや音、自然に発生した親切までも再現してくれるのだ。彼らのごく普通の記憶や恐ろしい記憶は、未知の世界への入口となる。

だが記憶というものは完璧ではないと認めることが重要である。同じ災害を生き延びた五人にインタビューして、五とおりの非常に異なった事実を耳にしたこともある。このような時間と空間の歪みは、すでに本書でも説明したように、しかるべき理由があって起こる。時間の経過はまた記憶の修正につながる。人間の頭は筋が通る話をつくるよう働くし、また、メディアの報道が話の輪郭を固めはじめるからでもある。それから、忘れてしまうという単純な問題もある。言うまでもなく記憶というものは薄れていくにもかかわらず、わたしは生存者たちに二、三十年前の出来事を詳細に思い出してくれるよう頼んだりもした。

わたしは三つの方法で記憶のあいまいさを補おうと心がけた。第一に、公式発表された調査、本やメディアの報道などで生存者の記憶を確認して埋め合わせた。合計すると、学術誌から大衆誌による千以上の記事や、テネリフェの飛行機事故からエストニア号の沈没までの特殊な事故に関する少なくとも七十五の公式報告書を調べた。また筆記録やビデオ映像などの資料が存在している出来事については、それらも見直した。

第二に、主要な食い違いを明確にし、解明するために、可能であればどこへでも出かけていって、同じ災害を生き延びた多数の生存者にインタビューした。できるだけ多くの専門家や生存者とじかに話そうと、数カ国を旅した。どの場合も、答えの方向づけを避けるために、自由回答形式にしておくように努めた。また透明性と説明責任のために、本書に出てくる名前は一切変更しなかった。

最後に、生存者の話を、入手できる最高の調査結果で補完しようと心がけた。災害時の人間行動を真剣に研究したものは数少ないことを認めざるをえない。研究資金も不足しており、災害への不安がピークに達した際の研究が少数あるだけだ。だが非常に優れた丁寧な研究もあり――とりわけ航空機産業や軍隊において――こういった資料にはずいぶん頼っている。それは、生存者の逸話を客観的にとらえるのに役立つだけでなく、きわめて興味深いという利点もあるのだ。

だが最終的に、生存者の記憶は、研究者の調査結果と同様に、誤りを免れないことを心に留めておくよう読者にお願いしなければならない。人間行動についての著作は、そこに描写する複雑な状況を免除されるものではない。

また一方、本書に記されている真相や事実は、共同作業の産物である。この上なく陰鬱だった時間について細部にいたるまでわたしに伝えてくれた――そしてまた追加の質問や、事実確認のために戻ったときにも答えてくれた——生存者たちにわたしは心底から感謝している。ひどくばかげた質問にも答えてくれる彼らの忍耐力と寛大さには頭が下がった。

本書は、神経科学者からパイロットの指導教官、警察心理学者といった専門家の知識に頼っている。彼らは自分たちの知識を、何百時間もかけてわたしにも理解できる言葉で説明してくれた。とりわけ次の方々に感謝している。マーク・ギルバートソン、ゴードン・ギャラップ・ジュニア、ロビン・ガーション、ロン・ラングフォード、カンザスシティ消防署、スーザン・カッター、デニス・ミレティ、キャスリーン・ティアニー、ボールダー市のコロラド大学自然災害センターに所属しているすべての人たちに。

しかしながら、「タイム」誌や編集主幹のジム・ケリーとリック・ステンゲルの承認が得られなかったら、本書をきちんと書き上げることはできなかっただろう。「タイム」のような雑誌が傑出している点の一つは、ある出来事について勇気をもって語る前にそれを徹底的に知ることの重要性を認識している人たちが（まだ）いることである。

知恵、電話番号、インスピレーションを与えてくれたことに対して、同僚や友人たちに感謝する。マイケル・ダフィー、タ-ネヒシ・コーツ、ジョン・クラウド、ナンシー・ギブズ、プリシラ・ペイントン、ミシェル・オレックリン、エリック・ロストン、スージー・ワグナー、アダム・ザゴリン、ロメシュ・ラトネサー、ダニエラ・アルファー、リーサ・ベイヤー、アーロン・クライン、ジェイ・カーニー、エイミー・サリヴァン、そしてジュディス・ストーラーに。「タイム」誌の写真編集者ケイティ・エルズワースは、とても親切に本書の写真を見つける（そして一度は撮影の）手助けをしてくれた。優秀で親切なわたしの調査助手エレン・チャールズとフランシス・サイムズにも感謝を。彼女たちはミスひとつなく仕事をしてくれたのだが、このあとわたしの元を離れて定職に就いた。

わたしのエージェント、エズモンド・ハームズワース三世は、本書執筆において、最初から最後までかけがえのない盟友で、カウンセラーで、皮肉家だった。クラウン社の皆様に、そしてわたしの担当編集者リック・ホーガンにも感謝する。彼は最初から〝きちんと理解して〟くれ、才覚と、情熱と、プロ精神で、本書を支えてくれた。

報道に協力してくれたシンシナティのジェーン・プレンダギャスト、コロンビアのシビュラ・ブロジンスキーにも感謝している。編集やわたしの文章に魔法をかけるのに協力してくれたことに対して、スティーヴン・ハッベル、デーヴィッド・カー、リーサ・グリーン、ベッツカ・コーンフィールド、わたしが所属しているPACEブッククラブ、マイク・シャファー、デーヴ・リプリー、ルイーズ・リプリー、ベン・リプリー、そしてアラン・グリーンブラットにお礼を申し上げる。言葉の選択からストーリーテリング、書体、ウェブ戦略にいたるまで、ことごとく助言を与え、激励してくれた夫ジョン・フンジェにも感謝している。

訳者あとがき

　想像を絶するような大惨事に遭遇したとき、人はどのように反応し、どう行動するのだろう？

　二〇〇一年九月十一日、アメリカの繁栄の象徴ともいえる世界貿易センタービルが同時多発テロによってあえなく倒壊し、二千六百六十六人（本書の記述による）にのぼる犠牲者が出た「9・11」は、アメリカのみならず全世界に大きな衝撃を与えた事件だった。その日、そこのビルにいて事件に巻き込まれた人たちは、何を目撃し、何を考え、どういう行動をとったのだろう？　当日、九死に一生を得てなんとかビルから脱出した人たちもいれば、不幸にして命を落とした人々もいる。生死を分けたのは何だったのか？　幸運にも生き残った人たちは、どのようにして惨事を免《まぬが》れたのだろう？　あの衝撃的事件から数年のときを経て、生存者たちはどういう思いで日々を送っているのだろう？

　二〇〇五年八月、ハリケーン「カトリーナ」がニューオーリンズに襲来したとき、なぜアメリカ災害史上最悪の被害をもたらす事態にまで至ったのか？　当時、市長による強制避難命令が出されていたにもかかわらず、そこにとどまって死亡した住民がいたのはなぜなのか？

一九八二年一月十三日、エア・フロリダの旅客機が厳寒のポトマック川に墜落したとき、機体の残骸にしがみついて救助を待っている人々を救おうと、身の危険を冒して凍りつくほど冷たい川に飛び込んだ板金工がいた。ヘリコプターも飛び立てないほどの悪天候の中、絶望の淵に沈みかけていた墜落機の乗客たちは、彼の姿を目にして一縷《いちる》の望みを抱いた。凍え死にそうな思いまでして、なぜその板金工は彼らを救おうとしたのだろう？　見ず知らずの他人のために、自らの命を賭してまで、人はなぜこういう行動がとれるのか？

著者アマンダ・リプリーは、こうした疑問を解明しようと全力で取材にあたる。

惨事に直面した人々のなかには、「9・11」に二千六百八十七人の社員の命を救ったモルガン・スタンレー社の警備主任もいた。彼は世界貿易センタービルから社員たちを首尾よく避難させたあと、回れ右をして、取り残された数人の社員を救い出すために、ふたたび危険なビルの中に戻って帰らぬ人となってしまった。またオハイオ州のサパークラブで火災が起きたとき、自らの適切な判断で何百人もの客を救出した十代の若者もいれば、ヴァージニア工科大学で起こった史上最悪（当時）の銃乱射事件で危うく難を免れた学生や、ドミニカ共和国大使館の人質事件で奇跡的に生還した米国大使もいた。

著者は、こうしたさまざまな惨事をくぐり抜けて生き延びた人たちを生き証人として訪ね、長時間にわたって（なかには三年、あるいは五年に及んだ例もある）インタビューし、一人ひとりの言葉に真摯に耳を傾けた。生死の境をさまよい、過酷な体験をした生存者たちは、犠牲者の声を伝える代弁者でもあり、その生の声は衝撃的な事実として、読者に驚愕と感動を与えるものとなっている。

彼らの話に耳を傾けたとはいえ、著者はその語りを鵜呑《うの》みにしているわけではない。人間の感情は予想以上に複雑で意外性に満ちている。過去の記憶を重い口を開いて語る彼らに、思い違いやあいまいさがあることも重々承知している。それゆえ「著者覚え書き」にもあるように、公式報告書や関連書やメディアの記事など、広範な資料を確かめて客観性を保持すべく努めている。しかも信頼できる情報を得るために、インタビューには一切謝礼を払わないというジャーナリストとしての姿勢を貫いている。

そのようにして当事者からの話を聞くうちに、極限状況における人間の行動や心理に強い関心を抱くようになった著者は、それらをより深く理解しようと、世界各地の専門家のもとへ赴く。社会学者、心理学者、脳科学者、神経科医、テロ対策専門家、警察官、消防士……。数多くの人々に会い、厖大な時間をかけて彼らの意見に耳を傾け、さまざまなデータを集めて分析し、種々の文献にあたり、災害時の人間の行動や心理について専門的見地から考察を加えているのである。

それればかりか、著者は連邦航空局の訓練学校で模型飛行機による墜落事故を体験したり、消防署の訓練学校で火炎塔の中に入って火災を模擬体験したりする。しかも自らが被験者となって、ＭＲＩで脳の画像を撮ってもらったり認知テストを受けたりする。その熱意と行動力は目を見張るばかりで、そういった実体験に基づいての調査報道は、真に迫っていて説得力がある。

一方で、本書は一種のサバイバルガイドにもなっている。惨事に直面したとき、わたしたちの脳はどう働くのかを解明し、生き延びるために何をしなければならないのかについて具体的にアドバイスしてくれる。脳を鍛える方法や恐怖を抑制するための呼吸法などにも触れていて実際的でもある。

このように本書にはさまざまな内容が盛り込まれているが、際立っているのは、実際に惨事に遭遇した人たちの凄絶な体験がヒューマン・ドキュメントとして如実に描かれている点である。心が揺さぶられる臨場感あふれるノンフィクションで、人間の心理に奥深く分け入り、想像をこえた驚くべき真実が明らかにされている。惨事に遭遇し、恐怖に直面した人たちの反応や行動は、わたしたちの予想を裏切る。「現実はもっと興味深く、希望に満ちている」のである。極度の恐怖を体験した生存者たちの語りといい、極限状況において崇高な行動をとることができる人間の感動的な実話といい、人間の奥深さを再認識させてくれる感銘深い書になっている。そこに本書の何よりの魅力があるといえるだろう。

本書の原題 *The Unthinkable* は、「想像もできないほどの惨事」を意味すると同時に、人間ははかり知れないほど素晴らしい存在である、という意味も含めているのではないだろうか。

本書に寄せられた賛辞の一部を紹介しよう。いずれもアメリカのベストセラー作家からのものである。「必読書である。われわれが住んでいる世界を理解するには、このような本が必要である」（ナシーム・ニコラス・タレブ）。「本書を読むと人生が変わるだろう」（スティーヴン・フリン）。「これはただの災害についての本ではない。サバイバルについての本だ」（ギャヴィン・ディー・ベッカー）。

本書の翻訳は最初、二〇〇九年十二月に光文社から刊行され、ありがたいことに新聞の書評などで好意的に取り上げていただいた。その一部を紹介させていただくと、「本書の魅力は、何といっても被災者たちの体験が臨場感たっぷりに描かれていることだ。それらはとても紹介しきれないほどの教訓に満ちており、実際、私は、ホテルに宿泊する際、必ず非常口を確認するようになったほどだ」（江上剛氏　二〇一〇年二月十四日、朝日新聞朝刊）。「ありきたりになり乾いてしまった防災の知識に改めて血肉を与える一冊だ」（滝順一氏　二〇一〇年二月二十八日、日本経済新聞朝刊）。「災害は不幸である。だがそこで得た教訓は社会を発展させる。本書を開くたび、不思議と、自分は人類社会の一員だという思いが湧《わ》く。こんな本を書きたいな、と思う」（冲方丁氏　二〇一〇年十月十三日、日本経済新聞夕刊）。

二〇〇九年に本書の翻訳を終えたあとも脳裏から消え去らなかったのは、9・11同時多発テロとその犠牲者のことだった。事件からすでに十七年あまりの歳月が流れ、現在、世界貿易センター跡地には西半球一の高さを誇る百四階建てのワン・ワールド・トレード・センタ

ーや、９／11メモリアル・ミュージアムが建設されている。そしてツインタワーの跡地には、犠牲者を慰霊するメモリアル・プールが造られ、その欄干には、一九九三年と二〇〇一年のテロの犠牲者二千九百八十三名の名前が刻まれている。この度、そこを訪れて、前述の警備主任リック・レスコラの霊に黙禱をささげたいと思っていたところ、サウス・プールの欄干に彼の名前を見つけることができた（写真参照）。メモリアル・ミュージアムの近くのトリビュート・ミュージアムにも、彼の適切な判断と勇気ある行動を称える同社の社員の証言がパネルに展示されている。「私たちが階段を降りて、ようやく四十四階に達したとき、ラウドスピーカーががなりたてた。『デスクに戻れ』と。だがモルガン・スタンレー社の警備主任、リック・レスコラはこう指示した。『歩き続けろ。出て行け、出て行くんだ！』と」。

メモリアル・ミュージアムを訪れると、「９・11」の衝撃の大きさに言葉を失い、立ち尽くしてしまう。事件直後にわが身の危険をも顧みず、すぐに現場に駆けつけて救助活動にあたったファースト・レスポンダーたちのなかに、今なお深刻な後遺症に苦しんでいる者が多くいると報じられている。「９・11」は今も終わっていないのだ。当地では現在もメモリアル・ウォーキングツアーが実施されている。

著者アマンダ・リプリーは、ジャーナリスト兼ノンフィクション・ライター。コーネル大学で政治学を専攻し、一九九六年に卒業。本書は二〇〇八年六月に刊行された著者の処女作で、十五カ国で出版された。二〇一二年には本書に基づいたドキュメンタリー「Surviving Disaster」が制作され、PBS（公共放送サービス）で放映された。二作目はOECDの学習到達度調査PISAのデータをもとに世界の教育事情を考察した *The Smartest Kids in the World: And How They Got That Way* を二〇一三年に刊行。邦題は『世界教育戦争』（北和丈訳　中央公論新社　二〇一四年刊）。本の執筆以外にも、「タイム」誌や「アトランティック」誌、「ニューヨーク・タイムズ」紙、「ウォールストリート・ジャーナル」紙などにさまざまなトピックを扱った記事を投稿。二〇〇五年にはハリケーン「カトリーナ」などに関する報道を担当し、その記事で「タイム」誌は全米雑誌賞を二つ受賞。またテレビやラジオにも出演して自作について語っている。現在、ワシントンD.C.在住。

翻訳に際しては、災害心理学がご専門の広瀬弘忠氏の著書『人はなぜ逃げおくれるのか』（集英社新書　二〇〇四年刊）、『生と死の極限心理』（講談社　二〇〇六年刊）、『災害防衛論』（集英社新書　二〇〇七年刊）などを参照させていただいた。

また第二章に引用されているナシーム・ニコラス・タレブ著 *The Black Swan: The*

Impact of the Highly Improbable からの用語は、訳書『ブラック・スワン　不確実性とリスクの本質』（望月衛訳　ダイヤモンド社　二〇〇九年刊）の訳語を使用させていただいた。

訳出上の疑問点については、本書に深い感銘を受けたと語ってくれた友人ティモシー・コールマン氏にひとかたならぬお世話になった。今回、翻訳を一部修正した際にも、惜しみなく時間と労力を割いて訳文の推敲にご協力くださった。

本書刊行後、災害やテロは世界各地で相次ぎ、日本でも東日本大震災をはじめ数々の災害に見舞われ、多くの方々が犠牲になった。災害はいつ、どこで起きるかわからない。いざというとき、どう判断し、どう行動すべきか。有益な提言が盛り込まれた本書が、天災や人災から身を守るための一助になってくれたらと願ってやまない。

今回、本書が筑摩書房からちくま文庫として刊行されるにあたり、快く文庫化をご承諾くださった光文社編集部の中町俊伸氏や堀内健史氏に深く感謝申し上げます。

また今こそ不確実な災害や人災に対する科学的な知見が求められているとして、本書をぜひ新たな読者に届けたいと、文庫化に際してご尽力し、編集の労をとってくださった筑摩書房編集局の高橋淳一氏にも厚く御礼申し上げます。

二〇一八年十一月

岡　真知子

本書は二〇〇九年十二月に光文社より刊行されました。

スタバではグランデを買え！ 吉本佳生

身近な生活で接するものやサービスの価格を、やさしい経済学で読み解く。「取引コスト」という概念で学ぶ、消費者のための経済学入門。（西村喜良）

新宿駅最後の小さなお店ベルク 井野朋也

新宿駅15秒の個人カフェ「ベルク」。チェーン店にはない創意工夫に満ちた経営と美味さ。帯文＝奈良美智（柄谷行人／吉田戦車／押野見喜八郎）

味方をふやす技術 藤原和博

他人とのつながりがなければ、生きてゆけない。でも味方をふやすためには、嫌われる覚悟も必要だ。ほんとうに豊かな人間関係を築くために！

ほんとうの味方のつくりかた 松浦弥太郎

一人の力は小さいから、豊かな人生に〈味方〉の存在は欠かせません。若い君に贈る、大切な味方の見つけ方と育て方を教える人生の手引書。（水野仁輔）

増補 経済学という教養 稲葉振一郎

新古典派からマルクス経済学まで、知っておくべき経済学のエッセンスを分かりやすく解説。本書を読めば筋金入りの素人になれる⁉（小野善康）

町工場・スーパーなものづくり 小関智弘

宇宙衛星から携帯電話まで、現代の最先端技術を支えているのが町工場だ。そのものづくりの原点を、元旋盤工でもある著者がルポする。（中沢孝夫）

トランプ自伝 ドナルド・トランプ／トニー・シュウォーツ 相原真理子訳

一代で巨万の富を築いたアメリカの不動産王ドナルド・トランプが、その華麗なる取引の手法を赤裸々に明かす。（ロバート・キヨサキ）

英語に強くなる本 岩田一男

昭和を代表するベストセラー、待望の復刊。暗記やテクニックではなく本質を踏まえた学習法は今も新鮮なわかりやすさをお届けします。（晴山陽一）

英単語記憶術 岩田一男

単語を構成する語源を捉えることで、語の成り立ちを理解することを説き、丸暗記では得られない体系的な英単語習得を提案する50年前の名著復刊。

ポケットに外国語を 黒田龍之助

言葉への異常な愛情で、外国語本来の面白さを伝えるエッセイ集。ついでに外国語学習が、もっと楽しくなるヒントもつまっている。（堀江敏幸）

解剖学教室へようこそ　養老孟司

解剖すると何が「わかる」のか。動かぬ肉体という具体から、どこまで思考が拡がるのか。養老ヒト学の原点を示す記念碑的一冊。（南直哉）

考えるヒト　養老孟司

意識の本質とは何か。私たちはそれを知ることができるのか。脳と心の関係を探り、無意識に目を向ける。自分の頭で考えるための入門書。（玄侑宗久）

身近な雑草の愉快な生きかた　稲垣栄洋　三上修・画

名もなき草たちの暮らしぶりと生き残り戦術を愛情とユーモアに満ちた視線で観察、紹介した植物エッセイ。繊細なイラストも魅力。（宮田珠己）

身近な虫たちの華麗な生きかた　稲垣栄洋　小堀文彦・画

地べたを這いながらも、いつか華麗に変身することを夢見てしたたかに生きる身近な虫たちを紹介する。精緻で美しいイラスト多数。（小池昌代）

クマにあったらどうするか　姉崎等　片山龍峯

「クマは師匠」と語り遺した狩人が、アイヌ民族の知恵と自身の経験から導き出した超実践クマ対処法。クマと人間の共存する形が見えてくる。（遠藤ケイ）

木の教え　塩野米松

かつて日本人は木と共に生き、木に学んだ教訓を受け継いできた。効率主義に囚われた現代にこそ生かしたい「木の教え」を紹介。（丹羽宇一郎）

脳はなぜ「心」を作ったのか　前野隆司

「意識」とは何か。どこまでが「私」なのか。死んだら「心」はどうなるのか。——「意識」と「心」の謎に挑んだ話題の本の文庫化。（夢枕獏）

錯覚する脳　前野隆司

「意識のクオリア」も五感も、すべては脳が作り上げた錯覚だった！　ロボット工学者が科学的に明らかにする衝撃の結論を信じられますか。（武藤浩史）

増補　へんな毒　すごい毒　田中真知

フグ、キノコ、火山ガス、細菌、麻薬……自然界にあふれる毒の世界。その作用の仕組みから解毒法、さらには毒にまつわる事件なども交えて案内する。

ニセ科学を10倍楽しむ本　山本弘

「血液型性格診断」「ゲーム脳」など世間に広がるニセ科学。人気SF作家が会話形式でわかりやすく教える、だまされないための科学リテラシー入門。

いのちと放射能　柳澤桂子

放射性物質による汚染の怖さ。癌や突然変異が引き起こされる仕組みをわかりやすく解説し、命を受け継ぐ私たちの自覚を問う。（永田文夫）

熊を殺すと雨が降る　遠藤ケイ

山で生きるには、自然についての知識を磨き、己れの技量を謙虚に見極めねばならない。山村に暮らす人びとの生業、猟法、川漁を克明に描く。

ダダダダ菜園記　伊藤礼

畑づくりの苦労、楽しさを、滋味とユーモア溢れる文章で描く。自宅の食堂から見える庭いっぱいの農場で〝伊藤式農法〟確立を目指す。（宮田珠己）

哺育器の中の大人
［精神分析講義］　伊丹十三／岸田秀

愛や生きがい、子育てや男(女)らしさなど具体的な問題について対話し、幻想・無意識・自我など精神分析の基本を分かりやすく解き明かす。（春日武彦）

こころの医者のフィールド・ノート　中沢正夫

こころの病に倒れた人と一緒に悲しみ、怒り、闘う医師がいる。病ではなく〝人〟のぬくもりをしみじみと描く感銘深い作品。（沢野ひとし）

本番に強くなる　白石豊

メンタルコーチである著者が、禅やヨーガの方法をとりいれつつ、強い心の作り方を解説する。「ここ一番」で力が出ないというあなたに！（天外伺朗）

自分を支える心の技法　名越康文

対人関係につきものの怒りに気づき、「我慢する」のでなく、それを消すことをどう続けていくか。人気精神科医からのアドバイス。長いあとがきを附す。

加害者は変われるか？　信田さよ子

家庭という密室で、DVや虐待は起きる。「普通の人」がなぜ？　加害者を正面から見つめ分析し、再発を防ぐ考察につなげた、初めての本。（牟田和恵）

人生の教科書
［人間関係］　藤原和博

人間関係で一番大切なことは、相手に「！」を感じてもらうことだ。そのための、すぐに使えるヒントが詰まった一冊。（茂木健一郎）

バナナの皮はなぜすべるのか？　黒木夏美

定番ギャグ「バナナの皮すべり」はどのように生まれたのか？　マンガ、映画、文学……あらゆるメディアを調べつくす。（パオロ・マッツァリーノ）

品切れの際はご容赦ください

考現学入門　今和次郎　藤森照信編

震災復興後の東京で、都市や風俗への観察・採集からはじまった〈考現学〉。その雑学の楽しさを満載し、新編集でここに再現。（藤森照信）

路上観察学入門　赤瀬川原平／藤森照信／南伸坊編

マンホール、煙突、看板、貼り紙……路上から観察できる森羅万象を対象に、街の隠された表情を読みとる方法を伝授する。（とり・みき）

TOKYO STYLE　都築響一

小さい部屋が、わが宇宙。ごちゃごちゃと、しかし快適に暮らす、僕らの本当のトウキョウ・スタイルはこんなものだ！　話題の写真集文庫化！

自然のレッスン　北山耕平

自分の生活の中に自然を蘇らせる、心と体と食べ物のレッスン。自分の生き方を見つめ直すための詩的な言葉たち。帯文＝服部みれい（曽我部恵一）

バーボン・ストリート・ブルース　高田渡

流行に迎合せず、グラス片手に飄々とうたい続け、いぶし銀のような輝きを放ちつつ逝った高田渡の酔いどれ人生、ここにあり。（スズキコージ）

素敵なダイナマイトスキャンダル　末井昭

実母のダイナマイト心中を体験した末井少年が、革命的野心を抱きながら上京、キャバレー勤務を経て伝説のエロ本創刊に到る仰天記。（花村萬月）

青春と変態　会田誠

著者の芸術活動の最初期にあり、高校生男子の暴発するエネルギーを、日記形式の独白調で綴る変態的青春小説もしくは青春的変態小説。（松蔭浩之）

官能小説用語表現辞典　永田守弘編

官能小説の魅力は豊かな表現力にある。本書は創意工夫の限りを尽したその表現をピックアップした、日本初かつ唯一の辞典である。（重松清）

増補　エロマンガ・スタディーズ　永山薫

制御不能の創造力と欲望で数多の名作・怪作を生んできた日本エロマンガ。多様化の歴史と主要ジャンルを網羅した唯一無二の漫画入門。（東浩紀）

いやげ物　みうらじゅん

水で濡らすと裸が現われる湯呑み。着ると恥ずかしい地名入Tシャツ。かわいいが変な人形。抱腹絶倒土産物、全カラー。（いとうせいこう）

USAカニバケツ　町山智浩

大人気コラムニストが贈る怒濤のコラム集！　スポーツ、TV、映画、ゴシップ、犯罪……。知られざるアメリカのB面を暴き出す。（デーモン閣下）

戦闘美少女の精神分析　斎藤環

ナウシカ、セーラームーン、綾波レイ……「戦う美少女」たちは、日本文化の何を象徴するのか。「おたく」「萌え」の心理的特性に迫る。（東浩紀）

映画は父を殺すためにある　島田裕巳

〝通過儀礼〟で映画を分析することで、隠されたメッセージを読み取ることができる。宗教学者が教える、ますます面白くなる映画の見方。（町山智浩）

無限の本棚　増殖版　とみさわ昭仁

幼少より蒐集にとりつかれ、物欲を超えた〝エアコレクション〟の境地にまで辿りついた男が開陳する驚愕の蒐集論。伊集院光との対談を増補。

死の舞踏　スティーヴン・キング　安野玲訳

帝王キングがあらゆるメディアのホラーについて圧倒的な熱量で語り尽くす伝説のエッセイ。「2010年版へのまえがき」を付した完全版。（町山智浩）

間取りの手帖　remix　佐藤和歌子

世の中にこんな奇妙な部屋が存在するとは！　間取りと一言コメント。文庫化に当たり、間取りとコラムを追加し著者自身が再編集。（南伸坊）

大正時代の身の上相談　カタログハウス編

他人の悩みはいつの世も蜜の味。大正時代の新聞紙上で129人が相談した、あきれた悩み、深刻な悩みが時代を映し出す。（小谷野敦）

日本地図のたのしみ　今尾恵介

地図記号の見方や古地図の味わい等、マニアならではの楽しみ方も、初心者向けにわかりやすく紹介。「机上旅行」を楽しむための地図「鑑賞」入門。

旅の理不尽　宮田珠己

旅好きタマキングが、サラリーマン時代に休暇を使い果たして旅したアジア各地の脱力系体験記。鮮烈なデビュー作、待望の復刊！（蔵前仁一）

国マニア　吉田一郎

ハローキティ金貨を使える国があるってほんと⁉　私たちのありきたりな常識を吹き飛ばしてくれる、世界のどこか変てこな国と地域が大集合。

世界がわかる宗教社会学入門　橋爪大三郎

宗教なんてうさんくさい!? でも宗教は文化や価値観の骨格であり、それゆえ紛争のタネにもなる。世界宗教のエッセンスがわかる充実の入門書。

禅　鈴木大拙　工藤澄子訳

禅とは何か。また禅の現代的意義とは？ 世界的な関心の中で見なおされる禅について、その真諦を解き明かす。（秋月龍珉）

禅談　澤木興道

「絶対のめでたさ」とは何か。「自己に親しむ」とはどういうことか。俗に媚びず、語り口はあくまで平易。厳しい実践に裏打ちされた迫力の説法。

仏教百話　増谷文雄

仏教の根本精神を究めるには、ブッダに帰らねばならない。ブッダ生涯の言行を一話完結形式で、わかりやすく説いた入門書。

語る禅僧　南直哉

自身の生き難さと対峙し、自身の思考を深め、今と切り結ぶ言葉を紡ぎだす。永平寺修行のなかから語られる「宗教」と「人間」とは。（宮崎哲弥）

仏教のこころ　五木寛之

人々が仏教に求めているものとは何か、仏教はそれにどう答えてくれるのか。著者の考えをまとめた文章に、河合隼雄、玄侑宗久との対談を加えた一冊。

論語　桑原武夫

古くから日本人に親しまれてきた「論語」。著者は、自身との深いかかわりに触れながら、人生の指針としての「論語」を甦らせる。（河合隼雄）

つぎはぎ仏教入門　呉智英

知ってるようで知らない仏教の、その歴史から思想的な核心までを、この上なく明快に説く。現代人のための最良の入門書。二篇の補論を新たに収録！

タオ――老子　加島祥造

さりげない詩句で語られる宇宙の神秘と人間の生きるべき大道とは？ 時空を超えて新たに甦る『老子道徳経』全81章の全訳創造詩。待望の文庫版！

よいこの君主論　架神恭介　辰巳一世

戦略論の古典的名著、マキャベリの『君主論』が、小学校のクラス制覇を題材に楽しく学べます。学校、職場、国家の覇権争いに最適のマニュアル。

私の幸福論　福田恆存

この世は不平等だ。何と言おうと！　しかしあなたは幸福にならなければ……。平易な言葉で生きることの意味を説く刺激的な書。（中野翠）

生きるかなしみ　山田太一編

人は誰でも心の底に、様々なかなしみを抱きながら生きている。「生きるかなしみ」と真摯に直面し、人生の幅と厚みを増した先人達の諸相を読む。

老いの生きかた　鶴見俊輔編

限られた時間の中で、いかに充実した人生を過ごすかを探る十八篇の名文。来るべき日にむけて考えるヒントになるエッセイ集。

人生の教科書［よのなかのルール］　藤原和博　宮台真司

〝バカを伝染（うつ）さない〟ための「成熟社会へのパスポート」です。大人と子ども、お金と仕事、男と女と自殺のルールを考える。（重松清）

14歳からの社会学　宮台真司

「社会を分析する専門家」である著者が、社会の「本当のこと」を伝え、いかに生きるべきか、に正面から答えた。重松清、大道珠貴との対談を新たに付す。

逃走論　浅田彰

パラノ人間からスキゾ人間へ、住む文明から逃げる文明への大転換の中で、軽やかに〈知〉と戯れるためのマニュアル。

学校って何だろう　苅谷剛彦

「なぜ勉強しなければいけないの？」「校則って必要なの？」等、これまでの常識を問いなおし、学ぶ意味を再び摑むための基本図書。（小山内美江子）

生き延びるためのラカン　斎藤環

幻想と現実が接近しているこの世界で、できるだけリアルに生き延びるためのラカン解説書にして精神分析入門書。カバー絵・荒木飛呂彦　（中島義道）

反社会学講座　パオロ・マッツァリーノ

恣意的なデータを使用し、権威的な発想で人に説教する困った学問「社会学」の暴走をエンターテイメントな議論で撃つ！　真の啓蒙は笑いから。

「社会を変える」を仕事にする　駒崎弘樹

元ITベンチャー経営者が東京の下町で始めた「病児保育サービス」が全国に拡大。「地域を変える」が「世の中を変える」につながった。

半農半Xという生き方【決定版】　塩見直紀
農業をやりつつ好きなことをする「半農半X」を提唱した画期的な本。就職以外の生き方、転職、移住後の生き方として。帯文＝藻谷浩介　（山崎亮）

レトリックと詭弁　香西秀信
「沈黙を強いる問い」「論点のすり替え」など、議論に仕掛けられた巧妙な罠に陥ることなく、詐術に打ち勝つ方法を伝授する。

人生を〈半分〉降りる　中島義道
哲学的に生きるには〈半隠遁〉というスタイルを貫くしかない。「清貧」とは異なるその意味と方法を、自身の体験を素材に解き明かす。　（中野翠）

ひとはなぜ服を着るのか　鷲田清一
ファッションやモードを素材として、アイデンティティや自分らしさの問題を現象学的視線で分析する。「鷲田ファッション学」のスタンダード・テキスト。

ひきこもりはなぜ「治る」のか？　斎藤環
「ひきこもり」研究の第一人者の著者が、ラカン、コフート等の精神分析理論でひきこもる人の精神病理を読み解き、家族の対応法を解説する。（井出草平）

パーソナリティ障害がわかる本　岡田尊司
性格は変えられる。「パーソナリティ障害」を「個性」に変えるために、本人や周囲の人がどう対応し、どう工夫したらよいかがわかる。　（山登敬之）

子は親を救うために「心の病」になる　高橋和巳
子は親が好きだからこそ「心の病」になり、親を救おうとしている。精神科医である著者が説く、親子という「生きづらさ」の原点とその解決法。

減速して自由に生きる　髙坂勝
自分の時間もなく働く人生よりも自分の店を持ち人と交流したいと開店。具体的なコツと、独立した生き方。一章分加筆。帯文＝村上龍　（山田玲司）

花の命はノー・フューチャー　ブレイディみかこ
移民、パンク、LGBT、貧困層。地べたから見た英国社会をスカッとした笑いとともに描く。200頁分の大幅増補！　帯文＝佐藤亜紀　（栗原康）

ライフワークの思想　外山滋比古
自分だけの時間を作ることは一番の精神的肥料になる、前進だけが人生ではない――。時間を生かして、ライフワークの花を咲かせる貴重な提案。

グレン・グールド　青柳いづみこ
20世紀をかけぬけた衝撃の演奏家の遺した謎をピアニストの視点で追い究め、ライヴ演奏にも着目、つねに斬新な魅惑と可能性に迫る。（小山実稚恵）

Ai ジョン・レノンが見た日本　ジョン・レノン絵　オノ・ヨーコ序
ジョン・レノンが、絵とローマ字で日本語を学んだスケッチブック。「おだいじに」「毎日生まれかわります」などジョンが捉えた日本語の新鮮さ。

アンビエント・ドライヴァー　細野晴臣
はっぴいえんど、YMO……日本のポップシーンで様々な花を咲かせ続ける著者の進化し続ける自己省察。帯文＝小山田圭吾（テイ・トウワ）

skmt 坂本龍一とは誰か　坂本龍一＋後藤繁雄
坂本龍一は、何を感じ、どこへ向かっているのか？　独特編集者・後藤繁雄のインタビューにより、独創性の秘密にせまる。予見に満ちた思考の軌跡。

ゴッチ語録 決定版　後藤正文
ロックバンドASIAN KUNG-FU GENERATIONのフロントマンが綴る音楽のこと。対談＝宮藤官九郎他。コメント＝谷口鮪（KANA-BOON）

ホームシック　ECD＋植本一子
ラッパーのECDが、写真家・植本一子に出会い、家族になるまで。植本一子の出産前後の初エッセイも。二人の文庫版あとがきも収録。（窪美澄）

キッドのもと　浅草キッド
生い立ちから凄絶な修業時代、お笑い論、家族への思いまで。孤高の漫才コンビが仰天エピソード満載で送る笑いと涙のセルフ・ルポ。（宮藤官九郎）

小津安二郎と「東京物語」　貴田庄
小津安二郎の代表作「東京物語」はどのように誕生したのか？　小津の日記や出演俳優の発言、スタッフの証言などをもとに迫る。文庫オリジナル。

しどろもどろ　岡本喜八
「面白い映画は雑談から生まれる」と断言する岡本喜八。映画への思い、戦争体験……、シリアスなことでもユーモアを誘う絶妙な語り口が魅了する。

ゴジラ　香山滋
今も進化を続けるゴジラの原点。太古生命への讃仰、原水爆への怒りなどを込めた、原作者による小説・エッセイなどを集大成する。（竹内博）

ちくま文庫

生《い》き残《のこ》る判断《はんだん》 生《い》き残《のこ》れない行動《こうどう》
災害《さいがい》・テロ・事故《じこ》、極限状況《きょくげんじょうきょう》下で心《こころ》と体《からだ》に何《なに》が
起《お》こるのか

二〇一九年一月十日　第一刷発行

著　者　アマンダ・リプリー
訳　者　岡真知子（おか・まちこ）
発行者　喜入冬子
発行所　株式会社　筑摩書房
東京都台東区蔵前二―五―三　〒一一一―八七五五
電話番号　〇三―五六八七―二六〇一（代表）
装幀者　安野光雅
印刷所　明和印刷株式会社
製本所　株式会社積信堂

ISBN978-4-480-43573-6　C0198